BORDER
A Journey to
the Edge of Europe

边境

行　至　欧　洲　边　缘

〔新西兰〕卡帕卡·卡萨波娃 / 著

马娟娟 / 译

Kapka Kassabova

社会科学文献出版社
SOCIAL SCIENCES ACADEMIC PRESS (CHINA)

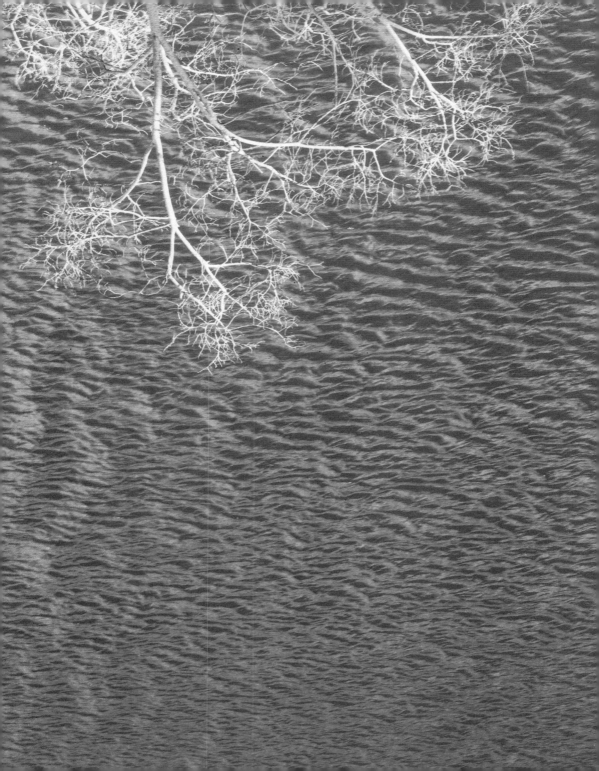

本书获誉

荣获 2018 年英国人文社会科学院艾尔－罗德汉全球跨文化理解奖
荣获 2018 年高地图书奖

荣获 2017 年苏格兰蓝十字协会年度图书奖
荣获 2017 年英国爱德华斯坦福杜尔曼旅行写作奖

卡萨波娃写了三部诗集、一本小说和三本回忆录，她显然在字里行间展现了敏感细腻的描述才能……然而，她还拥有一种天赋，它只属于最优秀的旅行作家：她能适时地瞄准那些反映当地状况的人物。
——《纽约时报书评》(*New York Times Book Review*)

卡萨波娃深入地方挖掘细节，同时又能以足够超脱的态度去看待事物，而非加以评判。她观察、倾听、叙述，而非从自己的观点出发歪曲故事。她是一个公平公正的信使。在当前世界难民危机的形势下，《边境》一书提醒我们，穿越边境的人绝不仅仅只是数字。他们是人，承载着一些值得倾听的故事。
——《基督教科学箴言报》(*The Christian Science Monitor*)

这是卡萨波娃的第三部作品，它以深刻博学、机智诙谐的方式生动揭示了一段隐秘的历史……她轻巧而精准地在讲故事的过程中，脱离众多主题的各自特性，展现了一种令人艳羡的和谐关系……"这是个令人惆怅的奇迹，"卡萨波娃写道，"至今仍然零星地留存着曾经富饶的人类多民族记忆。"再也找不到比她更出色的编年史作家了。

——《经济学人》(*The Economist*)

卡萨波娃的书更接近于一部出色完成的人类学著作。这部作品的与众不同之处是作者非凡的散文才华。

——美国《当代历史》杂志 (*Current History*)

当卡萨波娃穿越保加利亚腹地，沿着该国与土耳其和希腊交界的边界旅行时，她发现边界塑造了人的生活，其中既包括试图越境的人，也包括定居附近的人……《边境》让我们看到了走私犯和间谍横行的黑暗世界，尽管人们努力到达更光明的未来，但往事仍占有一席之地。

——美国图书馆协会《书目》杂志 (*Booklist*)

这是一个关于移民的故事，既有现代的也有历史的；这是个来来往往跨越边境的故事，它和土地本身一样古老。

——美国文学网站 Literary Hub

卡帕卡·卡萨波娃是一位探险家，她与最优秀的旅行作家一道，揭开了历史和传说的面纱，用发现的眼光观察每一件事物。她让我们想要仔细看看地图，亲眼瞧瞧这些奇妙的地方。

——《泰晤士报文学增刊》(*The Times Literary Supplement*)

这是一本不同寻常的书，一个关于旅行和聆听的故事，它为有关现代移民故事的文学作品带来了全新气象……当寻求庇护者从世界的一端漂到另一端时，《边境》提供了及时的阅读体验。

——英国《新政治家》杂志（*New Statesman*）

/ 本书获誉 /

献给从前和现在
无法跨越边境的人

并且
请保护森林

人们忘记了，我们只是这个星球上的过客，我们赤条条地到来，手空空地离开。

——埃斯玛·雷哲波娃，吉卜赛歌手

Contents /

/ 前 言

　　本书讲述的是在欧洲边缘之处边境上的人的故事。那里是保加利亚、希腊和土耳其三个国家交会聚拢、各奔东西的地方。那里是"欧洲味"开始的地方，也是某种味道消失的地方，而后者并不一定就是"亚洲味"。

　　这是它的大致地理位置。然而，地图能讲述的仅此而已，只有身临其境才会发现那里还有浓荫密布、不知年岁的古老森林。这是我最终要去的地方。也许，所有边境都是无意识的存在，毕竟那里人迹罕至。然而，我要讲述的这条边境却回荡着海妖一般诱人的声音，它的特殊之处源于三点：①那里冷战的遗迹犹存；②它是欧洲最辽阔的荒原之一；③自从大陆诞生，它便是大洲的会合之处。

　　我们这一代东欧人成长于柏林墙倒塌之际。我从小在保加利亚长大，当时恰逢"布拉格之春"，正如这场运动的口号"人性化的社会主义（Socialism with a human face）"所言，这条边境恰在我的童年投下阴影。因此对我而言，边境之旅自然相当具有诱惑力。只要靠近它，就会不由自主地被它吸引，控制不住地想要摆脱什么，越过什么，想要越界去做点什么。身处边境，你能感受到它在轻声召唤：来吧，跨过去，你敢不敢？无论艳阳烈日，还是夜幕遮蔽，跨越边境都是件恐惧与希望并存的事。不知面目的"摆渡人"在某个地方等待，有些人刚刚靠近边境就断送了性命，而幸运的人则在边境的另一侧获得了重生。

　　警力充足的边境往往最凶险：在这些地方，权力突然之间有了形体相貌、意识形态。与边境明显相关的一种意识是民族主义（nationalism）：边境是国与国之间的分界线。但现实中，还有一种隐藏更深的意识形态——中央集权主义（centralism）：认为权力中心可以牺牲边缘地带，安然地掌控一切；凡是主流视野以外的，都是应该被忘却的。边境地区往往就是存在于主流视野之外的边缘地带。

说来也怪，正因为身处一个没有边境线的岛国，才更促使我踏上这次边境之旅。我生活在苏格兰乡村，如果把爱丁堡、格拉斯哥看作"中心地带"，那么我所在的地方就是某种意义上的边缘；而如果把伦敦作为中心，那么我所在的乡村就更加边缘了。苏格兰传统上是一块充满多样性的自由之地，一块遍布岛屿的奇特之地。但在苏格兰，打着人性化旗号的企业官僚时代已然降临，每天都有中央集权向偏远地区施加压力，每天都有森林遭到砍伐，取而代之的是采石场、看上去纹丝不动的风力发电厂，以及并不带电的高压线铁塔。怪诞的荒原上出现了一块块享受利润补贴的荒地。目睹苏格兰高地遭到无情摧毁，我不禁对自己出生的巴尔干边缘心生好奇。我离开那里迄今已有25年，很想知道那里正在发生什么。

假如我们将政治边境分为"软"和"硬"两种，那么这本书中讲述的边境具备长达半个世纪的冷战"硬度"。保加利亚占据北方，希腊和土耳其镇守南方，这里曾是以苏联为首的华沙条约集团国家同西方北约成员国的分界线。简言之，它是欧洲最南端的"铁幕"，是被三个国家的军事力量占据的草木丛生的"柏林墙"。它曾经是一道"夺命墙"，至今仍然令人生畏、敏感棘手。

现今，希腊和保加利亚都是欧盟成员国，两国的边境地区也因此变得"柔软"起来。土耳其—保加利亚与土耳其—希腊边境虽然失去了往日的"坚硬"，却获得了一种新的"硬度"，它的标志是一道道崭新的、用来阻挡中东难民潮的金属铁丝网。我行走到那里时，正遇上难民大量涌入。全球性迁移与全球性壁垒、新国际主义与旧民族主义——我们这个世界核心的系统性疾病——已经从一处边缘蔓延到另一处边缘，因为如今再也没有什么偏远之地，除非你真的迷失在森林里。

然而，这趟旅行背后的情感冲动却很简单：我想看看童年时的禁忌之地，那些曾经驻扎着军队、两代人被禁止踏足的边境村庄，以及城镇、河流与森林。我心怀叛逆地踏上旅程，因为人们竟然像狗一样在铁幕背后被束缚了如此之久。我满怀好奇，一心想会一会生活在未知之地的人们。公元前 5 世纪，希罗多德（Herodotus）曾经写道："至于欧洲……从来没有谁能够断定，它的东边和北边是不是大海。"即便到 21 世纪初，他也许还会用这样的语言描述这一部分欧洲大陆。出发时，我和其他普通欧洲人一样，和这条边境上三个国家的城市精英们一样，对这片区域抱有一种集体性无知。对于从未在此生活过、从未踏足此地的人来说，它无异于另一个国度，有点像过去的世界，因为人们的行事方式是如此不同。

无论何时，一提到巴尔干，人们就难免老生常谈地将之比喻为桥梁，而其最真实的体现莫过于巴尔干半岛东南部，那是我们习惯上所谓的东西方之间的日常通道。

然而荒谬的是，这一切始终隐藏于全球矩阵的隐秘之处。我穿越的地方风景美到令人窒息，却只有植物学家、鸟类学家，走私犯、偷猎者，以及英雄人物和迷途之人才会踏足其中。再有，就是当地居民。

有人说，历史是胜利者书写的，但我认为，历史首先是由那些并非身在其中的人书写的，二者也许是一回事。我的内心有一种渴望：想要直面当地的人，倾听他们的故事，和他们一起吃饭，学习他们的语言。边境地带有许许多多古老的、现代的神话，它们像磁铁一样从精神上吸引着我，住在那样的地方到底是一种怎样的体验？我们谁也无法逃脱边界的羁绊，它存在于自我和他人之间，意识与行动之间，梦境与清醒之间，生与死之间。也许，生活在边境地带的人对阈限的空间别有一番认识。

我在书中描述的旅行线路跟随着自然界的轮廓，在边境地带之内画成了一个圈。我从黑海之滨，谜一般的斯特兰贾谜脉

（Strandja）边缘启程，那里是地中海和巴尔干气流相遇的地方；然后一路向西降落到色雷斯平原（plains of Thrace），那里是交通要道和贸易走廊；我穿过罗多佩山脉（Rhodope Mountains）的一道道隘口，那里的每一座山峰都拥有传说，每一处村庄都大有文章；旅程最终回到了起点——斯特兰贾与黑海。

书中的人名除了个别以外，都使用了化名，这既是出于个人隐私考虑，也是为叙述方便，偶尔我还会将地理学或生物学内容融入其中。我本该用更多的篇幅来描述这自然的馈赠，然而本书专注的是人的故事。在人的故事中，边境无处不在——可见与不可见的，"软"的和"硬"的——但人们眼前古老的荒野却有着尽头。也许正是因为这条边境依然荒凉，我才得以和那里的人、那里的灵魂同在。

卡帕卡·卡萨波娃

苏格兰高地

根据《牛津英语词典》，"边境（border）"的释义是：

①两个国家之间的界线；

②物体边缘的带状或条状部分，尤指具有装饰作用的部分。

/　疯狂山脉之一

这一刻来临时，正值旅程行至一半。希腊—保加利亚边境高耸的罗多佩山里，道路蜿蜒曲折沿着河谷而上，在水流的尽头戛然而止，这里早已无人居住，是仅剩的一个幽灵村，窗户是从墙上抠凿出来的，石头喷泉早已干涸。道路和村庄再向远，是一片无人踏足的栎树林。我们原本以为，除了看电影，此生不会有什么离奇的经历，但在那个小村子的所见所闻却让我从内心感到恐惧。我至今无法知道，它是不是"真的"，那种感觉现在依然挥之不去。

我来到被人遗忘的大山深处寻找东西，全身心地投入其中。也许这就是我一直以来梦寐以求的。无论如何，此刻我正奔跑在草木丛生、野猪出没、悬崖林立的山林峡谷中。这是一片20公里的无人区，火辣辣的阳光晒着我的头皮，仿佛在审判久远的罪过。

群峰之间，确有一座名叫"审判"的悬崖，从色雷斯人举行活人献祭开始，直到冷战时期，不知有多少人被抛进峡谷。而我的行进方向正好相反——从山下往上，去到有人烟的最近村庄，路程遥远，远离了我所理解的每一件事物。

回想起来，这种感觉是对的，它并非我的个人感受，不只是我感受到了恐惧。我在捕捉大山的律动，它并非自然的，而是边境的，是20世纪不顾一切的年轻人穿越森林的律动。我要寻找他们的故事，但我能胜任吗？

有人曾经告诉我，人和事物会在这里失踪，但实际上没有什么东西会真的消失不见。我此刻就感觉到他们的存在，仿佛就在我身后。时值正午，俄耳甫斯山（mountain of Orpheus）却黯淡下来，我来到一处河岔停下来喝口水。冰冷的河水刺痛了我的喉咙。我知道，梅斯塔－奈斯托斯河（Mesta-Nestos River）的源头在边境另一侧的巴尔干半岛的高山上，它奔流234公里涌入爱琴海——

不知道人们是怎样丈量出这些数字的。它不是一条寻常的河流。边境那一侧有个深不可测的山洞和一条轰然而下的瀑布，名叫"恶魔谷（Devil's Gorge）"。人们说，它是俄耳甫斯进入地府寻找妻子的入口。进入山洞的任何事物，从来都有去无回，其中包括1970年代失踪的一男一女两名洞穴学家。即便唯一走出地府的俄耳甫斯，最终也被酒神手下的狂女撕得粉碎，他的头颅被扔进赫伯鲁斯河（Hebrus），河水在流淌了480公里后汇入爱琴海。俄耳甫斯犯下了什么罪？他在生命的最后见异思迁，跨过了两道危险的边界：他触怒了昔日的导师，神秘莫测的狄俄尼索斯（Dionysus），转而崇拜太阳神阿波罗（Apollo）；他从爱女人变成了喜欢男人。神灵越界尚且如此危险，更何况凡人。

顺流而下，我遇见一女两男，他们正在往一条小船上装面包，许许多多的面包。他们留着长发，满脸愉悦。我心中的恐惧顿时化为极大的兴趣。他们邀我一起渡河，去边境的另一边……

不过，那是后面要说的故事。

如果字典上的定义不准确，那什么是边境？边境深藏在你的心中，只有身临其境才能有所体会。峡谷的一边阳光明媚，另一边笼罩着昏暗，你冲着它喊，山谷的回声放大了你的期许，扭曲了你的声音，带着它去往你也许曾经到过的遥远之地。

/ *004*

013

牧羊人说，你也会逃离，

但如果我留下呢？

如果你留下……

我给你一个月，

看见那棵橡树了吗？

你会在那里上吊自尽。

——《华沙女人》，乔治·马尔科夫

（Georgi Markov, *The Woman of Warsaw*）

　　它是陆地上连接多瑙河与博斯普鲁斯海峡的罗马人的通道。它也是空中延续至今的一条候鸟迁徙路径。庞蒂克大道（Via Pontica）的名字源于黑海，后者曾经有个拉丁语名字"Pontus Euxinus"，意为"逸居之海"。而之前，希腊米利都人（Miletian）统治期间，黑海被叫作"Pontus Axinus"，意为"黑暗之海"，因为它是航海的险恶之地，沿岸住着海盗和"野蛮人"（非希腊人）。古罗马诗人奥维德（Ovid）曾经被流放到黑海西岸，在那里写下了《哀歌集》（*Tristia*），为自己和盖塔人（Getae，色雷斯的"野蛮人"）同居而难过。

> 我站在冰冻的黑海岸边，
> 聪明的古人说，它叫黑暗。

　　可怜的奥维德，他高贵得不知道如何享受人生。从他的年代开始，野蛮人和文明人来来往往，有些人留了下来，但庞蒂克的事物一丝未变。站在黑海西南的海滩上，海水深处是保加利亚和希腊看不见的边境线，船只从那里经过，往来于博斯普鲁斯（Bosphorus）和敖德萨（Odessa）之间。9 月时节，你抬头仍能见到成群的鹳鸟遮蔽了天空，正在往非洲迁徙。

　　然而，现在还是夏季。

/ 红色里维埃拉

1984 年夏，保加利亚南部海滩，鸟儿成群结队地飞来，度假的游客也来了：有些人看上去和我们很相像，还有些人衣着漂亮，披着鲜艳的沙滩毛巾，一看就是外国游客，浑身上下散发着放纵的气息。炎炎赤日下只有捕食的海鸥飞过来，从小塑料碟里抢夺人们嘎吱嘎吱嚼着的盐炸小海鱼。

我从粘着沙粒的书页上抬起头，这是美国作家杰克·伦敦（Jack London）的小说《马丁·伊登》（*Martin Eden*）。在资本主义世界里，当一名成功的作家根本没有什么道德意义，因此男主角最后投身大海了此一生。杰克·伦敦的作品中，我最喜欢《野性的呼唤》（*The Call of the Wild*），一场误入歧途的冒险——可那是多棒的冒险啊！我渴望经历任何一种冒险。如果你像我父亲一样，可以在海上接连游好几个小时，那么从这片海滩开始一直往南，与成群的大水母擦肩而过，路过野营地和著名的天体海滩（去那里的人可不像我的家人那样平淡温顺，而是一些裸体主义者和放荡不羁之人），最后就可以到达土耳其。

虽然土耳其和保加利亚同在黑海西岸，但它在边境的另一边。就连我这样的孩子都知道，包括"边境"这个词在内，有些事情最好不要提起，"granitza"① 这个词就像海鸥的嘈杂声一样听起来那么刺耳。出国意味着"出境"，就是越过边境，即去一个再也回不来的地方。事实上，那些出国后不回来的人被叫作"不归者（non-returnees）"。他们会遭到缺席定罪，由他们的家人被迫代替他们受过。我唯一知道的一名"不归者"是我的钢琴老师的丈夫，我从未见过他——因为他越境了。他和许许多多保加利亚音乐家一样到国

---

① 保加利亚语，意为"边境""国境"。（本书页下注均为译者注，后不再说明。）

外参加音乐会，然后就成了"不归者"。他们为此付出的代价是，可能从此有家不能回。

当你渐渐明白为什么存在边境（有了边境，像我们这样的人就无法离开），你就会像得了消化不良一样，在内心产生一道永久的边界。那年夏天我10岁，已经懂得为激情而痛苦，我渴望的对象是一名金发碧眼，比我大几岁，和父母一起来度假的德国男孩。我家住在索非亚，他们来自柏林。我们经历了两个星期的相爱相杀，从沙滩毛巾后面相互偷窥，被妮维雅雪花膏的香味和青春期前的躁动相互吸引到一起。但我在这方面显然缺乏经验，当个子高高的他像太阳神一样站在我身后排队买冰激凌时，我竟然把学校里教的俄语——我们共同使用的语言——忘得一干二净。他们全家离开时，我哭了一整天。我们俩显然是天生的一对啊。

然而我和他都不知道，这片海滩上布满了窥探的眼睛。附近大名鼎鼎的国际青年中心是便衣间谍最集中的地方。三十年来，东欧集团国家的富裕年轻人在这里开派对，高调地参加选美比赛、海王星节以及沙滩音乐晚会。这不是一片普普通通的海滩。赫鲁晓夫曾经慈爱地称它为"红色里维埃拉"，它是共产主义阵营国家的展示橱窗。他相信，"保加利亚人对我们怀着特别炙热的友谊"。1960年代兴起的"金沙（Golden Sands）"和"阳光海滩（Sunny Beach）"两个景点吸引了东德人、西德人、挪威人、瑞典人、匈牙利人、波兰人和捷克斯洛伐克人前来游玩，很快旅游业成了这个国家最赚钱的行业。因为这是极权主义的旅游业，每一样东西都属于国家，就连沙子也是。我们住的是一间当地人提供的非法出租屋——只有国营旅馆才可以合法经营。这个寂静的海滨小镇名叫"米丘林"，得名于苏联生物学家伊万·弗拉基米洛维奇·米丘林（Ivan Vladimirovich Michurin），他彻底改变了农作物的品种。米丘林属于地中海气候，科学家们在这里搞苏联式的农学实验，试图

/ 010

种植出桉树和橡胶树，茶树和柑橘。这片肥沃的土地原本就出产核桃和扁桃，无花果和葡萄，而这一切的关键是要证明，成熟的社会主义能掌控从历史进程到微生物行为的世间万物。

在这里，每个酒吧招待员都是保加利亚国家安全局的人，还有经过特殊训练的克格勃行动小组、捷克和史塔西（Stasi，即民主德国国家安全局）情报人员，他们伪装成度假的游客监视前来享乐的人。当地人把东德人称作"拖鞋帮"，因为他们会穿着拖鞋和浴衣趁着夜色从沙滩上溜走，跑进边境上黑压压的树林子里，那里叫斯特兰贾。

如果不进森林，他们就去海岸。他们穿着泳衣，带着充气海滩橡皮艇和气垫，划着桨一直往南驶向土耳其。然而，直到被海流冲到更远的海里，他们才会发现，土耳其并非近在咫尺。黑海波澜不惊——表面的含氧层下，90%是缺氧海水——对岸是苏联。

我非常想念那个德国男孩，完全没有意识到还有其他人也像我一样在寻找伴侣——有人是寻找一夜情，有人寻求做生意，有人想做交易，也有人希望结婚。他们都在想尽办法穿越边境。从1960年代开始，"红色里维埃拉"成了人口市场，其中叫价最高的不是爱情，而是自由。而你能付出的最高价格是生命。许多人的确为此付出了生命的代价。

从海滩到土耳其边境还有很长一段路，要穿过斯特兰贾的森林，大山在阳光明媚的度假村投下一道阴影。我们只知道斯特兰贾的森林里河流密布，到处都是杜鹃花，还有各种爬行动物。山林中的村民崇尚拜火仪式，能在火堆的余烬上行走。令人困惑的是，国家明令禁止拜火仪式——除非是在国际青年中心这样的官方场所，政府才会允许进行踏火表演。狗熊跳舞也一样，它们都是政府官方的熊，是用来取悦参观者的。去斯特兰贾需要获得内务部的官方许可，换句话说，你是不能去的。

"我们为什么不能去斯特兰贾？"我曾经问。德国男孩离开后，冰激凌变得索然无味。

"我们没有权利到那里去。"父亲说。

"森林里到处是当兵的。"母亲说。

边境上有一道和它等长的带刺电网。闯进森林的人会看见专门为他们设置的警示牌，上面令人绝望地用两种语言写着：

小心边境！

但如果你已经在蛇蝎出没的森林里跑了几天几夜，而且已经看见这块警示牌了，还有什么理由转身返回呢？

如果说天真无邪是一种感觉，即认为世界是安全的、公平的，那么从那年夏天开始，我就不再天真了。为什么我们不能跟着那家德国人去柏林？为什么我们——或者那家德国人——不能沿着海滩去土耳其？为什么有故事说，德国人坐着热气球过境了，难道确有其事？因为我们生活在一个露天的大监狱里。我心里滋生出一丝惆怅的感觉。

六年后，柏林墙倒了，"拖鞋帮"不必再以这样的方式逃跑。我们全家跨过边境——当然不是"那一条"，而是太平洋上看不见的边境——来到新西兰开始了新的生活。那里的海滩完全是另外一幅景象。

*

三十年后我抵达时，又是夏天。

布尔加斯机场（Burgas airport）的跑道两边是葡萄园，空气中弥漫着汽油和性感的味道。我搭乘一架从爱丁堡起飞的假日航班，上面坐满了文身的男人和高声大笑、浓妆艳抹的女人。同我一起着陆的有或沉闷或兴奋的俄罗斯人，荷尔蒙旺盛、长着青春痘的斯堪的纳维亚人，还有肤色苍白的其他北欧人。在这个散发着胡椒味儿的港口城市，欧洲旅游消费者像肉罐头一样被匆匆打包送往"金沙"和"阳光海滩"等沸腾的旅游景点。我记忆中的"红色里维埃拉"已经成为一座全球资本主义的欢乐地狱。

我租了一辆车，驶过布尔加斯湾五光十色的盐湖群。这里有鹈鹕、鸬鹚、翠鸟在鸣叫，无花果散发出成熟的味道，空气中飘散着夏日诱人的妮维雅气息，港口有鹳鸟，还有像城市一般纹丝不动的大轮船。黑沉沉的斯特兰贾从这里开始绵延起伏。

我走的是一条海边的僻静道路，三十年前曾经从我家的斯柯达轿车后窗窥见过它。道路转弯拐向内陆之前，我在一个海滨小镇停下车：这是我童年时寂静的米丘林镇。不过现在它已经换回了原先的名字察雷沃（Tsarevo），以至于我一时间竟然没有在地图上找到它，因为在我心里它永远是米丘林。人们早已不再努力种植桉树和橡胶树，仍旧和从前一样种着无花果、葡萄、核桃和扁桃。在通向小镇的道路两旁，男男女女穿着短裤坐在凳子上捧着手写的招牌"出租房屋"。要是在"红色里维埃拉"，他们会因为"搞私有化"而被抓起来。

我在港口边吃了一碟盐炸小海鱼。孩子们在水里又跳又叫，所有的东西都有一股泪水的味道。但我不是来看海的，我要去曾经的禁地——斯特兰贾。于是我抖擞精神继续上路。

路上的车流突然不见了，周围全是森林，我意识到已经进入斯特兰贾。掩映在一片墨绿中的道路破损严重，那些绿色是长满青苔的浅湖和巨石垒成的拜祭酒神的祭坛。路上几乎没有行人，只看见一对吉卜赛夫妇赶着马车嘎吱嘎吱地从我身旁经过。他们笑起来露出耀眼的金牙，看上去似乎一切都很不错。

四匹没有鞍的黑马悠闲地在前面走着，听见引擎声猛得飞奔起来。它们从中间分开让我的车驶过，然后又聚拢到一起，好像在表演默片。

我的目的地是山谷里的一座边境村庄，并计划在那里待一段日子，探索周边的区域。可是由于道路分岔太不明显，我在东倒西歪的指示牌的指引下把车开到了荒野中。我迷路了，在空无一人的路上停下车，然后打开后备厢拿出瓶装水。这时传来了树枝折断的声音，我准备前去一探究竟——这往往是个坏主意。我感觉树林里有什么东西正从四面八方向我靠近。蚋一般大小的苍蝇纷纷往鼻孔和嘴里扑，我赶紧跑回车里，脚下险些踩到一条团在一起活蹦乱跳的蛇。我手心湿冷，黏糊糊的全是汗，继续开车上路。

从大路上远眺，山下的景色一览无余，仿佛一巴掌打在脸上，美得让人眩目。这个隐秘的世界像轻软的天鹅绒一样使人晕头转向，仿佛只有纵身一跃才能到达深渊的另一边。

/ 　斯特兰贾

　　这道山脉坐落于欧洲东南部的最南端，占地10000平方公里，已经屹立了300万年。它东起黑海，绵延向西渐渐下落到色雷斯平原。欧亚板块的冲撞分离最终造就了博斯普鲁斯海峡，进而逐渐形成了这道山脉。斯特兰贾河谷由黑海海岸持续不断下沉而形成。虽然斯特兰贾的最高峰只不过海拔1031米，但你却感觉这里距离星星很近，简直可以说是太近了。土耳其人称之为"伊尔德兹（Yildiz）"，意思是"星星山"。

　　斯特兰贾没有遭遇过冰河期，因此保留了众多第三纪以来的植物，是一座名副其实的残留物种露天博物馆。在世界各地久负盛名的彭土杜鹃（Rhododendron ponticum）从第三纪以来就一直生长在这里。20多个爬行类物种在这个鸟类、爬虫类和哺乳类的天堂里繁衍生息。有一点可以肯定的是：虽然这里人迹罕至，但你在森林里绝不孤单。

　　古代色雷斯人留下了许多非书面的生存印迹，斯特兰贾的大山里至今留存着他们的巨石崇拜和其他的神秘遗址。他们还留下少量谜一般的书面痕迹，比如希腊的一块公元前2世纪石刻上友善地写着："来到此地的陌生人，保重！"公元前4000年，色雷斯人已经在这一带初具规模，但古希腊人认为，色雷斯人才是陌生人，诗人荷马在史诗《伊利亚特》中写道：（他们）"刚来不久，离得最远。"直到公元前2000年代中期，色雷斯人才成为一个有凝聚力的种族群体。荷马在他的作品中首次提及色雷斯人，并且写到了他们的国王雷索斯（Rhesus）。古希腊特洛伊战争中，雷索斯的军队和特洛伊人站在一起，他那雪白的马儿"跑起来就像旋风一般"，他的战车满饰着黄金和白银，他的铠甲"不像凡人的用品，倒像是长生不死的神祇的甲衣"。我们后面会谈到这些黄金。

14 世纪塞尔柱突厥人（Seljuk Turks）兴起以前，斯特兰贾山上分布着拜占庭和保加利亚之间不断变换的边境线。伟大的隐修士西奈山的圣格里高利（Gregory of Sinai）的修道院帕洛利亚（Paroria）也在这座山中。他那极具影响力的寂静主义哲学静修（Hesychasm）引领了一种类似于狂喜冥想的身心祈祷方式。但帕洛利亚如今已经消失得无影无踪。

传统上，斯特兰贾的居民说保加利亚语或希腊语，以磨面、伐木、制炭和造船为生，但山里最盛产的两样东西是黄金和牲畜。奥斯曼帝国时期，斯特兰贾地位特殊：它属于苏丹家族，几乎不用纳税，也没有外来定居者。事实上，从古代一直到巴尔干战争期间（1912~1913），斯特兰贾的居民一直处于封闭状态。如今，保加利亚—土耳其边境把这座山一分为二。将边境两侧的人口加在一起，斯特兰贾的居民也只有约 8000 人。

/ 016

黄金是色雷斯人的珍爱之物，他们在斯特兰贾大肆开采，寻宝猎人和考古学家至今仍能挖到令人叹为观止的纯金工艺品。公元前4600 年，一具佩戴着人类最早的黄金饰品的遗体被埋葬在庞蒂克海岸的一座墓地里〔瓦尔纳墓（the Varna Necropolis）〕。人们还从古代，尤其是特洛伊战争后的古矿井中挖出了大量的银、铜、铁和大理石。有人说，斯特兰贾就像一块孔洞里装满古董的瑞士奶酪，封存着许多久远的秘密。

由于事先掌握了斯特兰贾的这些情况，我感觉开头还算顺利——直到我抵达了山谷村。

顺坡而下穿过一片混生林，道路的尽头就是山谷村。这片森林是巴尔干地区历史最悠久的自然保护区。绿色的树影中，鹿群忽而闪现，倏尔消失；啄木鸟发送情报似的在叮啄树干。

我在村庄最深处的小巷里租了一栋两层楼房，屋主不在本地。隔壁是座废弃的房子，花园里长满了恣意伸展的野果树，金黄色的梨纷纷落在我的小院里。清晨，一只乌龟爬过草地，然后在黄昏时分爬了回去。隔壁废弃的房子外镶裹着木头，奇怪的是房顶上有一块可以拿掉的瓦片，它或许是为了采光的需要，也可能是偷窥邻居用的。

1990年代，这里曾经住着大约2000名居民，现在只剩下200人。学校窗户破损，空荡荡地立着，面包房、杂货店、军营也是一样。一年中，河边蜿蜒的道路连同村庄会遭洪水泛滥两次，直到20世纪人们还一直保留着古埃及人的做法：他们在河两岸的核桃树上安上一种用树枝编成的奇怪装置，暴涨的河水退去后，便可以从肥沃的淤泥里收获战利品。核桃树至今仍旧矗立在河岸上，沉甸甸地挂满绿色的果实。

村庄以它的建造者——一个希腊商人的名字命名。巴尔干战争以前，村里人一直说希腊语。战争中，上百万人失去家园只能去国外找一间没人住的房子作为栖身之所，有的甚至连灶台上的炉火都未熄灭。在战后残酷的所谓"人口交换（exchange of populations）"中，和这个村庄一样，许多黑海附近的村民逃到希腊的塞萨洛尼基（Thessaloniki），从土耳其来的保加利亚难民搬到这里。保加利亚和希腊两国的穆斯林则被驱赶到土耳其。而这场人类悲剧只是奥斯曼帝国悠长挽歌中的一支插曲而已。

村子里有一座漂亮的东正教堂，木质的钟楼在村庄的天际线上十分显眼，它曾经叫"康斯坦丁与海伦娜（Constantine and

Elena）"，那是当地两名主保圣人的名字。100 年前希腊人离开后，教堂里的圣像就一直在那里，给保加利亚人留下一份意料之外的礼物。人们住下没多久，教堂就失火了。村民们起先只是旁观，后来听见大火中有人尖叫便冲进火场，但里面空无一人，尖叫声是那些圣像发出的。

我住的巷子再往远只有山林和陈旧的道路，一直延伸通向土耳其。夜幕降临，豺狼在村边一声声地号叫，村子里的狗和它们对着吼，组成了一支"地狱乐队"。我晚上睡不着，便坐在阳台上捕捉着树林边缘那一双双黄色的眼睛。麻雀大小的大黄蜂闯进屋里，我只好抽出书架上的俄语精装本把它们拍扁。因为村民告诉我，被这些黄蜂叮上一口就足以致命。就这一点来说，《战争与和平》（*War and Peace*）还是很好用的。

巷子对面离我最近的邻居是一名个子极高的前篮球冠军。他失去了老婆和孩子，整个夏天都住在这里。那也是一栋老房子，花园里一片破败的景象。他看见我，便眼睛一亮："你也是被斯特兰贾迷住了？"

还没等我回答，他就说开了。

"你会明白的。再住一个星期，你就离不开它了。或者你走了，但是会生病。大山就是这样。"

但我还是高兴得太早了。

/ 019

村里的小广场上有两处出名的地方。一处是地上用石头垒成的圈，那是一年一度举行圣康斯坦丁和圣海伦娜节的地方。人们点燃火堆，蹈火者（nestinari）手捧圣像在燃烧的灰烬上踩踏。另一处地方是咖啡馆，是全村小道消息的大本营。在那里能看到许多新近到来的人，其中包括跟着卫星导航去伊斯坦布尔的人，因为从乌鸦的飞行路线来看，这是去土耳其最短的一条道。人们管这家咖啡馆叫"迪斯科（The Disco）"，因为它的地下室是个舞厅，地上牢牢地竖着一根铁柱，然而我从来没见谁在那里跳过舞。

咖啡馆主人是一对本地夫妇：老板布拉戈（Blago）身材矮胖很健谈，老板娘明卡（Minka）身形苗条话不多。她把你点的东西放在桌上，生硬地来一句"请慢用"，一副听天由命的样子。她灰色的眼睛背后似乎在做着什么浩瀚的梦，她的脸庞好像山石雕刻出来的一般，既年轻又古老。

老板布拉戈整天坐着抽烟，剃过的脑袋像灯塔一样发亮。他告诉我，小时候（那时我也是个孩子）曾经有希腊人来这里参观祖宅。事后，民兵把孩子们叫到一起问："你们从希腊人那里拿什么东西了吗？"孩子们不能撒谎，于是民兵没收了口香糖、铅笔、巧克力等，还给他们剃了光头。

"那是为了教训我们不要拿资产阶级分子的东西，"布拉戈轻蔑地哼了一声，"你不用这么大惊小怪。这很正常，就好比无论什么时候在铁丝网那儿抓到'拖鞋帮'，他们就会把我们叫去。我们必须得看。"

看什么呢？

"他们对这些人大打出手，"他说，"我至今觉得一切就在眼前，好像就发生在昨天一样。那都是些年轻人，戴着手铐，穿着拖鞋。有的人身上被狗咬出了血，他们的衣服在森林里被染得黑黢黢的。警察说，他们都是敌人。我们信了。'因为，要不然他们就不会落得这样的下场，难道不是吗？'"

布拉戈踩灭烟头。

"请慢用。"明卡把一盘沙拉放在我面前，然后坐下来出神地凝视着大山。

明卡目睹了这个美丽村庄的"衰亡"。其中有两个原因：冷战和边境。二者殊途同归。

1944 年秋，苏联红军开进保加利亚，之前与纳粹德国组成杀人联盟的政府被一场自杀式政变用武力夺取了政权。由此成立的人民法庭以苏联式的狂热判决了一批人死刑。保加利亚一直奉行农业经济［农民国家联盟（Agrarian Union）是最大的政党，全国约70%的人口从事农业］，但共产党掌握了绝对权力后，便开始实行集体化。集体化当然只是"窃国者"的一种委婉说法，不过谁要是挑明这一点就会被杀死、遭流放，被送到劳改营或是用其他办法使其噤声。农民国家联盟和社会民主工人党以及其他政党被宣布为非法。原先每个保加利亚人都有土地，现在失去土地的人有两种选择：到实行五年计划的城镇，进工厂当工人；或者继续在地里务农，但土地则不再属于自己，劳作的目的是完成长达45年的每一个五年计划目标。

我的曾祖父是一名现代葡萄酒酿造商，是巴尔干山脉以北一家著名葡萄酒公司（Gamza）的合伙创办人。他一夜之间成了"人民公敌"，死里逃生后失去了退休金。他在索非亚的一套小公寓里度过了人生的最后十年，和赡养他的女儿住在一起。然而尽管如此，他从未失去眼神中的朝气和他的葡萄酒品味。说来也奇怪，虽然工业化如疾风暴雨一般席卷了整个国家，但出口商品却仍是原先的烟草、水果和蔬菜，保加利亚将其全部产品输送给东欧集团。

/ 021

工业化的最终结果之一是促成了一场彻底的变革：这个土地肥沃的国家变成了一个城乡平等、一无所有的社会。

"是有点讽刺。"我说。

"这就是历史，"布拉戈咧开嘴苦笑着，"所有它做的就是制造一堆令人啼笑皆非的事情。"

"生活在这里就像一个并不可笑的玩笑。"明卡说。

明卡一家一直住在村子里，和其他人一样，冷战时期政府不允许他们去别处谋生。但如果想要生活在此，同样需要获得内务部的特殊批准，因为这是边境地区。

"签订契约，打上标签，"明卡面无表情，"不过还是过去好。至少那时候这儿有人，现在呢？"

1970 年代，大型项目纷纷建成，从这个意义上说，工业化取得了成功。其中就包括大坝，其中一座曾引发洪水淹没了修托波利斯（Seuthopolis）古城，那是迄今为止发掘的规模最大的色雷斯人遗址。当然，共产主义风风火火，无暇顾及往事、环境这些资产阶级的东西。但随着工业活动的展开，边境城镇耗尽了生机。1970 年代末至 1980 年代初，国家曾经尝试通过开采铜矿、提供免费住房来提升当地经济。但一切只是杯水车薪，而且为时已晚。

接着，迎来了 1990 年代一落千丈的共产主义后时期，自由市场一夜之间推倒了计划经济的老旧框架。边境部队撤走了，人们大量向外搬迁。这个地方就像刚刚经历过世界末日一样，土地变成了荒野。

"这里没有什么生计可做，"明卡说，"唯一的希望是生态旅游。"

"可是瞧瞧那些路。"布拉戈接过话茬。

那些路坑坑洼洼，每次坐车走完一趟都恨不得在屋里躺着歇好一会儿。

村长的花园角落里，丢弃着一块老旧的手书告示牌：

国际工人阶级联合会万岁！
所有进步力量联合起来和帝国主义作斗争，
争取和平、民主和社会主义！

这是一场值得静下来好好反思的乌托邦运动，它本该正常运转，却最终出了问题，而且它在这里跑得更偏。正因如此，当地人才会像经历过战争的人一样，心怀悲伤。山谷村没有香槟社会主义者，没有反全球化主义者，没有反资本主义者。这里只有幸存者。女人们年华老去，男人们形单影只，孩子们各奔东西。这是个被公正遗忘的地方，幸存者只能自娱自乐。山谷村的生活甜蜜地破败着。

"我掌管着一个奄奄一息的村子，一个死亡预言，"村长在靠外的一张桌边坐下，要了杯咖啡和我们一起聊起来，"要是我曾祖母在，她会说，看灰烬就知道事情不妙，最黑的黑颜色。我能做到的只是让大家在这里过得尽量好一些，这并不难——一点点小事情就能让他们开心起来。"

村长的曾祖母是个算命的，但他本人却是个实干家。他曾经住在布尔加斯，是个汽车修理工。他整天穿着短裤，踩着人字拖，撸起袖子帮大家免费修车。但即便是实干家也难免有奇异的梦想，他实在太爱这个村子，甚至给并不在村里的孩子们建了块嬉戏场。

*

我从早到晚坐在"迪斯科"咖啡馆望着山头上一动不动的老鹰，等待着发生点什么奇迹。奇迹和灾难一样，不可避免。下午，我流连在村里的图书馆，书架上按照字母顺序摆放着我童年时代出版的各种文学作品。图书管理员负责开锁、上锁，虽然经常光顾这里的除了我，另外只有三人：一个90多岁的性情温和的老人，他从前是牧羊人；另一个是位漂亮的俄罗斯女人；还有内克（Nedko）。

俄罗斯女人为林业局工作，和另外两人一起在山里标记树木、修路。她的其中一名同事是知名的风笛演奏者，他身材圆胖，面色红润，整天背着风笛。他背着风笛工作，午休时就从裤子后面的口袋里掏出装葡萄酒的扁平小酒瓶，坐在树桩上吹奏一曲苦乐参半的斯特兰贾古曲。

"风笛一响，我们就会忘却烦恼，"俄罗斯女人说，"不管怎样，要说陪伴，树比人强。"

她的丈夫曾经是个著名的数学家，每天中午要喝半瓶葡萄酒。二人感情不好，她已经三十年没回俄罗斯了。一天早上，她喝着咖啡凑过来低声对我说:"千万别把衣服晾晒在花园里过夜。"

"是的,"内克接着说,"我妈妈也这么说。"

内克是她的朋友,风吹日晒的脸上嵌着一双蓝眼睛,是个英俊的家伙。他曾经在饭店当大厨,花了十年时间照顾病弱的双亲。他已经 40 岁出头,母亲虽然仍卧病在床,他却依然很爱她,表情迷离的脸上透着尽责和本分。他的房子在村子的最高处,可以俯瞰令人心旷神怡的山林全景。

"一到晚上就有女人在村里游荡,把施了咒的水和坟墓上的土撒在别人的衣服上。你要是穿了这些衣服就会受到诅咒。"他说。

"别笑,"俄罗斯女人接着道,"一天,我在家门口看见个黑色十字架。我傻乎乎地把它捡了起来。那是三十年前。从那以后,我就一直很倒霉。你千万不要直接用手从地上捡十字架。"

内克说:"这里有些女人,眼神很邪恶。她们管不住自己。"

"她们是什么人?"我环顾四周,严肃起来。老实说,确实有个女人一直盯着我,让我有点毛骨悚然。

内克摇摇头:"你不能说出她们的名字,但每个人都心照不宣。"

另一张桌子旁坐着的是 S,他在波兰生活了三十年,每年夏天会来这里看望父母。

"我不知道是什么原因,"他说,"我在这里就像一只布谷鸟一样孤单。"

他开一辆光鲜的路虎车,自称子孙成群、汽车成堆,在很年轻的时候就有不可思议的女人缘。S 从小在带刺铁丝网背后的军营里长大,父亲是边防警卫。他从小目睹边境上的各种事情,例如,有个德国人成功地用金属探测器骗过了警戒线,警察却从后来如法炮制的失败者身上顺藤摸瓜挖出了这个始作俑者。

"波兰人"说,边防警卫的生活无聊至极,只能靠打野猪、做香肠自娱自乐。还有个大问题是——他摇摇头——没有女人。难得会有谁的妻子或哪个妓女上山。他不可能在这里一直待下去，为了女人，他得离开这儿。

"我想来想去，还是走了！"他苦笑着，"逃离这些人，他们用眼神下毒。邪恶的眼神！他们不管你过得是不是开心。不过，我的女人缘真是出奇的好。"

我挺喜欢 S 这个人，心里琢磨着，他的波兰妻子为什么从不跟他一起来呢？

周日，"迪斯科"咖啡馆举行了一场派对。村里有户人家铺了水泥地，事情虽小但也得庆祝。明卡在地下室做饭，大家围坐在外面的一条长桌旁。

老妈妈们嚼着大块猪肉，喝着瓶装葡萄酒，张开没牙的嘴呵呵地笑着。她们亲手埋葬了丈夫和亲人，是该好好开心一下了。

坐在中间的是绰号"一点点（Wee One）"的手风琴师，其实他中等身材，个头一点儿也不小。旁边是他的儿子，脸上轮廓分明，眼神机灵，说话不多。"大个儿"斯塔门（Big Stamen）是个大块头，感觉脚上的人字拖都快被他撑破了。他的笑声在我听来有如枪声大作。他的笑容里充满食欲，像个和蔼可亲的食人族妖怪。桌子、啤酒杯，甚至整个村子——对他来说，一切都太小了。平日里，他像巨人一样端着伐木机在森林里干活。斯塔门和村里其他人一样，是土耳其难民的后代。他们老家的宅子早已禁不住风吹日晒，不复存在。

"嘿，'一点点'，"有人冲着手风琴师喊，"你最喜欢哪首歌？"

"《共产主义走远了》！"斯塔门的大嗓门儿隆隆作响。大家哄堂大笑——只有几个人没笑，因为他们现在过得并不好，还在怀念过去的日子。

"不，""一点点"回答，"我最喜欢的是这首。"

他随即演奏一曲，曲子讲述的是个心里藏着秘密的牧羊人，他只把心事说给大山听。"一点点"以前养过猪，失去自己的农场后，他成为国营林业局的职工。从前，大山里整天回荡着他的歌声。

"我现在还唱，每天晚上！"他说，"因为我喝酒，一喝酒就必须唱。"

他每次打开老旧的德国手风琴，用那副烟嗓唱起歌时，脖子上便青筋暴露，我却担心这支曲子会成为他的绝唱。每个人都在大口喝酒，只有 D 是个例外。他远远地坐着，喝着芬达。D 有 40 多岁，举止温和，不紧不慢。他曾经在海滨景点当厨子，一天晚上在村里打伤了别人，前不久才刚刚出狱，盖了座蜂房，在这个夏天第一次收获了马诺夫蜂蜜（Manov honey）。这是蜜蜂专门从橡树林里采集到的珍贵蜂蜜品种。我离开时，他送给我一个装满甜甜的黑蜂蜜的蜂巢。他自己从来不吃蜂蜜，仿佛是要用修行来抑制享受过多的欢乐。

第二首歌是个年轻警察点的。他负责在附近的村镇和黑海南部的旅游景点巡逻。"工作怎么样？"我问他。

"夏天让人疯掉，"他回答，"冬天还算消停。大多数是醉鬼，最讨厌的是英国醉鬼。他们的女人简直像发怒的大象。"

保加利亚警察和以前一样，要与德国警察一起沿欧洲的边境村落巡逻，因为这里是所有国际逃犯和逃亡者的最终目的地。

"他们想到这里躲起来，"他指着四面黑压压的大山说，"你看，多棒的藏身之地。"

再过一会儿，他就要拿起枪，开车穿过森林去察雷沃执行夜间巡逻任务。但此刻，他正跟着一只巨大羊皮鼓的节奏敲打着鼓点，他的鼓槌是两根破旧的汽车天线。

有人提出，想听一首名叫《九年》的民谣，歌中唱的是男人爱上一个女人，但谁和她生活在一起就会被她下咒。九年后，男人日渐衰弱，最终死去。歌中男主角的母亲恳求他离开那个女人，但他回答："妈妈，九年算什么？没有她，我浪费的是整个生命。"

这里的男人有的在其他村子有女友，有的离了婚，还有的孤身一人。女人们都像明卡和俄罗斯女人一样，不是守寡就是已婚。《九年》像一支"阻燃剂"，桌子周围的情绪发生了变化，气氛变得压抑起来，仿佛每个人的失落和遗憾都堆积到一起。乌云压近，大山的颜色变暗了。

边防警察伊万（Ivan）走到墙角拿起来复枪。他是这群人里年纪最小的一个，脸上一副茫然的神情。当最后一声和弦结束时，他步履坚定地穿过空荡荡的广场。我的心提到了嗓子眼，只见他举起枪，摆好姿势，对着聚拢过来的乌云开了一枪，接着是第二枪、第三枪……一共五枪。空弹壳应声掉落在广场上水泥砌成的篝火圈里。

他转身回来，把枪靠到墙上。

"这样就好多了。"他说着坐下来。

"我得释放得更多才能感觉好一些，可现在不是时候。"斯塔门自嘲着，紧张的空气渐渐消散。手风琴师用手绢擦着脸。我觉得自己的鼓膜肯定是出了问题。

"单身生活让人头疼，"斯塔门把一盘猪肉推到我面前，"吃了它。我们需要女人，会唱歌的好女人。你为什么不留下来？"

"或者至少一年来一次，像我这样。""波兰人"说。

"这些大房子都空着，"俄罗斯女人说，"迫切需要有人来住。"

"二十年了，我们的教堂没举行过一次婚礼。"说话的是斯塔门的母亲。

天空仿佛开了一条缝，雨帘倾泻而下拍打在空无一人的广场上。桌边的人散了。我回到住处趁着天还没黑下来，把晾晒的衣服收进屋里。我倒不信真有什么邪恶的人，只是出于安全考虑。

/ 028

雨停了，我坐在阳台上静静地等待豺狼从薄雾中现身。一想到自己和其他人一样，或早或迟得离开这个村子，我就满腹遗憾，要是能大哭一场就好了。

/ 圣 泉

希腊语中，"agiasma"是"治病的圣水"的意思。泉水曾经是色雷斯人举行祭礼的地方，他们崇拜母亲女神，将其寄托于子宫形状的祭坛和斯特兰贾潮湿的山洞夹缝中，从那里获取女神的儿子兼情人——太阳神——的光辉。

人与圣水之间的联系之所以传承千年，或许因为圣水是物质世界与魔法世界的纽带，是冬夜与夏日、孕育与重生、喧嚣与秩序的传递者。

泉水从 5 月开始恣意流淌。人们说那是圣泉开了，你可以用它洗净面孔和良心，治愈疾病，解除恶咒，迎接新的日子。人们从衣服上扯下布条挂在圣泉附近的树上，就能抛开疾病和烦恼。等到冬天，树上沉甸甸地缀满布条。怨声载道的当地政府会趁着春天到来之前，把它们清理干净。

一天上午，我跟随山谷村的人来到密林深处一个被称作"大圣泉（Big Agiasma）"的地方。

/ 万物始于泉水

我们从"迪斯科"咖啡馆出发前往"大圣泉"。车队朝着一个地图上找不到的地方，沿峡谷缓慢行驶。那是边境密林里的一块空地，是猎人的足迹和行车道交织而成的十字路口。途中我们路过废弃之后蛇满为患的边境兵营，那里曾经是优雅的"波兰人"童年时待过的地方，瓷砖装饰的大门破败不堪，上面写着一句幽灵般的标语：

国家边境，国家秩序

我和村里的妇女们同坐在一辆苏制小货车上。路上坑坑洼洼，尽管司机努力控制着车辆，但大家还是在硬邦邦的座位上被颠得七上八下，牙齿打战。女人们像抱孩子似的在腿上放着身穿带蕾丝花边红衣服的圣像。我低头瞥了一眼，惊讶地发现它们的神态竟然如此栩栩如生。

"它们中间有些已经很有年头了。"一个身板厚实得像男人的妇女说。最古老的圣像已经有 300 年的历史。女人们像对待孤儿一样照看它们。

"所以我们只在圣康斯坦丁和圣海伦娜节时把它们带出教堂。"和我住同一条街的德斯皮娜（Despina）说。她的丈夫卧病在床，她独自打理一个郁郁葱葱的花园。

"你觉得我们村咋样，亲爱的？"提问的女人嘴里嚼着口香糖。我喜欢她一脸直率的样子，总爱把"世事无常"几个字挂在嘴边。"樱桃快下来了，你在城里可吃不着这样的樱桃。"

"也许苏格兰有樱桃呢。"德斯皮娜说。

"不，苏格兰有威士忌，"嚼口香糖的女人纠正道，她冲我眨眨眼，"而且男人都穿格子呢短裙，对吧？"

女人们一阵窃笑。为显示我的老朋友身份，她们递过来一尊圣像，让我抱着放在腿上。有个蓝眼睛的女人一直坐着没说话，眼神看上去有点吓人。我尽量不去看她，不知那是不是所谓的邪恶之眼。

"很少有人来这儿，亲爱的，"一个从前在学校食堂做饭的女人说，"你真该看看这村子以前是什么样儿。"

"有学校和图书馆，"德斯皮娜说，"还有果园、田地、成群的牲畜、几千头牛。我们村从前可是很有钱的。"

"过去的，就让它过去吧。"嚼口香糖的女人感慨起来。

"几年前，我们去了迈利基（Meliki），"那个男人样的妇女说，"拜访了希腊人，那都是些可爱的人。"

"可爱的人。"大家随声附和。100年前，希腊迈利基人的祖先留下这些圣像，他们至今保留着名叫"anastenaria"的蹈火仪式，在保加利亚语中称为"nestinarstvo"。

"我们还去过土耳其那边的斯特兰贾，"嚼口香糖的女人接着说道，"去我们原来的村子，看看父母的老宅子。不过那里已经没人住了，只剩下一片废墟。"

"空荡荡的村子"，那个男人相貌的妇女补充说。她在村里打扫街道，人们叫她"大耳朵（The Ear）"，因为她听觉异常灵敏，能听见几条街外屋子里的窃窃私语，也许甚至还能听见别人脑子里的想法呢。我天天见她拿着扫帚在空无一人的广场上扫着看不见的尘土，然后拐进山的另一边。经过她身边时，我努力让自己保持大脑空白，但她总是斜着眼狠狠地盯着我，让人不由得心里打战。

小货车终于停下来，已经有人聚集在林间空地上。

人们管这块地方叫"故乡"，真是个绝妙的比喻。数百年或许上千年来，它目睹一群群拜火者、音乐家、寻欢作乐的人、神秘的占卜者，还有普普通通的醉鬼聚集前来，直到1940年代末，作为崇拜对象的斯大林取代了大自然。我这一代人正好在成长过程中见证了这种转变的最后一个瞬间。

大锅羊肉汤在火上翻滚冒泡，女人们从货车上下来搅拌汤汁。空地上有五个被叫作"odarche"的木质平台，边境上的五个村庄每村一座。木台空着的时候看上去像行刑台，而现在，人们正排着紧凑的队伍从河边出发，挨个儿把圣像放置在木台上。这一切看上去像极了电影《异教徒》（*The Wicker Man*）中的场景。手捧圣像的人没有停下来祈祷，而是迈着小碎步，配合手势就地跳起例行的圆圈舞。在东正教的香火味儿中，异教的气息清晰地扑面而来。

我和着风笛和牛皮鼓的节奏，加入通向河边的队伍，女人们在那里"清洗"（实际上并没有沾水）圣像。她们脱下圣像的衣服，"擦洗"一番，然后再穿上，将其放回到木台上。

这块空地是永久性的派对场所，平台似的木桌是固定的。时至中午，狂欢的气氛已经很浓。在这里，膜拜圣像的仪式似乎已经超越了信仰、狂欢或文化——被重新赋予了另外的意义。我虽然有所觉察，却说不上它是什么，应是某种和边境有关的感觉。

/ 033

希腊人也带着圣像来了。一群希腊女人正弯腰在河边忙活。这里是她们祖先的故乡，她们的祖父母就长眠在山谷村。"故乡"因此成为一个特殊的旅游品牌：寻祖旅游。

我沿着陡峭的山间小道向"大圣泉"的方向出发，泉水刚刚涌出——这是一桩盛事，"大圣泉"一旦开始涌水，斯特兰贾所有的泉水都会开始淌水。一个女孩跑过来拍拍我的肩膀，她一身白色装扮，看起来像个女神。

"你好，我叫伊格丽卡，"她自我介绍，"伊格丽卡（Iglika）"是报春花的意思，"你叫什么名字？"

我停下脚步，只见她肤色金黄，一头小麦色长发，像歌曲里唱的人物一样。出于迷信，我心里不禁泛起一阵担忧，像她这样活着，难道不怕招来邪恶之眼吗？我把名字告诉她，她笑了，露出一口珠玉般的皓齿。

"你叫水滴！"她说着拉过我的手，攥在她冰凉的手掌中，"你和水之间肯定有什么亲密关系。咱们俩很相像。知道吗？我在曼彻斯特大学念了两年，但我在曼彻斯特待不下去。谁也没法在那里生活，我回来了。"

前往"大圣泉"的一路，她像汩汩的泉水一样说个不停。可是当我们顺着人流即将到达目的地时，她却没了踪影。伊格丽卡来自十字村，因为靠近韦莱卡河（Veleka River）上仅存的几个河桥渡口之一而得名。韦莱卡河发源于土耳其山区，全长 147 公里，切开斯特兰贾山脉形成峡谷，最后注入黑海，全然不把什么边境放在眼里。河流是神话世界中的边界——因此人们要在这里"清洗"圣像。

那天我没再见到伊格丽卡。山谷村的村民邀请我坐到他们的桌边。人们相互传递着大碗羊肉汤，这道菜叫"库尔班（kurban）"——是用当天一早宰杀的小羊炖制而成——意思是祭杀动物（源自阿拉伯语"qurban"），通常还要伴着风笛和鼓声。虽然我一直没有亲眼见过，但在希腊和保加利亚农村，无论基督徒还是穆斯林，至今还保留着在重大庆典上举行库尔班的传统。过去，每个举行祭火仪式的村子都有专门用于祭祀的刀、斧子和树桩。现在一切荡然无存，只剩下村边的小礼拜堂。它们通常站立于山泉之上，仪式开始前人们要在那里膜拜圣像。

"斯特兰贾山里的扎博诺沃村（Zabernovo）有座教堂，盖在山泉上，是个古老的膜拜之地。"不知是谁恰逢其时地在我身后说道。说话的女人有着浅褐色的头发和烟熏的肤色，一双眼睛神秘莫测。她叫玛丽娜（Marina），坐在离桌子不远的一个巨大的橡树木桩上，似乎已经待了很久。

她说，扎博诺沃村的教堂里有一口井，原始而神秘的角斗就在那儿举行。直到现在，如果你在季节周期恰当的时候趁着夜色来到井边，而且懂得其中的门道，夜幕降临时就会有一个男人和一头黑色的公牛从井里出来搏斗，一直持续到破晓。

玛丽娜是个研究民族志的学者，在布尔加斯待了三十年，后来回到边境小镇照顾年迈的双亲。她没向我打听此行的目的，因为她另有一套识人的方式。

橡树林在我们头顶上无声地摇曳，夏日的天空充满朝气。这里有孩子、耄耋老者、酒鬼，也有民族志学者。人群中一眼就能分辨出我这样的外来者——我们看上去终究是拘谨的。男人们大口喝着自制的烈酒，每一座木台边都有人站岗守护着圣像。

玛丽娜说："众神显灵是一种信仰，人们认为圣像是神在人间的体现，是凡人与神之间的媒介。"

我问她，"大圣泉"究竟"大"在哪里？因为在我眼里，它真的算不上大。

"我们不能从表面看问题。"玛丽娜摇着头笑了，给我讲了个故事。

古时候，每到春天就会有一头神鹿跑进山里用鹿角清理山泉，直到泉水涌出来为止。它每年都来，清理完山泉，就自愿作为祭祀的库尔班接受宰杀。所以这里的人从不在森林里猎杀牡鹿，生怕伤到那只长着金色鹿角的神鹿。玛丽娜说，它从青铜器时代开始向着太阳奔跑，火是它的世俗化身。

而在我看来，如今森林里充斥着各种各样的狩猎犯罪行为，人们随心所欲地获取猎物。

"'大圣泉'就是这么来的，"玛丽娜总结道，"正因如此，这里的一代代拜火者最早实现了与火的和谐统一。泉水涌出、洗净着装、逆时针绕圈，这些仪式已经伴随我们很多年。"

可是这一切和火到底有什么关系呢？

"很明显，"玛丽娜说，"今天是圣康斯坦丁和圣海伦娜的火节。膜拜他们，即膜拜大地女神和她的儿子兼情人太阳神的变体。拜火的核心是表达酒神和阿波罗神的二元性。太阳和黑暗神秘走到一起，很短暂。二者只能短暂共处。"

牡鹿既是猎人又是猎物；母亲和儿子是情人关系。

"隐喻性思维就是这样，"玛丽娜笑起来露出一口粘着烟碱的尼古丁牙。当然，我真正想知道的是：我们什么时候能见到蹈火者。

"火是夜晚的秘密。"玛丽娜说。

"就是说，我们得在这儿等一整天？"可是，玛丽娜突然不见了，像树上的精灵一样。

"按照传统，库尔班的灰烬就是蹈火的场地。"一个和我同桌的年轻人开口道。他长相怪异，始终坐着没喝酒，肤色苍白没有血色，有一双突出的暴眼，一眼看去像披着冷血爬行动物的外皮。他是当地的一名蹈火者。

没多久，乐队来了——一个身上挂着大鼓的男人、身材圆胖的风笛手、吉卜赛手风琴师像个忧郁的埃及人，还有个脸庞好似葵花的年轻歌手。歌手带来了新鲜的气息，仿佛打开一道门，射进一束光，他整个人都在发光。风笛手吹着同一个颤抖的音符迈步走下台阶，这不是用意识和头脑谱写的音乐，而是古老的时间之声。手风琴师跟着牛皮鼓的节奏拉起忧伤的曲调，歌手亮开了嗓子。

人群开始骚动，林间空地仿佛载着所有人升腾起来，大家手握酒杯，倚靠在草地上，凝望着镜子般的河水。

"真正的蹈火者往往还有另一种天分，"玛丽娜不知什么时候坐回到树桩上，"要么会唱歌，要么会预言。"

她说，第一次世界大战期间，附近乌尔加里村（Urgari）有个名叫泽拉塔（Zlata）的蹈火者非常出名。她残酷而准确地预言了村里有哪些年轻人将在战争中有去无回。蹈火者能从煤块中窥探未来，然而在这里，未来却总是坏消息。今天来到"大圣泉"的希腊女人就是那些蹈火者的后代。她们的先辈在巴尔干战争前以超人的预见力看到了一切：战争、流放，失去家园、牲畜和孩子，以及通向希腊的那条饱经劫掠的漫漫长路。

"为什么？"他们扑倒在灰烬中哀号，"为什么要种地、生孩子、盖房子？呜——呜——呜——最黑的黑色！"

他们曾经住在我租住房子的隔壁，一切尚未发生时，他们就已经知道自己将永远地失去它。巴尔干战争后的大迁徙中，许多家庭在森林里丢失了婴儿和孩子。每个种族的难民都遭到各路杂牌军的袭击，就连孩子也无法幸免。这就是典型的巴尔干困境：平民比战斗人员更害怕战争，而战争的余孽至今在暗处经久不散。

"火与水，"玛丽娜说，"它们在一起是一种集合式疗法。没有它，人就会疯掉。"她接着道："火与水，既能净化，又具有破坏性。所以蹈火的人必须传达点什么东西。"

"传达什么呢？"

"苦难，"玛丽娜说着，在树根上踩灭烟头，"我们都知道苦难，但经历苦难，经历火与水，让其他人一起感同身受——这是一种来自别处的经验，所以钟情于火并非家传。"

从古代最早的拜火仪式开始，拜火者们就来到"大圣泉"，让自己适应未来火热的骄阳、如水的生活和森林里的家园。最早为人所知的蹈火者出自斯特兰贾一带几个说希腊语和保加利亚语的村庄。奥斯曼帝国时代，那里有个村庄被称作"kyor kaz"，意思是"盲区"。至于为什么是这里，则没有人知道。作为拜火仪式大本营的两个村庄——马杜拉（Madjura，现有人口为0）、皮尔格普罗（Pirgopulo，现有人口为0）——早已消失在任何一张地图中，村里的房屋在20世纪初反奥斯曼帝国的起义中被焚烧殆尽。它们的名字就像边境上的幽灵，只回响在人们的记忆中。如今，这两个村庄的位置应该在土耳其境内。

蹈火者通常为育龄妇女或者年纪更大些的女人，她们五六月份现身，浑身洋溢着热情，充满对火的渴望。地里的活儿、孩子、村镇的规矩，统统被抛到脑后，她们只想做这一件事情。她们变得浑身冰冷一个劲地颤抖，披散着头发，转动着眼珠，撕扯着衣服，哀号着，恸哭着奔向火堆。呜——呜——呜——

有关斯特兰贾拜火仪式最早的记录源自19世纪，但有个研究学派将其追溯到了色雷斯人的时代。色雷斯的精英们，以及他们的国王兼祭司、王后兼祭司，确实进行过俄耳甫斯教的膜拜太阳仪式，平民则举行黑暗而神秘的酒神节狂欢。然而，无论研究古代色雷斯的学者的观点是真切的，还是掺杂了想象，有一件事是清楚的：基督教是原始灵修的遮羞布。蹈火仪式通常由一人开场，节日气氛从早到晚传遍整个社区。虽然现在东正教将拜火斥为巫术，但地方上的神甫还是会经常悄悄地参与其中。这并不奇怪，毕竟东正教从未产生过什么开明的思想或见解。事实上，希腊东正教对拜火极为排斥，以至于当地的蹈火者被迫改造了伴奏乐器，将动物皮制成的风笛换成了提琴。

历史上诸多了不起的蹈火者通过口口相传留下了许多故事，它们和自然崇拜一样都是为了在人类世界和精神世界之间寻找平衡。拜火节来临前，乌尔加里村的泽拉塔会变得浑身冰冷。她抱着通红滚烫的火炉，手里攥着余烬取暖。有一次，她的丈夫因为难堪，禁止她踏上火堆。泽拉塔随即突然倒地，失去了知觉。可是紧接着，牛皮鼓敲了起来，她像听到血液跳动的声音一般，扔掉毯子，从床上站起身，像梦游一样走向火堆，踏脚上去。第二年，泽拉塔的丈夫也中了招，呜呜地叫着奔向火堆。这难道是圣康斯坦丁和圣海伦娜的报复？无论如何，泽拉塔夫妇双双成了蹈火者，身体恢复了健康，好运也回来了。但这一切都是短暂的。后来，丈夫去世，抛下了泽拉塔和六个孩子。

另一名蹈火者叫科尔卡（Kerka），初踏火堆时肚里正怀着第六个孩子。当时她面朝下扑倒在余烬上。还好，女婴幸运地活了下来，科尔卡还预言了她的未来：你会结两次婚，48岁时怀上孩子。没有人相信她的话，但后来一切都应验了。当年的小女孩科斯塔丁卡（Kostadinka）如今成了老妇人，独自住在斯特兰贾海边的一个小村子里。她很穷，前去拜望的人都会带去一公斤面粉和一瓶油。因为她喜欢做一种供奉给当地小教堂的面包。那是唯一一个有床位的教堂，而且还不是一般的床。有一次，科斯塔丁卡摔伤了腿，继而感染并生了坏疽。但是她太穷了，根本请不起大夫。她在高烧中看见死去的母亲，便哭起来："妈妈，我快活不成了。"科尔卡回答："你当然快完了，你都不会照顾自己，我现在告诉你该怎么办：做个面包，带到教堂里供奉起来，并且睡在那里。"科斯塔丁卡照办了，她的伤口从第二天早晨就开始愈合了。

但如今，斯特兰贾已经没有出色的蹈火者。我不断听人说，那是一种濒临灭绝的艺术。身材矮胖的风笛手是最后一代风笛传人的儿子。先是教堂，然后是共产主义国家，一次又一次地迫害并斩断了女性与烈火之间的沟通。国家有专门许可的蹈火表演者，他们在"红色里维埃拉"那种矫揉造作的海滨旅游点为游客表演。而真正的蹈火却是违法的。

玛丽娜叹了口气："他们禁锢了森林。但在过去的4000年里，对于火的崇拜并没有灭绝。一切仍有希望。"

森林里泉水汩汩，乐声袅袅，人们窃窃私语，体内的活力升腾起来。我感觉自己掉进了梦里——不知是美梦还是噩梦。玛丽娜的笑容让人捉摸不透。

"你已经感觉到了，"她说，"这里的能量非常强，你必须作好准备去接受它。否则它会让你生病。斯特兰贾还有好几个类似的地方。如果你在这里逗留一阵子，会发现的。"

"我现在正待在这里。"我回答。玛丽娜打量着我，避开了我的目光，这是她让人尴尬的小把戏。

"小心点，"她说，"斯特兰贾可不是属于每一个人的。这座大山不会向你敞开怀抱。"

大家一动不动，仿佛这森林是一剂麻药。

"它也不会放你出去。"玛丽娜补充了一句。

我突然意识到，这次森林之行为什么如此重要。它与圣康斯坦丁和圣海伦娜毫无关系。

在这些老妇人的背后，子子孙孙客居异乡他国，冷战热战风起云涌，政权军队如过眼云烟，只有长相酷似人类的圣像始终坐在她们膝头，我明白了其中的原因。这是一个不曾讲述的故事——它却每年在水与火中被唱诵、被舞蹈，从而得到净化。当奥斯曼帝国慢慢瓦解，人们被巴尔干战争夺走土地时，他们只能被迫冒死穿越边境。半个世纪后，他们还是被禁止穿越边境，违者一律处死。所以他们要聚在这里，它在空间上距离边境那么近，而在时间上又是那么遥远。

下午，妇女们怀抱圣像坐上了回村的小货车。

"它们得休息。"嚼口香糖的女人离开时向我眨眨眼道。

夜幕降临，一个男人耙平地上的余烬，鼓手和风笛手奏起例行的蹈火曲。每场仪式一首曲子，一共三首。第一首是《告别》，乐队和蹈火者在音乐伴奏下逆时针绕火堆三圈。在充满渴望和诱惑的鼓点中，音乐让人感觉自己仿佛属于森林，开始进入神秘的境界。第二支曲子叫《拥有》，两个男人和两个希腊女人怀抱圣像跟随音乐踏上余烬。四个人踏着灰烬擦身而过，相互之间既没有眼神交流也没有穿插走动。他们不是在彼此交流，而是各自在圣像的陪伴下进行与火的交流。

玛丽娜小声告诉我，斯特兰贾的蹈火者与别处传统的蹈火者不同。他们不但要一直把余烬踩踏成灰，而且还具备别的天赋。最重要的是：在过去，身体与火的接触是整年仪式的高潮，一年中不同的仪式代表太阳神和夜洞女神的不同化身。

此时，人们仿佛陷入一种集体性的无意识状态。两个希腊女人来自蹈火仪式保存得最好的村子。那里的人只在封闭的原始社群中举行仪式，不允许外人介入。正因为如此，希腊人的蹈火仪式才真正受到保护。灰烬中的热气向围观的人群扑面而来。我感觉头发也快要燃烧起来。我已记不得第三支曲子的情形，只记得它叫《在火中》。

所谓陶醉，即忘我。从酒神狂欢的时代开始，人们就一次次地在这片森林里忘我地陶醉。但这只是陶醉的一种。有些历史学家认为，因为年代过于久远，我们已经无从知晓古色雷斯人最初的想法。但当地一名研究者推测，帕洛利亚的静修士很可能就是最早的蹈火者，毕竟二者之间存在相似之处：密集的冥想、体温的变化、溶解自我、与神圣能量相互交流。除此以外还有相似的姿态：静修士进行摇摆冥想，而这里的习俗（已在巴尔干战争的人口大迁徙中失传）是蹈火者晃动身体用头撞击圣母玛利亚的圣像。最后还有物质象征：过去的蹈火舞中，圣玛丽娜踏在被火烧红的大地上，圣母玛利亚身着一袭红衣。那红色和如今圣像身上的红衣一样。它红得像圣康斯坦丁和圣海伦娜的斗篷。1350年代，帕洛利亚的静修士被伊斯兰军队打散，他们难道将这份秘密遗产留给了世俗平民？

/ 042

"嘶——"踩踏灰烬的希腊女人发出蛇一般的声音。

我困惑地望着玛丽娜，可是她却仰望着夜空，火光映红了她的脸庞。后来她告诉我，嘶嘶的声音是为了纪念圣玛丽娜，她是蛇与火的守护神。

"小心那些火球，"玛丽娜说，"它们有时候会出现，大致就在每年的这个时候。"

斯特兰贾人看到的神秘火球也许是一条飞龙。我抬头望着神秘莫测的天空，银河正在缓缓地流动。

*

　　几天后，我到十字村办事，村子坐落在陡峭的河谷上方。那天下午，伊格丽卡正和面色苍白的蹈火者一起待在藤蔓成荫的祖母家。两人坐在阳光照不到的地方，看上去像一对短暂造访地球的外来双生子。

　　蹈火者客气地微笑着和我打招呼，我问他感觉如何。

　　"精神饱满，"他远远地回答我，"是火给了我活力。"

　　我走过去和伊格丽卡打招呼，可她已经记不得我们曾经在"大圣泉"见过面，甚至也许不记得有过什么聚会活动。和她握手时，我发现她两眼空洞，手掌冰凉。我不禁担心起来。

"切什玛（cheshma）"来源于土耳其语中的"切什梅（çeşme）"，它在大巴尔干地区是路边泉水的意思。你可以在泉眼边拴好马，给羊皮口袋灌满水，再切一片西瓜，把垃圾扔进附近的垃圾桶。有些地方立着一块牌子，标记着当地的某位英雄曾经在此歇脚，或是用来纪念被人深爱过的某个人。"切什玛"就是亲民版的圣泉，它敞开怀抱迎接四方来客，从不属于任何人，巴尔干地区没有边界。泉水甘醇清冽，不时有蝴蝶轻轻掠过，让人只想留下来。

如果你留下来，就一定会发生什么事情。路边有个"切什玛"，于是我在一座静谧的小村子边停下车。待我从泉水处转回身，发现正有人在等着我。

他皮肤晒得黝黑，那架势仿佛在告诉我，这条路是他的。

"我只是过来看看，"他笑起来温文尔雅，出现得恰是时候，看起来不像当地人，很难判断出他的年龄。"我刚才从家里就看见你了。"

他上上下下打量着我，和我一起走到车旁。

"不介意的话，进来一起喝杯咖啡？"他觉察出我脸上的疑虑，"或者橙汁？我家就在那儿。"

他指了指我刚才路过的一座大宅子，它隐藏在高墙后面，完全不像偏远村落里常见的民居，而是华丽铺张的帮派风格。后来，当我向同村人讲述这段邂逅经历时，他们说："啊，是的！他老婆光着屁股出来倒垃圾，就是那个人。"

我把车停在大宅子墙外，忐忑地跟随他进门。庭院里有个泳池，周围点缀着颇有异国情调的石膏动物雕像。

"我妻子是奥地利人，是个退休麻醉师。"他一边含含糊糊地说着，一边进屋取茶点。

他的妻子身穿比基尼，懒散地靠在躺椅上，笑起来眼睛眯成一条缝，一头浅色金发，皮肤是粉褐色的。

"这是我们的狗。"她告诉我两条德国牧羊犬的名字。共产党统治期间，这个品种的狗在边境地区很受宠，是专门用来抓捕人的。

"我出去打猎的时候带着它们，"男主人替我端来一杯橙汁，自己倒了杯威士忌，"但我不猎杀动物。我已经什么都有了，不需要杀戮。"

"坐下歇会儿。"他的妻子指指旁边的椅子，我拘谨地坐下。

"你知不知道，有谁想买这房子？"男主人问，"我们正在出售。"
我询问其中的原因。

"为什么？好吧，我们准备去西班牙。我们已经在这边受够了。我们盖了座梦想中的房子，一心只想过好日子，可是每次只要走出这房子，却满眼都是吉卜赛人。"

"吉卜赛人。"他妻子摇摇头，瘦长的脸上掠过一丝笑容。

"这个地方的吉卜赛化已经到了泛滥的程度，你肯定已经发现了，"他语气闷闷不乐，两眼从酒杯上方望着我，希望得到认同，然后又换了种语气道，"你是一个人？到这种荒郊野外来干什么？"

我注意到，围墙的门上安装着电控密码锁。

"寻找和边境有关的故事。"我回答。他目光锐利地盯着我。

"边境怎么了？"

"你懂的。"我说。他确实很懂，旋即进屋取出一张纸。

"给你看看，因为有些事情你不了解，我亲爱的，"他说着，在纸上画起来，"这是雷佐沃河（Rezovo River），它是东德人过去最常穿越的地方。他们以为这里和柏林不一样，只是个树林子，以为很容易，可是他们的麻烦来了。因为这条线是个圈套……真正的线在这儿。"他画了两条带刺的铁丝网。

/ 046

"等到这些聪明人越境失败，他们在那头的亲戚或朋友就会得到消息……接着，他们要回到柏林坐两年牢。有些人没能活着出狱。但首先，他们得干活儿。有个特殊的部门专门负责这个，几天之后，他们就会唱得像夜莺一样动听了。"

女主人吐出个烟圈，微笑中带着一丝嘲讽。

"你怎么知道？"我问。

"因为我过去在柏林的文化中心工作，可以拿着护照去欧洲各地，不过我从来没有滥用过。当然，我的工作是在东西柏林之间充当信使，但有时候挺清闲。"

"什么样的信使？"其实我心里已经明白了八九分。

"哦，信件，装在信封里的各种东西，"他眨眨眼睛，"没什么见不得人的东西。"

他一直从国家安全部门领取报酬。所谓柏林文化中心只是个幌子，其背后真正的"文化"工作是间谍、走私、攫取国家资金。

"看得出来，你是个天真的人。很多事情并不见得非黑即白，"他突然来了兴致，继续道，"没有什么无辜的人，只有机会主义者。他们是自讨苦吃，想在体制上钻空子，但体制比你更精明。你以为本地人很单纯？嗬！就拿这儿的牧羊人来说，一个简单的灵魂而已。他们是那种逃亡者眼中可以相信的人。牧羊人对这个又饿又冷、在森林里迷了路的年轻人说：'你就待在这儿，我去给你拿吃的。'然后他走了，去报告边境巡逻队，带来了手铐，跟你再见。牧羊人为此得到了一块手表，一块苏联手表。这就是和善的当地人。"

一块苏联表换一条人命。

"看见那边的塔了吗？"他指着最近处山头顶部的输电塔，"它过去是用来窃听的。在其他地方，电报信号会被拦截，但是在这儿的边境上，他们可以调台听广播。"

他的妻子闭着眼，一心享受着日光浴。

"国家及其手下攫取了无数金钱。他们把国家搜刮完了，把古董和财宝藏进手提箱。你知道为什么这么多人直到现在还把持着权力？因为他们都是专家，他们是扳不倒的。"

"那么你呢？"我问。

"我？"他举起双手表示中立，"我在国外，"接着又冲妻子点点头，"几年前刚回来，想过好日子，可是办不到啊。"

"是吉卜赛人，"他的妻子说，"我讨厌这些吉卜赛人。"

"不只是他们，是每个人。你就单独一个人？那你最好离那些巴尔干男人远远的。他们真的很坏。"

"没错，"女主人睁开一双轻佻的眼睛，"巴尔干男人，相当坏。"

她脱掉上半身的比基尼，胸部晒得和身体其他部位的颜色一样深。那一刻，我突然恐慌起来，生怕他俩拉上我一起玩什么游戏。

"性别歧视者、种族主义者、沙文主义者，"男主人回头转向我，"谁付钱给你？肯定有人为你掏钱。"

"我是个作家，"我回答他，"很不幸，没有人为我出任何钱。"

他冷笑着摇摇头。

"想当年，我们有办法对付你这种人。"他说。

"我'这种人'是什么意思？"我已经明白了他所谓的办法是什么。

"进步分子，"他说，"这些人到处走，问问题，很遗憾。从很多方面来说，那个时候才是黄金岁月。"

我感觉该离开了，于是伸手去拿他画下的那张纸。

"我把电话号码给你，"他说，"万一你能想起有谁会买下这栋房子。"

/ 048

说着，他从我手里抽回那张纸，撕下一个角，在上面写了点什么，然后把其余的纸撕成小碎片，在玻璃台面上堆成一小堆。

他戴的不是苏联表，而是块瑞士表。

"欢迎再来。"他妻子笑着。我不知道她是否听懂或者留意了刚才的谈话，不过此时这不重要。

他领着我跨出带密码锁的大门，向车的方向走去。当我坐上驾驶座后，他弯下身子靠在车窗上不经意地说道："别再到处翻旧账了，亲爱的，没人感兴趣。"

"我有兴趣。"我回答。

他拍拍车顶，算是和我告别。

驶出村子的路上，我只看见两个弯腰驼背的人坐在一条破长凳上。他们身上褪色的蓝色工作服是国家过去免费发放的衣服，像极了监狱里的囚服。如果我上前招呼他们，也许会发现，他们身体里的机器早在 25 年前就已经停摆了。

回到"大圣泉"，我双手抖着倒掉瓶子里的水，凑到出水口又接了一瓶，任凭泉水源源不断地溢出瓶口。然后，我打开那角写着电话号码的碎纸。

上面根本没有什么号码，只写着一句话："你只有一条生命。"

这是 1961~1989 年"失踪"的外国游客人数，各种消息来源所引用的出处都是保加利亚内政部的档案记录。我无从得知这个数字是否真实，但可以确定的是，没有任何一个军人或政客曾因此受到指控。这 415 人中，有相当一部分被射杀他们的军人埋葬在无名墓地。其中有德国人、波兰人、捷克人、匈牙利人、车臣人，还有此前其他苏联加盟共和国的公民。他们通常是年轻夫妇、个人旅行者，或是成双结对的朋友。致使他们铤而走险的原因不尽相同：社会困境、家庭纠纷、爱情苦恼、逃避兵役，还有比如和西方国家的家人或爱人团聚等。保加利亚有一条貌似友好的"绿色边境"，和翻越柏林墙相比，从这里越境要容易得多。然而倒在这条边境上最多的是保加利亚人，冷战期间有上百人于此遭到枪杀，其中包括妇女和儿童。而从这里逃出去的人，则不下数百人。

越境的外国人中，数量最多的是东德人。这里是华约与北约之间的最后一道关卡，企图闯关的东德人多达 4000 人。当然，其中 95% 的人被保加利亚边境军警抓获并关进监狱判了刑。托马斯（Thomas）也在其中，他是莱比锡一名年轻的调音师，1981 年在这里被几条狗扑倒，腿上中了一枪。军警把他带到布尔加斯医院，他在遣返回国前失去了一条腿。三十年后，他重返这里，又一次站到了铁丝网旁边那个永远改变了他身体和生活的地方，再次见到了当年在布尔加斯照顾自己的护士。

从官方的角度来说，东德人是个特殊群体：两个亲如兄弟的政府之间签署了一项协议，用来"阻止德意志民主共和国公民穿越保加利亚人民共和国边境逃往西方，拘留犯法者，并将他们移交给各自国家的权力机关"。1960 年代末——据称，但尚未得到证实——东德秘密警察更进了一步：他们设立一项基金，通过己方在索非亚的使馆向杀死逃跑的德国公民的保加利亚军警发放津贴。除此之外，还有其他特殊待遇：如为表现格外突出者发放奖章，提供额外的假期，甚至有时还可以去东德度假。

19 岁的莱比锡青年麦克（Michael）是这道边境上的最后一名受害者。一个 20 岁的军警在距离希腊边境 100 米的地方朝他脸部近距离射击，致使他最终因失血过多死亡。事情发生在 1989 年 7 月，四个月后柏林墙倒塌。麦克离婚的父母赶到索非亚认尸，之后他的母亲用尽短暂的余生试图指控那名军警。麦克一心想逃离可知的未来，把整个青少年时代都用在了策划逃跑的事情上。他出门前带上了所有的积蓄：790 马克和一枚金币。

/ 心头的铁丝网

这是一间年久失修的普通村居，有着低矮的石头围墙，门口摆放着橡胶雨鞋，破窗户上蒙着纸板遮挡风雨。花园里飘来淡淡的玫瑰花香，早熟的小苹果咬一口满嘴苦涩。大门口的水龙头旁立着几个大桶，里面是正在发酵的自制梅子白兰地。我伸手推门，迎面扑来牛心西红柿的甜味。

我要拜访的老人就住在这里，1960 年代至 1980 年代他是边境部队里的一名下士。

乡邻们告诫我别去，这个人脑子不太正常。没人和他搭讪，他也没有朋友，自从他干下那种事后，就注定要走厄运。

进门是真人大小的一整块石碑，上面用巴尔干人最喜欢的自怨自怜口气写着，它纪念的是一名 1948 年"遭土耳其人残害"的边防军人。这个军人就是屋主的父亲，一名遭同行出卖被绑架到伊斯坦布尔的间谍，几经修饰成了英雄。那是一段让人捉摸不透的往事，牵涉保加利亚、苏联的双重间谍阴谋以及土耳其的反情报行动。然而它给人的感觉是，作案凶手并非"土耳其人"，而是克格勃（KGB）的前身、执行过大规模屠杀的苏联内务人民委员部（NKVD）的继任者——苏联国家安全部（MGB）。

门上钉着一张纪念通告，印着一个身穿军装、笑脸盈盈的年轻人，他叫纳斯科（Nasko），死于 1986 年。一刹那间，他那双充满灵气的浅褐色眼睛里有什么东西深深刺痛了我的心。那是希望。

老人在屋后的鸡舍里忙活，正骂骂咧咧地推着独轮车撵几只母鸡。他胸膛干瘪，身形强健，从头到脚一身迷彩，脚蹬一双没系带的军靴。一看见我，他便停止了咒骂，扔下手里的独轮车。

"干什么的？"他朝我走来，瞪着仅有的一只蓝眼睛气势汹汹地盯着我。本该是另一只眼睛的地方，只有上下眼皮紧贴在一起。我往后退了一步。他没刮胡子，身上发出一股夹杂着汗水和隔夜酒的酸味儿。

"我在村里做客，"我说，接着又补充道，"您妻子的事情，我很遗憾。"

他的妻子上周刚刚过世。有那么片刻，我以为他会兽性大发把我推下台阶。但只听他咕哝了一声"请坐"，为我拉过来一把塑料椅，然后给自己也拽了把椅子。他问了我的姓名和来历，随后我们彼此陷入了沉默。他那双粗糙的大手在膝盖上摩挲个不停，而我满脑子想的是它们扭断母鸡脖子的样子。他从一根低矮的树枝上摘了颗梅子递给我。

"您的眼睛是怎么回事？"我沙哑着嗓子问，接过梅子放在腿上。

"那是感染，"他说，"上星期，我的女人死了。一切都没了。不知道为啥，我这条命还在这儿耗着。"

接着，他又道："我有个儿子，纳靳科。"

他的下巴颤抖起来，仅有的一只眼睛里流下泪水。

"他是个聪明孩子，好孩子。他本来要当军官的，在无线电通讯那块儿。他一直是我们的希望。"

"出了什么事儿？"

"他们说那是一次事故。半夜里，长官让他去执行爆破任务，搞些石头给将军们盖别墅。一根引信碰到不知哪儿来的石头，碎石头把他砸成了两半。"

1990 年代之前，士兵遭遇"事故"是家常便饭，当然不会有人去调查纳斯科的死。士兵和他们猎捕的逃犯一样，他们的性命是廉价的消耗品。

"我的儿子就这么转眼没了。就因为有些将军要盖别墅。"

他那没有眼睛的凹陷的眼窝里也流出了泪水。

"然后到了 1989 年，世界翻了个个儿。我存下的大把钱一夜之间变成了废纸。纳斯科也不在了。"

我待了整整一个上午，希望能听到点推心置腹的话，得到一点启示，得出一点结论。但老人的泪眼中透露着警觉。

"哦？我听不清。"

他一而再，再而三地无法听见我提出的问题。

"我的这条命还没耗完。"他反反复复地唠叨着。

当我问起这个家里的其他人时，他高兴起来。他的外孙也是一名边防军人。

"您对这个怎么看？"我问。

他转过身，满脸疑惑地望着我，好像我在说外国话。

"他是个好孩子。"他答道。

"四代人都在边境上当兵啊。"我强调说。

"没错儿。"他隐约露出些笑意，但我觉察到他脸上有一丝惶惑。

我曾经从当地人的窃窃私语中听说过眼前这个人。事实和行为如此无情，谣言一直很有市场。

有人说，他曾经处决过一对捷克（或许是波兰）夫妇。因为他们是敌人，而且这么处置对士兵来说比较简单：不需要填写什么表格，只要在森林里挖个浅浅的坟，一埋了事。

有人说，他曾经往人身上泼汽油，活活烧死了两个土耳其年轻人。因为他们企图越过边境，因为他们是"土耳其人"，因为他有权这么干。

有人说，他曾经目睹自己军团的一个兵，趁人不备逃跑（被迫到边境服役的人时不常会干这种事），于是朝那个人背后开了一枪。因为叛徒就该死，因为他不能眼睁睁地看着有人逃跑。

然而，各种叙述总有自相矛盾的地方。也许这些事情并不是他做的，或者不只是他。也许时隔多年，他已经成了一个囤积他人阴暗面的便捷仓库。

曾经有一度，我发现自己也哭了。我之所以掉眼泪，是因为发现有些事情已经无可挽回。他的蓝眼睛目光如铁，闪烁着动物一样不择手段想要生存下来的渴望。对于人类而言，这是渴望被喜爱，渴望正确，只有这样一个人才能泰然地活下去。有人说，他变了，变得不再和人交往，他疯了，儿子也死了。人们就这样悄悄地议论着，语气中夹杂着遗憾、厌恶和伪善。

像他这样的狂热者，是主义机器制造的"科学怪人（Frankensteinian monsters）"，他们像遭受了诅咒一般在心里背负着沉重的铁幕，好让那些"散淡之徒"一边呷着威士忌，一边怀念过去的黄金岁月。

"你打算走？"他好像突然从梦中惊醒似的，"我什么也没能告诉你。我越来越健忘了。请再来呀，来，带些梅子回去。"

他笨拙地挪到梅子树下，用颤抖的手忙乱地摘下梅子堆在臂弯里，直到实在堆不下。梅子掉在水泥地上，砸出了伤疤。

/ 克里昂（1961~1990）

"克里昂（klyon）"是边防军人对带刺铁丝电网的昵称，这道穿越森林的警戒线隔开诸个邻国，将保加利亚封闭起来。它的官方名字叫"设施（Saorajenieto）"，表面上看，其作用是防止敌人渗透，但如果你抬头观察部分尚存的电网顶部就会发现，它所指向的真正的敌人在内部。

士兵们在边缘地带经年累月地熬日子，直到获准离开为止。其间，有些人自杀了，有些人则死于某个精神失常的同志之手。他们唯一的同伴是经过训练的狗，它们既能带来慰藉，又可以捕猎他人。边防军人分两种：一种是独眼老人那样的职业军人；另一种是经过抽签到边境上服两年义务兵役的19岁青年。边境执勤是最让人害怕的活儿，因为掌管边防部队的长官臭名昭著，被老兵们称为"披着人皮的恶魔"。有个老兵告诉我："当你无法接触到外面的世界时，他们能迫使你相信一切。"这道"设施"背后的生活充满封建暴行，却运转平稳，简直就是一幅当时社会的完美缩影。

沿着"设施"的狭长地带被称作"死亡之沟（Furrow of Death）"。在严密管控之下，就连鸟儿留下的脚印都能察看得一清二楚。

/ **猫神之墓**

这些年，我听到过许多关于"猫神之墓（The Tomb of Bastet）"的故事，现在终于要亲眼一探究竟了。它的位置距离边境相当近，以至于我的手机上竟然跳出一条信息："Turkcell 电信欢迎您来到土耳其。"

去往"猫神之墓"需要一名向导和一辆越野车。我的向导名叫尼奇（Niki），他矮个子，宽肩膀，还不到 30 岁就白了头发。他的车被车主们亲切地称为"乌阿斯（UAZ-ka）"，是标志性的苏制汽车。"乌阿斯"汽车由此前的苏联乌里扬诺夫斯克汽车制造厂生产，从 1940 年代起一直没有更换过样式。尼奇用它载着观光者，沿着通往土耳其的近道，从边境村庄出发驶入森林。

一路上没有遇到其他车辆，但冷不丁出现了两个胡子拉碴的背包男人，看上去是从土耳其徒步穿越过来的。两个人像影子一样无声无息。经过他们身旁时，我们彼此对视了一眼。他们没有做出任何表示。

停下！我吩咐尼奇。或许我们可以帮帮他们？但尼奇从两人身边嗖地驶过，用手机拨通了电话："通往'大遗址'的拐弯前，有两个家伙。"他详细地叙述道。事情就这么解决了。

"他们想自首，"尼奇注视着我，"所以他们没躲在森林里，而是沿着大路走。至少巡逻的人会把他们搭载到警察局，免得自己走路了。"

"可是。"我欲言又止。

"我现在每天都能见到这样的人。我不能把自己扯进去。"

"可是你不觉得有什么异样吗？"

"当然，"他说着拐出大路，开上一条崎岖的小径，"可是我没办法阻止叙利亚的战争啊，我可没这本事。"

尽管我们没有停车为那两个人提供任何帮助，但我接受了尼奇的观点。那一年，跨境的难民还只是三三两两的规模，远没有达到成百上千的地步。

"克里昂"锈迹斑斑的大门敞开着，我们驶进里面。

"这扇门直到去年才打开，"尼奇说，"你得有钥匙才行。"

上哪儿去弄钥匙呢？

"你当然搞不到钥匙，你得找个能拿到钥匙的当地向导。"

冷战后，这扇门竟然封闭了25年！

25岁的尼奇无法理解，我为什么如此激动。对他来说，"克里昂"只不过是一座展示神话般的共产主义时代的博物馆。包括边境村庄在内的这片区域以前被称作"一号边境区"。但这一段铁丝网之所以被封锁那么久，显然另有原因。

下面这段我听来的故事发生在"克里昂"的背后，它始于1981年，但事情可以追溯到古埃及的某个时期。人们无法从众多阴谋论中分辨出哪些是真相；唯一能够确定的事实是死亡。

1981年，当地边防部队的一名工兵被招走，去参加一场高级别的秘密会议，同时参会的还有文化遗产部的考古学家。工兵只是个普普通通的小人物，收到这样的邀请函不禁吓出一身冷汗，他心里很清楚：这绝不只是一份邀请函。他即将加入一次秘密考察，地点就在"克里昂"背后的斯特兰贾人迹罕至的深山里。

/ 059

按照地形构造，那片区域被称作"大遗址（Big Site）"，因为附近发现过数个古代人类居住层：一处名叫"米什科瓦尼瓦（Mishkova Niva）"的色雷斯人环形祭仪综合设施，其中包括俄耳甫斯教祭司雕刻的祭坛和神庙、一座古墓、一座具有罗马特色的色雷斯堡垒、一间罗马人用过的度假屋，以及一系列古代铜矿。从海拔700米的山上可以俯瞰土耳其郁郁葱葱的大片山林。

人们说，从山下仰望，这座山的形状像一座埃及金字塔——比多数金字塔形的山丘更像。只有边境巡逻士兵和冷战考古学家才会光顾这里。因此各处遗址都保存完好。但最近 25 年中，寻宝猎人对这些墓地遗址展开掠夺，用尽各种办法将整座罗马堡垒夷为平地。我和尼奇注视着圆形古墓。白天，这个地方会发出自身特有的高频能量。

"难怪贪得无厌的寻宝猎人大行其道，原来前人已经蹚出一条路了。"我对尼奇说。

他客套地笑了笑。

1980 年代初，保加利亚科学院成立寻宝部，鼓励老百姓上报可能藏有古董文物的一切所在。部长、副部长以及有权有势的高官纷纷启动秘密考古挖掘行动，一旦有所收获就迅速将考古学家调离岗位。挖掘出来的珍宝从来未经登记造册，从此再也没有人见过，挖掘地点被破坏殆尽。据说——这个故事里的内容大多是口口相传而来的——挖掘出来的无价之宝包括：14 世纪保加利亚最后一位沙皇伊凡·希什曼（Ivan Shishman）和亚历山大大帝（Alexander the Great）的继承者利西马科斯（Lysimachus）的黄金宝藏。谁也无法阻止最高统治者对国家展开大肆掠夺——其中有些人甚至连"考古"这个词都不会拼写。这些古董被卖到国际黑市，换成硬通货封装在外交邮件中再交给"散淡的"负责干部。维也纳是东西欧走私文物的集散地。当权者用这笔收入供老婆和情人赴巴黎购物，自己则蛰居在狩猎屋或海滨度假屋里喝酒嫖妓。那可真是黄金年代。乔治·马尔科夫曾在《被扼杀的真相》（*The Truth That Killed*）一书中对"黄金年代"作过令人难忘的描述。也正因此，马氏后来在滑铁卢桥上遭到秘密特工暗杀。三年后，暗杀令发布者的女儿柳德米拉·日夫科娃（Lyudmila Zhivkova）下令开挖"大遗址"。这算不算夸夸其谈呢？我问尼奇。

他双手插兜，耸耸肩。

"这都是很久以前的事儿了。我只是个导游。"

柳德米拉·日夫科娃是当时保加利亚最有权势的女人：她高居文化部部长之位，是国家元首托多尔·日夫科夫（Todor Zhivkov）的女儿。她身上充分体现了这个东欧政权的运转轨迹。然而，日夫科娃似乎和一般的独裁者千金不一样。她过着一种古怪的生活，似乎要以此挑战她父亲圈子里的那些庸人市侩。1970 年代末，她开始围绕自己发起一系列宏大项目，塑造一种狂热的迷信。其中之一是世界儿童和平大会。上千名孩子涌入我的家乡索菲亚，大家被集中在城外一座巨大的水泥建筑中。每个国家都有一口代表自己的"和平之钟"。学校组织我们去那里演唱专门为活动谱写的歌曲，和来自世界各地的孩子见面。但是，我从来没和哪个外国孩子有过任何交流——我们只是排着队，礼节性地敲一下他们国家的那口"和平之钟"。即便 8 岁的孩子都知道，活动不是为我们举办的，而是给日夫科娃一行人看的。他们站在平台上挥手，那姿势让人联想起古罗马皇帝宣布行刑时的样子，然后便钻进豪华轿车，关上深色镀膜的车窗扬长而去。虽然在日夫科娃救世主一般的光环下，人们很难觉察到她的妄自尊大，但她确实不一般——她是个大权在握的女人，她敢于在一众身着棕色西装的"僵尸"面前狂热发声。她的讲话和文章都那么尖锐高调，让人完全无法理解。

/ 061

柳德米拉对古玩非常痴迷，当时一名曾经和考古学家共事的寻宝猎人讲了一个故事。柳德米拉 30 岁刚出头之时，有一天亲临一座埋有大量宝藏的色雷斯人古墓挖掘现场。考古学家在那里发现了一件罕见的王妃祭司黄金花冠（色雷斯王族拥有祭司地位，会举行特定的宗教仪式）。柳德米拉一见耀眼的花冠，拿起来就往头上戴。考古队员赶紧制止她：别戴，这是个凶兆，不能摆弄坟墓里的物件！但柳德米拉还是戴上了花冠。没过多久，她遭遇了一场几乎致命的交通事故，头部受伤，之后便缠上了白色头巾。寻宝猎人从此之后再也没有见过那顶黄金花冠。

柳德米拉是她所处时代的产物，是一个贪婪的封建老人政权的后代。他们榨取国家命脉力保自己获得永生。然而最终她并没有得逞——她只是又一个吸血鬼而已。工人们以破纪录的速度为她建立纪念碑，为了赶在一年内完成五年计划，他们被迫在周末义务劳动，待遇处境堪比奴隶。

然而，从她身上也可以看出，集体心理是纠结扭曲的。人们被灌输了数十年的意识形态，已经在心里建立起一种补偿机制，认为在某种意义上，她体现了一种绝对权力核心之下的精神空虚。人在空虚的状态下可以干出任何事情。苏联式的教条无法取代流淌在保加利亚人灵魂中的神秘主义暗流。人们和土地共同亲密生活了上千年，区区几十年的苏联式工程就让他们感到恐惧和怀疑，然而这片土地上依然保留着神秘。于是他们求助于能够掌握神秘事物的人，柳德米拉也想掌握秘密。

据说，一切都是从一张地图开始的。一个名叫穆斯塔法（Mustafa，也许是这个名字）的寻宝猎人有一天出现在占卜者万卡（Vanga）的家门口，请求见她。万卡是东欧最著名的预言家，能够传递过去和未来的各种信息。人们纷纷从莫斯科和贝尔格莱德赶到邻近希腊边境、遍布温泉、雾气缭绕的山村小镇拜访她。万卡到底是什么来历？

埃万耶利娅·万卡·季米特洛娃（Evangelia Vanga Gushterova）1911年出生于马其顿的斯特鲁米察（Strumica）。童年时，她遭遇了一场离奇的龙卷风，双眼被砂石所伤。她到贝尔格莱德做了手术，但无法恢复视力。13岁那年，她双目失明，失去双亲，陷入极度贫困。在此期间，万卡开始和一个看不见的世界展开交流，获取了许多关于草药的知识，做起各种可以预知未来的梦。1941年，轴心国部队打进城的前一晚，一名骑马圣使突然造访，嘱咐她一定要在地球上尽可能活得长久些，她的使命是帮助别人。第二天，她豁然开朗，绘声绘色地描述起过去和未来的种种事件。据万卡的姐姐讲述，她"一年没睡"——不停地传输各种信息。从此，万卡成了一名神谕使者和治疗师，各怀心事的人们从四处赶来向她求助，其中就包括她未来的丈夫——他想打听杀死自己兄弟的凶手。万卡虽然知道凶手是谁，也预言了他的下场，但并没有透露凶手的身份。她告诫他，绝不要报复，因为那会让子孙后代遭受报应。她的道德说教总是充满仁慈，得饶人处且饶人，没有什么事情会永远消失不见。人的命运无法改变，而她所能做的就是观看人生这部"电影"，再把它讲述出来。在那个将心理治疗视为资产阶级作风的年代，万卡的宿命论给人们提供了指引和慰藉。

1945 年苏联人来了，万卡作为颠覆分子的代理人险些被处死。很多年里，她一直是个意识形态领域的棘手人物——一个巫婆、过时人物、人民公敌、马克思列宁主义的公开反对者。政府把她关进监狱，恐吓她，试图让她闭嘴，但无法收买她、出卖她，或是让她噤声。而且还有另一个问题：她实在太受欢迎了，不但老百姓喜欢，而且还受到政治精英的追捧。他们逐渐在暗地里对她产生了依赖——也许在辩证唯物主义之外，还存着别的什么东西？于是，经过一番奇思妙想，他们将她收编进新成立的暗示法教学研究所（Institute of Suggestology）。她从此成为一名官方的预言家，进出配有司机，成了一棵国家的摇钱树，访客们的慷慨付费源源不断地流进国家的腰包。日夫科夫本人和他的部长们也会不时用装着深色玻璃的豪华轿车把她接到索菲亚郊外的官邸。谁和她关系特别亲近？当然是柳德米拉·日夫科娃。万卡的侄女因此被安排进文化部工作。她自称预言家的"女儿"，在这个高贵的职位上忙活着，总是四处奔走，一边听，一边作记录。

我从小听着有关万卡的种种传言长大，我们认识的人中就有人见过万卡。然而，她虽然和老百姓一直保持接触，但终究已经沦为精英们的财产。到 1980 年代，你要么是个大人物，要么认识什么大人物，只有这样才能见上万卡一面。而我的父母什么也不是，他们只是普普通通的科学家。国家安全部门的特工在万卡的住所安装了窃听器——用来窃取铁托治下的南斯拉夫访客究竟说了些什么——她对此心知肚明，一笑了之，因为那只是穷途末路的国家内部最流行的笑话之一。

因此，当寻宝猎人穆斯塔法拿着他的黄色地图出现在万卡家门口，请求她帮忙时，他肯定已经紧张得汗流浃背。因为这张地图背后是巨大的宝藏，可他却无法破译上面的文字。

万卡不喜欢寻宝猎人，但还是把对方请进了屋。她虽然双眼紧闭，却对地图上的信息了如指掌。其内容让人叹为观止，但同时也很吓人。最终，穆斯塔法留下地图，便被打发走了。

地图上标示的地方是斯特兰贾，万卡告诉侄女，她很清楚那座山的位置，那里没有什么金银珠宝，只有一口黑色花岗岩石棺，上面用古文字记录着过去几千年来传递给人类的信息。当年石棺从埃及出发，通过水路被运到色雷斯。参与长途运输的人一到目的地便被杀死，鲜血染红的河水洗掉了关于石棺的一切记忆。万卡提醒，人类还没有作好接收这些信息的准备。篡改或曲解这些信息，势必要付出代价。

理所当然，接着，学埃及古物学（Egyptology）出身的万卡的侄女带着地图找到了专家。消息很快传到日夫科娃及其身边人的耳朵里。既然不可能破译这些符号，她便决定展开致命行动，到万卡详细描述的地方一探究竟，准备展开挖掘行动。1981 年春，第一支队伍赶到了"大遗址"，也就是我现在和尼奇站立的地方。

我们抬头仰望一面垂直的岩壁，下面是个盛着一潭死水的山洞。人必须靠潜水游泳才能进入山洞。我曾经邀请玛丽娜一同前来，但她因为考察队之前在这里所做的种种，而不愿意踏足此地。"必须得这片土地允许你进去，绝不能擅自闯入。"她说。玛丽娜认识几个曾经攫取过文物古董的寻宝猎人，他们纷纷遭遇不幸，擅自闯入的结果往往是死亡。

当年的挖掘队由五六个人组成：文化遗产部负责人穆塔弗奇耶夫教授（Professor Mutafchiev），他是日夫科娃眼前的红人，万卡那个无所不在的侄女，斯特兰贾矿业公司负责人，一名记者，一名钱币收藏家，还有一名司机。这个被传得神乎其神的故事没有可靠的出处，但大致可以肯定的是，1981 年 5 月 4 日夜里他们曾经在这里宿营（根据万卡侄女所述，未得到其他人证实），等待黎明前"日月同辉"的那一刻。而这正是万卡极力反对的。之后，他们便仓皇而逃。

"你晚上在这儿待过吗？"我问尼奇，他正看着我。

"想要在这儿过夜的话，你得付给我很多钱的。"

"你认识的人当中，有谁在这儿待过吗？"

"我认识各种各样的人，"他扭头看向别处，"有时候，祭司和占星师会睡在这里。他们说，这儿的能量大得吓人。"

此后关于万卡的侄女和穆塔弗奇耶夫教授到底看到了什么，大都出自他人之口，而且多少被做了些改动。那天，日月之光在岩壁上画出几个圆圈，接着变成一个三角形，然后（据万卡的侄女描述）出现了一个光谱影像，"就像从岩石里面显现一个电视屏幕"，上面有两个人物：一个留着络腮胡子的老人，手里拿着一个圆形物体，以及一个年轻一些的男人（也可能是女人），头戴一顶高高的古埃及法老帽子。他们的形象是三维的，好像要从岩石里走出来一样。挖掘队员此刻已经目瞪口呆、动弹不得，直到图像渐渐消失。接着他们便仓皇离去。自那以后，人们再也没见过这样的影像。

柳德米拉的心愿就是律法，一支重新组建的队伍再次来到这个地方：穆塔弗奇耶夫教授是负责人，另外还增加了军方的支援——一名当地的工兵，此人发誓将守口如瓶。他的确做到了，至今仍未吐露半个字。

他们挖掘进入山里后，发现了几条色雷斯人和罗马时代的采矿巷道。斯特兰贾的群山中有许多类似的地方。

之后，据当地人说，巷道里挖出成吨的泥土，挖掘队把找到的东西装上军用卡车扬长而去——谁也不知道卡车上装载的究竟是什么。有人说，挖掘现场有一辆奥地利注册的卡车——因为挖掘行动和维也纳的黑市有瓜葛。还有人说，克格勃一直在暗中监视这次行动，早在1940年代末，苏联人就对这里产生了兴趣，曾经有一支苏联考察队可能进行过挖掘。有人认为，这正好解释了为什么山洞里有一份1949年发行的《真理报》（*Pravda*）。布尔加斯港的一名卡车司机证实，苏联考察队曾经装运过一些古代雕像——他说，雕像只有腰部以上的半个身子。

阴谋论传说故事中当然少不了纳粹。第二次世界大战期间，两支德国军事小分队曾经驻扎在此，其主要任务是通过无线电从事间谍活动（共产党后来用的也是这些无线电网络）。德国人的其中一个监听站恰好在"大遗址"上方。纳粹的兴趣向来神神秘秘，于是有人说，德国人的真正目的是搜索古代矿井——矿井里发现了德国人的一些碎屑遗留。这里曾经发生过一场离奇的事故：德国人在森林里建造掩体时，一名士兵被同伴驾驶的卡车碾死了。尼奇说，那个德国人的墓碑就在附近，但他拒绝带我去看。

万卡的侄女宣称，之前的那张地图已经被烧毁，但这种说法并没有说服力。万卡或许说过什么，但一切为时已晚，她知道自己无法阻止人们走向毁灭。她曾经作过许多次类似的努力，最痛心的一次是二战期间，她预言自己的兄弟会在23岁死亡，于是便恳求他不要参与抵抗运动。但她的兄弟义无反顾地回到祖国马其顿，在那里遭纳粹逮捕并处死，行刑那天正好是他的 23 岁生日。

柳德米拉·日夫科娃曾经拜访过一些喇嘛教活佛，从他们口中得知，保加利亚境内埋葬有古代石棺。因此她和穆塔弗奇耶夫一直盼望着至少也得发现埃及猫神贝斯特（Bastet）。

贝斯特是太阳神拉（Ra）的女儿，是女性的保护神，给人带来光明、快乐和生命之源。贝斯特的猫爪里握着人类文明的宇宙之钥。柳德米拉如果找到猫神，二者合而为一，那么她统治的就不仅仅是一个小小的苏联卫星国，不只是世界儿童，也不只是古埃及——而是整个宇宙。

考察队结束任务之前，官方曾经公布过古矿洞里的挖掘成果。尼奇给我罗列出其中的项目：黑色花岗岩（没有石棺）、公元 1 世纪的手工艺品、古代农具、运输矿石的货车轨道、纳粹打下的钻孔、1950 年代前后的苏联和保加利亚报纸、罗马陶器、中世纪油灯。自那以后，人们就开始染病、死亡。

第一个中招的是柳德米拉。她的秘密行动早就激怒了克格勃及其在保加利亚安全部门中的羽翼（他们与亲西方势力敌对，双方私下里也展开了秘密冷战），被视作背信弃义的变节者。1981 年 7 月，日夫科娃在 39 岁生日前突然死亡，这起事件毫无意外地成为与克格勃相关的阴谋论主题，由此她除了"救世主"之外，也许还是个"烈士"。然而，她很可能死于早先车祸引起的并发症所导致的脑动脉瘤。日夫科娃是在洗澡时死的，与此同时，秘密挖掘队正在不断向前推进。

盛大的国葬过后没多久，挖掘队在矿产资源部部长的支持下重新回到"大遗址"。可是队伍刚刚赶到，当地负责接待的党委书记便跑来通知说：部长死了。此时，参与挖掘的士兵纷纷患上了一种四肢麻痹症，并且眼部感染。据说有两个兵，退出挖掘队之后不久便去世了。

无论如何，这个地方好像存在某种辐射，它是某种阻止闯入者进一步深入矿井的能量场。事后有人叮嘱我，一定要把黏在鞋上的任何一点泥土清洗干净，不怕一万，就怕万一。正如穆塔弗奇耶夫教授早先所说，"大遗址"的一边寸草不生。但在我看来，那仅是因为地表上有很多岩石。

接着，设计矿井开采阶梯的建筑师遭遇车祸昏迷。日夫科娃去世后，国家安全部门中和她作对的克格勃羽翼开始迅速清洗她身边的人。穆塔弗奇耶夫教授遭到审讯，被判入狱 15 年——表面上是因为侵占国有资产，但由于侵占现象在党的精英阶层普遍存在，因此虽然他遭到清洗和政治局内部的权力斗争存在必然联系，但真正原因至今仍是机密。

穆塔弗奇耶夫教授是考察挖掘队背后的智囊，牢狱生活缩短了他的有生之年，但他始终对"大遗址"非常着迷。他反反复复地做着一个梦，看见自己的身体散发着蒸汽，一只老鹰在上空盘旋。很明显，挖掘图坦卡蒙墓（Tutankhamun tomb）的探险队员在患病之前也做过类似的梦。

国家安全部门派出特别小分队炸毁了山洞入口，将矿洞密封起来。情报部门似乎觉得将其炸毁、灌水，进而封锁在"克里昂"后面还不够，于是派人在这片地区巡逻，直至 1989 年。有些当地人说，除此之外，还有一道由成千上万条毒蛇组成的"活屏障"在守护这个地方。它们是黑海南部的乌兹别克人按照第 56 号法令专门为此繁殖出来的。为什么会扯上乌兹别克人？为什么还有毒蛇？难道第 56 号法令上写着：要在一年之内完成五年产蛇计划？

导致疯狂的原因有很多。在这个故事里，很难分辨出哪条线索最古怪，但"乌兹别克人繁殖毒蛇"这一条恐怕无出其右。

签订生死契约的工兵侥幸活了下来。钱币学家在挖掘工作开始没多久，就被调离了队伍。矿业公司负责人回到自己原来的岗位，直到 1990 年代公司关门。一番折腾之后，美丽的边境村庄已经人去楼空。

寻宝猎人穆斯塔法的命运怎样呢？万卡的侄女曾经描述他紧张兮兮地捏着一张皱巴巴的地图，他是第一个受害者——不是因为猫神贝斯特，而是死于日夫科娃的国家安全人员之手。他们对穆斯塔法展开野蛮残酷的"讯问"，导致他死于多处内伤。然而，所有这些都无法得到证实，没有哪个见证者或评论者曾经提到他的名字。对他们而言，猫神贝斯特比穆斯塔法更真实。

日夫科娃的寻宝队像上天的秘密一样受到追捧，然而他们脚下却是累累白骨。边境森林里至今仍保留着 1950 年代留下的无名合葬墓。里面埋的是当年因为抗议土地国有化被带到这里就地处决的老百姓。

我向尼奇打听合葬墓的事情，他表示不喜欢翻旧账。他知道这些墓地在哪儿，但他的朋友们说那是"强盗坟"。

"如果你在森林里被开枪杀死，那除了强盗之外，还能是什么人呢？"

我不说话了。他不像是在开玩笑。根据这个逻辑，如果他一枪杀了我就地埋了，那肯定是我的错。

事实上，"强盗坟"中掩埋的大多是在苏联入侵保加利亚的头 15 年里，从事全国抵抗运动的人。因为逃亡者大多愿意躲在山里，而且他们和巴尔干国家的"森林兄弟（Goryani/Woodlanders）"（苏联占领时期巴尔干国家的反苏游击队）亲如一家，因此自称"格亚尼"（意为"居住在森林中的人"）。他们的反抗不是思想性的，而是实实在在发自肺腑的行动。他们大多是青年农民，亲眼看到祖辈的田地被没收充公，家人受到侮辱，社会遭到破坏。一名曾经在采石劳改营服刑两次的格亚尼成员说："他们毁灭了人的灵魂，所以我们要奋起反抗。"他前后两次服刑的原因是，第一次刑满后，当局要求他当众诋毁"格亚尼",他拒绝了。无数"格亚尼"成员遭到审判和处决,或是被送到劳改营服役。他们的家人也遭流放,并被列入国家黑名单。

但尼奇并不了解这些,因为历史书和公开论述里显然没有这些内容。"格亚尼"是东欧反苏抵抗运动中规模最大、持续最长的一支,但如今他们都已长眠地下。

我走回生锈的大铁门,尼奇开车缓缓地跟在后面。我不敢走在他前面,而且现在对他这个人也不放心起来。其实也没什么特别的,我只是感觉他并不像表面上看起来那么简单。有那么一个黯淡的瞬间,我觉得他出于某种原因,正带着我绕圈子。"克里昂"背后的林中小道确实是环状的,它们不通向任何地方。它们是边境守卫和逃犯们不断踩踏而成的"死亡之沟"的内环路。

*

万卡的侄女躲过了疾病、灾祸和非难,在 1990 年代写了一本回忆万卡的畅销书。

穆塔弗奇耶夫教授坐牢八年,虽然身体垮了,却没有白白浪费这段日子:他动笔写下《智人论智人》(*Homo Sapiens on Homo Sapiens*),这项让人摸不着头脑的研究,让人联想起日夫科娃那种将天文学、古代历史混为一体的救世主般的高高在上,足以让人神经崩溃。他把之前那幅地图称为"画谜",继续解码它的象征意义,并重新构建了一幅令人瞠目的造父变星(Cepheid)星系图。其中"大遗址"中密不透风的三层坟墓布局正是该星系关键部分的写照。在所有象征符号中,他破译出:猫神贝斯特代表母亲神;双头鬼代表地球;鸟群代表星系间生物,正是它们飞到地球上为我们留下了类似的古迹。我们的任务就是破解这些密码。而那些从埃及护送石棺过来的人并没有被处死，而是在当地落户安顿下来守卫这座陵墓（在万卡看到的画面中，他们都像哑剧演员一样戴着面具）。既然如此，斯特兰贾的居民就是他们的后代，而岩石表面的记号则是进入山洞内部的密码指令，只不过现在山洞已经被巨大的人造屏障封闭了。

简单地说，穆塔弗奇耶夫写道，"大遗址"里面是一扇星系之门，它是"真正"的金字塔（言下之意，存在假冒的金字塔）以及中东和斯特兰贾（又称"Haemimont"）巨石遗址的缔造者留给我们的。对于一名历史学家而言，这一结论着实含糊其词。"大遗址"里藏着许许多多光年之外，最古老的祖先带给我们的信息，它还能解释挖掘队曾经目睹的日月同辉景象。石棺及其信息都被封锁在山洞内室，一旦打开就会释放出不明辐射。穆塔弗奇耶夫从权力顶峰跌落至牢狱之地，我想象他饱受癌症折磨，瘦骨嶙峋，戴着厚厚的眼镜，描绘着一张又一张星系图，根本无需审视自我。

抛开内容不谈，这个传说故事中让我印象最深刻的是，它完全没有像样的格局。也许是为了故意误导他人，穆塔弗奇耶夫和万卡的侄女对关键问题的描述大相径庭，其中包括挖掘日期、亲眼所见的岩壁上的记号，以及挖掘成果。这件事发生在1981年，但围绕整个事件的古代历史暮色光环却离我们非常遥远。有一种阴谋论认为，日夫科娃曾经就"大遗址"的卫星图像和英国方面有过秘密接触，卫星图像显示山上有一个巨大的人造空洞。不只是苏联人、纳粹、共产党，以及我们古老的天外祖先，就连英国军情六处也对"大遗址"兴趣浓厚。

万卡的侄女表示，他们只在山洞里发现了一个巨大的坑，但随着时间的流逝，一切秘密终将水落石出。更多理智的评论者推测，挖掘队发现了巨大的黄金矿床，并将其卖给西方换取硬通货。但他们也有可能真的一无所获。所有这一切都是在集体无意识的疯狂状

/ 072

态下，在空虚的基础上炮制出来的。

米尔恰·伊利亚德（Mircea Eliade）在《永恒轮回的神话》（*The Myth of the Eternal Return*）一书中提出，史前文化的基础是一种宇宙论。这种宇宙哲学认为，尘世间的现实可以反映在某种上天的维度中，人类行为只有在一种形象化的神圣模式下才具有意义。因此，古代的时间概念不是线性的、历史性的，而是环形的，建立在永无止境的重复形式之上。这就是崇拜火和"大圣泉"崇拜，以及所有神秘精神修行的内容本质。共产主义考察队的幕后设计者竟然和史前文化产生了共鸣。

显然，万卡也"见"到了来自"别人那里"的景象。这些"别人"住在另一个星系，那里是人类文明的出处。她的侄女提起，在万卡眼里，时间有三种类型——广阔的时间（big time）、时间（time）和时代（times）。"大遗址"所涉及的是广阔的时间。也许万卡在"读"地图的时候想到了什么：她认为那不是事实，而是隐喻。

*

在返回的路上，我们路过几座兵营。两个百无聊赖的扛枪士兵站在空荡荡的路上。他们挥手拦下我们搭讪。

"什么事？"尼奇问。

"没啥事儿。"其中一个兵边说边啃着小点心。

"那两个难民从哪儿来的？"我坐在车上问道。

"埃及。"其中一人回答。另一个士兵摇摇头，叹口气。我望着他们，这两个身穿制服的人活在一个失衡的世界里。如果置身广阔的世界，他们和那两个埃及人互换了服装，又有谁能发现，又有什么要紧？

事后我听说，尼奇表面上看着随和，实际上却是个狂热的寻宝猎人。他熟悉森林里的每一块石头、每一处人类痕迹和动物印迹。他曾经和其他寻宝猎人一起见过不可言说的事物，难怪这么早就长出了白发。

　　有传言说，一支新的队伍正准备打开灌满水的矿井，尼奇也许就冲在前面。我祝他好运。

/ 凉水泉

　　"凉水泉"是距离森林无人区最近的一处路边泉水，当地人叫它"Kreynero"，是希腊语中"凉水（kryonero）"的谐音。它坐落在通往土耳其的一条老路上，出了山谷村就是。石头水槽上隐约可见雕刻着一枚苏联红星，标着"1971"的字样。"凉水泉"名副其实：泉水冰凉甘甜，让人不管喝多少都喝不够。人们说，无论你来自哪里，只要在"凉水泉"喝过三口水，就会不断地回到这个位于保加利亚和希腊之间的村庄。它似乎并不属于这两个国家，感觉更像一个无主之地。

　　虽然你不知究竟为何，但你会不断地回到这个地方。

/ 朝圣者

傍晚时分，河上笼罩着薄雾，又冷又湿的空气像幽灵一样附在人的肌肤上，一个比利时人来到山谷村。他脸上晒得黑红，头戴一顶肮脏的皮帽，一路步行了20公里才赶到这里。我坐在"迪斯科"咖啡馆昏暗的灯光下享用一盘炒鹅肝。此时，店里只有我一个顾客。他放下行李，点了杯啤酒。"这里的人都上哪儿去了？"他问道。

我耸耸肩表示不清楚。我曾经看见司机们开着破旧的汽车消失在浓雾里：这样的夜晚最适合捕猎野猪。

明卡把啤酒送到他面前。

"请慢用。"她斩钉截铁地说了一句，便坐回桌边出神地望着外面的雾气。

"你为什么走那么远的路？"我问比利时人。

"我不知道（Je ne sais pas）。"他一副筋疲力尽、痛并快乐着的样子。

然而，他其实是知道的。他正在编纂一份地区山林植物资源目录——迄今已经收录了30000种。人要走近植物，就必须靠双脚走路。他去年编写了巴尔干地区的目录，今年做斯特兰贾，明年打算去罗多佩山脉。

"我是个园艺师，"他说，"你知不知道，这儿晚上哪儿能过夜吗？"

他望着村子尽头"凉水泉"所在的位置，蜿蜒的小路沿着河边通向无人之境。再往前走，就只有向上爬的大乌龟，还有小礼拜堂边偶尔冒泡的地下泉水。

"我能往那儿走吗？"

那是边境，我说。

他看起来吃了一惊，"那边是哪个国家？"

土耳其，我告诉他，他一脸困惑。他想事情时首先考虑的是生态系统，而不是国家。我开车送他到斜街，草药师伊沃（Ivo）正忙着在厨房的桌上摆放等待风干的切片小胡瓜。

伊沃留着颇有英雄气概的白色络腮胡。他之前经营草药生意，不料突遇灾祸：一辆满载草药的卡车在多瑙河遭遇洪水。他没有给货物上保险，因此破了产，被迫退休住到25年前在这里买下的度假屋中。那时候，他的女儿在城里得了支气管病，身体日渐衰弱。伊沃说，得益于这里的植物和海拔，斯特兰贾确实有不一般的治愈功能。女儿恢复健康回城了，伊沃则留了下来。

伊沃的花园里种着手榴弹一样的茄子。他做了一种特制药膏，可以用来治疗从外伤到背疼、从牛皮癣到脱发的多种病症。药方是保密的，不过他希望能申请专利，挣点钱。

"用它做意大利煨饭好极了，"他指的是小胡瓜，"这是谁？"

两个园艺师用德语、法语、俄语、佛拉芒语和英语轮番进行复杂的交流，从中找不出一种共同的语言。不过，他俩并不需要什么语言文字上的交流——他们可以分享各种植物，新鲜的或干燥的，或摊放在棉布上，或装在罐子里，有的一束束地挂着，有的在夜晚的黑土地里静静地生长。

*

草药师家对面住着几个爱尔兰裔比利时人，他们正在为一个荷兰人盖两座房子。他们每年夏天都来：父亲、妻子，四个金发碧眼的儿子，还有各式各样带着文身的朋友。他们一到晚上就成箱地买啤酒。

两座房子为什么盖了十年还没完工？当地人议论纷纷。他们简直像在建造凡尔赛宫。然而他们是"迪斯科"咖啡馆最受欢迎的顾客。

"请慢用。"明卡说着把几大杯冒着气泡的啤酒放在比利时人面前。爱尔兰人是个企业主,拥有一家生产台球桌的工厂,还开着一家咨询公司,专为赴保加利亚和罗马尼亚购买房产的外国人提供服务。除此之外,他还想购买海边一家苏联人遗留的工厂。他的儿子们30岁出头,一个个满脸困惑的样子,他们的黄金年龄正在渐渐褪去。而他们的父亲却好像忘记了年龄。

可是为什么要跑这么远呢?为什么到这座被人遗忘的山上,在一片废弃的兵营和锈迹斑斑的苏联卡车中间盖房子呢?

爱尔兰人表示,他自己也不了解。

"这里风景很美,再说,"他用夹杂着比利时和爱尔兰口音的英语说,"一旦你失去了自己的根,那就去哪儿都无所谓啦。"他望着我,突然对我产生了兴趣:"你上这儿来干什么?"

我也耸耸肩算是回答。我认为,正是因为失去了根,所以你所到的每个地方才非常重要。可是他和儿子们转移了话题。两年后,他们不再到这里来,荷兰人的房子成了烂尾楼。也许,他们只喝过一次"凉水泉"的水。

*

一天下午,我正坐在"迪斯科"咖啡馆的老位置上喝着从土耳其经德国进口的樱桃汁——其实这里荒废的花园地上落满了樱桃——一队自行车手来到了广场上,他们是西班牙人。

"不是西班牙人,"邻桌的一个男人纠正我,"是巴斯克人。"

他腿上裹着绷带。"我扭伤了,"他用西班牙语说,"现在不能骑车了。我只能和司机坐一块儿,看着别人骑。"

他一点儿也看不出痛苦的样子,一双微微突出的眼睛不安分地寻找着目标。其他队员正在向导的指挥下从白色卡车上卸下自行车。

他也要了一杯樱桃汁。

"你住在苏格兰？"他高兴起来，"苏格兰必须赢得独立。这样我们巴斯克人就能紧随其后。"

那年夏天，苏格兰正在举行独立公投。

"如果需要，我甚至愿意去当一名恐怖分子，加入埃塔组织（ETA），因为他们都是英雄。西班牙的殖民主义必然灭亡。英国殖民主义也是一样。打倒帝国主义！"

"请慢用。"明卡端着果汁放到他面前。

我趁机转移了话题。

"我为什么骑车？那是你亲近土地的一种方式，"他说，"闻着它的气息，触摸它。我已经骑遍了欧洲——法国、西班牙、意大利、克罗地亚。但还是保加利亚最特别。"

"真的？"

"当然。因为它的荒凉。不过，荒野正在渐渐消失。这种野性一旦没了，就再也不会回来了。"

"我听说，巴斯克的乡村也非常美。"我说话的时候，尽量不提"西班牙"这个词。

"你要知道，这跟它美不美没什么关系。民族的根基是另一码事。我一直记着，不管走到哪里，我都是巴斯克人。"

他站起身，一瘸一拐地向卡车走去。此时，他的伙伴们已经骑上车，一路欢叫着，沿着坑坑洼洼的路向"凉水泉"的方向驶去。他上车前，挥着手用西班牙语大声喊道："巴斯克人民向苏格兰人民问好！"

我也代表苏格兰人民冲他挥手，努力提醒自己，这里面不关英格兰人民和威尔士人民什么事——那么北爱尔兰人民呢？

不远处的桌边还坐着一个陌生人，他随身带着相机，来得无声无息，谁也没有注意到他。附近没有车——他是搭顺风车过来的，

40 岁出头，表情丰富，忽喜忽悲地转换得很快。我和他攀谈起来。

他叫内夫扎特（Nevzat），是土耳其人，从边境那边的山村来。

"请慢用。"明卡给他端上一盘沙拉。

"我不是正宗的土耳其人。"内夫扎特说一口流利但口音浓重的保加利亚语。

他的祖父母种族上属于保加利亚穆斯林，巴尔干战争后被驱逐出罗多佩山。事实上，这是他第一次回到祖父母居住过的村庄。他已经带着相机行走了三个星期，和他同行的土耳其摄影师也都有类似的身世背景。"怎么样？"我问。

他脸上的表情一阵变化："还不错。"

我感觉这是个长长的故事，不如让他先享用沙拉。

"那边的斯特兰贾是什么样子的？"过了一会儿，我问。他耸了耸肩。

"和这儿差不多，但也有不同的地方。去我们那儿吧，就在那边。"他指着那道无法跨越的山梁。两年后，我们果然在山的另一边又见面了。

五天过去了，比利时草药师还没离开。他去了"凉水泉"，喝了三次水。他的大本子里写满了所采集到的草药的笔记。他说，斯特兰贾有当地特产的野生植物 1760 种，大多数不具有药用价值，而且还有毒。他兴奋地说："人们很容易搞混，吃错了药。"

"我不知道这是怎么回事"，昏暗的灯光下，他一边说着，一边目光闪烁地盯着一小杯金色的"阳光海岸"白兰地。"我走不了。我每天都对自己说，明天必须离开这儿了。您多大年龄，40 岁？（Vous avez quel age, quarante ans ？）"

他起身坐到我桌边，手里端着白兰地。

"我今年 30 岁，"他说，"可惜（Quel dommage），对你来说，我太年轻了，是不是？"

你不是太年轻，你只不过不是我喜欢的类型。我心里虽这么想，但报之以长者的微笑："接下来，你准备去哪儿？"

"我不知道。"他说话的时候喜忧参半，像个朝圣者。

第二天早晨，我在"迪斯科"咖啡馆和他道别。目送他走上陡峭的山路，他的背包遮住了太阳。这时，一名猎人端着咖啡过来对我说："好了，别伤感了……"

接着，我便听说，比利时人到这里的那个夜晚，曾经在雾气弥漫的森林里被误当成了一头熊。要不是猎人发现了他的帽檐，也许当时他就被一枪击中了。

一名边防兵告诉我，他是这样给毒蛇拔牙的：把毒蛇放进塑料袋子，用一根烟点着军装，让蛇的头部从口袋里钻出来。手一定要抓紧。毒蛇慢慢地朝火焰靠近，当它的牙齿咬住燃烧的军装时，猛地往回拉。毒牙就会留在衣服上。这是他们巡逻时，消磨时间的一种方式。

你也可以杀死它。有句谚语说：杀死一条毒蛇，能赎四十宗罪过。每年 5 月，森林里就开始有毒蛇出没。

　　我沿着黑海和土耳其边境之间破旧的森林公路行驶，车载收音机转换着各个电台的节目，甜美的土耳其大众民谣转眼变成了察雷沃电台的夏季档节目，这家电台用保加利亚语、英语和俄语播报新闻。道边的村庄转瞬即逝，一路上偶尔会出现标着"边防警察"字样的哨兵岗亭。岗亭里有两名边界警卫。我停下车。

　　"没什么可说的，这里的日子很平常，"年长的警卫耸耸肩，"值班的时间很长，现在也没有狗了，一切都和过去不一样了。过去这是兵役中最让人害怕的活儿，而现在——"

　　"现在已经不是部队了，是警察。"年轻的警卫说。

　　他架着胳膊机警地打量着我，下巴的轮廓棱角分明像用刀刻出来一样。我觉得他看上去很眼熟，却想不起来在哪儿见过。

　　"我马上就退休了，"年长的警卫说，"我打算整天钓鱼，你知道圣玛丽娜泉吗？"

　　"过去一切都很安静，自从叙利亚战争以来，就忙起来了。"年轻人说。

　　"圣玛丽娜，是蛇的保护神。你可以找她疗伤。"年长者说。

　　"现在过境的，什么人都有，"年轻人说，"有些人甚至还带着武器。"

　　"我还记得当年那些逃亡者。每个人的脸我都记得，"年长的警卫说，"他们从另一条路逃跑，在南边。我们逮住好多人。有两个德国人，20多岁年纪。我记得那天晚上，我们包围了他们，八个人还有两条狗，而他们只有两个人。他们的裤子被铁丝网扯成了破布条儿。我永远忘不了他们站在那儿的样子。虽然他们的生命到此就结束了，但看上去仍旧一副挑衅的样子。我打开一本护照，上面是其中一个的女朋友的照片。可是我能怎么办？他们这是自投罗网。"

"上个星期，我发现一个怀孕的女人，"年轻的警卫说，"她的丈夫身上还有手榴弹炸出的伤。他们是叙利亚人。"

"有个人，名叫克劳斯·霍夫曼（Klaus Hoffmann），"年长者说，"那是1986年，我觉得一切就像发生在昨天，他45岁，是放射科医生，从东德过来。我记得在表格上填过他的名字。他人长得英俊又聪明，应该过上更好的日子。"

"有些人毁掉自己的身份证明文件来自首。"年轻人说。

"这是命啊，"年长的警卫说，"每个在这里被关押过的人都会被记录在厚厚的绿色日志本里。现在那些本子不见了。我明年退休。那些事儿我会一直记得。"

"他们又饿又累，筋疲力尽，没必要躲躲藏藏的，"年轻人说，"他们自首，我们登记，最后他们都去了难民营。"

"有一次，"年长者接着道，"那是1970年代末。我和同伴在林子里发现了一个双肩背包，里面装满了美元。我们发现有脚印，却没抓到人。一共有好几千美元。作为忠于职守的人民共和国士兵，我们能怎么办呢？我们把背包交给了领导。我们以为，他会奖励我们拾金不昧。嗬！他打开一盒巧克力饼干，给了我几块。"

"巡逻队上山时，在林子里发现了一个女人，"年轻人说，"她被其他人抛下，都快冻死了。"

"最困难的时候是1980年代末，"年长者说，"那时候，因为那场改名运动，土耳其人开始撤离，记得吗？"

我当然记得，而另一个警卫不可能知道，他太年轻了。他看着手表说："在这里工作，教会了你一件事。人的生存能力超乎想象。"

"1989年夏天，"年长者接着道，"这条路上黑压压的，全是汽车、马车、公交车、出租车。30万人移民去土耳其。有些人后来又回来了。我记得有个女人，被两边的大兵强奸了。"

"几个星期前，林子里来了两个巴勒斯坦人，"年轻人说，"他们一连几天不说话，一般人得到别人给的食物会情绪崩溃，但他们俩吃过树上的梅子，所以不饿。最后真正起作用的是香烟，一直到第三天。他们像吸尘器一样，把烟吸进肺里，然后失声痛哭，说出了来龙去脉。"

这到底是个什么样的故事呢？

他用怀疑的眼光看着我，我认出来了——他是周日晚会上手风琴师的儿子。一件制服，一杆枪，竟然能让人产生这么大变化。

"哦，"他不动声色地说，"我认出你了。这是我的工作。"

年长的警卫开始讲述另一个故事，但年轻人打断他道："我们先查查你的情况，"他说着走进岗亭，"我们有个身份识别系统，可以从上面查到你。你看看它是怎么工作的。"

"算了吧。"年长者有点尴尬。

但是年轻人很谨慎，说着便拿起无线电话。他向电话那头的女人报上我的名字，周围顿时安静下来，一阵熟悉的凉意悄悄袭来。这是一种被人发现、被穷追不舍的感觉。这是一种边境上特有的寒栗。

年长的警卫需要听众，但年轻人不需要，他已经掌握了主动权，在对我展开问讯。电话那头传来一个平静的女声，陈述了我的详细情况，并补充了一句："无犯罪记录。"

"你通过验证了。"年轻人说完便到岗亭后面的林中小屋休息去了。

"哦，好吧，"年长者略带歉意，"工作就是工作。"

一辆挂着索非亚牌照的车开过来。车上下来一个戴眼镜的男人，他们在寻找圣玛丽娜山洞。警卫给他们指了方向。

"躲开毒蛇！"他敲着车顶嘱咐他们。

"车后面坐着个瘸腿的小姑娘，"他转回身对我说，"都是命啊。也许他们会走运。我有一次去圣玛丽娜旁边的河里钓鱼。人有的时候心情不好。我那天就是，脚下一滑，掉进河里。我的胳膊在锋利的岩石上割开一条口子，一直到手掌心。到处是血，怎么办？我在圣玛丽娜泉洗了洗，伤口竟然合上了。我的天，就像什么也没发生过一样！但没人相信我的话。"

"那可真棒。"我说。

"更棒的是我的脚，"他说，"你听听接下来的事情。下一个星期，我又去了。我看见了什么？我的脚边有一堆蛇，缠绕在一起。我的天哪，我拿起一块石头砸它们的脑袋。一共三条蛇，杀死一条可以赎四十宗罪过。"

"那就是一百二十宗罪喽。"我说。

"但关键就在这里，"他说，"圣玛丽娜是它们的保护神，你不能在她的泉水旁边触犯这些蛇。它们可能有什么神奇之处。我到底是中了什么邪，伤口奇迹般治愈了以后，竟然还要去杀那些蛇？"

他说着，解开制服最上面的纽扣。路面上的柏油正在我们的脚底下熔化。

"你要是去那里，千万躲开那些毒蛇。在圣玛丽娜旁边，有一件事是肯定的，一切都是自食其果。"

他伸出手，把一块熔化了的巧克力饼干塞进我的背包，突然急于结束了我俩之间的对话。

*

我脑子里全是克劳斯·霍夫曼这个名字——在我听说的所有边境受难者中，只有这个名字是从警卫的嘴里说出的。我联系到研究德国逃亡者的专家，他果真在文件里找到一个名叫克劳斯·霍夫曼的人。但是有几件事对不上。文件中的克劳斯·霍夫曼更年轻，也不是放射科医生。另外，日期也有出入。他被捕之后在保加利亚监狱待了几个月，后来一直被长时间囚禁在柏林北部秘密警察史塔西的监狱霍恩施豪森收容所（the hospital section of Hohenschönhausen）中。而其中相差最大的细节是：文件中的克劳斯·霍夫曼在被登记到大绿本上之前，身上已经中弹并且遭到了士兵的毒打。

难道有两个克劳斯·霍夫曼？边防警卫记忆中的克劳斯·霍夫曼难道是他杜撰的，是他为克劳斯·霍夫曼，以及他自己和我创造出的一个改进版人物？

我上车和年长的警卫相互挥手告别，他的胳膊在空中挥舞了很久很久。这是一个奇怪的告别姿势。也许他担心，如果我留下来，他可能会忘乎所以地把所有不堪的往事和盘托出，使之成为仅存的现实。有谁会愿意生活在那么一个恐怖的世界里？

/ 社会主义人格

社会主义人格是东德和其他苏东集团国家证明一个人政治正确的一整套态度和行为规范。从理论上说，社会主义人格是指品行端正，有"阶级觉悟"。从实践上说，它是坚忍的苏维埃人的化身，实际上意味着没有面貌、没有名字、没有身份，除非指特定的某一个人。

那一天，斯特兰贾的森林开始让人感到窒息，我驱车来到离土耳其最近的一个潟湖，准备游游泳，静静心。然而，我竟然在那里发现了一条故事线索，关于一个德国人如何突破了最基本的社会主义人格——边界规则——并了解到后来所发生的一切。

/ 冲向铁幕

走在海岸边崎岖的峭壁悬崖上，还没看见大海就能听见山下海浪拍打礁石发出的隆隆巨响在无穷无尽地回荡着。远处，一个孩子赤裸着跑过一小块沙滩，黄沙碧海如此澄澈，好像用数字技术修过的图片一样。

我从韦莱卡河（Veleka River）河口出发，那里立着一块精致的手工告示牌。上面罗列着沿路承载的好几个生态系统——河流、大海、森林——还有白文殊兰（sand lily）、野生无花果、32 种淡水鱼、海岸边最后几座白色庞蒂克沙丘，以及濒临灭绝的僧海豹（monk seal）。告示牌背后的一行字吸引了我的眼球：那是用圆珠笔书写的一句德语："1971 年 9 月 21 日，两个德国人从这里开始了苦难的旅程。"

这是一种特殊的旅游方式，即"驱魔游（tourism of exorcism）"留下的纪念物。有人在四十年后故地重游，并且留下了这句话，但他没有留名。他是谁呢？

我很幸运，通过多方联系找到了这个人。冬日的一天，我在柏林一处僻静的房子里见到了他。他叫菲利克斯·S（Felix S.），是一名艺术家。

*

菲利克斯身着皮衣，头戴一顶标有"德国（Deutschland）"字样的鸭舌帽，看上去像个摩托手。他眼神迷离，有点凌乱的样子，好像记不起丢了什么东西似的，但握手非常有劲。这是一幢柏林典型的塔状楼房，带一个暗井般的庭院。我们沿着冰冷的楼梯爬上他的工作室。四周的墙壁透着潮气，地毯上落满烟灰和旧日的伤痛。

菲利克斯的妻子名叫蕾妮（Renée），高高的个子，像亚马逊人一样穿着长款防雨外套，脸部的轮廓很美。工作室隔壁是冰冷的厨房——菲利克斯和我坐在一张堆着文件的小桌旁，蕾妮蜷在外套里坐在角落的一张硬板凳上。她指间那根细细的雪茄不时熄灭。她显然不想成为屋中的主角，因为那是菲利克斯的故事。

虽然弯着腰弓着背，在 11 月份灰蒙蒙的天空下显得疲惫沮丧，但菲利克斯身板宽阔、牙齿硬朗，一双狡黠的眼睛好像在审视着某个不为人所知的内心深处。它们只是不时地朝你张望一眼，惊讶于你怎么还在这儿。屋子里到处放着老式烟灰缸，只要稍微一按，烟头就会消失不见，直到里面的烟头冒顶时才需要清理。墙上贴着各种素描和拼贴画。一个裸女在油画上伸着腿，占据了一面墙。

"1971 年 9 月 21 日，那天晚上下着暴雨，伸手不见五指，只能听见山下海浪拍打礁石的声音，"菲利克斯开门见山地说起来，"我们沿着悬崖顶部走了好几个小时，到达河口时，以为自己已经到了另一边，于是便唱起歌来。我们心想：终于自由了！就连多米尼克也唱了起来。"

多米尼克（Dominik）是菲利克斯的朋友，那年两人都 18 岁。他们身上有一张从东德购买的地图，但那是一种东德出品的华约组织国家地图，专门卖给像他们这样对边境感兴趣的人，而且上面的边境线都被刻意标错了位置。

俩人转过身，发现两名士兵正端着冲锋枪瞄着他们。

不知道那两个兵是不是事先思考了几秒钟，并且打定主意不想一枪撂倒眼前的"拖鞋帮"？有些长官给士兵下达的命令是，先一枪打中逃亡者，然后再朝空中"鸣枪示警"。然而，这两个人却先在空中放了一枪。更多的士兵赶来了，还牵着狗。他们对多米尼克又打又踢，把他踹倒在地。正当菲利克斯琢磨小伙伴是不是还活着的时候，他自己也被抓住了。

"你原本怎么打算，一旦过境之后？"我问他。

"我毫无计划。我只想尝尝自由的滋味。来去自由，任凭我意。我原本可以完成学位，或者拿个哲学学位。但首先，我想去巴黎。"

他笑容和善，沉浸在年轻人的梦想中，丝毫没有因为尔后那个梦的种种遭遇而受到影响。

*

菲利克斯的家乡在图林根州首府埃尔福特（Erfurt）附近，他从小在一个政治两极分化的家庭里长大。父亲家一直在奥地利经营旅店生意。

"他们非常保守。后来纳粹来了。我的祖父不认同纳粹的理念，坚决不让儿子参军。他凭借家族名声，在一处豪华度假胜地给我父亲谋了个酒吧招待员的差事。那是纳粹精英们经常光顾的地方。然后厄运就来了。"

菲利克斯父亲的老板是同性恋。两人因为是朋友，被纳粹抓了起来。在押解的火车上，一名盖世太保的情妇（出入于所谓上流社会的女演员）注意到了这两个戴着手铐的年轻人。

"'你们怎么会在这儿，我的宝贝儿？'她大概是这么问的，"菲利克斯咳嗽了几声，"她救了他的命，要不然他就和朋友一起被绞死了。"

儿子获释后，菲利克斯的祖父大大松了口气，趁着兴致在小酒馆里讲起了关于希特勒的笑话。

"他身体不好，扛不住毒打，死在了监狱里。"

九年后，菲利克斯出生了，此时他的家乡已经成为东德。他的母亲具有无可挑剔的共产主义血统——她父亲创立了当地的共产党组织——而菲力克斯的父亲却是个贪图享受的布尔乔亚。这样的家庭过的是一种怎样的生活？

"血淋淋的冲突是家常便饭。我父亲公开反对现行政权。他拒绝投票，即便参与投票也是出于被迫。五个史塔西特工整天形影不离地跟踪他。"

五个！难道祖父死于纳粹之手还不足以证明这个家庭的可信度吗？菲利克斯笑了，手上的烟灰掉落在桌上一封尚未开启的信上。

"我们整个家庭沦为敌对分子。我一直站在母亲这边，身为共产党的外祖父对我产生了一定影响，和学校教育产生了异曲同工的效果。我被教导要服从，于是我便服从了。然后，大概到十六七岁的时候，我面临选择更高程度的教育。我是从那时候开始叛逆的。"

他停顿了一会儿，仿佛听见了我内心的疑问。

"因为一条接着一条，所有看似通畅的道路开始陆续关上大门。我的梦想是跳伞。要实现这个目标，先得加入体育与技术协会（Gesellschaft für Sport und Technik）——武装部队的一个特殊部门。一开始他们说，我作为一个年轻的共产党员表现一直非常出色，会让我加入。"

但是这行不通。因为祖父和父亲是敌对分子，菲利克斯被拒绝入伍。于是他转而想当一名水手。一艘名叫"罗斯托克（Rostock）"的商船给了他一个面试机会，但正准备上岗时，两名史塔西干部前来告知，他因为受到怀疑而被禁止加入商船队伍。

怀疑什么呢？菲利克斯问。怀疑你企图通过海路逃离德意志民主共和国，他们回答。

"一切都是从那时候开始的。那年我17岁，感觉自己像一头被关在笼子里的动物，不管转到哪个方向，他们都会把我逼到角落里。接着，他们开始请我去'谈话'。他们说，不管你支持还是反对我们，你要么为我们工作，前途无量；要么我们把你送到哪家工厂，让你在那里虚度一生。从那时起，我开始公开发表有关史塔西的言论，把他们比作纳粹。"

让菲利克斯感到不可思议的是，自己竟然没有因为这些鲁莽的言论而被逮捕，但其中另有原因。他的叔叔为史塔西工作。虽然无法肯定，但后来他在黑海监狱遭审讯时，必然是因为叔叔的关系而被放了条生路。

"于是我这头困兽只能到埃尔福特去学习当时唯一可学的专业——烹饪。我对烹饪丝毫没有兴趣，但埃尔福特打开了我的眼界。我第一次结识了美术家、音乐家、作家，和他们打成一片。虽然并非出身艺术家庭，但我从 10 岁就开始画画了。"

菲利克斯的工作室里放着一摞肖像画：孩童时的希特勒、青年时的希特勒，以及后来的希特勒。他的作品有两大主题：压迫和身体。后者从属于前者，因为在他的作品中，身体是遭受压迫的一方。

"在埃尔福特，我开始激进地反对制度。这套制度是专门用来束缚人的。束缚得你完全停滞不前。"

我 16 岁时，在相同的制度下，也有过同样的感受，还没年轻过，就感觉自己已经老了。在自由的民主制度下，菲利克斯也许就是个普普通通的无政府主义者，一个平平常常的愤青，他的叛逆最终会自生自灭。但是在 1971 年的东德，事情并非如此。

"我努力地想在埃尔福特组织一场爵士音乐节。"

那会得到准许吗？

"不行！"他愤怒地大声道，手里的烟早已熄灭，"当然不行！从那以后，我就下定决心要离开。我有个女朋友，我们相互爱着对方。我想尽办法试图说服她和我一起到保加利亚的海岸边，但是——"

他茫然地挥了挥手。她实在太害怕了。

"多米尼克是个冷静自律的人，不像我这么随性。我们俩截然相反。我们在一起学烹饪，当实习招待员，他有点害怕，但是也想逃跑。于是我们制订了一个计划。"

后来，史塔西强迫多米尼克在一份声明上签字，上面声称是菲利克斯蛊惑并煽动他"破坏"德意志民主共和国。多米尼克一直对这件事感到羞愧，以至于四十年来和菲利克斯只见过一次面。

"我们策划得很细致。除了我兄弟之外，没人知道这件事。这个主意来自于我们和家里人去保加利亚度假的经历。你不可能翻越柏林墙，但我们听说在保加利亚越境很容易。那里没有墙，只有森林里的几段铁丝网。"

于是两个少年向保加利亚出发，成为"逃跑之旅"的一分子。两人一到保加利亚便立刻搭乘巴士到达距离边境最近的海滨城镇。

"我们试图混在人群中，"菲利克斯笑着说，"我们和当地人说俄语，找到了住处。第二天一早，我们便朝着边境出发了。"

*

当菲利克斯遭毒打后清醒过来时，发现自己和多米尼克的双手被绳子捆在了一起。他们沿着悬崖摸黑赶路，士兵的步枪枪管不停地撞击着他们。

"就像赶牛一样。"

队伍停下来，菲利克斯被推得跪倒在地。在悬崖的最高处，虽然什么也看不见，却能听见海浪在怒吼。

一名士兵把枪筒抵着菲利克斯的脑袋，他听见手指松开枪栓的声音。

"那一刻我想，一切都完了。"

士兵扣动扳机，枪从菲利克斯的脑袋上撞开了。

但没有发出声音。

"那时的情景，在我脑海中难以磨灭。"

抵达兵营后，两人被推进一间屋子，里面挂着列宁、马克思、恩格斯的肖像。

"还有斯大林！"

让他们感到诧异的是，进来一名文质彬彬、说德语的军官。顺着这条语言线索，后面还有史塔西的问讯在等着他们。军官看见两个人这么年轻，浑身血淋淋的，似乎非常吃惊。他相信，虽然两人口袋里装着美国口香糖，但并不是美国间谍，他们只想离开这个苏式集团，因为实在忍不下去了。然而，他帮不上什么忙，只能让他们在地上睡一觉。第二天，军官开着轿车把他们带到斯特兰贾的一栋山中别墅。

"那里有个游泳池，他们还提供了好吃的。我以为他们打算放了我们，因为他们发现我们没啥问题。要不然为什么请我们到这座别墅来呢？"

这一切也许是出于恶毒，又或许那名军官是想让他们在坠入深渊之前再享受一次快乐。因为之后，他们便被押解到港口城市布尔加斯，彼此分开了。菲利克斯被关进一间安着铁门、黑乎乎、泥泞不堪的牢房。空间矮小得让他无法站立。牢房里还关着一个人，他能说英语，但菲利克斯不会。于是那人用俄语和德语告诉他，这是在等死。那人说，自己免不了一死，因为他和菲利克斯不一样，不会有人把他保释出去。他是个保加利亚人，他很清楚，离边境越近，人命就越不值钱。

菲利克斯和狱友在牢房里熬了三个星期。其间唯一的食物是哈尔瓦（halva），一种用糖、芝麻和香草做成的脆脆的甜点。

"我仍然很喜欢哈尔瓦。"菲利克斯笑着说。

"他太喜欢它了！"蕾妮从角落里插话道，"他身上总是带着甜食，有一次竟然在西柏林的一家土耳其商店里买了半公斤哈尔瓦，然后坐在那里一口气吃完！"

菲利克斯笑得像个顽皮的孩子，他指了指墙上一幅巨大的拼贴画。我凑近一看才发现，那竟然是用他近几年频繁住院时用过的病号腕带做成的。

"他们家族没有糖尿病史，"蕾妮又说，"那是压力所致。它必须有个出口。1980年我们刚在一起的时候，我就想，他经历了那么多事情，为什么还能这么平和。直到有一天我去他的住处，看见卫生间门上画着一个没有脑袋的女人，手里端着冲锋枪。我明白了，它们完全从他的艺术中释放出来。"

*

当菲利克斯最终被人拖出牢房时，灯光刺得他睁不开眼睛。桌子后面坐着一个胖男人。他是个德国人，说话带着萨克森口音。

"这么说起来，"他说，"你是想找个土耳其女人。真够倒霉的。你怎么弄得一身屎尿，头发这么长？"

因为我没有水、肥皂和剪刀，菲利克斯告诉他。

"你可以用勺子嘛，"史塔西干部嘲笑道，"如果你想方设法活下去，没准还能再次回到你热爱的德意志民主共和国。虽然很不幸，"他最后说，"你再也搞不到土耳其女人了。"

虽然这个人从未提及自己的名字，但菲利克斯认为，三十年后他从一张史塔西驻外干部的合影中认出此人名叫彼得·普菲策（Peter Pfütze）。1989年，普菲策已经在史塔西内部身居高位，直接听命于像罗马皇帝一样在东德执掌生死大权的史塔西头号人物埃里希·米尔克（Erich Mielke）。东德人开玩笑说，他们的国家掌握在两个埃里希手中［另一个是东德领导人埃里希·昂纳克（Erich Honecker）］。普菲策没有在关于史塔西的回忆录中提到任何审讯室和政治犯。他回忆的是在"金沙"度过的悠闲夏日。埃里希·米尔克在政治局成员专享的沙滩上和妻子一起晒日光浴，他躺在浴巾上，让普菲策先去换上泳裤再来汇报工作。史塔西有自己的包机，可以载着他们去执行"特殊任务"，比如视察黑海沿岸。

1989年，东德有大约91000名全职史塔西特工。因此可以理解——他们的薪酬开销非常巨大。更加让人不可思议的是，除此之外史塔西还有约189000名非正式成员，他们大多不领取报酬——却因此获得了伤害他人的权力。普菲策是东德人，但史塔西特工中大约有3000名西德人。或许是他向身边的两个士兵下命令，把菲利克斯带出去剃个头。于是接着，菲利克斯头上鲜血直流，在走廊上滴了一路。

"我那时候已经无动于衷了，"他说，"好像那些血不是从我身上流出来似的。"

*

"上周他做了一系列行为艺术，在埃尔福特，"蕾妮从角落里发话道，"其中第一个作品就叫'理发'。"

"但我没用自己的脑袋，"菲利克斯说，"我不想再体验一回受害者的滋味了。我用的是人体模型，给它理发，请别人动手。因为我也不想充当行刑者。"

在第二部分的表演中，菲利克斯冲一个普菲策样子的人体模型头部开了一枪。那一枪是他亲手操作的。

"是的，那种感觉很好，"他咧开嘴笑了，"但那只是艺术，只是为了报个仇而已。事实上，从那天起，我再也没有见过他。"

"别，不要。"蕾妮摇摇头。她是西德人。

让我不解的是，菲利克斯为什么想再次见到普菲策。

艺术作品的第三部分是由一名表演者朗读彼得·普菲策的回忆录。在其中，菲利克斯这样的人被称作"犯罪分子"。

"为什么?"菲利克斯最终回答了我的问题:"因为只有等到我和他,我们坐在同一张桌子前,两个德国才算实现了真正的统一。"

"没错。"蕾妮在冰冷的屋子里抽着雪茄,吐了个烟圈。她坐在逐渐黯淡的光线中一动不动,像座石雕一样。"我们想让自己相信,一切都结束了。可是它并没有。"

*

菲利克斯是幸运者之一。就在他被捕的三年前,三个保加利亚人也曾试图穿越边境去希腊。扬·托尔多(Young Todor)把自己的摩托车送给了兄弟。那是 4 月,鸟儿在枝头唱着歌。格里戈尔(Grigor)、托尔多和伊尔乔(Ilcho)是朋友,和那些朝他们开枪的警卫一样,他们既聪明又有胆量,还可以继续生活下去,然而他们却被就地掩埋了。当三人的家属要求归还遗体时,得到的回答是:你们回家去,不要再提任何问题。

东方阵营里几乎没有什么重大犯罪,和其他重要的事情一样,那是国家的特权。

菲利克斯和多米尼克经历了折磨之后,又过了数年,几名官员造访了两个东德家庭。他们被告知,家里的孩子布里吉特(Brigitte)和克劳斯(Klaus)在保加利亚度假期间意外身亡。对于赴保加利亚的东方阵营国家游客来说,遭遇交通事故和溺水的情况很普遍——也许你认为这些人应该学学驾驶和游泳。而事实上,这对夫妇是被枪杀的。

在无人区,克劳斯拔出猎刀自卫,但短短几秒他就倒在枪声中。布里吉特的俄语根本派不上用场,那时正值凌晨 4 点,当天值班的下士已经走了一夜,疲惫不堪。他后来向当地的林业工人解释,自己当场就把这个女人"清洗(liquidate)"了。在苏联,"清洗"这个词指的是"得到认可的谋杀"。接下来发生的事情很离奇：这名下士不停地开火，冲锋枪一共朝夫妇俩射出了 140 颗子弹。

两人身中 140 弹。他似乎不只想要杀死眼前的这两个人，而且还要杀死后来的人。我不知道站在他身边的人是何感受，是身受感染，同仇敌忾，还是惶惶不安，担心自己成为下一个枪下鬼。史塔西档案的"有效信息"中记载，布里吉特和克劳斯被处理为在"境外社会主义国家"死亡的东德公民，这是东德和保加利亚共同认可的一种分类：在保加利亚边境被杀的东德公民遗体应作为事故遇难者归还史塔西。克劳斯和布里吉特一开始被安葬在索菲亚，后来在克劳斯母亲的坚持下，二人的遗体就像牺牲在阿富汗战场的苏联士兵一样，被装在密封的镀锌棺材里运回德国——没人知道他们到底是怎么死的。

那是 1975 年，1 岁半的我正在黑海度假，我的父亲和别人家的爸爸一样在服兵役。他很幸运，没有抽中去边境的签。我母亲和布里吉特留着同样的发型，她们都是 27 岁。

*

在菲利克斯的工作室里，日光渐渐暗下来，加深了每个人脸上的阴影。

"他受过教育，是个不错的人，"菲利克斯还在讲述他的狱友，"他以前肯定地位显赫，后来失宠了。他求我有朝一日出去之后，一定不要忘记他，并且把他的情况告诉外国情报部门。这是他唯一的希望，他说。"

菲利克斯蜷缩着身体，沉浸在回忆中。

"可是后来我忘了他的名字，甚至忘了曾经和他关在同一间牢房里。"

"1990年代的一天，"蕾妮说，"我们俩一起去西柏林的一个湖上划船。突然之间，他没来由地大哭起来，想起了布尔加斯牢房里的狱友。我只能默默地给他递纸巾。"

十年后，菲利克斯按照当年禁闭室的尺寸，打造了一个钢结构的盒子。他在盒子顶部种了一层玫瑰花。

"它的门是封闭的，"菲利克斯说，"不会有人再经历一遍我的遭遇，哪怕是一小会儿也不要。"

他给保加利亚政府写信，要求获准将这个盒子安放在布尔加斯监狱门前。政府没有理睬他。

"现在为时尚早，"蕾妮摇摇头，"四十年时间还不够长。"

菲利克斯和无名狱友曾经被关押过的拘留所，现在已经被拆除了。

那名朝着布里吉特和克劳斯打光子弹的士兵后来死了。他被美化了一番。

彼得·普菲策成了一名撰稿人，也许还会出席一些文学节。

他为什么会变得如此斯文？为什么四十年时间还不够长？

*

菲利克斯和多米尼克戴着手铐从布尔加斯飞回柏林，机上都是回家的德国游客，两人坐在机舱后部。在柏林机场，他们被装上一辆标着"冷冻鱼"字样的卡车。史塔西拥有一个这样的卡车队，车身上有的标着"鱼类"，有的标着"烘焙食品"，但乘客只有一种——等待发配的政治犯。

"奇怪的是，"菲利克斯说，"安德拉斯特拉监狱（Andreasstrasse jail）发给我一把牙刷，牢房里有抽水马桶，犯人的伙食很好，竟然跟看守吃得一样。到了圣诞节，还有香蕉！难道我这是到了西方？

不，经过最初的狂喜之后，那里的情形其实比布尔加斯更糟。绝对安静，没有人说话。"

菲利克斯在单人禁闭室待了几个星期。

"我就像被消灭了一样，并没有感觉那么痛苦。就好像他们已经让我不复存在一样。"

唯一的伙伴是牢房里的蜘蛛。于是他和蜘蛛谈心。有几个夜晚，他在厕所里听见从楼下女牢房传来轻轻敲击水管的声音——可是，对方到底想传递什么信息呢？也许一切都是他的想象。也许他已经疯了。

第一个和他说话的人是个守卫。他拿着铁桶和抹布，把菲利克斯带到对面的牢房。"打扫干净。"守卫说。牢房的地上有一摊血。这间牢房的犯人用一把塑料刀割开动脉，已经被带走了。从头至尾没发出一点声音。

菲利克斯刚到安德拉斯特拉监狱的时候，看见牢房里放着叠好的灰色毯子。当看守领着他去冲淋浴时，他尖叫起来。

"我以为他们要把我推进毒气室，"他说，"你看，保加利亚士兵使用野蛮的暴力，但史塔西和之前的纳粹都另辟蹊径，采用一种系统性清醒地摧毁人类灵魂的方式。"

"死于官僚制度，"蕾妮从角落里发话道，"这是一种德国心态。它已经存在了很久，我们不喜欢它，但它一直存在。"

*

菲利克斯最终琢磨出了那些敲击声的意思：敲一下代表 A，两下代表 B，三下代表 C，依次类推。

"敲打出一句话需要耗费很长时间。但我还是弄明白了。是我母亲带消息给我。她来看过我，但他们不让她和我见面。"

在我眼里，菲利克斯很投入，也很执著，几乎有点孩子气，但我很喜欢他。

随后是审讯。他们总是在后半夜把他从牢房带走——史塔西为了整垮政治犯，手段向来如此。

"我很兴奋。终于有人跟我说话了！审讯员是个年轻的家伙，我滔滔不绝地说个不停，告诉他边境上发生了什么，史塔西干部是怎么对待我的，这些事情都应该记录下来，公之于众。但他对这些丝毫不感兴趣。他只想知道，我的朋友是谁？他们只想搞到名字。"

菲利克斯被提审了很多次，而且总是在午夜。参与审讯的史塔西干部越来越多，有时候甚至一下子来了四人。

"我对他们说，如果你们愿意就给我用刑吧，反正我也不会告诉你们任何人的名字。"

菲利克斯再一次见到多米尼克，是在审判的时候。

"那不是审判，简直是一场闹剧。我们的父母不能参加，只能坐在外面。我想发言，但法官不停地打断我：闭嘴！闭嘴！我们不想听你说话。"

菲利克斯作为"颠覆组织"头目（既然是组织，即意味着参与者不止一人），被判处有期徒刑一年零七个月，多米尼克比他少两个月。这个判决算是比较轻的。那么律师呢？

"有律师，我父母雇了个律师，然而判决结果已经确定了。"

审判结束六个月后，那名律师跳楼自杀了。

我双眼紧盯着菲利克斯和蕾妮。这段情节太可怕了，简直不敢相信。

"我认为这起事件和我们的案子没什么关系。总的来说，是出于绝望。他是个好人。在这样的制度下，好人怎么能当律师呢？"

菲利克斯的下一站是专门关押政治犯的科特布斯监狱（Cottbus Prison）。他的狱友中包括因为讲政治笑话而获罪的数学家、失宠的间谍，还有一名为苏德合办的维斯穆特铀加工厂（uranium factory Wismut）工人健康鸣不平的音乐家。

"伙食太差，于是我们就上演'行为艺术'，我现在这么叫它，实际上就是犯人之间相互扔食物。"

犯人每周一次被领着去听一名哲学教授的讲座，大家称之为接受"红太阳辐射"，因为主题总是一成不变。

"马克思列宁主义，"菲利克斯咧开嘴开心地笑着，"以及如何培养社会主义人格！如果你饱受失眠之苦，那简直棒极了，它能让你立刻睡着。但问题在于：我有我的哲学，我读过许多书，其中就包括托洛茨基的作品。我开始就某些微妙之处和教授辩论，于是他们禁止我听讲座。不，我说，我坚决要听。"

菲利克斯欢快地说着，我也跟着笑起来，但蕾妮却面无表情。她深深地沉浸在菲利克斯的往事中，似乎毫无距离感。

毫不夸张地说，菲利克斯是被西德买过去的——一位名叫沃格尔（Vogel）的人权律师专门办理这类案子。到1989年为止，西德用硬通货从史塔西监狱里赎出了30000~40000名东德人，并给予他们居留权。菲利克斯欣然放弃了德意志民主共和国国籍。但在成为一名自由人之前，他还得在西德的临时难民营里待一段时间。他被带进一个房间，一个魅力十足的美国男人正跷着二郎腿抽烟。他用一口纯正的德语表示，需要再次确认菲利克斯的有关陈述。

"'可是我已经什么都告诉你们了！'我抗议。但是魅力男说，还有些事情需要核实，比如保加利亚—土耳其边境地区的地势等等。"

美国中情局（CIA）的人刚走，英国军情五处（MI5）的特工就赶到了。接下来是法国人，表示可以让他加入法国外籍军团。

"当西德情报人员进来时，我真是受够了。我告诉他，够了！我要过回我原来的生活！"

他讨回了生活，或者说是某一种生活，但还是有一点点变化。

"还记得厕所里传来的敲击声吗？"他斜过身子，递给我一支刚刚卷好的香烟，并借了个火帮我点上烟。"那消息说的是，我女朋友快生孩子了。我和多米尼克出发时，她已经怀孕了，可是她自己并不知道。"

菲利克斯坐牢期间，女儿出生了。后来孩子和母亲获得准许到西德与他团聚。那时候，女儿1岁半。

"我们相亲相爱。作为一家人，在一起生活了几年。"

菲利克斯说话的声音越来越小。当时，他已经加入了一个专门收留流浪者的福音教会，并注册成为一名神学院的学生。

他做事从来不会半途而废，而是力所能及地寻找慰藉。

"西柏林真是糟透了，和我想象中的完全不一样。我习惯了保姆式国家的生活，在那里，你的一切都有人管。"

即便你没有需求只想宅着，也有人管。

"确实如此，他们管得你动弹不得。总有人在盯着你，但在西方可不是这样。根本没有人在乎你。商店、灯光、人群，简直让我休克。感觉上，巴黎是那么遥远。"

一天，有人敲响了菲利克斯的家门。

"一个漂亮女人，30岁左右，穿着便服。她自称了解一切有关我想从事跳伞的愿望，并且向我提供了一份不怎么体面的工作。不用说，我拒绝了！"

蕾妮扬起眉毛，第一次露出了笑容。从那以后，再也没有秘密机构来找过他。

菲利克斯努力通过持续不断的艺术创作逃避疯狂和悲伤的情绪。过去的四十年，他就是这么熬过来的。这期间，我长大成人，直到有一天来到柏林这间阴冷的工作室，带着一盒并不适合糖尿病人的哈尔瓦，虽然菲利克斯看上去很喜欢这份礼物。

多米尼克怎么样了？

"我后来又见过他一次，在慕尼黑。他浑身透着一股伤感。"

我不知道多米尼克是不是对他也怀有同感。菲利克斯耸耸肩表示猜不透。

"我得再见见他。几十年过去了。我只是个艺术家，主要关注人的灵魂。我无法解释为什么，我只知道要去慕尼黑找他。"

1988 年菲利克斯的父亲去世，他和几个朋友在西柏林表演了一场象征行为艺术，起名叫"冲向迷墙（Riding the Wall）"。他的父亲曾经开玩笑说，柏林墙也许有一天会倒。

"但那只是个笑话，"蕾妮说，"没有人会真的相信。"

东德当局不允许菲利克斯参加父亲的葬礼。他们在查理检查站（Checkpoint Charlie）拦下他，让他向后转。

"既然没法参加葬礼，我就干了这件事来纪念他。梯子太短，于是几个朋友把我举到墙头上。"

即便只能在墙头上待 30 秒，那种感觉还是让人兴奋不已。

"当时，我距离东德士兵那么近，能看着他的眼睛，看到他的枪筒。然后就到了 1989 年，整个国家的人都纷纷如法炮制。"

这整个国家里当然不包括布里吉特和克劳斯，以及所有越境失败的人。

我手头有多米尼克的电话，但一直没和他联系。他已经被折磨得够呛，他的故事都写在了他的沉默中。

菲利克斯领我参观了工作室里的油画和拼贴画，以及一系列充满想象力的裸体人物画。

"每幅画都用了不同的模特，"蕾妮说，"其中有一个是他母亲。"蕾妮觉察到了我的惊讶，及时地笑了，仿佛在说"生活是不是比小说更加怪诞？"

想到菲利克斯的母亲，我不禁振奋起来。这个女人把最好的献给国家，得到的回报却是最差的。然而她最终幸存下来，给儿子当起了裸体模特。我们沿着宽敞的楼梯下楼。直到这时候，蕾妮才提起自己正遭受着折磨人的牙疼，因此之前没有迫不及待地说点什么。

"我们俩曾经一起回到那片海滩，"她说，"我担心他能否承受得住，而他担心的是我能不能接受这一切。"

他们一起爬上悬崖，寻找菲利克斯当年差点被枪毙的那个地方。眼看找不着，菲利克斯动摇起来，但蕾妮坚持继续找。

"我知道就是那个地方，"她说，"重要的是，他得花点时间独处一阵子。"

"让人难以置信的是，有些人不相信我的话。"菲利克斯说到一半停下来，从棒球帽底下望着我。这顶帽子戴在大多数人脑袋上都会显得有点蠢，但他的样子却让人感到心酸。

"他们不相信竟然发生过这种事情。在被关禁闭的那几个月里，我和蜘蛛相伴，有时候连我自己都有点不敢相信。这种疑问极其可怕，比史塔西还要恐怖，比监狱、饥饿、流放更可怕。"

菲利克斯和蕾妮找到了他和多米尼克在被捕当夜睡过的边境兵营。他们透过窗户朝里面张望。领袖画像已经不在了。一名守卫正在长条桌旁形单影只地喝汤。他们想进门，但最终还是没跨进去。

"他很年轻，"蕾妮说，"我们能对他说什么呢？"

来到昏暗的大街上，我向蕾妮表达了谢意，并告诉她，其实来之前我一直为这次会面感到不安。

"我也一样"，她说着，过来拥抱我。菲利克斯开心地笑着，就像知道自己很幸运似的。我望着他们身穿波西米亚式夹克走在柏林冬天昏暗的暮色中，两人手拉着手，从背影看就像一对年轻的恋人。

*

第二年夏天，我回到潟湖。菲利克斯留下的那句话已经被涂料盖上了，牌子上只留下白文殊兰、濒危的僧海豹和无花果树的相关信息。还没爬到悬崖顶上，我便听到了海浪的轰鸣声。

"你有没有想过，"我曾经问菲利克斯，"如果你当年没有迈出那一步，你的生活是否会一帆风顺？你后悔吗？"

"不后悔。"他回答。我相信他说的是真话。

一个18岁的少年为了在年老之前享受青春，在面临人生抉择时，做出了任何一个18岁少年都会做的事。菲利克斯身轻如燕，替身心沉重的人们迈出了那一步。这其中就包括我们的父母，克劳斯和布里吉特如果活着应该和他们年纪相仿。这其中也包括那个光着身子从海滩上跑的孩子，他的前程尚未可知。他和我小时候一样，脸上抹着妮维雅雪花膏，嘴里喊着什么。虽然我什么也没听见。

/ 龙

斯拉夫民间神话中，有一种不断变换形体的龙，象征保护和占有。在斯特兰贾，龙（zmey）的自然栖息地是山洞。它化为一颗火球穿越时空，能够以雌雄两种形体出现。每一座村庄都有自己的龙，它守护着收获以及其他与季节相关的事情。但与守护相对的另一面是欲望。如果被龙的眼睛盯上，你的心脏就会患病，你会被迫跟着它进入山洞。而所谓的"山洞"其实是阴间的另一个称呼。

/ 火　球

　　在山谷村的日子一晃就过去了几周。我感觉自己像掉落在废弃花园里的梅子一样阴郁而沉重。虫子们发出嘶嘶的声音，让夏日腐朽的芬芳变得愈发浓烈。我甚至再也没有产生过去海滩的念头，感觉自己进入了一条死胡同，心怀倦怠，仿佛在等待什么东西破壳而出。我好像中了魔咒被困在谷底，每天只想在"迪斯科"咖啡馆消磨时光，喝着罐子里的山羊乳酪，和明卡一起凝望群山。我正在经历着某种变化，然而却对此无能为力。车已经很长时间没动了，我都记不清日子过去了多少天，只是一而再，再而三地拖延着离开的日子。

　　我准备离开的前几天，村里的河决堤了。这条河每年如此。河水如野兽般倾泻而出，继而又退回去，留下一片淤泥和杂物碎片。谁也没有开口埋怨，尽管每个人都知道溃堤是什么原因造成的——一辆辆卡车拉着伐木黑帮砍伐森林，却从来不见有人补种树木；建筑公司为了挖沙在河床上深挖了 6 米。这一切的结果是：河流"脱轨"，河水受到污染，改变了微气候，导致洪水愈发肆虐。这里的人遭遇的是"合法化犯罪"的痼疾，非但没有人帮助他们，还充斥着各种贿赂和威胁。

　　洪水过后，人们蹚着齐腿深的水进行清理工作。我也加入其中。这个活儿不但脏，而且让人心烦意乱。干着干着，我终于忍不住喊了一句："得想想办法啊！"

　　"你不住在这儿，"布拉戈哼了一声，"所以你还在相信什么公平正义。"

　　太阳已经升得老高，三个女人穿着橡胶鞋坐在一条长凳上织袜子。德斯皮娜说："有一次，一个去伊斯坦布尔的大篷车队在附近过河，车上拉着金银财宝。突然一个大浪扑上来，河水疯涨。所有的人和马都淹死了。后来，村民们跑出来，他们找到了什么？大堆的财宝被冲到岸上。从此以后，这条河发大水时，我们都会留意着。"

"但河水并没有送来金子和银子，"嚼口香糖的女人一边说，一边冲我眨眼，"只有烂泥。"

三个女人中，年纪最小的是"大耳朵"。天气很热，没有一丝云彩，她正用那双微微斜视的眼睛望着天。

"就要来了，"她说，"悄悄地发了次洪水之后，就会来的。"

"什么要来？"我问，不知道该看着她的哪一只眼睛。

"火球。""大耳朵"回答。

我感觉自己在四个人中像个多余的女人。当地民间传说中，执掌命运的恶魔被称作"orisnitsi"（其中的"oris"意为"命运"），通常包括老中青三名女性。最年长的拥有决定权。她们从你出生那一刻起，就决定了你一生的样子。她们根据自己的喜好决定人的富贵贫贱和生死。你的生命和死亡在她们眼里只不过是一场游戏。

另外两个女人点头表示赞同。

"没错儿，它每年都来，"德斯皮娜说，"就在凉水泉的方向。"

"我那时肯定是睡着了，什么也不知道，"嚼口香糖的女人说，"就好像我睡着后，错过了河里的财宝。"

"我母亲见过，"德斯皮娜说，"那时候她正怀孕，是在犁地的时候看见的。一个火球，只是没有球，而是一条飞龙。是条大蛇，我告诉你吧，那条尾巴像彗星一样。它经过的地方，地面都烧焦了。我母亲回来时，头发被烤焦了，地上全是金色的鳞片。"

/ 110

"过去人们说，它落到地上就会马上变成人。所以，它从你头上飞过的时候，最好别说话，""大耳朵"说，"要不然，这条龙会让你变成哑巴。"

"要是变成哑巴，那还算运气。它还可能抢走你这个人，"德斯皮娜挤挤眼睛，"抢去做它的新娘。"

　　"但前提是，得长得年轻漂亮，"嚼口香糖的女人说，"你们不会有事儿的，相信我。"

　　德斯皮娜咯咯地笑出了声。

　　"你知道鲁什卡的山洞（Ruska's Cave）吗？"她接着道，"住在那里的龙爱上了鲁什卡，于是掳走她做新娘。现在，不能生育的夫妻们都爱去那里。"

　　"他们生了个孩子。"嚼口香糖的女人说。

　　"是的，是的，一条龙和一个人也能生出后代，但那个孩子死了，因为那是违背自然的，"德斯皮娜接着说，"不过我母亲一回到家就生了。她好不容易撑到家里，赶紧打发我去叫医生。"

　　但那是1940年代末，医生因为帮人越境被抓了起来。

　　"于是她只能自己生。那名医生是个好人，但他后来还是被枪毙了。万能的上帝啊，他们枪毙了多少人啊……"

　　此时，"大耳朵"正在偷听广场对面的两个男人聊天。

　　"他们在说什么？"我问她。

　　她用一只眼满腹狐疑地看着我。

　　"还得继续干活儿，"说着，她拾起长柄扫帚，"但你记住我的话，它会来的。"

＊

　　在斯特兰贾，夜晚见到火球和火碟的情况很普遍，人们认为那是一种自然规律。当地一名历史学家告诉我，他祖父曾经在边境的界河附近多次目睹火碟现象，而且它每次都出现在界河上空。N先生出身于当地的一户名门望族，他的小儿子热衷捕鱼。据他说，1990年代的一天晚上，儿子去河里查看渔网时被什么东西吓蒙了。等他赶到时，只见河流的上空飘浮着两个燃烧的物体。父子俩呆呆地站在那里，眼见这两个物体越过森林飘走了。N 先生完全理解为什么有人对此持怀疑态度。

"山谷村有个家伙就对此嗤之以鼻，"他说，"他自称是个拥有大学学位的工程师，不是什么迷信的农民。一天晚上，我们俩坐在他家花园里的葡萄架下。"

那天晚上一共有三个人：满心疑惑的工程师、N 先生，还有住在隔壁的一个女人。可是突然间，三个人变成了五个人。

"两个男人突然挨着桌子出现在我们中间。他们穿着打扮和我们差不多，都是普通人的样子。你知道他们是谁吗？当然不知道。于是我们问：'你们到底是谁？'"

两个不速之客听见问话，相互对视了一眼，无声地笑了——他们好像是双胞胎，或者说互为镜像。之后，他们像雾气一样升腾到桌子上方，向河流的方向飘去。

"还有，我们那天没喝醉，"N 先生笑着说，"这是一座有灵性的山。有些事情你无法解释，也许这样也好。"

他有一种观点：当我们能为一切事物找到理由时，就会开始产生一种被弱化、被掠夺的感觉。斯特兰贾人在各个方面遭到了掠夺，只有大山的灵性是个例外。没人能从他们手里把它抢走。

一天晚上，我和漂亮的俄国女人，还有她的数学家丈夫坐在"迪斯科"咖啡馆。

"我只见过一次，那是在 1980 年代，"数学家那天还算清醒，"在他们关闭了河边的矿井之后。"

那个矿井里出人意料地储存着铀，开采了两个月便关闭了。

"我去钓鱼，"他说，"看见它们就在矿井入口处的上方，燃烧的圆盘状的东西。它们变换着各种形状——星形、同心圆——好像要向我展示什么。"

那么这些到底是什么东西呢？他耸耸肩笑了，露出一口发黑的牙齿。

"有一种说法是，早在人类文明诞生之前，外星生物就已经造访过斯特兰贾。我这么说，并不代表我相信这种说法。但我也不排斥。"

这种说法认为，外星生物要到地磁强烈的地方为自己充电。

"当然，"他接着补充道，"外星生物代表任何不属于物质世界的事物。它给我们提供了无限可能。你看，物质世界是个监狱。我们被困在一个感知的牢房里。"

也许这正好解释了，为什么村子里那么多男人几乎整天都醉醺醺的。

闪电也会光顾靠近矿井的地方。内克喜欢读书，有一次他跟着老牧羊人和一大群牲口在外放羊时，在矿井附近被一束闪电击中。内克只见一道闪电将一棵桦树一劈两半，紧接着电流从他身体里一穿而过，把他掀倒在地。他不知道自己是死是活，直到老牧羊人拿木棍捅他时才回过神来。

N 先生的姑姑住在邻村，她会像非洲巫医用贝壳治病一样，用一把豆子给人算命。她为我掷了一把豆子，讲了个故事。保加利亚推行"五年计划"期间，她的丈夫一直在附近的铜矿上班。矿工在深山里发现了色雷斯人和罗马人留下的巷道和工具，但随即按照上级指令将其破坏销毁。那些工具一接触到空气便化为尘土。N 先生的姑父临死前得了中风，神经错乱。他每天晚上爬窗户出去，穿着睡衣像个幽灵似的在路上踯躅。妻子问：你上哪儿去？他每次都回答：去矿井，他们在等我。丈夫死后，N 先生的姑姑做了个梦："我们像过去一样，坐着牛车，"她说，"来到一条河边，这条河现在早已经改了名字。他是个鬼魂，所以不能和我一起渡河，于是我便自己走。我一转身看见他站在矿井入口处，身边围着一群小牛、猪、羊羔，就像从前一样，那时候他们还没弄走我们养的牲口。"

卡尔·荣格（Carl Jung）在谈到心理学时曾经说："当内心未曾意识到的冲突在现实中突然发生了，这就是命运。"也许，火球就是体现斯特兰贾集体命运的一种方式。

N 先生的父亲 90 岁出头，虽然他喜欢和同样高龄的伙伴们打趣自己"刚刚度过了半辈子！"但实际上他们已经在这里住了一生。一天晚上，我和老人坐在村子广场的榛子树下，那是人们早晨喝咖啡、晚上聊天的地方。（女人们围着一张长条桌，男人们另置一桌。）他给我讲述了一个反反复复出现的梦境。他睡醒觉，看见房间里有"一个女孩"——大概就是你这个年纪，他说——然而房门一直是锁着的。你怎么进来的？他问。但女孩摇摇头消失了。女孩的样子一次比一次亲切，他每次从梦里醒来都心情沉重，于是去找会算命的妹妹。N 先生的姑姑掷了几把豆子说："你认识她。这件事没什么可害怕的。"

四十年前，N 先生的父亲有过一个女儿，出生不久便夭折了。女儿去世的前一天，他看见一个火球在河流上空飘荡。听到这里，我感觉一阵不安。眼前的这位老人难道即将去往另一个世界？他为什么要向我这个陌生人讲述这么私密的梦境，除非他在我身上窥见了女儿的亡魂。

火球一般出现在河流或矿井附近，它总在黄昏或深夜显现——在边境线上一个有限的空间内。

我在山谷村的最后一天，布拉戈的母亲正在用软管冲洗花园。她和我住在同一条街上，相隔几户人家。丈夫不久前刚去世，她还穿着丧服。她挺直脊背对我说："现在我们哪一天都能看见。"

"看见什么？"

"火球啊。我以为自己昨天晚上看见了，但那个不是。"

昨晚，我收拾完行李躺在床上，村里的狗叫个不停，地板上有好几只死去的大黄蜂。自从 1992 年离开之后，这几周是我在保加利亚待的时间最长的一次。我以为自己能四处为家，但其实还是担心自己内心里是个孤独、漂泊的人。尽管我不再属于这里，这个在我的青春中支离破碎的国家，但私底下它却是我归属感最强烈的地方。我曾经幻想自己是个观察者，但二十年过去了，我仍然是个参与者，而且将永远如此。我和这里的任何事物都没有距离，而且太在乎命途多舛的人们。对我来说，山谷村既像天堂，又是炼狱。我分不出二者有什么区别。我感觉自己正在堕落，然而却全身心地热爱这块被掠夺的土地。

我曾经担心村里有那么多年轻人正面临死亡：三分之一的家庭曾失去一个年轻壮劳力——有的患了癌症，有的遭遇事故，还有人是自杀。我对铀矿的事情很好奇，但有人说它根本不存在，还有人说是数学家搞错了，那只是个铜矿。我想知道，为什么父辈的罪孽会像毒药一样渗入儿子们的血液中。

布拉戈的母亲摇摇头："我从前见过。他们一直在监视我们。但现在还没到接触的时候。"

她是个明事理的农妇，长得像这片土地一样，一副长生不老的样子。她不是那种说话不靠谱的人。

"可是那难道不是从旅游景点照射过来的灯光吗？"我说。

"什么旅游景点，亲爱的？"她反问，"那边是土耳其，那里的村子早就空了。"

"是流星？"我突然又想到。她摇摇头。

"它不是从上往下落，而是从河上过去，悬在那儿。事情是，"她说着，开始往我碗里盛西红柿、辣椒和大葱，"我小时候就见过它们，大概就是在一年中的这个时候。"

"西红柿太多了，"我说着，赶忙让她停下，"我明天就要走了。"

"走？可你昨天才刚来！"她还在继续往碗里装东西。

"那么它到底是什么？飞龙？"我不再打趣。

"我这个人很简单，"她走出花园，把大碗递给我，"但还是有什么东西，我得告诉你。我们并不孤单。"

那天晚上我回到家，把最后那点沙拉喂了乌龟。

我给玛丽娜打电话告别。她实话告诉我，她的母亲也在等待火球现身。玛丽娜对于火球本身没有什么理论方面的陈述，只是说："没有什么东西是孤立存在的。每件事物之间都存在联系。"

"是物质上的联系吗？"我追问。她柔声一笑。

我告诉她，自己第二天就要离开斯特兰贾了。

"好啊，"她顿了一下，然后道，"咱们俩可不是在告别。"

她挂了电话，我知道，我会想她的。

晚上10点左右，卧室里洒满淡淡的白光。我从床上一跃而起，跑到阳台上，刚好看见一个物体正向着河边以及凉水泉的方向飞去。那是一个旋转的发光球体。我瞥见隔壁花园里退役篮球运动员弓着背站在那里的高大身影，但那也可能是棵梨树。

我待了一会儿便进屋拉上窗帘，只觉得有点蒙，好像时间过去了很久，而自己却解释不清。

难道我真的看见了火球？布拉戈的母亲看到了吗？篮球手看见了吗？还有那些从土耳其过来的森林里的穿行者，他们被荆棘刺破了皮肉，饿着肚子，饱受伤痛，丧失了一切；他们来自四面八方，一路风尘没有退路，不知他们是否也看见了这火球？

*

掷豆子的老奶奶给我算了命，虽然我把疑问藏在了心里（我能否顺利完成这次边界之旅？），但她回答起来却好像明明白白听见了我的心声："你会完成已经开启的旅程，"她说着，用干枯的手掷了把豆子，"但你必须留心一路上的指示标志，千万别忽略它们。"

　　如果一个人能够分辨出各种真真假假的指示标志，那这真是一条很棒的人生忠告。这里的每一样东西都像一个标志，而且我已经喝过三回清冽的泉水。破晓前，我把行李装上车，锁上门，把钥匙塞在门垫底下，驶过空无一人的广场，路过"迪斯科"咖啡馆，驶出雾蒙蒙的山谷，开始了漫长而惊险的旅程。我锁紧车门，爬上蜿蜒狭窄的山路，那种感觉就好像被一个开瓶器拉着在缓慢地往上拽。我好像看见一只大野兔从路上跑过。幽冥的森林里，一只猫头鹰鸣叫着向我告别。

　　我不知道所谓的火球到底是什么，它究竟是来自另一个次元的邀请，是一种集体的无意识投射，还是来自另一个世界的窥探，抑或只是一种光的物理现象。但让我感到欣慰的是，它在这里现身。如果没有火球和治愈的泉水，人是会发疯的。事实上，火球既不会变成你的龙形爱人，也不会变身外星异客，但这样反而更好——想象可以一直驰骋下去。寂静的大山里再也没有突然闪现的手电筒强光，你再也不需要向边境武装巡逻人员解释，为什么此时此刻身处此地。

第二部分　**色雷斯走廊**

从某种意义上说，所有的人口都是移民。

——《黑海》，尼尔·阿舍森

（Neal Ascherson, *Black Sea*）

/ 色雷斯

如今的色雷斯在地图上指的是一大片地理区域。然而色雷斯还是一种与古希腊、马其顿、波斯同时期的已经消亡的文明。我们在斯特兰贾见到过色雷斯人的遗迹，他们从未建立帝国，也许是最不为人知的古欧洲人。

古色雷斯覆盖了今天的希腊北部地区，包括萨默瑟拉奇岛（island of Samothraki）和萨索斯岛（island of Thassos），以及土耳其的欧洲部分和保加利亚全境，它跨过多瑙河，涵盖了从罗马尼亚到喀尔巴阡山（Carpathian Mountains），直至塞尔维亚和马其顿共和国的一部分。色雷斯人没有留下任何文字记录，却留下了众多物质遗产。他们的石凿神庙、墓穴壁画和黄金制品在古代世界首屈一指，但人们对他们的生活状况知之甚少。色雷斯人直到20世纪才成为研究对象，他们大部分居住在保加利亚和希腊，近代则更多在土耳其。每隔几年，考古学家就会挖掘出新的墓穴和珍宝。保加利亚边境村庄梅泽克（Mezek）出土了迄今最长的墓穴走廊。据说，这座墓穴的主人是大约公元前5世纪的色雷斯国王奥德里西亚（Odrysian），其中有一尊实物大小的青铜野猪雕像。它早在巴尔干战争之后就遭到寻宝猎人的大肆掠夺，而后于1930年代被当地村民发现。当你走在巨石板铺成的路上，孤独的脚步声在身前身后激起空洞的回声，你能感觉到2500年的刺骨寒意。你会不由得回头张望，生怕被无精打采的向导锁在里面。

/ 122

我们所知的有关色雷斯人的信息主要来自希罗多德。他描述色雷斯人是他所处时代人数最多、最强大的部落集团。他写道，假如他们能够在政治上联合起来，就可以统治世界——但他们根本不屑于这么做。如果说文字记录是一杆衡量文明程度的标尺，那么色雷斯人就是文学领域的野蛮人。他们痴迷于唱歌、手工艺、狂欢、太阳—鬼神崇拜之类的感官享受和不易领悟的精神快感。与马其顿人、波斯人以及其他任何人不同的是，他们没有伟大的征服野心。也许他们只是懒得搭理政事，是第一个完完全全由享乐主义者组成的社会。色雷斯人喝滴水不掺的原汁葡萄酒，让邻国的希腊人大为震惊；他们是远近闻名的强悍战士而且擅长养马，因其内部纷争和放任、自由的生活态度而纷纷成为其他国家的雇佣兵。角斗士斯巴达克斯（Spartacus）领导了规模最大的一次反抗罗马起义，他就是出身于保加利亚和希腊边境一带的色雷斯人。这片半岛地区曾经被纳入罗马人、斯拉夫人、瓦拉几人（Vlachs）、希腊人、亚洲保加尔人（Asiatic Bulgars）、鞑靼人，以及其他民族治下，因此当 14 世纪末塞尔柱突厥人来到这里时，色雷斯血统早已和其他民族混为一体。

虽然色雷斯没有留下任何以其名字命名的民族国家，但地理概念和文化意义上的色雷斯却保存下来：它三面临海，分别与爱琴海、马尔马拉海（Marmara）和黑海相临，自北向南包括保加利亚南部、巴尔干地区（北色雷斯）、土耳其的欧洲部分（东色雷斯）以及希腊东北部（西色雷斯）。

奇怪的是，我没在地图上找到色雷斯的中心区域。这也许具有某种象征意义，但事实上那正是我的目的地：一个土地肥沃、气候温和、地处三个国家交界的地方。这片低洼腹地显而易见是一条可供侵略之用的军事走廊，因此冷战期间，希腊、保加利亚和土耳其在此大量屯兵。土耳其人对苏联人和希腊人不放心；希腊人提防着苏联人和土耳其人；保加利亚则防备着每一个人。半个世纪中，这里作为军事缓冲区是两种意识形态分别止步、起始的地方。意识形态轮番登场，但有一样东西始终不变：色雷斯人爱喝原汁原味的葡萄酒，几千年后这里依然是一片葡萄王国。

在斯特兰贾度过夏天之后，第二年春天花开得特别迟，我动身前往色雷斯中部的两个边境城市。冬日刚刚过去，大地一片荒芜贫瘠。河水一路轰鸣，有时候漫过了桥面。果园里开出粉色的花朵。东西向的机动车道两旁到处可见垃圾，好像每个旅行者都要扔个塑料瓶子当作对往事的报复。挂着国际车牌、装载着不知何物的大货车把路面震得摇晃不止。这里有三种文字、三种货币、三个版本的历史叙述。此前，我从未到过这里，听说自从边境管制放松后，色雷斯平原已经成为创业者、消费者、亡命徒和走私者的集散地。

欧亚交界处的检查站旁，共产主义时代的大型工厂已经成为一片废墟，它的附近矗立着一座华丽的大清真寺。

/ 鸽子之友

离开保加利亚之前，我在边境城市斯维伦格勒（Svilengrad）逗留了一周，那里绿树成荫，我住在一家名叫"哥伦比娜庄园（Villa Columbina）"的旅店里。旅店的客人分三类：土耳其人和希腊人，这些男男女女是来过各种瘾的；工程师，他们希望能在这里发现天然气富积区；还有极少数专程前来参观梅泽克古墓和附近中世纪城堡的游客。

赌博的人从来不去历史景点，文化爱好者对赌博丝毫不感兴趣。两拨人唯一的交集是早餐时的花园，空气中弥漫着浓烈的紫丁香的芬芳，鸽子咕咕地叫个不停。我每天清晨站在花园里仰望空中的鸽群。百余只鸽子沿顺时针方向从头顶掠过，沙沙作响地在大地上投下一片转瞬即逝的阴影。此时，地里的梅洛葡萄（Merlot grapes）已经成熟。花园门口有个玻璃柜，出售镀金打火机和独立包装的避孕套。每个人都有种宾至如归的感觉，不会遭人盘问任何问题。这里全年都是旅游季，只有 8 月除外。那时候色雷斯平原被太阳烤得滚烫，凡是有点钱的人都到附近的爱琴海、马尔马拉海或黑海度假乘凉去了。

花园的主人名叫万茨（Ventsi），是个性格开朗的生意人，他自告奋勇开车送我去土耳其。我说自己有车，但他坚持认为我没法应付埃迪尔内（Edirne）的"东方式"街巷，而且保证把我安全送到目的地。的确，一个独自租车自驾的女人出现在这里不但令人费解，而且最糟糕的是，还非常可疑。（边境检查站抓获过不少偷运毒品的人，其中比较典型的一类就是从巴尔干国家来的年轻女人，她们通常都开着租来的汽车。）我很担心第一次过境能否成功，于是把车停在旅店外的林荫道上，坐着万茨的路虎车向埃迪尔内出发。

车上还有一个名叫埃梅尔（Emel）的乘客。她也住在这个旅店，之前从埃迪尔内到斯维伦格勒访友，正准备回家。早餐时我和她在花园里见过面，寒暄介绍过各自的情况。埃梅尔早年离婚，是个公务员。她身材高大，长得漂亮，打扮得无可挑剔，看上去像个富婆。她的双眸明亮极了，指甲和嘴唇也亮闪闪的，一副对生活充满渴望的样子，就连她的名字也是"欲望"的意思。她步入花园用早餐时，浑身散发出一种贵气——让人恨不得躺在她脚边，喵喵地叫几声。她笑起来声音富有磁性，像鸽子一样，让你不由得跟着她乐。

"亲爱的，你看着比实际年龄年轻，"一天早上她对我说，"可是如果你不戒烟，我敢说，不用两年，你就会看上去像个老太婆。"

我赶紧踩灭手里的烟。她从不抽烟喝酒，肤质有如蒙着露水的碧草。

"这多有意思，亲爱的。"埃梅尔坐在路虎车后排，系上安全带。这个动作让万茨有点不快——难道是信不过他的驾驶技术？"我生活中有个男人，只不过他现在已经不需要我啦。"她冲我眨眨眼，看着万茨惊讶的表情，一副很享受的样子。她所指的那个男人是已经成年的儿子。"上帝，那里简直就是男人的荒漠。你简直想象不出来，在土耳其单身是一种什么体验。"

"土耳其男人和希腊男人有什么区别？"车开始向城外驶去，万茨也加入了讨论。"希腊人娶的是老婆，土耳其人娶的是老婆的全家。"

埃梅尔夹着磁性的声音笑道："那么保加利亚男人和他们又有什么不同呢？"

空气中有点尴尬的寂静。

"希腊男人和土耳其男人都很浪漫，至少一开始是这样的。"

万茨看上去有点不自在。

"那是因为，女人明明用钱衡量一切，却口口声声说那是浪漫，"他说，"而保加利亚男人很穷。"

埃梅尔换了个话题:"给我带个苏格兰男人来,亲爱的,要是你发现有合适的,"她说,"他想穿裙子就穿,我不介意。"

万茨的汽车仪表盘上方后视镜上挂着一个银色十字架,还有一个土耳其的蓝色"恶魔之眼(nazar)"。他和埃梅尔一样,与边检站的人关系处得很好,对边境两边的一对"孪生"城市相当熟悉。

这两座城市被称为"孪生"是因为:在埃迪尔内找不到的酒精、性和赌博,斯维伦格勒全有;反之,斯维伦格勒购物条件差,基础设施差,人们家庭观念淡薄,而这些都是埃迪尔内的优势。身处斯维伦格勒,你能隐约听见边境对面伊玛目在唱诵;在埃迪尔内,则听得见斯维伦格勒城里夜总会的鼓点。斯维伦格勒的意思是"丝绸城(Silk Town)",然而丝绸工业早已在 1990 年代随计划经济一同消亡了,取而代之的是供人享乐的行业。如今,希腊人和土耳其人一到周末就过境到这座城市赌博,喝着优质便宜的水果烧酒,享受精油按摩。

万茨努力在斯维伦格勒老老实实做生意。

"我希望饭店能成为一个美食目的地,但这样似乎对人的品位要求太高了。所以,我打算放个赌博机。人总得生存嘛!"

我在酒吧初次见到万茨的时候,他介绍自己以前很胖,结过婚。那时候,他在伊斯坦布尔居然买不到一条李维斯牌牛仔裤,因为根本没有他能穿的尺码。

"我很受打击,立刻开始减肥。"

他说那叫分离节食,我不清楚他所谓的"分离"到底指的是把蛋白质和碳水化合物分开,还是他减肥之后就离婚了。现在万茨吃羊羔舌、橄榄油拌沙拉,还有土耳其橄榄,不吃面包。他去埃迪尔内为饭店批购食材,边境那头的每样东西都更便宜。

"嗯,边境。"他说着又点上一支万宝路香烟,手腕和脖子上的银链子叮当作响。路虎车沿着通往边境的一小段路飞驰,两旁是废弃的工厂和越冬的田地。"应该取消这些边界，人们想做点事情，它们却尽给人添麻烦。"

"没错儿，亲爱的，"后排的埃梅尔表示赞成，她挥动着一只胖手赶走面前的烟雾，"边境唯一的好处是，你可以跨过去。"

这是 4 月以来第一个有些暖意的日子。万茨脚上穿了一双夹趾拖鞋，他的脚很瘦，完全看不出曾经是个胖子。我见他脚上文着一只张开翅膀正在飞翔的鸟，不过文身和脚都是个人私事，我便没有发问。

还有 10 分钟就要驶出斯维伦格勒，万茨在塞满烟蒂的烟灰缸里掐灭香烟，埃梅尔终于舒了口气。检查站到了，还是稍微严肃一点更为妥当。万茨和埃梅尔到岗亭里和边检人员聊了几句，后者称呼他俩"arkadash"，在土耳其语中是"朋友"的意思。

我递出护照，心里不禁一阵焦虑。我从来没在这儿有过过境的经验，当年在保加利亚的时候，这个检查站几乎一直处于关闭状态，只有少数特权阶层和劫数难逃的人可以通过。享有特权的人很少，其中就包括边检人员。他们相当腐败，以至于斯维伦格勒从那时候起就是个富裕的地方。相比之下，在劫难逃者为数众多。尤其是1989 年，30 万人一夜之间成了土耳其城市郊外难民营里的流亡者。他们是保加利亚的土耳其人，欧洲共产主义最后的牺牲品。埃梅尔就是其中之一。简而言之，这个检查站在长达半个世纪的时间里，让人心怀恐惧和厌恶。但如今这些早已是陈年往事，难道不是么？

边检站旁，一群满身污泥、瘦得皮包骨的年轻人背着旅行背包，在 4 月苍白的阳光下眨着眼睛，每个人都戴着手铐。他们是从欧盟那边的一辆货车上被赶下来的。

货车司机正绝望地恳求着警察。他身形笨重，疲惫不堪，眼泪都快掉下来了。

"他们打算把他怎么样？"我问。

"逮捕他，除此之外，还能怎样？"埃梅尔回答。

"你的墨镜很漂亮。"土耳其边检人员说着，把护照递还给我。

"谢谢了，朋友。"万茨说着，一踩油门，我们开进了土耳其。

"你看，边境这头就不是欧洲了，看见什么特别之处了吗？"万茨问。

一面红色的新月旗在空中飘荡，两座巨大的建筑格外醒目：一座清真寺和一座购物中心。这里的道路更宽，路况更好。

"没错，"万茨说，"这道边境是用来干什么的？是为了阻止土耳其人带着 merak 和钞票进入欧洲。"

"merak 是土耳其语。"埃梅尔哑着嘴告诉我，意思是热情、激情和兴趣。但土耳其人需要签证才能进入欧洲国家，然而签证的发放数量少得可怜。

我们的车朝着埃迪尔内驶去，一路上载着密封集装箱的货车已经排了一天长队。百无聊赖的司机们在路边支起炉子，拖着脚步来回走动。他们是游走在巴格达和汉堡、伊斯坦布尔和加来（Calais）之间的灵魂。我曾经路过他们的补水点、孤零零的路边小馆子、他们睡觉的停车场，还有卖给他们酸奶和啤酒的小商店。进入保加利亚，会有身材苗条的卖淫女在等着他们，像芦苇一样在高速公路的雾霾中摇曳。

"我的朋友开了一家专为货车司机服务的路边店，"万茨又点着一支烟，"女人要是去那种地方，那准是要卖点什么。司机们都抱怨自己过得惨，但无论如何也不肯放弃这种生活。"

我不禁暗自想，要是能当一名洲际货车司机该多好。这份工作有特别吸引我的地方——确切地说，是畅通无阻的道路。万茨听了把我奚落了一顿，埃梅尔也笑起来。

"干这行的，只有两个女人，亲爱的，"她说，"一个德国人和一个英国人。英国女人坚持了一年。这事儿不能怪她。"

"女士们，欢迎来到埃迪尔内！"接近目的地，万茨开心地满脸放光。

埃迪尔内曾经是罗马皇帝哈德良（Hadrian）治下的城市，后来到奥斯曼帝国时期，伊斯坦布尔遭遇瘟疫时，苏丹才将首都迁到这里，使之成为第二个首都。埃梅尔略带自豪地告诉我们，这里是距离欧盟边界最近的土耳其城市。

埃迪尔内地处富饶的色雷斯平原中部，尖塔林立，别有一番风情。它的名字中至今回荡着第一个色雷斯"民族"，奥德里西亚部落的印迹。他们在这里建立了首都乌库达马（Uskudama）。希腊人至今用拜占庭名字称其为"阿德里安堡（Adrianople）"，好像奥斯曼土耳其从未踏足此地似的。然而，埃迪尔内毕竟在东方氛围中浸淫了上百年，之后又经历了数个世纪的沉沦。色雷斯人、拜占庭人、保加利亚人、土耳其人、希腊人、亚美尼亚人，甚至俄罗斯人（在两次沙俄—奥斯曼帝国战争中）都曾经觊觎、攻打、占领过这座城市。如今不管称其为奥德里、奥德里西亚、哈德良堡、阿德里安堡、欧德林（Odrin），还是埃迪尔内，这座城市有硕大的清真寺、郁金香花园、包括美人鱼在内的各种公共雕塑、名菜油炸牛肝，以及一部名义上的禁酒令。

空气中弥漫着烟雾和紫丁香花的芬芳。

"我告诉过你，在这样的街上，你会迷路的。"万茨快速驾车穿过一片刺耳的土耳其式鸣笛声。距离我们下车的地方越来越近，万茨也许是想让埃梅尔再次光临，抑或是为了提醒我回去取车，不时地讲着饭店里发生的小插曲，仿佛是怕我们被土耳其的杏仁糖、甜咖啡勾引去似的。这一带号称"色雷斯的谷仓"，没有经济危机，只要一坐下来，主人就会端上一篮子白面包。

"有个从卡斯坦尼（Kastanies）来的希腊人，"万茨说，"过去常常开车过来，坐在角落里。他是个鳏夫，有大把时间。希腊政府给他的养老金真是不少，虽然现在已不如从前。他在我那儿吃晚饭，喝点水果烧酒，和人聊聊天，然后开车回去。后来警察没收了他的驾照，他喝得太多了。"

"所以，他不来了？"埃梅尔道。

"哦，不，他还来，坐出租车来。他已经养成习惯了。"

卡斯坦尼是个寂静的希腊边境小城。站在郊外就能望见埃迪尔内风姿绰约地像朦胧中的一朵"野花"。但希腊男人不喜欢土耳其。

"有个土耳其人去罗多佩山里的射击场，路过我那里。有一次，我送给他一瓶自制的水果烧酒，他从射击场给我带回来一头猪。你们知道，他不吃猪肉，但我也不喜欢猪肉。"

"那你怎么办？"

"我谢谢他，收下了猪。土耳其人很有自尊心。"

*

在我自己的判断分类中，埃迪尔内是继斯特兰贾和谜一般的古墓之后，色雷斯核心地带的第三大秘境。奔腾的马里乍河（Maritsa River）穿过一座座拱桥一路向南，改名埃夫罗斯（Evros）后成为长达135公里的希腊—土耳其边界，最后注入爱琴海。但为何埃迪尔内没有因此闻名遐迩？游客们蜂拥至伊斯坦布尔、希腊诸岛和保加利亚的黑海度假区，却不曾在这里驻足观赏腓力二世（Philip II）留下的马其顿塔（Tower of Macedon）、中世纪拱形驿站，以及河洲上的体育场。至今，每年夏天河洲还在举行世界上最古老的体育运动项目——橄榄油摔跤：各个年龄、身材各异的男人们身穿皮裤，浑身涂满油脂。这一切怎么没让埃迪尔内出名呢？

"对周五赶集的人来说，它很出名。"万茨说着，把车开到路边。

今天就是周五，赶集的人把通向市场的每条道路塞得黑压压的，仿佛连接心脏的一条条血管。万茨让我和埃梅尔在一处咽喉形状的市场入口下车，这里用土耳其语、希腊语、保加利亚语和英语四种文字写着"周五大市场"。其实，英语根本就是摆设，所有的购物者都来自三个国家的边境地区。万茨自称有差事要忙，需要采购橄榄、西红柿等——而我却在琢磨，他所谓的采购是不是什么别样事情的委婉表达。但万茨从来不拐弯抹角，他说，自己就是个在穷人国度老老实实开饭店的乐观主义者。

"我怎么没像其他人一样移民出国呢，想想自己准是疯了！"

周五大市场是基里姆地毯（kilim）和各种粗劣商品的大杂烩。成千上万的穷人纷至沓来。或许他们并不穷，但也算不上富裕。因为在这里，只需要区区几欧元就能买到婴儿服装、蛇油、"正牌"李维斯牛仔裤、超大号内衣、闪闪发亮的化妆品，以及各种漆皮鞋。商家的帐篷是用某种非洲珍稀动物的皮制成的，小贩们在装满宝贝的"阿拉丁山洞"里用包括阿拉伯语，甚至俄语在内的各种语言大声招徕、诱惑顾客。

埃梅尔被朋友接走了。"记得给我打电话，亲爱的！"她在车里冲我挥手告别。我被迅速裹入人群中。历史在这里消失了，取而代之的是各种各样的说话声。这里有过境前来的希腊人和保加利亚人；有1989年大迁徙后至今操两种语言的土耳其保加利亚人；有肤如凝脂穿着宽松裤的穆斯林女人，他们来自罗多佩山里，说一口古老的斯拉夫方言；还有漂亮凶悍的吉卜赛女人，她们会说各种语言。对于持合法护照的人来说，边境是周末休闲购物的地方。这是一条神奇的线，是一种成年人玩的孩子游戏。可能这会儿你在这头，过会儿你就跨到了那头。

边界回归了它的自然状态，这里有讲价，有交易，有好奇，有买卖，有诡计，有收费。为边界干杯！

"牌子，牌子！真牌子啊！"卖假李维斯牛仔裤的小贩大声叫卖，色雷斯女人们纷纷掏钱，每个人都兴高采烈的样子。我在一个珠宝摊上花 1 欧元买了一枚镶嵌着穆斯塔法·凯末尔·阿塔土克（Mustafa Kemal Atatürk）头像的戒指戴在手上，旋即又摘了下来。

随着反伊斯兰专制运动的兴起，阿塔土克的肖像成为抵抗运动的一面旗帜。他冷漠地皱着眉头的样子百年来一直牢牢占据着各种公共空间。他废除哈里发制度；默许军队燃起大火，从希腊手里收复了士麦那（Smyrna）；他对亚美尼亚人大开杀戒，赶走库尔德人。他再次成为某些得之不易，又恐失去的物质的象征：世俗共和国、妇女的权利等。我把戒指重新戴回手上。当民族主义在两害相权的情况下成为"取其轻"的选项时，那该有多可悲呀。

*

万茨的路虎车已经装得满满当当，正在市场入口处等我。他要带我去城里最高的建筑物——豪华的喜力酒店。埃梅尔为我安排了半价房间。酒店停车场里全是挂着伊斯坦布尔牌照的大巴车。埃迪尔内第二天要举行一场支持正义与发展党（Ak Party）的示威游行，由于无法在本地召集到足够的参与者，因此只好从别的城市拉来一批蒙着面纱的妇女和愁眉苦脸的男人。他们都是执政的正义与发展党请来的，准备强烈抗议城里的美人鱼雕像，还有一座张开双臂的标志性女性雕塑，因为其姿态不能代表"传统的土耳其女性"。可以想象，他们披着硕大的棕色斗篷，脸上的表情就像吃多了柠檬一般。

"土耳其的经济不错，但这并不意味着社会健康。"埃梅尔曾就这个话题发表过见解。她和我在欧洲见到的土耳其人一样，是凯末尔创建的共和人民党（Republication People's Party）的坚定支持者。

我在喜力酒店停车场和万茨道别。

"你办完事情就给我打电话，我会来接你。"万茨说。汽车后备厢里飘出一阵西红柿的清香。"这个周末是基督教的复活节。我得走了，给饭店囤点货，招待土耳其客人。"

说着，他从座位下掏出一个东西递给我，脸上露出少见的羞涩。

那是一个他学生时代用过的四等分页大笔记本，我上学时也用过类似的本子。上面用幼稚的笔迹记录了上百首诗。这些文字都是在 1988~1989 年间写成的。

万茨 19 岁入伍，被派到边境服役。他主要负责的是无线电通讯。这项工作意味着，他要每天 12 个小时一个人孤零零地待在瞭望塔顶的小屋子里，还得时时刻刻提防着敌人。

"一次，半夜里一只刺猬触发了警报器。我们马上出发去消灭这只刺猬，万一它是资本主义的刺猬呢？有一次，兵营里来了个戴手铐的家伙，是个新兵。他半夜突然疯了，开枪射杀了五个战友。他像一头动物一样，不看你的眼睛，只是绝望地号叫着。"

"还有一次，我看见一个男人割了儿子的喉咙。那时候正在掀起让土耳其人改名的运动。男孩想用新名字，以便继续留在那里；但父亲想保留自己的名字，进而搬到土耳其。我们包围了他的房子，拷上他带走了。我永远都忘不了他儿子脖子上流着血，躺在菜园里的样子。"

万茨不作声了。"所以你看，我有两种选择：要么疯掉，像动物一样号叫；要么写诗。"

他被关在瞭望塔中，每天写一首诗，然后给伙伴们文身。

"我一直喜欢画画，"他说，"现在这世界上有 18 个人，脚上文着一模一样的鸟。最后一个，也是文得最好的那只，在我自己的脚上。哦，我知道，它很难看，你可以想象另外的那些都是什么样子。我的这个，是离开那里的前一天晚上文的。我在那个塔里待了 12 个月，已经快崩溃了。我用一枚粗针文了这个图案。后来，脚肿了，我是瘸着回家的。父母见到我吓了一大跳，他们以为我负伤了。"

万茨在一首诗里写道，自己是一只翱翔于"死亡之沟"上空的小鸟。而在另一首诗里，他又成了一名打鸟的士兵。

*

后来，我回到丝绸城取车，仍然住在哥伦比娜。我每天清晨都在等待天空中传来沙沙的声音，当然那是万茨喂养的鸽子。它们就住在饭店阁楼上。万茨说，那天下午我俩在埃迪尔内分手后，在回来的路上，边检站的人把他车上的东西搬下来，一件一件地用 X 光扫描。他们只要看见满载的车，就会刻意搜查。万茨不得不来来回回地搬运每一个箱子。

"他们知道我是谁，而且也知道我的饭店！"他摇着头，"等我回来，你猜暴晒了一天的西红柿都成什么样了？"

我当然猜中了。

"现在你的书有题目了：边境给我们带来了什么？"

万茨的每只鸽子都有自己的名字，但他一直念叨其中叫"哥伦比娜"的那一只。

"哥伦比娜每次都能飞回来，"他说，"有一次，所有的鸽子都被人偷了，但它飞回来了。还有一次，它们差点被一只黄鼠狼弄死，只有它活下来了。它就像个人，非常喜欢我，一看见我就扇翅膀。我很想念它。"

哥伦比娜三十年前就死了，在万茨参军的那一周。

"要不我送你几只小鸽子，放在笼子里。你带回苏格兰？"我离开的时候，他问。

我笑了起来，他看出来，我心动了。

"你可以打开笼子，它们会飞回来的，没有问题。它们知道回家的路，不需要护照。或者，你把它们养在苏格兰，这样就能想起在色雷斯还有个朋友。"

*

万茨说，鸽子回家是沿着大路飞，而通常人们以为它们会像乌鸦一样走捷径。有的时候，鸽子甚至还会绕道走。它们能够飞 3000 英里，速度达到每小时 90 英里。但即便如此，从苏格兰高地到色雷斯平原需要穿过北海，并越过数百万条错综复杂的道路。这一切它们究竟是怎么做到的？

另外，也许鸽子能够适应北方的气候，善于躲避黄鼠狼、狐狸和峡湾的海鸥。虽然它们见到我的时候从来不会拍打翅膀，却会不时地斜着眼睛瞄我一眼，让人陷入迷惑。

/ 祖　国

在土耳其语中，"memleket"的意思是"祖国"。它源自"meme"（乳房）——一个哺育你的地方。政客们理所当然地尽情利用这个词，所以我们得看看诗人是怎么说的。

纳齐姆·希克梅特（Nâzim Hikmet）也许是20世纪土耳其最著名的诗人，被描述成一个乌托邦共产主义者。冷战期间，他大部分时间都在坐牢、流放，甚至还成了"人民公敌"。1963年，他客死莫斯科，有人说他是心碎而亡。虽然纳齐姆·希克梅特和凯末尔·阿塔土克一样出生在欧洲的土地上，他的家乡在萨洛尼卡（Saloica），但他最后却希望安葬在安纳托利亚（Anatolia）的乡村墓地，任何一座墓地都行——然而，这个愿望并未实现。他和活着的时候一样，依然被流放在外。在他的诗歌中，"祖国"是这样的：

> 我爱我的祖国。
> 我在她高高的树枝上荡秋千；
> 我躺在她的监狱里。
> 没有什么东西，
> 能像祖国的歌和烟叶一样，
> 减轻我的忧郁。

　　埃迪尔内喜力酒店的屋顶上风很大，我每天站在这里都能望见牧羊人赶着羊群穿过公路，翻过一座座小山头。公路从伊斯坦布尔出发，一直通到保加利亚和希腊边境的检查站。我在这里结识了一对夫妇，他们是万茨的朋友，女的叫艾莎（Ayshe），男的叫艾哈迈德（Ahmed）。

　　我们约在屋顶平台共进晚餐，空荡荡的饭店显得格外安静。然而饭店里并非没有客人——我坐在铺着白色桌布的餐桌前，另一张桌边是个一脸迷茫的退休荷兰人，他像一个从格雷厄姆·格林（Graham Greene）的小说中走出来的人物，穿着一身亚麻衣衫，看来要去游历东方。

　　夫妇俩在一起看起来像电影明星和保镖。艾莎身材修长，脚蹬一双让她颇不自在的高跟鞋，穿着剪裁讲究的裤子。她颧骨高高的，绿色大眼睛的下方边缘抹着些许眼影，除此之外，脸上丝毫不施粉黛。她的面庞很吸引人，仿佛一汪平静的湖水能舒缓人的痛苦。艾哈迈德生得魁梧壮实，一副脚踏实地的样子，看脸并不像上了年纪的样子，当然他还不到40岁。然而，这张脸已经没有了青春的光彩。他俩落座后点起两支细长的雪茄，要了一瓶土耳其水果烧酒。这种酒散发出茴香的味道，只要滴一点水进去就会变成白色。

　　"要你们这儿最好的菜品。"艾哈迈德霸气十足地用土耳其语对一旁转悠的侍者吩咐道。他从小生活在斯维伦格勒以西的烟草种植区，但这段童年生活后来戛然而止。因此在我听来，他的保加利亚语说得有点儿生涩。

　　他5岁开始跟着全家人一起摘烟叶。

　　"你天不亮就得开始摘，有时候晚上也摘。因为大清早的露水会让烟叶粘在一块儿，我的手指总是被划破。那时候，八个孩子穿一双鞋。你知道那种贫穷是什么滋味吗？"他向前倾过身子，我顺势靠在椅背上，没想到他会这么激动，但艾莎依然温柔地看着他。

艾莎夫妇和埃梅尔一样也是土耳其人，但保加利亚才是他们的祖国。他们的经历是保加利亚穆斯林这部大历史的一个缩影，从中根本看不到什么民族主义。他们的命运和东方烟草一样，几乎不为人所知。

1960 年代之前，保加利亚一直是世界头号烟草出口国。这种烟叶因其固有的香味而被称作东方烟草。传统上，穆斯林种植烟草，基督徒种植葡萄。百多年来，烟草业一直是保加利亚经济增长的动力。1989 年保加利亚的土耳其人被迫离开故土，这个行业连同水果和蔬菜种植业在一夜之间垮塌，甚至没人收割地里丰收的果实。

"但我很想念那段日子。虽然在保加利亚，他们叫我土耳其人；在土耳其，他们叫我保加利亚人。我到底是什么人，你告诉我！"

艾哈迈德"砰"地一拳砸在桌子上，虎视眈眈地盯着我。他一会儿柔声细语，一会儿咄咄逼人，但他略微浮肿的双眼里始终有一种东西——忧郁。甚至在他平时当着老婆的面自夸在女人堆里是个万人迷时，也是一样。侍者端来海鲜和一大篮子面包。艾莎和艾哈迈德不紧不慢地啜着酒，仿佛要麻醉自己一般。最终，艾哈迈德打开了话匣子，有些童年记忆中的语言他已经想不起来，只好用土耳其语代替。艾莎则在一旁翻动着自己盘子里的沙拉。

"1989 年夏天，军队来人说，给你们三天时间撤离。我父亲一直絮叨叨的，钱没了，房子也没了。"艾哈迈德继续讲他的故事。

钱留在国家银行，房子只能贱卖处理。多年以后，艾哈迈德一家返乡购回了自己的房子——支付了双倍的价钱。但艾哈迈德说，这桩买卖做得很值，那里有我们的记忆。无论如何，东西样样都在。

家里的老人最终都回到保加利亚的村子，重新适应国外——土耳其——的生活，对于他们来说压力实在太大。这种情况导致本不平常的边境地区出现了一种社会现象：离散家庭。

"我们把东西装上一辆拉达车和一辆货车。"

艾哈迈德一家人加入了南下的行列，一路上排满了堆着大包小包的汽车、卡车、行人和马车。马车是人拉的，就像加尔各答的人力车一样，因为国家不允许大家带走马、牛，甚至宠物——一切都在禁止携带之列。人们为自己，为牛、狗、猫、山羊而哭泣落泪。有人射杀了自己的宠物，有人举枪自尽。然而仅仅数月之后，柏林墙倒塌，冷战突如其来地结束了。

我很想把驱逐保加利亚土耳其人与塞尔维亚民族主义者在波黑实施的暴行作个比较，因为二者都企图唤出"土耳其之轭（Turkish yoke）"①的幽灵，想从愚蠢至极的时代错误中寻找理由。然而二者之间存在本质的区别。塞尔维亚和克罗地亚民族主义像病毒一样在南联盟的外表下潜伏了数十年，一旦获得再生便酿成了战争。南斯拉夫战争的本质是领土扩张，而保加利亚的种族清洗则是另一桩人类犯下的愚蠢罪行。

"我们镇上有个乡邻，"艾哈迈德说，"他既不是土耳其人，也没有遭受任何压迫，但他上吊自杀了。因为他对邻居们的种种遭遇，实在厌恶至极。"

到底发生了什么事情？

保加利亚是欧洲各国中本土穆斯林人口最多的国家。他们不是德国土耳其人那样的新近移民，而是已经在那里生活了好几代的土生土长的土耳其人，是奥斯曼帝国统治的数百年中民族融合的产物。虽然在奥斯曼帝国撤离巴尔干地区的最初几年里，已经有大批土耳其人在历次主动或被迫的迁徙浪潮中离开保加利亚，然而冷战开始时，土耳其人依然占据全国总人口的8％。1980年代，保加利亚人

---

① 指1396~1878年保加利亚被土耳其人统治近500年的历史。

口出生率低迷，土耳其人的出生率却呈略微上升趋势（保加利亚土耳其人的城市化程度较低），在全国人口中的占比逼近10%。那时，当权者争论的问题是：如果二十年后"他们"从数量上超过"我们"，该怎么办？

政治局为这个伪命题找到了一个解决办法：给土耳其人改名，让他们改信基督教，关闭清真寺（虽然从严格意义上说，当时所有地区的清真寺已经关门）。要赶在"他们"同化"我们"之前，先将"他们"同化。无论如何，"他们"不是也曾搞过"伊斯兰化"吗？1986年，国家动用最一流的宣传手段掀起了一场改名运动。其实当权者完全可以采用乔治·奥威尔（George Orwell）作品中的语言来对付自己的人民。然而，奥威尔的书当时在保加利亚是禁品，官员们的阅读视野相当有限。例如，他们强迫人们把土耳其和阿拉伯名字改成斯拉夫名字，甚至还让死者改名；他们亵渎穆斯林墓地，国家安全机构实施暴力和强奸——所有这些都被称作"复兴运动（Revival Process）"。相对于19世纪保加利亚反对奥斯曼帝国的解放运动而言，这简直是个莫大的讽刺。现在轮到保加利亚土耳其人回忆他们的"真正"来历了。之后，波马克人（Pomaks）和罗多佩人也遭遇了同样的命运，但与土耳其人不同的是，波马克人根本无处可去。

事实上，保加利亚土耳其人只是貌似有家可归。虽然土耳其给他们发放护照，狠狠表现了一番，但其实这个国家当时已经问题成堆，根本没有能力养活这些人。在一张当年留下来的照片上，一大群初来乍到、精疲力竭的人冲着镜头举着崭新的土耳其护照。这张照片显然是按要求摆拍的，从他们的脸上分明能看见愤怒、眼泪、忧伤和迷惘。他们的悲剧成为冷战中两国之间的一场得分竞赛，而实际上其中任何一方都是输家，只是有些人失去的比别人更多而已。

对于保加利亚而言，这场针对土耳其族人的仇恨运动有点像福克兰群岛战争（Falklands War）之于阿根廷军政府。它让一个正在走向衰落的警察国家转移了大众对现实问题的关注：经济溃败，商店关门，一贯性地没有人权，环境问题，改革开放带来的变化之风等。少数族裔一向很容易成为牺牲品。

一夜之间，艾哈迈德成了阿森（Assen），艾莎成了阿西娅（Assia）。

保加利亚土耳其人发起了一场抵抗运动，结果酿成了数起公共性恐怖事件，被称作"五月事件"。虽然恐怖分子的名字从未曝光，但其实他们正是政府当局。之前我在边境遇到一名希望从圣玛丽娜泉寻求赎罪的年长警卫，他所在的部队曾经接到指令，去"清洗（liquidate）"（他用了这个词）一个父亲和他的两个儿子，他们是企图在官方开放边界之前越境的土耳其人——据说他们在皮带上绑了手榴弹。就在我邂逅两个警卫的岗亭附近，士兵们在空地上包围了父子三人。

"扣动扳机前，我看了他们一眼，"警卫说，"三个人都很魁梧，这让我们费了半天劲才把他们弄出林子。结果他们身上根本没有手榴弹。而我心里一直在想的是，他们的母亲。"

我也一直在想那个母亲。

*

当局最后灵机一动，宣布不愿意参与"复兴运动"的人可以去土耳其"休长假"，可以为他们开放与土耳其接壤的边境。此时，对于成千上万迷茫的人来说，通往土耳其的道路虽然荒无人烟，但看起来却是唯一的选择。

那一年，艾哈迈德13岁。

"那条路上黑压压的全是汽车。每个人都在哭泣，在抽烟。我们能去哪儿？路的尽头，就是那里。去土耳其，他们说，你们是土耳其人。但土耳其到底什么样，谁也不知道。"

无论城市还是乡村，人们既没有迁徙自由，也没有信息自由，我们住在索非亚很难了解农村到底发生了什么。我还记得，有一次电视里正在播放经过粉饰的有关保加利亚土耳其人"休长假"的节目，我母亲看着看着就哭了，因为她从那些被放逐的人、从堆放在马车上的床垫和电视机上看出了事情的真相。但我父母的朋友中，有些人并不这么想。索非亚知识阶层的客厅成了争论场。许多人全盘接受政府的宣传，《掠夺的大地》（*Time of Violence*，又译《残暴的岁月》）是当时人们必看的一部电影。令人困惑的是，它至今仍是保加利亚最叫座的影片，从中可见人们对被篡改过的往事有一种神经质的痴迷，而隔壁杀气腾腾的南斯拉夫民族主义正是被这种癖好所驱动。如果说这部电影的名字还让人有点想象余地的话，那么其情节可谓终结了一切。影片虚构地描绘了一场 17 世纪发生在罗多佩地区的伊斯兰化运动，用最出色的演员、煽情的音乐和颇具穿透力的场景炮制了一个困扰人一生的噩梦。影片场面宏大，传递的信息却很简单：好人（保加利亚基督徒）都很英勇，他们的女人很纯洁；坏人（土耳其人）都是剃光头发的虐待狂，他们身边是啃着果仁蜜饼（baklava，一种土耳其食物）的坏女人。片中的主要反派人物是个出生于基督教村庄的土耳其士兵，他用鲜血和利剑改变了整个村庄。观众们囫囵吞枣地享受着影片带来的自虐般快感，由此而生的集体性自怨自艾则使驱逐土耳其人变得顺理成章。

艾莎和姐妹们都不会说土耳其语。直到警察前去敲门，她们才发现自己竟然是"土耳其人"——不由得让人联想起犹太人的黄色六芒星。这是二战以后欧洲规模最大的一次人口迁徙，34 万人连同他们的家庭和未来遭到自己国家的驱逐，他们的身体备受摧残。所有这一切都发生在和平年代。

艾莎全家离开保加利亚的那年她 8 岁。她的父母在远离家乡的一座工业城市的水泥厂上班，全家人住在国家配发的公寓里。重工业缩短了许多工人的寿命。改名运动刚刚掀起的时候，艾莎的父亲便死于癌症，他去世时正好是她现在的年纪。艾莎的母亲把所有东西装上车，放上三个女儿，加入了通往检查站的长队。她们没有汽车，花了好几天时间才到达边境。

进入土耳其后，有一部分人立刻和大家告别——他们可以到土耳其的亲戚家慢慢适应环境，比如埃梅尔和她的父母（他们也得先上土耳其语言学校）。埃梅尔的哥哥却没有走。

"他认为，我们迁居国外简直是疯了，"埃梅尔说，"可是现在我很开心，自己是在这儿，而不是在那儿。除了男人的问题。你能想象吗，在土耳其做个单身女人有多难？"

其他人最终也相互告别了——他们接受过良好的社会主义教育，包括女人在内，就业率很高。一个国家的损失最终变成了另一个国家的所得。然后，只剩下了艾莎和艾哈迈德。

*

侍者在餐桌和吧台之间来回穿梭。荷兰人看上去非常渴望加入我们的谈话。他喝着一瓶葡萄酒，坐姿的角度有点怪异。烤牛肉端上来了，艾莎仍然在沙拉盘里挑挑拣拣——她不喜欢吃芹菜——笑话我竟然用"maydanoz"（土耳其语，芹菜）这个词。土耳其语中许多表示食物的词早已永久性地融入巴尔干人的日常用语中。食物的称谓无法从种族上被抹杀。

接着，我抛出一个问题："你们俩是怎么认识的？"

他俩对视一眼，相互之间闪过一种几乎不为人觉察的东西。

"Chaduri"，艾莎说，是帐篷。

"她叫我哥哥，"艾哈迈德说，"我们那时候都住在帐篷里。你知道旧公共汽车站吧？那里有 1500 个家庭。到处是烂泥、雨水，没有卫生设备，我们就这样过了两年。然后他们给我们造了预制板房子，这是土耳其政府赠送的礼物。因为我们是土耳其人，对吧？"

艾莎的神色越发心烦意乱，她望着窗外平原上新近扩建的城市边缘地带出神。整个埃迪尔内、伊斯坦布尔和克尔克拉雷利（Kirklareli）都住着那年夏天跨境搬来的保加利亚土耳其人。他们现在已经过得相当不错，许多人甚至成了顶尖的行业人才。也有许多人回到了保加利亚。

牧羊人赶着羊群穿过马路爬上山丘，消失在我的视野中。他身后跟着三条狗，其中一只缺了一条前腿，却蹦蹦跳跳地一点也没有掉队，一副乐在其中的样子。不知为什么，这个场景让我心里一阵刺痛。

/ 146

"祖国"，艾莎嘴里突然蹦出一个词。

"没错，我一直照应着她，"艾哈迈德说着，给每个人的杯子里斟满水果烧酒，"我们在一条船上，但她们家还不如我们。她们没有父亲，她叫我哥哥。"

在帐篷里熬了几个月后，艾莎和姐妹们被人从母亲身边带走，送到一家孤儿院。艾莎给我看过存在手机里她母亲的照片，老太太如今已经 60 多岁，长得很像纳夫蒂蒂 [Nefertiti，埃及法老阿肯纳顿（Akhenaten）的王后]。孩子们住进孤儿院后，她独自生活，白天在酒店当清洁工，晚上去土耳其语补习班。她可以每周一次去孤儿院看望三个女儿。在那个夜晚四处漏风漏雨的帐篷里，枕着潮湿的床垫，她失去了珍爱的一切。真不知道，这样的日子她是怎么熬过来的。我不禁回想起边境上那个年轻警卫的话语："在这里工作，教会了你一件事。人的生存能力超乎想象。"

我问艾莎："你为什么不说保加利亚语了？"话一出口，我便从她的眼神中得到了答案。她完全明白我在问什么，于是便看着艾哈迈德。

"有一天,"艾哈迈德说,"刚住进帐篷那阵子,警察来了。其中一个人挑中了艾莎,就这样抓着她,摇晃着她说:'如果你不会说土耳其语算是哪门子土耳其人?'"

从此以后,她再也没说过一句保加利亚语。曾经有段时间,她迷失在两种语言之间。

相比之下,艾哈迈德一家人起初的境遇稍强一些:至少他们会说古老的奥斯曼土耳其语,只需要将这百年来变化的地方更新一下就可以了。

"事实上,"艾莎清了清嗓子,艾哈迈德为我翻译道,"孤儿院还不错。我们吃得很好,接受了良好的教育,那里的孩子来自四面八方。"

她没有提到的是,她们姐妹和别的孩子不一样,她们是特殊的孤儿——有妈妈的孤儿。

艾哈迈德一到周末就去看望新朋友。"我从没忘记过她,"他说,"而且,她的姐妹都非常可爱。"他冲我挤挤眼睛,继续说道:"我真是个大众情人,所有女孩子都想和我在一起。"

他咧开嘴笑起来,眼睛周围的黑眼圈更明显了,似乎这颇有男子气概的一番话能够抵挡所有的艰难。而艾莎却一副无动于衷的样子。他俩结婚时,艾莎 20 岁。艾哈迈德那时候已经开始从事毕生的行当:替富人工作。如今他是一名非常富有的企业家的私人司机。

艾莎什么也没说,我推测她是家庭主妇。

"祖国",她又露出笑容,把橄榄油、柠檬和石榴制成的沙拉酱递给我。

"问题就在这儿,"艾哈迈德说,"你要是有根,就可以随心所欲。可是当你没有……"

他使劲地打量着我。

"你的祖国在哪儿呢?你上这儿来干什么呢?"

艾哈迈德和艾莎到达土耳其埃迪尔内的一年后，我父亲得到一个学术机构的赞助，全家搬到了英国的埃塞克斯（Essex）。两年后，我们移民到新西兰。我们穿越的不是陆上边境，而是太平洋上一道看不见的边界。我们没有住过帐篷，而是在达尼丁（Dunedin）住进了一座漂亮的大房子，我父亲在当地一所大学教书。我们买了一个货柜用来装东西，但出于各种原因，与之尺寸最匹配的竟然是一架捷克斯洛伐克产的钢琴。之后不久，捷克斯洛伐克作为一个国家就不复存在了。我们把所有东西都留在了后共产党时期摇摇欲坠的保加利亚：家具、朋友、祖父母，还有一年四季。新西兰的树木和鸟类完全是另一种样子，天上的星星也改换了位置，季节颠倒了，新西兰人说话时发出的元音总让人觉得有什么地方不对劲。海滩上没有欲望和恐吓，水池里的水流方向也不一样。这是个颠倒的世界，但对移民来说事情终究是这样的。

刚开始的那几年在我的记忆中几近于空白。飞临太平洋上空时，我好像掉进了一个怎么也爬不出来的大气层口袋。从青少年时代到慢慢走向成熟，我被卡在不同的大洲和各异的语言之间，我无法开口却有一肚子话想说、想问、想呼喊、想学习，我多么希望自己身在欧洲。新西兰南岛最南端气候寒冷，那里的人们——苏格兰、爱尔兰和英格兰移民的后代——脸色苍白、行为拘谨。我的大学同学多数喜欢橄榄球和啤酒，而我的同胞在哪里呢？

那段时期，电视屏幕上的南斯拉夫战争已经发展到白热化阶段。战争犹如梦幻一般遥远，然而却又近在咫尺，因为上面有一张张熟悉的巴尔干面孔和感情。我母亲一边看新闻一边掉眼泪：那可是我们的同胞啊！她不相信新闻里播放的内容都是真的，于是一遍一遍地拨打南斯拉夫亲戚的电话，打听战争是不是蔓延到了那里。1940年代，我的祖母离开湖畔城市奥赫里德（Ohrid）到索非亚嫁给祖父。她移民没多久，两个国家就卷入了铁托和斯大林的纷争，边境冻结了。她整整八年见不到家人。我小时候，全家人曾经越过边境去铁托治下的南斯拉夫，对我们这些穷亲戚来说，那里是一片富饶之地，简直就是西方世界。南斯拉夫人几乎无所不有，现在甚至连战争也没落下。战争没有波及马其顿，我的家人还算安全，但还有许多人在恶劣的环境中垂死挣扎，身边不断有人死亡，所有的事情都变得和从前不一样了。1990年代末，1940年代后的第一批欧洲战争难民开始从澳大利亚海岸登陆。无论是克罗地亚人、塞尔维亚人，还是波斯尼亚人；无论是基督徒、穆斯林，还是东正教徒，他们昨天还在南斯拉夫的大都市，现在却都成了太平洋上漂洋过海的人，他们的家园成了一片废墟，国籍不复存在，民族和宗教违背了他们自身的意愿。我在太平洋上的一隅，百思不得其解：世界究竟是变小了，还是被削弱了？

我们很幸运，离开的时候正值冷战尾声，不必在热战正酣时仓皇逃离，不用住在帐篷里。但是与艾莎和艾哈迈德一样，我们都是被祖国无情抛弃的人。移居北岛后，我的生活状态有了很大改善，我埋头与更多各种各样的人和事物打交道，开始独立自主地生活，走上了写作的道路。但我还是渴望回到欧洲，这决定了我将得到什么样的幸福。30岁那年，我终于回归阔别12年的欧洲生活。

"明白我的意思吗？"艾哈迈德踩灭烟头靠在椅背上，一副胜利者的姿态，"你不知道自己是谁，所以才会出现在这儿。"

"杏仁"，艾莎笑着把一个装着甜点的盘子朝我推了推。盘子里堆着埃迪尔内著名的杏仁蛋白软糖，即便果仁蜜饼没让人得上糖尿病，这些糖果也足以达到相同的目的。

"我给你讲个故事，"艾哈迈德说，"孩子们六个月的时候，我的收入很低微，苦于找不着一份更好的工作。我口袋里当时只有5欧元，幸亏认识一个住在马赛的家伙，他说，来吧，我给你找个工作。于是我用仅剩的几块钱买了一张去巴黎的巴士车票。一句法语也不会说。"

到了巴黎，那人一直不接他的电话。艾哈迈德只能睡在公园的长椅上。

"我不断祷告，真主安拉万岁。可是三天过去了，我还在那条长椅上，于是我去附近一家土耳其烤肉店。Salaam alekum，我说。可他们是阿拉伯人，不是土耳其人，于是他们说 Alekum salaam（二者是穆斯林间打招呼的问候语）。不管怎么样，我开始给他们干活，晚上就睡在店铺后面。巴黎到马赛的高铁票卖 100 欧元。我上车后就把自己关在卫生间里。到马赛的一路上，我在厕所里待了三个小时。我坐在里面一直想，我这是要去哪里？到哪儿算哪儿吧！"

艾哈迈德又睡在了长椅上，不过这次他没有祷告，而是去最近的一处土耳其人经营的建筑工地毛遂自荐。他在土耳其烤肉店时吃喝免费，晚上睡地下室。六个月后，他攒了 1500 欧元。当他终于回到家时，艾莎打开门却又啪地关上了。

"她不认识我了。"艾哈迈德用保加利亚语说。

"我认识。"艾莎用土耳其语回答。她就是不愿意让他进门，他的体重轻了一半。

"无论如何，事情已经这样了。"艾哈迈德说着，从桌子边摇摇晃晃地站起身——酒瓶已经空了。他们计划周末去斯维伦格勒，住在万茨的旅店里，要整夜整夜地玩赌博。

我在想，回到保加利亚并再次跨过那道边境究竟是一种怎样的感受。

"没有什么东西，"艾哈迈德背诵道，"能像祖国的歌和烟叶一样，减轻我的忧郁。我喜欢回去。"他醉了。

"在这儿，人们都像饿狼一样盯着你，"艾莎说，"在那边，我觉得很自由。"

充当翻译的艾哈迈德结账去了，艾莎和我碰了下杯，陷入了沉默。我脑海中深深地印着一张拍摄于 1989 年的黑白照片。我从一位埃迪尔内摄影师写的书中发现了这张图片。他在那个酷热的夏天，记录下了经过检查站的 34 万张面孔，并以此为使命。照片上是一个男孩和一个女孩，坐在一个行李箱上。

女孩长着一双大眼睛，前额留着短短的刘海。她身边是一个 1980 年代的布娃娃，有一头厚厚的秀发。女孩 8 岁左右，男孩比她年龄稍大。两人背后是成堆的行李。照片上的孩子处于一个停滞的世界里。男孩两眼盯着地面，一副又恼又羞的样子。女孩直视着镜头，穿一身夏装，脸上的表情一直让我难以忘怀。她觉察出自己永远地失去了什么，但又不知道那究竟是什么，她想哭，却勇敢地面对着相机，不一会儿，她就会抚摸着娃娃的头发，恢复了平常的样子。

*

我从卫生间出来，路过醉酒的荷兰人，他摇摇欲坠地靠在椅子上问："你的朋友是个明星吗？"

他躁动不安的手上布满斑点，看得出来，他也在找寻什么。也许我们所有人的生活经历就是一个有关失落和寻找的故事。

"是的。"我回答他。艾莎坐着独自抽烟，沉醉在自己的梦境里。"她是个明星。"

艾哈迈德回来把钱包装进背包，我向他打听艾莎是否有工作。

艾莎和姐妹们离开孤儿院后就上学了。她的大姐是武装部队的一名上校，小妹开办了一家孤儿院。她母亲退休后经常穿过边境回老家，那里有她的一个妹妹，有房子，有花园——离开保加利亚的那个夏天，她在那里埋了几罐梅子酱，还有一套最好的瓷器——当时希望的是，有一天能够重返家园。

晚餐的时候，艾哈迈德不时提起"艾莎的孩子们"。起初我一直以为那是他俩的孩子，然而他指的是艾莎工作的特殊学校的孩子们。艾莎一直在工作，即便是艾哈迈德在法国睡长椅的那些日子里，她也没有停止过。艾莎是聋儿教师。节假日里，她带孩子们坐着巴士游览土耳其，穿过边境去保加利亚。虽然她要为此做大量的文字工作，但因为孩子们喜欢，她并不介意。

艾哈迈德说起这些时，艾莎脸上总会露出喜悦的光彩。她用手语说了些什么，但我和艾哈迈德都没明白。

我看见她站在校车上，正在对孩子们说着一些旁人不懂的话，连司机也是一脸茫然，但孩子们乐开了花。我在这个寂静的世界里看到了她的家族精神，在那里，没人能够告诉你，你是谁。

/ 睦 邻

　　"komshulak" 是睦邻的意思，是一种邻居之间和平相处的境界。它源自土耳其语 "komşu"（邻居）。

/   一个跳舞的神甫

　　神甫跳舞并不常见，尤其是除了东正教神甫以外的神职人员。人们不知道他们还有快乐放纵的那一刻。夜晚的礼貌寒暄过后，各位嘉宾致辞结束，亚历山大神甫和着一支安纳托利亚舞曲（kuchek）跳起来，鼓点的节奏震得人脉轮发颤，不由自主地想要手舞足蹈。他沉浸其中，在一团弥漫着古龙香水的雾气中灵活地扭动着腰身，双手在空中挥舞。黑衬衣上的白色小领子不断地闪动，像一张笑脸。

　　神甫的妻子和几个裹着头巾的女人坐在桌边。虽然她的面庞有如色雷斯古墓里的女像柱（caryatid）一样庄重，却不时隔着大厅向丈夫抛去迷人的微笑。

　　他们夫妇二人带我参加了这场邻居儿子的穆斯林式婚礼，和所有公共活动一样，这也是一个不需要酒精的场合——除了新郎父亲特意为亚历山大神甫准备的茴香酒。新郎的父亲是个商店老板，穿一身别致的西装，有一副英俊潇洒的男演员长相。我身边坐着新郎的老祖母。老太太掉光了牙齿，干瘪着脸，用涂着指甲油的手亲热地抚摸着我的脸颊和头发，把我吓了一跳。她用马其顿方言问："你好吗？（Ubavo li si？）""是的，我很好，好极了。"我回答她。她在 100 年前跟随家人从马其顿被流放到这里。旁边那对沉默干枯的老夫妇也一样。陪在他们身边的是身材高大的儿子和俄罗斯儿媳。小夫妻是从吕莱布尔加兹（Lüleburgaz）赶来的。

　　新郎和新娘胸前贴着钞票，跳着一曲慢舞。二位新人都大学毕业，在机场工作，接近而立之年才结婚，这个家庭显然正在向社会上层发展。小夫妻俩毫无疑问地成为全村父老乡亲的骄傲。妇女们裹着头巾，孩子们乐于担当关注的焦点，身着深色礼服的男人们扎堆在礼堂入口处，女傧相们端着巧克力在那边迎接宾客，向新到的客人喷洒古龙水，为这场婚礼增添了一分迷人的魅力（也可能是出于卫生考虑）。婚礼结束后，亚历山大神甫和着收音机里欢快的民歌，沿着笔直的大道开车回家。

*

亚历山大神甫和玛利亚·查卡鲁克（Maria Chakaruk）住在圣乔治东正教堂隔壁一座带玫瑰花园和鸽舍的独立洋房里。埃迪尔内曾经住过希腊人、保加利亚人、亚美尼亚人、犹太人、穆斯林，而这片区域一向是基督徒的居住区，周围十分安静。玛利亚来自边境另一边的普罗夫迪夫（Plovdiv，保加利亚第二大城市），亚历山大是本地人。他能说一口讨人喜欢的老式保加利亚语，玛利亚说土耳其语的时候则字斟句酌。他们的儿子年龄不大，能说两种语言，游走在不同的语言、社会环境和宗教信仰之间，似乎那里从来就是个令人愉悦的巴尔干都市角落，而不是一个刚刚解除军事化的边境地带。

"色雷斯没有边界，它不应该有。"我第一次上门拜访时，亚历山大神甫对我说。我说，作为一个不速之客，请他们不要介意。

"介意？"亚历山大咬着一块芝士饼说，"我们就喜欢即兴上门的客人，因为我们是好邻居嘛。我们就是这样的人。"

玛利亚端来芬芳扑鼻的土耳其咖啡。屋里还有一个不速之客——他身材高大，像个长着蓝眼睛的巨人，脚穿袜子坐在那里，小小的咖啡杯在他手里显得格外迷你。他已婚，是个机械师，1989 年夏天他是长长的迁徙车队中的一名少年。

"你想知道，我们这儿都是些什么人，"亚历山大突然开口道，"我们不是欧洲人，也不是亚洲人，我们是色雷斯人。注意：住在土耳其欧洲部分的人，可不会去穿越博斯普鲁斯海峡。他们喜欢待在巴尔干半岛，靠近欧洲。这里是色雷斯。"

153

/ 155

/ 一个跳舞的神甫 /

那么你呢？我问。

"别问我是什么人！"神甫夸张地大声道，"我是人类，这还不够吗？"

"巨人"端着杯子点点头。1989年的大出逃中，他没有带走自己的小狗。十年后返乡时，他发现狗竟然被邻居收养了。离开的时候，狗一直追着车跑，他又一次在车里流下了眼泪。但他不能把它从好心的邻居身边带走。这就是同甘共苦的"邻居（komshulak）"。为此，他进了教堂，这是一条不用过境就可以到保加利亚的捷径，虽然他是个穆斯林。

"好邻里能让人保持理智，"亚历山大神甫说着，往茶杯里放了两块糖，"记住，《圣经》里说：许多现在领先的，将要落后；现在落后的，反会后来居上。"

"最终一切都会好起来的。"玛利亚为我翻译道。

我望着地上洁净的瓷砖，突然意识到自己没有换鞋。而其他所有人不是穿着袜子，就是穿着室内便拖鞋。

"没关系，"玛利亚说，"我们信教，但我们并不教条。"

"没错，"亚历山大接着道，"在色雷斯，我们不喜欢条条框框。"

然而他真的喜欢说话，喜欢被人聆听，他的感召力并不在于讲话的内容，光是那流畅的表达方式和驾驭两种语言的男中音就已经极富魅力了。

"难道需要别人告诉我们该穿什么，想什么，把选票投给谁，怎么谈恋爱吗？不，我们是自由自在的，这一点谁也抢不走。这就是色雷斯。"

玛利亚传过来一篮子染了颜色的鸡蛋。那天正好是复活节周末，晚上有复活节活动。屋子里飘着一股甜面包和熏香的芬芳气味。另一间屋子里摆放着一套神甫的镶金边节日礼服，它那么华丽笔挺，一点儿也不像沙发里那个悠闲自在的人。我简直怀疑那身衣服要站立起身，自行走去教堂。

*

午夜时分，蓝眼睛"巨人"带着妻子来参加复活节活动。他的妻子穿着牛仔裤，也是保加利亚土耳其人。邻居家新婚的儿子也来了。还有埃梅尔，她抹着腮红，面带微笑，和朋友们聊着天，不时小口品尝着镶嵌有甜葡萄干的复活节面包。

参加复活节活动的客人们耐心地站立着聆听亚历山大和玛利亚吟唱神秘而哀伤的东正教复活节旋律，事实上这些人中有一半是穆斯林。

另一半客人是各色各样的基督徒：一大群希腊人和着亚历山大神甫抑扬顿挫的声调不时高呼。"基督复活了！"神甫用老式保加利亚语吟诵道。"他真的复活了！"希腊人纷纷回应。除此之外，客人中还有保加利亚人、罗马尼亚人、土耳其东正教学生，还有一个戴着十字架项链的俄罗斯女人。我在婚礼上见过她，紧接着就看见了她的高个子丈夫及其双亲。

"上帝啊，我的主，"她和其他人一起唱，"用爱点燃我的心，我要在这火焰中尽心，尽性，尽力，尽意爱你，还要爱邻舍如同自己。阿门！"

这对夫妻颇具魅力，两人都是金融分析师。

"实际上，我当年学的是外交，"后来，我们在教堂法衣室品尝红酒时，高个子丈夫告诉我，"但我说出了大实话，炒了自己的鱿鱼。"

"至少金钱是不讲究立场的。"他的俄罗斯妻子说。

"你看，你的人生有两种选择，"他说，"要么心无挂碍地往前走，继续重复过去；要么回首过往，学点新的东西。欧洲人老问我，你从哪里来？"

他的父母站在一边，个子小小的，默不作声，被隔离在英语谈话之外。老两口站在温文尔雅的儿子身旁，完全是从另一部历史里走出来的人物。他的母亲握着我的手，一遍遍地用马其顿方言问："Ubavo li si？"他说，正是因为父母的原因，自己才没有成为一名外交官——因为他了解民族主义的真相，对大多数政府而言，真相往往不便公之于众。

"阿门。"我们三个人喝完了塑料杯里象征着耶稣鲜血的葡萄酒。他的父母不喝酒。

100多年前，他的祖父母童年生活在马其顿的湖畔城市科斯特（Kostur）。他们是土生土长的穆斯林，被称作波马克人。巴尔干战争重新划分了疆界后，他们平静的生活戛然而止。科斯特的居民大多说保加利亚语——既有穆斯林，也有基督徒——然而，随着马其顿的大片土地划归希腊，原住民遭到清理，取而代之的是另一批被"清理"的人（从土耳其和保加利亚被赶出来的希腊人）。分析师的家人被迫移民土耳其，虽然他们根本不会说土耳其语。新近独立的巴尔干国家也发生了同样的事情，保加利亚、马其顿、波斯尼亚和黑塞哥维那、阿尔巴尼亚以及塞尔维亚的穆斯林纷纷到土耳其落脚。土耳其的基督徒则移民到希腊和保加利亚。他们留在色雷斯（目前在土耳其境内）的房屋和村庄被不断涌入的穆斯林难民占据。我每到这些村里的小广场喝茶时，刚一坐下，往日难民们上了年纪的儿女和孙辈就会上前握着我的手，动情地问："Ubavo li si？"

"我很好，很好。"我哽咽着握住老人家的手，好像从她祖辈居住过的那片冷清的地方带回了什么好消息似的。卡斯托利亚（Kastoria）现在成了三国边境，对面是我祖母住过的城市奥赫里德。老太太的丈夫话不多，此时已经被冗长的复活节礼拜搞得筋疲力尽。（谁又不是呢？）他是说希腊语的穆斯林，老家在萨洛尼卡，也是出于同样的原因来到土耳其。

"你知道还有一桩讽刺的事情么？"高个子分析师说，"他们在我曾曾曾祖母的嫁妆箱里发现了一幅圣像和一个十字架。他们曾经信奉基督教。也许就是17世纪穆罕默德四世（Mehment IV）横扫巴尔干的时候，他们在最后那波伊斯兰化运动中变成了穆斯林。"

"你觉得他们是被武力胁迫的吗？"

"我不知道。但这是腐败王朝和失败政府的惯用伎俩。他们强迫人们做事，还给他们取了愚蠢的名字，比如'复兴运动'或者'信奉真信仰'等等。"

我终于明白了，他为什么当不成外交官。

"我父母总在谈论萨洛尼卡。"分析师的父亲突然开口道。

"我和俄罗斯之间的问题正好相反，"俄罗斯女人说，"如果他们明天关闭边境，我也不会想念那边。我在这里生活了八年，从没吃过不好的东西，听过难听的话，被人恶意相向。土耳其和俄罗斯正好相反。"

"所以，当欧洲人猜测我的国籍，打听我是希腊人、土耳其人、保加利亚人、马其顿人还是阿尔巴尼亚人时，我就告诉他们，对的，没错儿。"她的丈夫总结道。

午夜过后，亚历山大神甫和玛利亚擎着点亮的蜡烛围着教堂逆时针绕行三圈，其他基督徒（包括我在内）跟在后面，穆斯林除外。绕圈的人要保护好蜡烛，不能让它在夜风中熄灭。长相俊朗的新郎父亲站在教堂入口处分发小小的塑料杯，用来保护基督徒手里的烛火。他认出我后，笑了："Ubavo li si？"

正是类似这样的小小举动造就了人类的历史——同甘共苦的邻里历史——令它运转、垮塌、获得治愈。

虽然埃迪尔内到处飘扬着红色星月旗，但顺着路牌就可以在这条安静的街道上找到圣乔治教堂，出租车司机都知道这里。巴尔干战争期间，保加利亚占领军依照命令没有破坏清真寺，这座建于1869 年的教堂连同其他教堂和犹太会堂也在近年纷纷获得重建。

犹太会堂是 1906 年根据政府指令建造的，用于取代之前被烧毁的一座犹太神庙。这里的第一批犹太人是遭到西班牙宗教法庭驱逐的流放者。1490 年代，他们在奥斯曼帝国苏丹巴耶塞特二世（Bayazid II）的庇护下到维拉耶（Vilayet，即埃迪尔内）避难。二战时从大屠杀中幸存下来的德国犹太人也是一样。如今，埃迪尔内的犹太会堂里已经没有了犹太团体，2014 年的重建纯粹出于象征意义。

阿德里安堡（埃迪尔内旧称）曾经遭到哥特人、匈人、阿尔瓦人（Avars）、佩切涅格人（Pechenegs）和斯拉夫人围攻，从古代直至 20 世纪，埃迪尔内和斯维伦格勒之间的平原曾经历过 15 场史诗般的大战。其中最富戏剧性的也许要数公元 4 世纪哥特人和罗马人之间的战斗，哥特人出奇制胜后留在色雷斯平原上太平地度过了100 年。他们最后甚至还主动接纳了基督教。

编年史作家曾经描述过 1363 年土耳其人攻下阿德里安堡时的情景，它比君士坦丁堡陷落早了近一个世纪，而且显然是以一种非血腥暴力的方式完成的。当时，埃夫罗斯河水位高涨。夜晚，要塞中的希腊指挥官感到所有的抵抗都是徒劳后，便登上一条小船往爱琴海的埃内兹湾（Enez）驶去。那时候，埃迪尔内还是色雷斯城市埃努斯（Aenus），与阿波罗和女神斯蒂尔比（Stilbe）之子同名。破晓时分，失去头领的基督教守城士兵打开阿德里安堡城门与土耳其人达成协议。之后的几个世纪里，阿德里安堡一直是座以商业、农产品和艺术为中心的富裕大都市。在这里，基督徒作为"异教徒"得以在 20 个各不相同的居民区里相安无事地生活。

1453 年，君士坦丁堡陷落得非常惨烈，但即便如此，穆罕默德二世（Mehmet II）还是下令将士兵们攻城后传统上为时三天的奸淫掳掠减少至一天。他肯定早就预料到，自己的部族要长期待在那里，重建工作开始得越早越好。他前额触地跪在被抢掠一空的圣索菲亚大教堂，而后宣布：万物非主，惟有真主。大教堂从此成为一座清真寺。

从各种画像上看，穆罕默德二世鼻子尖尖的，长着一副沧桑而病态的面孔。他是穆拉德二世（Murad II）和小妾所生的唯一没有夭折的儿子。因为母亲是基督徒奴隶，他从小备受家族成员的欺辱，只得埋头钻研学问。他不到 20 岁就在君士坦丁堡即位，这位"征服者"能讲流利的土耳其语、阿拉伯语、希腊语、拉丁语、波斯语和希伯来语。

庞大的奥斯曼帝国运转了六个世纪（14~20 世纪），造就了丰富的融合。我不是一名历史学家，但在我看来，最糟糕的是结局——帝国最终毁灭性地分崩离析，一个世纪之后，人们依然能在巴尔干半岛、中东、土耳其感受到其带来的余震。人们对奥斯曼帝国的褒贬评价通常大相径庭，这取决于评估者本身的民族立场和文化偏见。对于曾经遭受奴役的巴尔干人来说，奥斯曼土耳其人始终是死敌，过去，现在，也许直至将来都是敌人（他们的敌人不是土耳其人，就是吉卜赛人）。在保加利亚，人们一直用"轭"或者"奴役"之类的词形容这段历史，虽然奥斯曼帝国的真正奴隶并非来自欧洲大陆，而且其经济是建立在税收而非奴隶的基础之上。事实上，真正遭了数个世纪血腥奴役的是罗马尼亚的吉卜赛人，而且"土耳其人"与之毫无关系。

而对一些当代土耳其精英和普通百姓来说，奥斯曼帝国是荣耀的泛突厥性（pan-Turkishness）的巅峰时刻，其中丝毫不含敌意。我曾经向一名土耳其高级外交官提出过一个人人好奇的问题（土耳其算是欧洲吗？），他竟然在几分钟内由温文尔雅变得面红耳赤。

"土耳其是个伟大的单一民族国家，从我们抵达维也纳城门口的那一天起，它就是欧洲国家！"他大声地说着，咖啡洒到了酱汁里，

"你知道那是哪一天吗？看，你的历史知识是零。否则你就不会提出这么愚蠢的问题。听着：希腊人和保加利亚人整天发牢骚抱怨自己的遭遇，但是没有人比土耳其人遭受得更多，我们失去的是一个帝国！"

我明白了，为什么他没有成为金融分析师：他的逻辑有问题。但是他有一个重要观点：在这欧洲一隅，人们依然对奥斯曼帝国一往情深。巴尔干战争改变了人们的命运，凯末尔·阿塔土克发起了"帽子革命"[下令国民脱下"费兹帽（Fez）"，即红色圆筒毡帽，戴上欧式礼帽]，似乎自此以后就再也没有发生过什么事情。

抛开感情不谈，奥斯曼帝国最令人感兴趣的政策之一是它无论阶级与种族，培养并提高了人的才能。它善待这些人（被伊斯兰化的人），为他们提供了向上流动的无限可能。埃迪尔内的桥梁和众多清真寺大多出自奥斯曼帝国最伟大的建筑师米马尔·锡南（Mimar Sinan）之手。虽然阿塔土克的民族主义同质化教条和保守派伊斯兰教主义者的后奥斯曼帝国情结之间存在分歧，而且如今土耳其人也避而不谈，但从种族上说，米马尔·锡南的确不是土耳其人。奥斯曼帝国的童子充军制度（devshirme）以年轻的普通男性基督徒为目标，令巴尔干地区的许多家庭失去了亲人。然而一些人还是愿意让孩子加入帝国的精英行列。他们可以在伊斯坦布尔的皇家学校接受教育，之后加入禁卫军亲信部队。米马尔·锡南50岁成为皇家总建筑师。锡南的父母曾是东正教徒，可能是希腊人或亚美尼亚人。有人甚至追溯到，他的父亲名叫克里斯托斯（Christos），是一名石匠。

*

亚历山大神甫在法衣室小口啜着葡萄酒，旁边围绕着他的朋友和邻居。很难想象，这座教堂从基督徒离开直至21世纪初重新开放，多年来经受了多少风吹雨打。其间，只有一个名叫菲利普（Philip）的保加利亚人在自愿管理教堂。几十年来，他利用空闲时间打扫卫生，修葺倒塌的墙壁，最后在梦想即将实现时——教堂获得重建之前——离开了人世。亚历山大神甫就是他的儿子。

进行哀伤的复活节祷告时，亚历山大神甫背对众人站立，吟诵着圣三一。但在我心里，他还是那个面朝大家跳舞的人，白色的衣领像一张笑脸。他的面孔和我见过的许多色雷斯人没什么两样，无论城市还是乡村，他们都有一个共同的特征——一口因为喝茶和抽烟得来的黄牙。他们沿着历史的小道走来，他们失去了之前拥有的一切，在这里白手起家。我所谓的"这里"并不仅仅指边境这一侧，而是相对于漫长的故事开始的地方：许多现在领先的，将要落后；现在落后的，反会后来居上。难道信仰或民族等一切，比眼睛的颜色更重要？

既然这样不如跳舞，那就让双手在空中摇摆，让身体的脉轮颤动起来。

/ 大马士革玫瑰

在上万个玫瑰花品种里，只有一种可以提炼出用于香水和芳香疗法的玫瑰油。其中的诸多原因都与土壤成分有关，让人一时半刻无法理解掌握。目前世界上只有两个地方具备种植大马士革玫瑰的条件：保加利亚的上色雷斯平原地带，即人们通常所说的玫瑰谷，还有就是土耳其的伊斯帕尔塔（Isparta）。

从 19 世纪之前直至苏联将玫瑰产业国有化，保加利亚玫瑰油一直在世界香水产业中占据垄断地位。和粗犷强健的烟草行业不同的是，玫瑰产业并没有对共产主义制度作出良好的回应，产量出现下降。如今，邻近玫瑰谷的主要玫瑰生产城市卡赞勒克（Kazanlak，源于土耳其语 "kazan"，意为 "大锅"）仍然占据全球玫瑰油产量的 50%。而 4000 公斤花头只能提炼出 1 公斤玫瑰油。

世界上的另外一半玫瑰油产自土耳其。和东方烟草一样，玫瑰油也记录了一段保加利亚与土耳其之间的爱恨情仇。1870 年代，保加利亚脱离了奥斯曼帝国，从事玫瑰产业的工人纷纷揣着从玫瑰谷剪下的枝条南下，并将它们栽种在安纳托利亚的土地上。他们是真的热爱自己亲手种植的玫瑰。

然而色雷斯中部平原更适合种植麦子、向日葵、南瓜等欠缺诗情画意的作物。玫瑰只能在私家花园里默默绽放。

"埃迪尔内郊外有个玫瑰园，"他说，"如果你能找着，一定要去看看。那个家伙对玫瑰简直着了迷。我觉得，你对玫瑰不太了解。当然，如果你对它的历史有点基本知识的话就知道，大马士革玫瑰之所以得名是因为，它是 16 世纪从大马士革传入的，奥斯曼帝国的使节把它带到巴尔干东南部。有人说，第一个玫瑰花园的主人是保加利亚的一个土耳其法官，他对玫瑰相当痴迷。大马士革玫瑰，你懂的，可不是一般的玫瑰花。"

我坐在一名考古学者的车上，车辆旧得座位都塌了，里面扔着喝过的可乐罐子，到处是灰尘。他难得有空，愿意带我看看埃迪尔内的各处古迹。他一边像得了肺气肿一般猛烈地咳着，一边滔滔不绝地说着。

"那座花园里，花瓣的颜色会随着周围环境的温度而变化。普通人对此一无所知，但植物学家们纷纷从各地赶来。因为这很可能是一个新的玫瑰品种。"

我向他打听花园在什么地方。

"所以我刚才说'如果你能找着'，"他说，"我找到了，就一次。不过当我想带一名女性朋友前去时，你猜猜怎么了。当然，她根本不相信我所说的花园，认为那是我胡编乱造。我现在要离女人远点儿，还有玫瑰花园。"

他短小而结实，长着一副摔跤手的身材，像是由好几个小矮人浓缩而成的一般，黝黑颓废的面孔上一副倒霉的样子。但他那双耷拉着的眼睛流露着智慧，当他突然大笑起来时——笑声非常短促，似乎笑得太多会泄露什么秘密似的——你能从中窥见一种极富感染力的愉悦。

"许多人瞥我一眼就会想，这是个平庸的坏家伙，"他说，"可是我一开口说话，他们就得吓一跳。"

他会说保加利亚语、土耳其语、英语和俄语，我怀疑除此之外他还掌握几种别的语言，只是他自己不提罢了。话说得越多，他就保留得越多，这是一种逆向的自我表露。

他在土耳其已经生活了二十年，曾经失业，还遭遇过死里逃生的经历，他说着倏尔一笑。

"我那时候想，从现在开始，我到底想干点什么？孩子们已经长大成人，我完成了任务。两次婚姻，两场离婚告终，老实说第二次离婚没有第一次痛快，但它证实了一种长期存在的偏见。"

哪种偏见？我问。

"爱情迟早会带来事与愿违的结果，大多数情况下还来得挺快。所以我想，还不如去学点古代文明，品尝土耳其美食，每天都吃，而不是偶尔吃一顿。"

然而他吃得并不多。因为他身体不好，就是那场病几乎要了他的命。

"做那个行当有三大疾病，"他说，"溃疡、糖尿病、心脏病。如果你干久了，必然会得上其中一种。要是活着，就必须得找点别的事情干。当然，许多人并不这么做。他们就是活着。"

"你说的是哪个行当？"我有点担心地问。

我们正驶过马里乍河上一座总长 263 米的精致拱形石桥。

"你看，"他说，"这座桥看上去挺老，其实它是苏丹阿卜杜勒·迈吉德（Abdülmecid）于 19 世纪中期建造的。之前这里有一座木桥。这就是土耳其，历史从奥斯曼帝国开始，又随之结束。有点像苏格兰的卡洛登之战（Battle of Culloden）。国家就像神经病患者，它们只专注于一件事情。"

"你说的是哪个行当？"我又问。

"所谓的'行当'是指一个行业。"他咧嘴一笑，享受着我的疑

/ 168

惑，把烟头扔出窗外。汽车在鹅卵石路面上颠簸着向对岸驶去，那边是卡拉加奇（Karaağach）。

我不知道退休的间谍应该是什么样子，但他看上去确实不像。

"它叫'侦探'。"他说。

我通过一个在英国的朋友认识了他，只知道他是学考古的。我之前希望他能带我去看看色雷斯和拜占庭遗迹，因为我对它们一无所知。他一口答应，"像你这么无知的人还真不多见"，说完便看着我大笑，然而并无恶意。

"所以我搬到这里，在卡拉加奇租了套单身公寓，那个地方叫'黑木'，过去住的是希腊人和犹太人。顺便告诉你，葵花是一个希腊人带进土耳其的，如今是色雷斯地区产量最高的农作物。那个希腊人名叫帕帕斯（Papas）。你怎么知道自己在色雷斯呢？"

是不是那些坟包一样的小山头里藏着色雷斯古墓？我的知识显然无法打动他。

"不，是当你看见人们吐瓜子皮的时候。知道吗？有句老话说：大山孕育了人，平原长南瓜。"

我没听说过。

"那才是色雷斯。吐着瓜子皮的傻瓜（pumpkin heads）。不管怎么样，我搬到这里开始了新的生活。"

我们到了卡拉加奇。"卡拉加奇名字里的'g'不发音，"他纠正我，"你是不是感觉到了欧洲的氛围？"

/ 169

我的确感受到了。这里绿树成荫的街道呈网格状分布，而不是那种"东方式街巷"，房屋很大还带着阳台。我们路过他的住所，但他没邀请我进去。

"这就是土耳其，"他笑了几声，"男人不会和女人亲近往来，我也不想和你们苏格兰人节外生枝。"

马里乍河的一边是公园，其间点缀着几家饭店。夏日的晚上，一些家庭会来野餐，情侣们在这里亲吻拥抱。

"我和他们不一样，"他说，"我一个人过来读书。"

如今，因边境对面上游的大坝泄水，饭店纷纷被淹了。许多房屋的墙壁上至今留有水印，黑森林被浸泡得像一片红树林。

"河流总是被用来当作边界，"他说，"你注意到了吗？我猜你没发现，我们现在正走在希腊的边境线上。"

我并没有看见带刺的铁丝网，它在一座纪念性的混凝土雕塑后面。雕塑名叫"洛桑"，用来纪念希土战争（1919~1922）后双方签订的《洛桑条约》（Treaty of Lausanne）。这份条约对于被重新划定边界的各个国家意义重大，但于作决定的大国而言却无足轻重，有些国家首脑甚至连巴尔干地图都拿不对。［英国首相本杰明·迪斯雷利（Benjamin Disraeli）之前就干过这样的事。］因为边缘是为中心服务的，在迪斯雷利这样的人眼里，整个巴尔干半岛及该地区的所有国家都只是边缘而已。而在希腊和土耳其，几乎每个城市都有一座充满阴郁气质，名叫"洛桑1923"的纪念碑。

"土耳其人喜欢宏伟壮观的纪念物。"他说，然而他并不感兴趣，因为它们都没有历史感。

洛桑纪念碑有三个枝权：最高的一支代表亚洲的土耳其，稍矮的代表欧洲的土耳其，中间最短的那支就是卡拉加奇周围的这片土地，它是土耳其人从希腊人手里夺回来的。两国以马里乍－埃夫罗斯河为界，边界在此略微改道，那座愁苦的雕塑纪念的就是这件事。

尔后几乎所有的纪念碑都透露着伤感。

"打起精神来，"他说，"你不会低血糖了吧？欢迎来到我最喜欢的地方。"

纪念碑旁边是特里亚大学（Trakya University）艺术学院，它原本是19世纪末"维也纳和伊斯坦布尔之间最美的火车站"，一位土耳其著名建筑师将其改造成了独立风格的建筑。学生们在洛桑纪念碑和旧铁轨之间的草地上漫步，这里是特里亚大学的学生区，街道很美，有许多咖啡馆。我们找了个露天的座位。

"这些孩子比我年轻 30 岁，"他说，"但我一般不在这儿待着，我是来听讲座的。"

他现在的工作和之前的"行当"一样神秘，雇主是一家总部在伦敦的跨国公司。公司有很多像他一样的雇员分布在世界各地。他负责土耳其的业务，范围覆盖整个国家。他的任务是：监管全国各地仓库和码头上货物的处理和保管，这些货物将通过港口布尔萨（Bursa）和伊兹密尔（Izmir）运往各地。

"什么样的货物？"我问。

"你想得到的任何东西，"他说，"或许还有你想不到的，比如煤炭。煤从非洲和俄罗斯运往欧洲。不过，盯着 100 吨煤炭可不是什么有意思的事情。"

"的确如此。"我回应道。

"别问了，其中有些可不是什么好东西。"

我突然被芝士面包噎了一下。

"小心点，我可不想和你们苏格兰人纠缠不清。"

"这份工作还不错吧？"我问。

"对我来说，完美极了。我这个人喜欢寻求刺激，"他说，"我知道自己身体不好，得处处小心。但这是一种职业病，生活一旦平静下来，我就会焦躁不安。"

有时候，他会连夜开车赶来听上午的讲座。他最近刚刚去了趟叙利亚边境，公司在那里有库房。库尔德人正在那里和"伊斯兰国"开战。他亲眼看到了硝烟战火。

"我喜欢库尔德人，"他说，"怎么能让人不喜欢呢？他们每个人都得有足够的勇气，可怜的人们，他们总是受到不公平的待遇。"

他自称不信仰任何宗教，但每次开车周游各地的时候总会遭遇不可思议的事情。一次，他在海岸公路边发现了一种美味无比的橄榄——在海岸公路旁的一座小院里，是主人自己种的。

"我想要买几斤，可是他们执意不肯收钱。这就是土耳其。它总是出其不意地让人感动。"

我们俩大声嚼着芝士面包。

"然而奇怪的是，事情虽然的确发生在晚上，但我自信还能找回那里。它应该就在海边悬崖前的某个地方，猜猜怎么着？我每次路过那里都在找，可橄榄园竟然不见了，就好像整个石沉大海一样。走，去看看巴耶塞特一世（Bayezid I，奥斯曼帝国苏丹，约1354~1403）。"

其实我们要看的并不是苏丹，而是一座以他名字命名的建筑，从前它曾经是伊斯兰世界的第一座医学院。那里曾经有个不同寻常的精神疾病科。当时，欧洲人对待精神病人的方式是把他们捆绑在地上；但在土耳其，医生们却是用水、鲜花和音乐来治疗病人。

"这是不是很了不起？你总是听见巴尔干人抱怨土耳其人这不好，那不好。来，我给你讲个真实的巴尔干故事。"

事情发生在 18 世纪末，他的某个祖辈和妻子、女儿住在伊斯坦布尔附近。他很富有，养了 4000 头牛。一年夏天，他赶着牛去爱琴海平原放牧，一伙流氓闯入他家奸杀了他的妻女。得知这个消息后，他就地卖掉牛，集合了一队可靠的朋友，踏上了复仇之路。他们杀死凶手之后一发不可收拾——把掠夺当作嗜好，不分对象地干起了抢劫杀人的勾当。苏丹出钱悬赏他的首级，派出军队追击，于是土匪解散了队伍，一路向北逃往官方懒得涉足的巴尔干地区。他在一个叫"鹰巢"的地方安顿下来，重新娶了妻子。

"我就是从那里来的，所以看上去像个恶棍。这个故事告诉我们什么？"他咧嘴一笑，"实际上，什么也说明不了。我还有个家族故事。"

从前，他妻子的曾曾祖母经常责打继子。最年长的继子，也就是土匪的后代，有一次还击继母下了重手。一家人最后不得不宰杀了 30 头羊给她治伤。他们依照传统方法，将她包裹在装满草药和药膏的羊皮中间。

"然后呢？"我问，"30 头羊可不是小数目。"

"她活下来了。那些羊肉他们吃了好长时间。人们一提起家庭和国家历史就容易多愁善感，相比之下，真相更加残酷，但也会更有意思。所以我年纪大了就愿意和古人打交道，和他们在一起的时候我更加自在。"

"为什么呢？"我问，虽然心里已经猜出了八九分。

"正如你所知，"他说，"如果你对巫术魔法有一点点了解的话就会知道，所有的仪式都是一种魔术。世上有两种宗教经验：一种是凭经验，你个人曾经经历过的某种令人着迷或者神秘的事情；另一种比较典型，有人告诉你该怎么想、怎么信，你只要乖乖认同就行，和大家一起行动。古代文化属于前一种，当今世界所有的麻烦都源于后者。"

*

我四处寻找玫瑰花园，然而却没人知道。从那以后，我虽然试图联系那名考古学者，但再也没见过他。他取消过几次约会，有时是临时爽约，事后他说那是因为接到了特殊任务。他好似从此消失了一般。

一天，我坐在马里乍河边的咖啡馆，突然看见他出现在石拱桥上，矮墩墩的，穿一身皮夹克。但是好像被什么东西阻挡了似的，我没有起身向他打招呼。就在同一天，我收到一条从一个遥远的港口城市发来的信息，他正在那里监管仓库。然而实际上——我现在明白了——工作对他而言只不过是个幌子。

　　人们的真实生活是你所看不见的。

　　他曾经发给我两行尤努斯·埃姆莱（Yunus Emre，13 世纪苏菲派神秘主义者、诗人）的诗句：

> 　　　　你若是真，你的言语也是真的，
> 　　　　一个不真实的人，不会说实话。

　　我和他的接触到此为止，他在各种各样的身份掩护下追求着自己的纯真信仰：四处漫游的自由，永远不受压制。他为此付出的代价是，让自己隐身于官方叙述之外——包括家庭、民族、文化和职业等范畴——编写自己短小的公路之旅。当个女间谍怎么样？我曾经问他。

　　"女人天生是了不起的间谍。但她们真正干起活来就不行了，因为她们太投入。我不能告诉你，我在这方面犯过多少错误，"他咳嗽着止住了话头，"所以我说，离女人和玫瑰花园要远点。"

　　他大笑起来，但随即止住，然而他不用担心泄露了什么。虽然一整天里，他从未向我提出过什么问题，但我敢肯定，他对我的了解要远胜于我对他的了解。

　　"不过，"他说道，"你要是当女间谍应该不赖。你一个人行动，会说好几种语言，但是你和所有西方人一样，来去过于匆忙。你知道土耳其语中的'yavash-yavash'（慢点）吗？它和西班牙语中的'mañana'（明天再说）一样，都是让人别着急的意思。不好意思……"

　　他说着，把手伸进皮夹克里面的口袋。我以为他要拿出手机打电话，但他掏出了一个小小的笔记本写了些什么，又画了张图。还没等我张口，他就迅速合上本子放回口袋，突然离开桌子，就此从

我面前走开了。我只见他脸色发白地走回汽车，手里提着一个小塑料袋，里面装着注射器和胰岛素。

他走起路来两条腿在地上划着圈，好像在拧动自己身上的开关。刹那间，我仿佛看见他出现在安纳托利亚的修道院里，身着白色披肩不停地旋转着，像一朵盛开的郁金香。他仰望着高高的拱顶，脸上洋溢着不可思议的幸福。

它们不会改变。万物世事都在变化，唯独这些通道不会。

海洛因从亚洲运到欧洲，可卡因从拉丁美洲进入欧洲、土耳其和各阿拉伯国家。人们从亚洲出发，取道土耳其到达欧洲。从前，巴勒斯坦人和库尔德反叛者曾经穿越这些通道。如今这条路上是难民和形形色色的逃亡者。冷战时人们走过的通道依然如故，只是行路的方向发生了改变。

距离欧洲边界不远的一家土耳其咖啡店里，电视上正在播放世界上耗时最长的肚皮舞表演。电视处在静音状态，屏幕上的女子穿一身金色，不停地旋转，笑容凝固在她油腻的红唇上。但店里的男人们根本没注意到她，他们脑子里装着别的事。

咖啡店从外面看很不起眼，毫无特色的门脸上连名字都没有。可是一脚踏进去，就会感觉简直像走进了一个高压锅。店里的空气压抑而厚重，充斥着烟味儿和掷色子的声音，男人们一个个摩拳擦掌。对此，我的第一个本能反应是赶快逃走，站在门口实在不想迈进去。

我坐下要了杯茶，警惕地防备着周围那些悲伤而阴郁的目光，直到人们不再注意我。侍者50多岁，沉默寡言，睁着一双惊恐的眼睛，长着一个拳击手似的塌鼻子。他胳膊上搭着一块染着茶渍的毛巾，用花哨的姿势把一杯茶、三块糖放在我面前。有人在角落里发出笑声和咳嗽声，还有甩扑克的声音，有那么一瞬间，我感觉那是在向我打招呼——虽然我自己也说不清楚其中的原因。我以前曾经来过类似的茶馆，这些地方只供应茶水，不会有女性踏足。

阿里（Ali）的茶馆有点特别。人人都来光顾这家店——每一个无处可去的人，想搭车过境的人，二者其实是一码事。茶馆里坐着两种顾客：一种是住在附近的乡邻；另一种是来自战乱之地的人。后者眼神恍惚，一眼就能分辨出来。

除了我坐的这张桌子，其余的桌子都已客满。侍者端着装了玻璃茶杯和糖块的盘子，悄无声息地来回穿梭。附近的邻舍围着桌子在玩一种类似多米诺骨牌的游戏，但他们的输赢是和钱挂钩的。虽然台面上没有钞票往来，但观察一会儿就会发现，一轮游戏结束后，就会有人给大家买茶喝。这个人是赢家。于是人们放松地笑起来，闲聊几句，抽支烟，再上趟厕所。

其他桌上的人不玩游戏，他们三三两两簇在一起，但很少开口交谈，大家都在忙着看手机。他们滑动着手机屏幕，啜着茶，偶尔抬头用空洞的眼神看看周围，他们在等待。

"伊拉克来的库尔德人。"老板阿里悄悄指了指一张桌子说。

我好不容易才鼓起勇气找到阿里。他在茶馆角落里昏暗的老式柜台后面，往记事本上写着什么，像临近期末时身心疲惫的老师。

阿里个子很高，衣冠楚楚，硬朗的脸庞十分上镜。他留着灰白长发，像个上了年纪的摇滚明星。他把我当成学生似的，邀请我坐在柜台对面，上了一杯土耳其咖啡作为特别招待，他很喜欢保加利亚。不远处的一张桌旁坐着四个瘦瘦的年轻人，他们脸颊凹陷，穿着过时的夹克，看上去像逃课的大学生。其中一个正咬着牙飞快地发短信，眼睛红红的好像刚刚哭过。刚才我进门时，顾客们纷纷抬头打量我这个不寻常的女客，唯独这一桌不为所动。这张桌子周围气氛沉重，仿佛与周围隔绝了一般。我虽然无法确切地表达清楚，但分明感觉到，他们很孤独，同样都是受到鄙视的人。

"叙利亚人，"阿里说，"他们的生活糟糕透了。"在土耳其语中，人们用"pis"（肮脏）这个词来形容他们。

阿里的老家在黑海南岸的里泽省（Rize），距离格鲁吉亚边境不远，他很少回去。母亲会给他送来茶叶和自制糕点。

"这是里泽茶。"他眼睛发亮地指着手里的茶杯。他好像还想说点什么，于是问我从哪里来，为什么来这里叨扰他，好像嫌他还不够忙似的。每隔几分钟，就会有人到柜台付茶钱。有个发型像猫王一般的年轻人从口袋里掏出厚厚一沓美元，阿里迅速从抽屉里拿钱找零。这里可以收各种货币，无需多问。然后，阿里在记事本上的名字后面打了个小小的钩。

这时我发现，阿里的柜台后面还有一个屋子，墙上唯一的装饰是一幅褪色的凯末尔·阿塔土克画像。屋子冷落僻静，像没有人烟的乡间火车站候车室。里面的人不喝茶，他们是来做交易的，而且和钱有关。不时有背着帆布双肩包的人闪身进入这个秘密空间。

我学着阿里，摆出一副司空见惯的样子，假装眼前的交易不过小事一桩。这些人已经饱经劫难，而人贩子却还要再压榨他们一次。他们交出一捆捆用皮筋绑着的钞票，换取搭乘货车越过边境的承诺。然而很多时候，他们还没到达边境就被赶下车，于是只好回到土耳其从头再来，重新走进阿里的茶馆，不过那时他们已经身无分文。这简直就像一种西西弗式的惩罚——一次次地上车下车，令人窒息的通道从未改变，然而除此之外一切都已改变。这是一条永远到不了目的地的道路。

/ 179

人们说，对于没钱去西方的人而言，土耳其就是他们的终点。

我分辨不出人贩子和顾客之间有什么差别——他们看上去相差无几，一个个胡子拉碴，脏脏的。后来我才知道，真正的人贩子从不在这里露面。老练的人贩子不会亲自现身，也不会说出自己的真名实姓。

伊拉克库尔德人的桌边，坐着一个年轻人，他长相柔和，看上去与周围的人不太一样——他甚至还无心地朝我笑了笑，那种轻松的样子和周围的沉重气氛很不协调。如果换一种生活，他一定会过得很幸福。几周后，我在斯维伦格勒再次邂逅了他，得知他叫埃德姆（Erdem）。

他和妹妹住在一家便宜的小旅店里，正在等待机会搭乘人贩子的货车去保加利亚。他穿一件上个时代的奶油色夹克，像走错时空的盖茨比一样。

"再来一杯茶，穆拉特！"阿里让侍者又给我沏了一杯浓茶。尽管茶馆里的人都在抽烟，但只要稍得空闲，穆拉特（Murat）就会溜出去赶紧抽支烟。我猜想，他是要从这口灵魂的高压锅里跑出去透一口新鲜空气。

阿里总在店里，从一大清早直到后半夜。他仔细地盯着我说，如果告诉我这里曾经发生过什么事情，我一定会马上起一身鸡皮疙瘩。

他在记事本上的名字后面作着记号，我听见身后传来钢琴声，也许是收音机播放的节目，抑或是谁的手机铃声在响。这是一首老歌，听了几句，我发现自己期待的旋律是《卡萨布兰卡》。

我深切地发现，阿里的茶馆谈不上浪漫，却能让人感受到一种超越时空的亲切感。虽然 21 世纪已经过去了十年，阿里是个活生生的人物，但他分明像黑白电影中那个不朽的形象。阿里的背后是一群背包的中东人，他和里克（Rick，《卡萨布兰卡》的男主角）面对的欧洲何其相似。

也许只要有人被战争所迫地背井离乡，这世上就会有一座"卡萨布兰卡"。不管是里克的酒吧，还是阿里的茶馆，他们是寻找出路的无家可归者得以安身的地方。也许他们只需要坐下来，就能从那句一成不变的招呼声中得到一丝慰藉："再来一杯，穆拉特！"

阿里说，一次有个背帆布包的男人走进店里，穆拉特上前刚问了句"想来点什么？"男人便失声痛哭起来。

他在伊斯坦布尔向人贩子支付了 8000 欧元，试图搭乘卡车跨越边境。但卡车司机在斯特兰贾的山里把人赶下了车。他们下车后遇到一个牧羊人便赶紧问：这里是不是保加利亚？保加利亚？牧羊人摇摇头——土耳其，土耳其！

他已经身无分文，只好徒步走回阿里的茶馆。

"你知道最糟糕的是什么吗？"阿里说，"他完全可以从伊斯坦布尔坐公共汽车去边境，只需要 50 欧元。"

那个男人在叙利亚失去了所有亲人。

　　"我每次都看见他坐在角落里，"阿里说，"你肯定不信，天黑打烊，人们都走光后，才是茶馆里最热闹的时候，充满了各种幽灵。二十年了，他们一直来来去去。"

　　不过第二天，他还是会起个大早，打开大门，像往常一样迎客做生意。

/ 安提卡大道

这是一座梦中之桥——它太完美了。我站在河边数，300 米的桥身上一共有 18 个拱形石，一个挨着一个非常和谐。现在是春天，水位很高，水流湍急，能把树木连根冲走。我在浑浊的河水中搜寻着，也许是期待找到俄耳甫斯的首级。人们告诉我，你不知道这条河有多么神秘，酒神把俄耳甫斯撕成了碎片，将他的头颅扔进这条河。

这座桥已经有 500 年的历史，当地人叫它"老桥"。尚未建成之前，人们走的是附近罗马人建造的迪古纳里斯古道（Via Diagonalis）。古道宽 8 米，连接罗马和君士坦丁堡，因此又叫米丽塔瑞斯大道（Via Militaris），一路连接了许多条道路。埃格那蒂亚大道（Via Egnatia）、庞蒂卡大道（Via Pontica）、图拉贾那大道（Via Trajana）——这些道路像幽灵一般至今犹存。它们有的和高速公路并驾齐驱，但你看不到；有时候你能远远望见，但其实它们深藏在边境的山林中，只有寻宝猎人和伐木者才会踏足。边境两边的老人大手一挥告诉你"那就是古道"，你只能自己想办法去摸索。

和所有往来东西方之间的旅行者一样，我来到了河流上的十字路口。在奥斯曼帝国建造这座桥之前，人们只能涉水或摆渡过河。春季汛期时，渡河格外危险，溺水而亡是家常便饭。有的人为行李所绊，前后动弹不得，只得听天由命任凭激流冲向下游。沿河而下的终点是爱琴海，到那时，失去行囊的人还得溯流而上回到始发地。

从前有位大臣，他出生在波斯尼亚，被称作达玛德·穆斯塔法帕夏（Damad Mustafa Pasha）。他想在马里乍河上造一座桥——一是使维也纳到伊斯坦布尔的东线通道更加便利，二是让自己名垂青史（当然他还不知道自己竟会英年早逝）。这座桥造得极为壮观，以至于苏莱曼大帝（Suleiman the Magnificent，即苏莱曼一世，奥斯曼帝国第十位苏丹）发动圣战带兵攻打奥匈帝国首都布达（Buda，今布达佩斯西部）路过此地时，竟然妒火中烧。

苏莱曼一世提出给穆斯塔法帕夏 400 袋金币作为建造成本，让对方把造桥的功劳归于自己。穆斯塔法帕夏要求用一晚上的时间考虑一下。他面临两种不可能的选择——要么放弃一生的杰作，要么违背主人的意愿——那天晚上，他服毒自尽了。第二天早上，暴怒的苏莱曼对这座桥下了诅咒。他发誓，谁要是从桥上过，就会失去自己的至爱之物。他的军队涉水过河，对这座桥视而不见。此举代价颇高：苏丹的两个最贴心的男侍从在渡河时溺水而亡。

有一段时间，没有人敢走这座桥。一天，有人看见穆斯塔法帕夏的老父亲从桥上走过，而他早已失去了至爱的人。老人的这番象征性举动解除了诅咒，从此以后，成吨的丝绸、羊毛、玫瑰油，以及其他帝国所需的食物和烟草、买卖的货物纷纷从桥上经过，往来于布达佩斯和摩苏尔（Mosul）之间。商人、士卒、流浪者、僧侣、使节、朝圣者、匪徒、旅行嬉皮士、货车司机都在这里留下了足迹。

/ 184

大臣也好，诅咒也罢，那只不过是个故事——然而事实上，因为有了这座桥，罗马古道受到冷落。20 世纪初，这里被重新命名为斯维伦格勒，也叫"丝绸城"，而此前无论桥还是城镇都叫"穆斯塔法帕夏"，因为二者早已融为一体。最初，桥的旁边冒出一家旅店，不知有多少旅人连同他们的骆驼和马匹在那里吃住，人们可以在庭院里的 300 个火塘中任选其一生火做饭，然后拴好马，把装钱的包袱塞在马鞍下，以鞍当枕在旁边睡下。如果你心血来潮想留下来钻研伊斯兰教，那么不但吃住免费，而且每天还能拿到一笔津贴。

渐渐的，旅店周围出现了清真寺、土耳其浴室、学校、孤儿院，以及一个商业区。有很长一段时间，在旅行者的描述中，穆斯塔法帕夏是一座应有尽有的喧闹市场。其中尤为特别的是：帝国之内无可匹敌的丝绸；一名法国贵族提到的"黎凡特（Levant）最好吃的西瓜"；一名奥地利旅行者所说的"不幸的国度里轻佻的部族女人，法国人管她们叫'埃及人'"；以及用小而香的马斯喀特葡萄（Muscat grapes）酿成的葡萄酒。

尽管西方旅行者对醉酒的乐趣存在分歧，但葡萄酒是嗜酒的基督徒——希腊人、保加利亚人和亚美尼亚人——从事的主要产业。17 世纪的英国旅行家约翰·博柏利（John Burbery）曾经热情洋溢地谈论过葡萄酒。然而，随着维多利亚时代清教主义的出现，人们对葡萄酒的态度逐渐转向负面。有两名无趣的英国外交官甚至在 1860 年将这个地区的农民基督徒描绘成"身心堕落"的人，"无所事事地醉卧于粪堆之上！"奥地利和法国的旅行家曾经描述过当地人在穆斯塔法帕夏桥边举行各种仪式的场景。穆斯林经常光顾一位苏菲派圣人镶嵌着鹿角的墓地，那里也是"许多托钵僧和神职人员"常去的地方。他们在墓地旁铺上羊皮过夜。当地的保加利亚人有一种习俗是，在树下的石板上宰杀涂了圣油的公羊，做成库尔班羊肉汤，以再现古代的祭祀场面。

斯维伦格勒在数个世纪中一直是这里的交通要道，然而随着巴尔干战争爆发，这座城市遭遇了边疆的命运——被撤退的土耳其人洗劫一空，放火烧城。侥幸活下来的人纷纷出逃——其中既有穆斯林，也有基督徒——但临走之前，他们首先要做的是把财宝埋在房屋底下或藏在花园的水井中。有些人后来回到家乡发现，老宅早已不在，但至少井里还留有一套尚好的瓷器。还有些人（穆斯林）再也没有回来，来自希腊爱琴海的新难民便搬进了他们留下的空房子。

*

丝绸城最初吸引我的主要有两点：一是它的名字；二是因为在我成长的岁月里，它是铁丝网背后无法造访的地方之一。

如今，商人旅店早已荡然无存，清真寺变成了教堂，土耳其浴室成了艺术画廊，共产主义时代的丝绸工厂只剩下一片残局。丝绸城里没有生产，只有消费。这里再也没有交易了几个世纪的西瓜、芝麻酱、棉花、烟草、无花果和丝绸，唯有服务业。这里有形形色色的服务行业。

进城的道路边排列着现在的旅店——旅店兼赌场。"阿里巴巴""飞马""蒙特卡罗""帕夏"……所有的招牌上都承诺有"表演、现金大奖和更多惊喜！"

另一条路的尽头是难民营，那里曾是边防部队的营地，如今已一无所有。

第三条路通向一座名叫"希萨尔（Hissar）"的山头，或被称作"堡垒"。来自周边三个国家的寻宝猎人正举着金属探测器搜寻一座座千年古墓。

丝绸城后面有一片低洼的喀斯特岩溶地区，名叫"萨卡（Sakar）"，是斯特兰贾山脉向东延伸的分支：那里遍布古墓、地下隧道、圣所，以及瑞士奶酪般神秘复杂的洞穴。

考古学家最近从一处圣所挖掘出一批人工制品，经考证有6000年的历史，而之前人们一直以为是3000年。当地的博物馆馆长透露，寻宝猎人曾经带着令人难以置信的古董找到她，可惜的是博物馆没有相应的收购预算。

"这个土耳其人曾经来过,"她说,"他是个寻宝猎人,虽然没有东西要卖,但是!"

但是他有故事。他告诉博物馆馆长,附近有座岩石壁龛,深深地雕凿在岩石表面。一名雅典的寻宝猎人曾向他提起过这个地方。据说里面藏有大量黄金首饰,于是两人决定一同前往。他们最后找到了这个地方。凿在岩石上的台阶通往高处的壁龛,土耳其人感觉气氛诡异便在下面留守,他的希腊同伴爬了上去。希腊人过了好久都没露面,当他终于出现时,他的皮肤上出现了可怕的变化。两人吓得赶紧逃走。土耳其人不肯说出他的同伴到底看见了什么,但他一再叮嘱馆长,一定要把那个地方严严实实地封起来,因为那里闹鬼。

馆长请他带路,然而他却因害怕而不敢答应。

"问题是,"她告诉我,"我们掌握着本地区所有岩石圣所的情况——有些是拜占庭时期的,有些是色雷斯人的——但他描述的这一处却从没听说过。我们仍在寻找,但在斯特兰贾的萨卡,事情就是这样,一个谜团套着另一个谜团。"

*

我走过石桥,发现原先的石板路依旧没有变样,汽车、行人像往常一样混在一起。走过 295 米是一家高档的石桥饭店,楼上供应希腊菜,楼下排列着老虎机。赌博成瘾的人一个个弯腰驼背地坐着,他们眼窝深陷,盯着指示灯不断拍打着按钮。身材肥胖、不男不女的赌台管理员揣着大把现金来回绕着圈子。

从桥的这端再过去一些是曾经又老又破的吉卜兰(Gebran,意为"异教徒")基督徒居住区,如今正在建造巴尔干地区最大的博彩中心,其背后的老板是一家毁誉参半的跨国企业。显然,赌博业在这里很有市场。土耳其政府压制和取缔大众娱乐,将人们推到了边境的另一侧。从在建的博彩中心往前就是城市边缘，再远处是波兰人的卡塔日娜庄园（Katarzyna Estate）。这是一家规模巨大、颇具现代风格的葡萄酒酿造厂，室内装饰着以酒神狂欢为主题的内容大胆的色情壁画。据说酿造厂的名字是为了纪念老板的女儿，女孩幼年死于一场车祸。葡萄种植园无边无际地绵延了好几座山头，像海市蜃楼一样。教人不敢相信的是，在上一代人生活的年代，这里是边境军事区。如今老旧的边境执勤哨站被改造成了办公楼，刷成高雅的粉红色。"死亡之沟"里，赤霞珠、梅洛、马尔贝克都已经成熟。

与埃迪尔内一样，丝绸城也是一座三国交界地带的城市。万茨朋友经营的货车司机客栈就在距离希腊边境检查站不远的地方。女人通常不会去那种地方，除非真的要卖点什么。一马平川的荒蛮之地上零零星星地竖着几块1990年代的指示牌，上面写着"自由区"的字样，另外还有几座破旧不堪的边境岗亭。方圆几英里之内，除了一条流浪狗（我在心里祈祷它不至于饿极了），根本见不到任何人。我穿过旷野，不安的颤抖渐渐变成了惊恐，于是转回头往城镇的方向加快脚步，很快便拔腿狂奔起来，狗在后面义无反顾地一路追赶。

在半个世纪的冷战中，这片富饶之地曾经是三个国家之间的缓冲地带。这里不种植任何作物，没有访客，只有车辆行人不间断地从石桥上往来经过：卡车、往来于土耳其和西德之间的客籍工人、外国游客等。当地人生活在挂着窗帘的温室里，接受着家长式管理，因为城里住着一批凭借贿赂发家致富的海关官员。欧洲来的车辆从他们门前经过，但那仿佛是致命的诱惑，居民们被禁止与任何挂外国牌照车辆上的人交谈。

/ 188

一名退休教师告诉我，1970年代，曾经有一辆挂捷克牌照的小汽车停在她家门口。车上的夫妇要去伊斯坦布尔，他们口渴得很，而且迷了路。她给夫妇俩送去水、奶酪和西红柿。然而捷克人刚要驾车离开，军队便赶到了，一场旷日持久的审问由此开始。

"所以，从此以后我再也不向过路人提供任何东西。"退休教师说。

她是学校的宣传员，曾经对国家制度怀有坚定的信仰。如今信仰已经跌得粉碎，其中还夹杂着伤感和失落，因为从前她过得相当安全、舒适，而不是像现在这样。过去，这里人人警觉，从来没有犯罪现象。

以前这里没有犯罪。

作为一个宣传员，她的工作大致包括：带领学校的孩子去当地兵营上"爱国主义课"——比如，怎样训练狗搜捕官方正在抓捕的，企图越境的破坏者（diversanti）。在她尤为喜欢的宣传剧表演中，她和烟厂女工爬上山顶，从那里可以俯瞰边境另一侧的土耳其烟草工人。

/ 189

"我称其为'两个世界，两种青春'"，她说，"主题是为了向我们的工人展示落后的西方。"她弯腰在草木繁茂的花园里拔出杂草，这里的一切都靠自然生长，就连蚕茧也是。

"但无论怎么看，摘烟叶都是桩辛苦活儿，是吧？"我试探性地问，好像烟草是重点似的。然而，关键是希望。

那天晚上，我俩坐在她家的桑树下共进晚餐。"你可能现在听起来觉得奇怪，"她站直身体，脸上露出坚忍克制的笑容，然后伸手从火炉上端下一锅美味的羊肉乳酪煲，"但是我为我们取得的成就感到骄傲。丝绸厂、芝麻油、西瓜、明星工人，我们这片适合万物生长的肥沃土地上年年超产。我们曾经是社会主义的先锋。但是现在呢？没人种地，没人在意这些。我们只是欧洲的后门。"

*

就在这欧洲的后门，具体来说是在一家售卖肉桂小麦布丁和意大利咖啡，名叫"梦想"的路边咖啡厅，我看见了一张熟悉的、无忧无虑的面孔，还有那件"了不起的盖茨比"夹克。

相互问候之后，埃德姆——他刚刚从当地的难民营获得释放——向我介绍了他的父亲。他们俩正在滑动手机屏幕看着什么。

他的父亲名叫索伦（Soran），能说一口流利的英语。

"来斯维伦格勒玩么？"索伦的笑容里带着些许伤感，递过来一支保加利亚产的百乐门香烟，"欢迎啊。"

/ 幽　灵

　　土耳其著名旅行家爱维亚·瑟勒比（Evliya Çelebi）游历过整个奥斯曼帝国的"七个地区"，堪称中世纪的希罗多德。他是从古至今最多产、最古怪的旅行作家之一，自称"环球旅行者兼人类的好伙伴"。他途经丝绸城时曾经写下一首塔里克（tarikh，以诗歌形式记录的事件或人物）：

> 穆斯塔法帕夏的幽灵去了，
> 他的世界里只有一座桥。
> 于是我念起这首塔里克，
> 穆斯塔法帕夏的幽灵去了。

　　1920 年代的第二个十年，丝绸城及其周边再次充满了形形色色的幽灵，但是没有人为他们写诗。他们沿着一成不变的道路走来，来到三海中间的色雷斯之地洗漱歇脚，这里正好处于"两个世界，两种青春"之间，一个是人人拥有合法护照的世界，一个是来自古文明之地的人们组成的世界：巴比伦、美索不达米亚、库尔德斯坦。

　　这些幽灵——男人、女人和孩子——沿着欧洲边境城镇之间的乡间小路赶来，当地人不敢查看他们手中的塑料袋，也不敢直视他们的双眼，生怕窥见所有的世间动荡。他们有许多文件等待处理，过去的生活已经在身后化为废墟。然而他们没有资本怀念过去，因为眼前有一个更迫切的问题：他们的新生活尚且无法开启。

阿拉勒（Alal）身材魁梧，穿着宽松的连衣裙，光着脚来回走动时就像一艘皇家护卫舰。她没戴头巾，高高地昂着头，目光坚定毫不畏缩。她的肤色有点儿苍白，那是因为巴尔干漫长的冬季里，她一直在等待、抽烟、做饭、期待。她进屋时仿佛带来了什么特别的东西：那是一种人人都会得到关爱、一切都会好起来的踏实感。尽管情况一直不妙，而且现在更是发展到了彻底糟糕的程度。

阿拉勒一家刚刚收到一封全家人等待了八个月的官方信件。他们满心希望最终得到的答复是"同意"。同意他们告别等待；同意承认他们是因"伊斯兰国"势力泛滥成灾，生命遭到威胁而出逃的伊拉克库尔德自治区难民；同意他们合法进入西欧，在那里定居、工作、重新开始生活。

然而，他们得到的答复是"不同意"。

"请坐。"她操着库尔德语，指指厨房里那张空桌子，给我冲了杯雀巢咖啡，点了根烟。她斜靠在厨房的水槽边仔仔细细地打量着我，揣摩我到底是不是一个出于好心，却帮不上忙的行善者。我把笔记本放到了一边。

他们一家租住在丝绸城的一套公寓里，因为难民营太嘈杂、太压抑。他们曾经亲眼见到一个叙利亚年轻人因妻子身陷边境另一边，家人无法团聚而悲伤致死。阿拉勒说，那个男人开始是偏头疼，后来心脏也停止了跳动，医生赶来的时候，一切为时已晚。她一直守护在他身边，希望他离开这个世界的时候还不至于太孤单。

索伦告诉我，虽然从老家变卖家产带来的钱已经花得差不多了，但目前他们尚付得起房租。他说着，在我身边坐下，点燃了这一天中的第 n 支香烟。他身材矮壮，笑起来很随和，眼神里饱含沧桑。

"我知道自己抽烟太凶，"他说，"可是我晚上睡不着啊，真的。

我整夜整夜地想，怎么办，怎么办。天一亮，我累极了，可是什么也没想出来。"

阿拉勒和索伦结婚时才14岁。他们生了八个孩子，最小的4岁，最大的是27岁的埃德姆。

"我还想再生两个，"她说，"但现在不行，也许等我心情好一些的时候。"

索伦曾经娶过二房，那是当地的习俗——他说，但是那桩婚事不行，生了孩子后，我就到此为止，和她离婚了。因为我有阿拉勒就足够了。

"千真万确。"阿拉勒说着坐到丈夫身边。

"我们已经结婚三十年，"他伸出胳膊搂着妻子，"我是个幸运的男人。"

这是他们俩之间的表达方式。实际上，这是两人第一次共同连续生活超过几周。索伦大部分时间都不和家人在一起。他掏出手机让我看，里面保存着20世纪八九十年代的照片，其中的场景我只在杂志和电影里见过。

第一张照片是在伊拉克尘土飞扬的北部山区，索伦和两个朋友梳着1980年代的发型，留着胡子，背着卡拉什尼科夫冲锋枪（AK-47）。

/ 194

"我们是'自由战士（peshmerga）'，"他告诉我，"是库尔德游击队战士，在和萨达姆打仗"。

另一张照片上也是索伦和朋友——我最好的朋友，他说——二人正在山洞里的火堆上烤着什么。他们咧开嘴笑着，看上去很疲惫。那时候，索伦已经有五个孩子，但他很少下山去村里，因为那样很危险，他告诉我。

"在萨达姆时代，身为库尔德人是桩危险的事情。"阿拉勒说。

还有一张照片，索伦和自己的兄弟坐在石榴树下的一张矮桌旁。

"都死了。"索伦语气平淡，看到我一副震惊的样子，他笑了，好像我才是那个需要安慰的人。

"是的，我的朋友，作为一名自由战士，那时候就是这样。真的，那可不是什么好莱坞电影。许多人死在大山里，尸体被鸟吃了。萨达姆杀死了我的兄弟，我的朋友。我还算幸运。"

他逃跑的时候被两颗子弹击中，一枪打在胫骨上，留下一个李子大小的裂口；另一枪打在胃部。我看了一眼阿拉勒。

"没错，"她道，"我每天都在想：我是不是已经变成寡妇了。在库尔德，多年轻的寡妇都有。"

阿拉勒的名字在库尔德语中是"红玫瑰"的意思。她说，从没想到自己竟然会头也不回地逃走。她的家乡在大山里，她一直以为自己会永远在那里生活下去。

难道我们不都是这样的吗？

他们的三个女儿从房间里出来，都是十几岁的年纪，穿着 T 恤和牛仔裤，和父母完全不一样——她们正处于又高又瘦、意志消沉的青春期，像脆弱的移栽植物一样在家乡的土地上开始成熟，却在这儿找不到足够的养分。她们会说英语，然而因为胆怯，除了礼节性地打个招呼之外就再也不跟陌生人交流。最小的两个男孩，一个 4 岁，一个 6 岁，在他们看来，眼下的一切就是一场冒险。两人穿着带有"自由战士"徽章的迷彩服，整天玩个不停。索伦每隔一阵就会带孩子们去帕夏赌场对面的中央咖啡馆吃一顿炸鱿鱼和薯条，那是他们的特别大餐。

"如果我们留在伊拉克，所有的男孩也会成为'自由战士'，和我年轻时一样，"索伦说，"只不过现在，他们的对手是伊斯兰国。"

"女孩也一样，"阿拉勒接着道，"我不想让她们过那样的日子。"

我向女孩们打听起她们在老家的朋友，八个月前她们还在一起。

年纪最大的女孩无声地抽泣起来，眼泪滚落到餐桌上。我抚摸着她的双手，仿佛自己突然回到了 17 岁。

我回到了索非亚的那套公寓里，那是 1991 年，一家人正在苦苦等待移民签证，心情仿佛经历着刺骨的寒冬。外面一片漆黑，正在下雪。因为没有汽油供应，人们无法坐车，去哪儿都得靠冰上徒步。每天晚上都会停电。祸不单行的是，母亲因为查出肿瘤被送进医院紧急动手术。我们三个人又惊又怕，坐在漆黑的家里，等待肿瘤化验结果（最终诊断为良性），希望从英国内政部得到反馈（结果被拒签了）。我的父亲是一名教授，但在巨大的通货膨胀面前，他那点工资已经变得毫无意义。此刻他正在冰冷的厨房里填写移民表格。他已经好几天没刮胡子，头发一夜之间白了许多。所有的事情都进展得极为缓慢。妹妹不声不响地在烛光下写功课，我则用不吃东西来表达抗议。

我望着身旁瘦瘦的女孩子，深切地感受着她们的处境：耻辱，不公平，让她们感到痛苦的是被迫仇恨自己的家乡却又没什么新的事物值得热爱，父母竭尽所能，拼命想让她们过上更好的生活。她们没有存在感，不被人需要，无话可说，就像无形的灵魂在历史的走廊里苦苦等待。

"女孩子们可能再也见不到她们的朋友了。"索伦说。

阿拉勒没说话。她点了根烟凝视着窗外，从这里望出去正好看见石拱桥。它像被下了咒一般。如果不可以过河，桥又有什么用呢？

旅行作家爱维亚·瑟勒比在冬季远行穿越高加索山脉时，他的随从来到一条大河边："但河水没有完全结冰，河上也没有船只。我们被一种莫名的愁苦笼罩着。"他们既不能前进，也无法后退。

女孩们原本打算上大学。

"我不想让我的女儿们早早结婚，像我们一样，"索伦说，"但是在库尔德地区，就是这种文化。到了欧洲，女孩们或许还有机会。"

"这里不是欧洲，"阿拉勒大声道，"我们不能工作，动弹不得。这里就是个监狱。"

那么欧洲是什么样呢？

"在欧洲你不用担惊受怕，那是自由，是家的感觉。"阿拉勒已经在恐惧中生活了太久，怒气冲冲地直言不讳道。

他们一家现在的生活费来自于老家花园里的收成。那里生产石榴、佛手柑和麝香，阿拉勒还种植了玫瑰。1655年爱维亚·瑟勒比与马利克·艾哈迈德帕夏（Melek Ahmed Pasha，奥斯曼帝国政治家）的随从行至库尔德地区，亲眼看到了底格里斯河三角洲居民在河岸花园惬意度夏的情景。他那土耳其式的高水准懒散生活受到了深深的刺激，不由得感叹：他们"令全世界为之羡慕，一年中有七八个月在底格里斯河边享受生活的乐趣，从转瞬即逝的世界中攫取欢乐。"他惊诧于那里的罗勒竟然巨大地像茂密的森林，因此"生活在那里的男男女女，他们的头脑日日夜夜沐浴在罗勒、玫瑰花、紫荆花和风信子的芳香中……整整七个月里，底格里斯河岸边从早到晚喧哗热闹、歌舞升平。每个人都在自己的房子里和情人、朋友狂欢聚会"。

/ 197

*

索伦在伦敦生活工作了许多年，一直寄钱回家。每逢乡愁袭来，想家想得厉害，他就会立刻去希思罗机场买一张机票飞回埃尔比勒（Erbil）。

"就是为了去呼吸几口那里的空气，亲吻一下我的妻子。然后我马上飞回伦敦，接着上下一个班。"

"萨达姆倒台后，伊拉克有几年还算过得去。"阿拉勒说。

　　"这个世界上的人没有意识到，"索伦继续说道，"库尔德人面临的威胁同时也是欧洲和美国的威胁。和萨达姆时代一样，这次仍然是库尔德人在单打独斗。我们端着自制武器代表整个世界打一场全球战争。女孩子也要加入'自由战士'成为游击队员。谁也逃不掉。"

　　"这其中哪有什么公平可言，我的朋友，你说说。"他对我道。

　　"库尔德人有一阵子还不错，"阿拉勒说，"未来看起来还有希望。"

　　但接着，伊斯兰国势力开始侵入伊拉克库尔德地区。索伦和阿拉勒决定趁还有机会的时候赶紧卖掉房子逃走。他说，进入土耳其很不容易，一旦到了土耳其，为全家人买本英国护照就是件轻而易举的事，只要你有钱。

　　但是，他们在保加利亚边境被扣留了。九本护照中只有一本是真的。

　　索伦为什么不趁着尚有能力的时候，提前给家人弄一份真护照呢？

　　"我申请了，真的。很多次。花了好几千英镑，但根本办不下来。"

　　英国内政部要求申请人有足够的收入支持全家人在伦敦的生活开支，而索伦只是在饭店打工而已。

　　"我有一辆车，是辆雷克萨斯。"

　　保加利亚边防部队扣留这家人的同时，没收了他们的汽车。

　　"也算是不幸中的万幸，"他惨然一笑，"毕竟那只是一辆车而已。"

*

　　背负着重压的人们在这间公寓里进进出出，他们翻看着手机，仔细核对着文件，或讨论着下一步该怎么办，或焦虑而麻木地坐在那里，凝视着天空发呆。诸多访客中有一名年轻的当地女律师，她下眼圈黑黑的，手上夹着根烟，却过了一个小时也没点上。她正在对政府的决定提出上诉。

"实际上，这是三个国家之间的问题，"她说，"保加利亚、英国和伊拉克。事情虽然复杂，但至少他们还有机会。很多人连机会都没有。"

女律师的祖父是巴尔干战争后的爱琴海难民。他们逃到这里时，已经被沿路的匪徒抢劫得一干二净，一无所有地住进了穆斯林逃往土耳其时留下的大房子。

"我作为难民的后代，有责任帮助这些人。否则，这样的故事将永远无法改变。你知道难民的法律定义吗？"

她说，难民是指受到本国政府迫害的人，或处于一个没有能力保护本国公民的政府治下的人。

如果索伦和阿拉勒还够不上条件，那政府就没什么人可以关照了。

然而，没有任何法律文件会从情感上定义难民：他们是一群承受着"难以言语的悲伤之人"。

/ 199

阿拉勒点燃厨房里的一个便携式煤气锅开始做饭。她和女孩子们准备了一大盘香辣炸鸡、夹杂着葡萄干和坚果的米饭，还有腌菜。用餐是按顺序进行的。首先开饭的是阿拉勒、索伦和客人（我）。这时候，埃德姆带来一个朋友，后者头上抹着发蜡，身穿深蓝色天鹅绒夹克，一脸疲惫的样子，看样子显然是蹭饭的常客。他一副怒气冲冲的样子，却依然保持着时尚。

"哦，我明白了，"主人给我们相互作介绍时，他尖刻地说，"索伦还想找个老婆。"

大家都笑起来，就连刚才掉过眼泪的女孩子们也笑了。

"你在写书？""天鹅绒夹克"问，"对你来说那简直棒极了，但我不行。我需要签证。"

"你别闹，"阿拉勒忙说，"要不你上别的地方吃去。"

"不好意思，"我回答他，"在这件事情上，我帮不上忙。"

"没事儿，我连自己都帮不了自己。"他夸张地说，大家都笑了。

他四年前和朋友一起离开伊拉克，在土保边境被保加利亚边防警卫打了一顿，没收了手机和钱，将他们赶到了土耳其。于是他们又从土耳其去了希腊。

"我喜欢希腊，但希腊只有海滩，没有钱，没有工作。我已经四年没有见到爸妈了。每天晚上我都要打电话给他们，他们哭了。"

我问他是否会说希腊语。

"我会说六种语言，英语、库尔德语、阿拉伯语、希腊语、波斯语和意大利语。我打算去罗马。"他说。他的华丽张扬和索伦一家的现实风格形成了鲜明的对比。

"六种语言，你算了吧，"索伦接过话头，"他自称会说英语，你也听见了。你能想象他把希腊语说成什么样么？"

大家哄笑起来。我问他在雅典干什么工作。

"工作：同性恋。"索伦替他回答，屋里的人纷纷窃笑起来。

"那算不上工作。"我说。

"对他来说是。"索伦答道，屋里的人又笑起来。

但"天鹅绒夹克"对此毫不介意，他喜欢成为众人的焦点。和屋里的人相比，他的处境是最好的——他会说多种语言（虽然算不上流利），父母会给他寄钱，他已经拿到了难得的"绿卡"。所谓"绿卡"其实是蓝色的，和难民身份差不多，他可以拿着它去心爱的罗马。

*

一周后，我经过中央咖啡馆时看见索伦，他愁眉苦脸地坐着，面前放着一个空咖啡杯，正在滑动手机查看着什么。

"埃德姆走了，"索伦说，"他再也忍不下去，又和人贩子做了笔交易。"埃德姆趁着夜色登上了一辆去往塞尔维亚边境的卡车。

"1500 欧元。"索伦告诉我。

然后再从塞尔维亚去匈牙利。

"要 1000 欧元。"索伦说

接着，从匈牙利去奥地利。

"那是 800 欧元。昨天他在奥地利，也可能是德国的一列火车上给我打电话。信号很差。我感觉他可能被抓起来了。后来，电话断了。我一晚上没睡着觉。"

有一种可能是，埃德姆会被遣送回斯维伦格勒。

"真的，朋友，"他说，"4000 欧元对我来说可不是小数目。但我愿意付这笔钱，因为埃德姆还有未来，得娶个妻子。到了德国，他可以工作。"

埃德姆以前是汽车维修工，一直在埃尔比勒的奔驰工厂上班。三个月后，他终于在德国找到了工作。

/ **201**

索伦的眼睛里噙着泪水，但尽管如此，当他打开咖啡馆赠送的幸运纸条时，还是笑了。我也打开了自己手里的那张。

我的那张上面写着"旅行"。他的那张上面写的是"你必须用头撞开那堵墙"。

"说得没错，我的朋友，"他耸耸肩，"的确如此。"

*

那天在他们的公寓轮流吃完午饭时，已经快到傍晚。我离开前，阿拉勒对我说了番话。

索伦为我们充当翻译，但其实我已经明白她说的是什么。

我和他们之间唯一可以描述的共同点是，我们生活在同一个时代，属于同一代人；无论加糖还是不加糖，我可以和他们夫妇坐在一起一杯接一杯地喝茶。阿拉勒和索伦像取暖器一样，坐在他们身边让人倍感温暖。和他们在一起的时候，我满怀伤感，可是离开时会更加伤心。

"何不搬过来和我们一起住？"

我出门的时候，阿拉勒问。三个女孩子围在她身边笑着，眼圈红红的。

"我们这儿有地方，有吃的。你用不着在酒店花钱。只要你愿意就过来。"她说。

"是的，欢迎，"索伦惨然一笑，"我们永远欢迎你。"

丝绸城和保加利亚的另一座城市哈尔曼利（Harmanli，意为"打谷的地方"）之间有一座石头喷泉，上面用阿拉伯文刻着"有水即有生命，1585"。

19世纪的诗歌《少女泉》（*The Spring of the White-Legged Maiden*）让这处泉水进入了人们的想象。但诗歌中的故事是作者佩科·斯拉菲可夫（Petko Slaveykov）从当地人那里听来的，它已经流传了几代人。

从前有个美丽的姑娘，名叫乔治娜（Gergana），她在村里有个心上人。一天晚上，情人约她幽会。她说，我已经是你的人了，我们黎明时刻去泉水边见面吧。白天见面比晚上约会更明智。黎明时分，姑娘来到泉水边，却没有见到心上人，只看见一位大臣带着随从搭起了帐篷，他们要去伊斯坦布尔。看到乔治娜在泉水中洗脚，大臣立刻对她充满了欲望。

跟我走吧，美丽的乔治娜，他说，你会成为我最宠爱的小妾。你的闺房里什么都不会缺——黄金、丝绸、香水、花园、鸟乐园、花格窗，还有奴隶。你甚至可以带上你的父母亲！

谢谢，她回答，可是我宁可住在这里。我推开窗就能看见自己的花园，我还有个心上人。

哦，可怜的姑娘，大臣叹息道，你一点儿也不懂世俗之道！你难道看不出来这是一次人生的机会么？

如果你想，就把我带走。姑娘说，不过你带走的只是我的躯壳，带不走我的灵魂。

大臣劝说了好几天，最终被乔治娜的真情打动，留下她独自一人，继续赶路。为了纪念这次邂逅，大臣在泉水的位置上建造了一座带 12 个石盆的喷泉。这样，乔治娜在华丽的喷泉中洗脚的时候，就会想起他。

建造喷泉的过程中，乔治娜和心上人结婚了，可是与此同时发生了奇怪的事情：她好像中了邪恶的诅咒似的，一天天日渐消瘦。喷泉完工时，乔治娜离开了人世。

当时的石匠高手都知道，如果把人的灵魂注入一件公共建筑，它就会永存下去。这座喷泉基本上得到了永存。虽然现在只保留下 3 个石盆，周边也破烂不堪、垃圾遍地，但 400 年来泉水一直在汩汩地流着。

乔治娜死后，她的心上人走进山里再也没出来。有时候，你能听见他的笛声。在这样的夜晚，总会有一个白色的身影到泉水边洗脚。

鸡块餐厅坐落在哈尔曼利一个破败的广场上，店里供应沙拉三明治、浇汁烤鸡肉，还有切得碎碎的沙拉。老主顾中有一半是当地人，另一半是难民。鸡块餐厅既是快餐连锁店，同时也是集会场所、雇主老板以及治疗室。光顾鸡块餐厅的人几年前各自过着不同的生活，拥有不同的梦想。如今他们因为同样的举动聚到了一起：越过边境，来到鸡块餐厅。

巴希尔（Bassil）谨慎小心地接待着每一个人，他留着山羊胡子，一双眼睛能瞬间看出人的深浅。他来自叙利亚的一个精英家庭，会说保加利亚语、阿拉伯语、法语和英语。35岁的他平静地告诉我——以一种"只能如此"的平和态度——在他的有生之年，叙利亚再也不适宜居住了。

"它不再是个适宜生活的地方，"他说，"对于那些只经历过和平年代的人，你很难向他们解释炮弹砸向一切是种什么感受。所有的一切都被夷为平地。"

巴希尔的父亲是大马士革的一名播音员，他的第一任妻子是保加利亚人。巴希尔是他第二个妻子所生，因此得以和兄弟姐妹们定居在这里，重新开始生活。虽然妻子和孩子们都在索非亚，但巴希尔看中了边境附近的大量中东人口，决定在这里开创事业。

/ 205

"欢迎来到鸡块餐厅。"他向每个进门的客人打招呼，然后便离开。

*

哈尔曼利曾经盛产甜瓜和芳香的烟草，根据1740年的一篇旅行日记记载，这里有维也纳至伊斯坦布尔，甚至整个欧洲"最棒的旅行客栈"。20世纪，当地一位作家曾经写道：哈尔曼利人从来不用出门旅行，因为全世界的人都从这里路过。

然而2015年的哈尔曼利却像后启示录电影中的场景。初夏的马里乍河平原上笼罩着雾蒙蒙的热气，河道边通往鸡块餐厅的道路尘土飞扬，沿路是畸形变种人一般的废弃工厂，摇摇欲坠的工人宿舍早已人去楼空。但哈尔曼利依然是个有活力、很朴实的地方，还有一座漂亮的土耳其帝国留下的桥梁。

哈尔曼利大街上行走着两种人——有些人目的明确，有些人则拎着塑料袋慢吞吞地无处可去。哈尔曼利的难民人口已经达到数千，由此催生出另类的黑市经济、文化和饮食行业。鸡块餐厅现在遇到了竞争对手，其他连锁店正在陆续开业。

这片破旧的边缘地带难道能成为国际都市？如果真的这样，那么这个古怪的都市里就生活着一群被迫踏上冒险之旅的人。他们从四面八方会聚到这里，摇摆在机会和灾难之间。

"哈尔曼利让我想起了叙利亚，"尼扎尔（Nizar）是我进城时遇到的同伴，他说话时宽容地微笑着，"到处都是被夷平的土地，只不过这儿是和平的。"

尼扎尔在大马士革当厨师，已经在饭店里干了二十年，每逢周末便到乡下和妻子团聚。他们的房子被炸毁了，但幸好夫妇俩性命无碍。他的妻子带着一对5岁双胞胎和亲戚们躲在安全的地方，然而他无法知道她明天是否还会活着。每次打电话时，他都拿不准接电话的人将是谁。当村子"被夷为平地"时，尼扎尔和弟兄们作了个决定：先到土耳其，找一条通往欧洲的安全通道，拿到申请避难的文件，最终通过合法手段让全家人离开叙利亚。与此同时，他们要不断祈祷，真主至大。

尼扎尔顺利到达塞尔维亚—保加利亚边境，却在这里被抓了。他40多岁，长着一双温和的黑眼睛，看上去稳重成熟。他追求舒适的家庭生活，当好父亲，享受美食。

在临时拘留所待了几个月后，他又回到了熟悉的边境。

难民营位于丝绸城外，边防部队曾经在那里驻扎了半个世纪。那里没有图书馆，没有体育场，除了焦黄的野草之外一无所有。难民营里的人白天可以外出喝杯咖啡。那天早上，我路过难民营，打算驶上斯维伦格勒通向哈尔曼利的公路。这是一条新建公路，平时只有国际货车轰鸣而过，此时路上没车，只有一个身穿旧皮夹克的人朝前走着。我停下来让他搭车，因为这些乡间公路上的行人多是从难民营出来的。这个人就是尼扎尔。我端详着他，觉得这个人可信，于是邀他一起去鸡块餐厅。对他来说，这也算有事可干了。尼扎尔离开难民营时必须携带身份识别卡，上面有他的名字、照片，公民身份一栏中写的是"身份未定"。

新生活来得太突然，尼扎尔在当地没有朋友。

/ 207

"其实，我有一个朋友。"他说。两人是在大马士革的饭店工作时认识的，以前并不熟。他们碰巧在这边遇见了彼此，他宽厚地笑着告诉我，他们现在是最好的朋友。

尼扎尔的九个兄弟分散在土耳其和欧洲各地，只有当他们打电话来时，他才知道大家身在何处。我在伦敦，我在法兰克福，我还在伊斯坦布尔，我在埃迪尔内的难民营。伊斯坦布尔像个巨大的筛子——在每天的摇摆震动中，有些人离开了，有些人留了下来。

"欢迎光临鸡块餐厅。"巴希尔招呼道。

尼扎尔看见巴希尔仿佛见到了老熟人，然而他俩并不认识。他点了份鸡，可是并不吃，而是一直坐着滑动手里的苹果手机，读着叙利亚传来的最新坏消息。

"欢迎光临鸡块餐厅。"巴希尔又在打招呼。

一个年轻女人进门点了份外卖。她是个即将临盆的孕妇，没有坐下等，而是咬着嘴唇一直盯着手机，随后又悄没声地离开了餐厅。

她是伊拉克来的库尔德人，名叫阿利雅（Ariya）。我从社工娜迪亚（Nadia）那里听说了她的经历。

娜迪亚时不常光顾鸡块餐厅，她不是来用餐的，而是已经成了这里的一部分。她身材高大，性格开朗，带着一脸倦容。她在共产主义时代留下的破烂不堪的社会服务站工作，我上门拜访时发现，对她而言，工作即是生活。办公室的灯一直亮着，她坐在老式办公桌后面一杯接一杯迅速地喝着加糖的咖啡，给各种慈善组织、赞助人、麻木的政府官员打电话，仿佛全世界的麻烦事都进进出出挤在她的门口。

"我无法用言语表达。"她说，不过最终还是打开了话匣子。叙利亚难民刚刚出现时，老旧的军营一夜之间被改造成了难民营。

"患糖尿病的孩子、用不上尿布的婴儿、被弹片炸伤的男人。"

好几个月过去了，政府一直没有伸出援手。于是，娜迪亚和社会服务站的同事们把自家的冰箱、被子搬进难民营。唯一的食物供应是附近城镇的老百姓用车拉来的。边防警卫也来了，帮助那些他们曾经在检查站亲眼看到的处境堪忧的家庭。当地的一名医生捐献出药品并且提供了医疗救助。娜迪亚的姐夫是一名理发师，为难民们提供剃须和剪发服务。当地网球场老板在自己的咖啡店派送三明治。他说，这不算什么。几年前，一场洪水冲毁了他的球场和店铺，他理解一夜之间失去一切是什么滋味。

"那还是刚刚开始的时候，"娜迪亚说，"现在的形势已经超出预期。可是你怎么能眼睁睁地看着家门口发生的这一切却无动于衷呢？不，我必须要做点什么！"

几个月前，娜迪亚第一次在哈尔曼利街头见到阿利雅。怀孕的她正光着脚使劲跑，还流着血。警察赶到时，人们终于知道了她的遭遇。她曾经买通两个人贩子，想让他们带着越过土耳其边境，然后去索非亚，从那里飞到德国和男朋友团聚。人贩子把她装进卡车后面，却没有把她送到索非亚，而是带到这里，把她关进一套公寓，并且——娜迪亚不是十分肯定——强奸了她。阿利雅是从窗户逃出来的。

"这个故事结局还不错，"娜迪亚笑起来，"警察最后抓住了人贩子，阿利雅的申请通过了。她准备孩子一生下来就去德国。"

/ 209

娜迪亚 30 多岁时丈夫死了，我在想，她是不是哪天也能等到个好结果。

伊兹（Yizie）一直在等待她的好消息。她 40 岁左右，性格活泼，整天在鸡块餐厅的厨房里忙活。她在围裙上擦擦手，找出以前做的雕塑蛋糕的照片给我看。伊兹以前在大马士革的一家蛋糕店当厨师领班，嫁给了一名部队将军。伊兹说，就是正往老百姓头上扔炸弹的那支部队。

"一天晚上，我把孩子们放上车，开到了土耳其。"

她在伊斯坦布尔工作了几年，找了个新男友。她的女儿不到 20 岁就嫁给了一个土耳其人。但是在土耳其，她随时有可能被遣返。于是后来，伊兹带着小儿子开车到边境，对保加利亚守卫说："你不能让我掉头回去。"母子俩现在住在城里一间小小的出租屋里。虽然她勇敢地微笑着面对一切，不愿意成为别人怜悯的对象，但她不知道何时才能见到女儿和男友。她给我看了张照片——那个男人比较年轻，来自叙利亚的另一个省。她告诉我，男友是机械师，正在攒钱打算从伊斯坦布尔过来。不过，像他这样的单身男人，到了边境很有可能被拒绝入境，机会非常渺茫。她的红色指甲油因为在厨房劳作而剥落。巴希尔坐在我们旁边听着，一副丝毫不惊讶的样子，却充满同情。

"欢迎光临。"巴希尔说道。新进来的客人穿着精致，像个埃及王子，戴一副圆边眼镜，衬衫上印着小花。他点了份餐坐下，因为不抽烟显得格外突出。

一场跑偏的爱情让凯末尔（Kemal）成为难民中的一员。他之前在卡萨布兰卡的写字楼上班，爱上了一个法国女人。他们计划结婚，可是因为她年龄比他大，这桩婚姻极有可能遭到摩洛哥政府的拒绝。所有的婚姻都必须得到摩洛哥政府批准，特别是得到国王的祝福。可是对凯末尔和朱莉（Julie）来说，这是不可能的。于是朱莉返回巴黎，两人的爱情借助Skype网络电话苦撑了一年之后，凯末尔决定去找她。可是他拿不到签证。于是他取道土耳其，偷渡进入保加利亚后随即被抓。他和尼扎尔一样，在拘留所待了几个月，评估了一下自己面临的形势：朱莉不再露面，也不回他的电话，这一切似乎已预示了什么。

"她只说，她爱我，"凯末尔咬了口沙拉三明治，"可是她已经不爱我了。"

不是的，我和尼扎尔、巴希尔、伊兹一起摇头。

"我该回卡萨布兰卡了。"凯末尔说。

是的，是的，我们纷纷点头。

"但——问题是……"他又说。

自我离境比非法移民更难办。摩洛哥和阿尔及利亚不接受失去管控的公民。阿尔及利亚每两年接收一次被遣返回国的人员。凯末尔如果想合法地飞回摩洛哥，就只能乘坐不飞经欧洲领土的航班。然而，想从保加利亚飞回摩洛哥，同时还要避开欧洲和中东的领空十分困难。

"吃吧，我的朋友。"巴希尔踩灭烟头。

"你至少知道自己要回哪儿，"伊兹站起身，"你知道吗？也许朱莉确实很爱你。但是她眼看你们俩不可能在一起，就只好采取止损的办法。"

尼扎尔一直宽容地微笑着听凯末尔用阿拉伯语倾诉，这时他突然开口道："是个好故事，这段冒险经历是你自己选择的结果。"

尼扎尔拿出手机向我们展示家乡的最新消息。一座教堂和村庄正在起火燃烧，15人死亡。

"我们的国家到底怎么了？"他抬头望着巴希尔。

他们来自社会阶层的两个极端——巴希尔是城市精英，会使用多种语言；尼扎尔属于农村劳动人口，全凭谷歌翻译和我这样不会阿拉伯语的人交流，其间常常出现一些奇形怪状的句子。

巴希尔没答话，只是又给尼扎尔上了杯咖啡。他已经给自己找到了平和，但尼扎尔每天仍在为祖国的崩溃感到震惊，形势日复一日愈加严峻，直到一切变得面目全非。即便情况允许，能把家人带出来，他的脑海中也会一直保留着家乡的美好记忆：巴扎、清真寺、花园，还有那些死去的孩子们。真主很伟大，但那还远远不够。

他通过谷歌翻译向我表达了自己的想法。

旁边的桌上来了一对叙利亚夫妇和两个孩子。尼扎尔盯着大口嚼着食物的孩子，他们和他的双胞胎年龄相仿。他发现我正在看他。

"孩子。"他笑了，内心深处的痛苦无以言表。

两个月后，尼扎尔在脸书（Facebook）上贴了一张身在法兰克福的照片——穿着白色T恤，梳着背头，站在画面感十足的哥特式建筑前。他看上去就像世界上最孤独的人。

从鸡块餐厅出来，我和尼扎尔沿着宽阔的河道，驶上空荡荡的公路，河对岸荒凉得一无所有。尼扎尔得回到丝绸城外的难民营报道。

"你没吃鸡块。"我说。

他笑了。在鸡块餐厅，他悄悄地背着我付了账单。我强烈反对他这么做，但巴希尔告诉我：你只需说声谢谢，要不然他会没面子。他是库尔德人，不会让你付账的。

我在毫不知情的情况下，让尼扎尔为一个对他毫无用处的陌生人花了钱。

我们到达难民营门口时，守卫正在无聊地说着闲话。

"别担心，这里吃得还不错，"尼扎尔感觉到了我的焦虑，"这是我的荣幸，谢谢你。"他拉住我的手说，"为这个美妙的下午。真主保佑你一路平安。"

他从监狱一般的大门里向我挥手告别，无精打采的守卫接过他手上那张折了角的身份识别卡，和其余的几百份放在一起。我忍着眼泪发动汽车向万茨的哥伦比娜饭店驶去。那里的鸽子顺时针盘旋于淡紫色的尘埃之上，投下了转瞬即逝的阴影。

*

这是我在色雷斯平原的最后一晚，我不想再和任何人谈心，只是去向万茨告别。

万茨正与前去度周末的艾莎和艾哈迈德在一起，此外还有一个脑袋又大又方的男人。

"你看起来需要喝一杯。"万茨说着将一杯酒砰的放到我面前。

"方脑袋"是一个土耳其有钱人的独生子，整天混迹在保加利亚和塞浦路斯的赌场和俱乐部。他只是唱歌，并不说话。其余人聊天的时候，他坐在桌边一边一杯杯地喝着水果烧酒，一边用甜腻腻的嗓音哼着流行歌曲，很难相信那种声音是他发出的。

"我每天向上苍祷告！让我坠入爱河，让我有个女孩，"他轻轻拍打着自己的脑袋，"这里一个人也没有。"

万茨说，这个人刚刚经历了一场跨国恋爱，眼下正在疗伤。几年前，他爱上一个保加利亚女人。她因为工作需要，经常往来于欧洲各地。但她为了爱人放弃了工作，到土耳其和他在一起。他俩是从专做跨国婚姻的相亲网站上认识的，第一次见面是在万茨的饭店。男女双方家里都准备举办盛大的婚礼。他们打算花掉 50000 欧元，艾哈迈德补充道——他喜欢给各种东西标价。接下来，准新娘却投下了一枚重磅炸弹：她有孩子。事实上，她有两个孩子。

万茨说，问题的关键在于，他并不介意有孩子，他在意的是她竟然瞒了两年。婚礼取消了，两人的关系也完了。那件事已经过去了三年，他们依然每天通话，在电话里相互责备，最后是一起痛哭。

"我每天向上苍祷告。""方脑袋"小声哼哼着，然后停下来，要给我们看手机里的什么东西。

"去年，我曾经一晚上赢了 50000 欧元。"

正好是那场已经取消的婚礼的花销。但是他并不需要钱。钱有什么用？一张照片上，他赤裸着身子躺在单人床上，除了脸露在外面，身体的其他部分都盖着钞票。那是一条 50000 欧元的毯子。房间里堆满了柳条箱，他想让自己醉死，但是没有成功。

"这里一个人也没有。"他敲着自己方方的大脑袋。

艾莎和艾哈迈德离开了万茨的饭店，他们要去阿里巴巴赌场度周末，那里"有表演，有现金大奖，还有更多的惊喜！"

艾莎和往常一样，一句话没说。我们只是互致问候，然后告别。

我给他们讲鸡块餐厅的故事，但从表情上看得出来，他们并不想听。对于艾莎夫妇来说，他们自己曾经是难民中的一员；而"方脑袋"则一直沉浸在自己的世界里。万茨不喜欢阿拉伯男人对待女人的方式，想不通他们为什么要抛家弃子自己跑出来。不，他有时候不相信阿拉伯人。

我站在阳台上呼吸着紫丁香花的香味，想起难民营里把生活装在塑料袋里的人们，赌场里坐在老虎机前的赌客们，还有和我一样像传说故事中的大臣，出于各种各样的目的在幽灵一般的通道中来来往往的人们。我们怎么会变成了这样？

雷沙德·卡普钦斯基（Ryszard Kapuściński）在阿尔及利亚血腥的反法独立战争期间访问该国时，曾评论过"当代世界的两大冲

/ 214

突"。其一，是基督教和伊斯兰教之间的矛盾；其二，是伊斯兰教两大派别之间的矛盾。一种是"开放、辩证的地中海式作风"，另一种属于内向型风格，它源于面对当今世界所产生的不确定感和困惑感。原教旨主义者利用现代科技和组织原理对其加以主导，然而与此同时在面对现代化时，又将守卫信仰和习俗当作自身的存在条件和唯一标识。

卡普钦斯基发表这番言论是在 1950 年代，也许人类这个物种注定要像家庭中的代际轮回一样，在每个历史周期中重复那些忘却的教训。我脑海中一直回荡着泉水边的少女乔治娜，她的故事既没有宗教色彩，也并非爱情故事。乔治娜是一个披着少女外衣的哲人，已经拥有了自己想要的一切，不愿意四处奔波。我们当中大多数人活得比乔治娜长，但日子过得很糟，其原因并不是什么当今世界的两大冲突，而往往是我们自身的贪婪和妄想，且二者的力量比我们更强大。正是它们一直在破坏生活，正因如此，在没有丝绸的丝绸城里才会有这么多失眠的灵魂。

午夜过后，两侧隔壁房间的跨国情侣们悄悄地发出床铺撞击墙壁的声响。在这个温暖的丁香花般蓝色的夜晚，色雷斯平原上满目疮痍，梅洛葡萄正在成熟。即便一无所有，这些情侣们至少还拥有一件紧俏之物——即便它只是听起来有如爱情。

第三部分　罗多佩关口

……变幻莫测

充满诡计，一个贼，

一个牧人，梦境的赐予者，

夜色中的间谍，门边的守望者，

他将在永生的众神中展示奇迹。

——《荷马颂歌·致赫尔墨斯》

（"Hymn to Hermes"，*The Homeric Hymns*）

色雷斯女王罗多佩和国王哈伊穆斯［King Haemus，也称赫姆斯（Hemus）］生性傲慢，喜欢把自己比作赫拉和宙斯。真正的赫拉和宙斯为了惩罚他们，把这对夫妇变成了遥不可及的两条山脉，就连他们的儿子赫布罗斯（Hebros）变成河流也无法拉近他们彼此的距离。于是最后，哈伊穆斯成了巴尔干山脉，也称斯塔拉山脉（Stara Planina）或老山山脉（Old Mountain）。它从塞尔维亚东部延伸至黑海，而人们原先一直误以为巴尔干山脉连接黑海与亚得里亚海（Adriatic Sea），整个半岛也因此得名。直至 1808 年，才由一名德国地理学家解开这个困惑。埃夫罗斯河（因赫布罗斯而得名）是巴尔干半岛上的第一大河流，发源于巴尔干山脉的最高处里拉山脉（Rila Mountains），奔腾向南 480 公里注入爱琴海。罗多佩山脉是巴尔干半岛上最古老的地貌形式，1.8 万平方公里的土地上遍布着石灰岩峡谷和洞穴、远古针叶林，十字军和大篷车踩踏过的古罗马大道蜿蜒纵横，空气中回荡着宛若隔世的悦耳旋律。罗多佩山脉确实是个不寻常的世界。

罗多佩山脉跨越了地中海和大陆之间的生物地理学界线，从欧洲赤松到白桦树，从阿尔卑斯山麓的草地到预示因果的黑色花岗岩山峰，穿越大山犹如一次横穿整个欧洲的旅行。这里是狼和熊的家园，众多当地特有的动植物物种名字后都带有"rhodopaea""rhodopaeum""rhodopensis"等特有的后缀。在罗多佩各处，秃鹰在空中滑翔，俯瞰色雷斯人不知何故雕刻于悬崖上的众多壁龛，水声轰鸣的河洞也许就是俄耳甫斯迈进地狱的入口，还有一座巨石圣殿，也许是狄俄尼索斯（Dionysus）曾经发布神谕的地方。

罗多佩山脉住着大量穆斯林，该地区各种宗教人口混居，因此躲过了 20 世纪单一民族国家发起的周期性清洗运动。正因如此，罗多佩山区至今仍是巴尔干本土穆斯林波马克人居住的中心地带。郁郁葱葱的山上遍布大大小小形状各异的清真寺，东正教教堂装饰着珍贵的壁画——我见到了狗头怪兽形象的圣克里斯托夫，他是旅行者的守护神。几千年来，形形色色的旅人穿越罗多佩山脉，但首先它是土生土长的山里人的领地。他们的眼神，他们那堡垒一般高大的石头房子无不说明了一切。他们不会离开这里去往任何地方。

从温暖的色雷斯平原一路向西宛如回转到冬季。几周前下过一场迟到的大雪，山里的道路封闭过一阵。一开始，进入罗多佩山东部的道路平整开阔，两旁开满白色、粉色花朵的树木在微风中颤抖摇曳，行驶在令人陶醉的彩色花丛中，仿佛是在参加一场没有人的婚礼。但是当道路往深深的峡谷之上攀爬时，仿佛礼盒上的绸带突然松绑似的，花丛突然消失了。黑压压的杉树立在道路旁，几乎挨着悬崖，高得看不见树梢。装着履带的重型卡车走在前面，一侧是悬崖峭壁。柏油碎石路上布满刚刚融化的积雪和森林残留物，然而这条路上极少发生事故。司机们都知道，如果掉落悬崖，没有人会去找你。你将在深深的谷底自生自灭，直到秃鹰将骨头啄得干干净净。所以为了宝贵的生命，要牢牢抓住脚下的这条柏油路。

大地上掠过一大片阴影，仿佛一群大鸟或云朵从头上飞过，然而天空那么蓝，蓝得如天堂一般。

　　村庄坐落在山路尽头，路特别长，沿路的村庄藏在神秘的大山里，一个接一个似乎没完没了。体形庞大披着羊毛似的卡拉卡查牧羊犬（Karakachan sheepdog）跟着车一个劲地跑，好像长了腿的粗绒毛毯。它们的名字源于培育出这个品种的一名希腊游牧人。迷宫一般的道路在险要的绝壁上开拓出一座座教堂和城镇，然而洞穴探险的季节还没有到来。清晨，我在路边小客栈买了一罐羊酸奶，它浓稠得好像加了双倍奶油。我一勺一勺地吃着，一头熊从路上跑过。那是一只小熊，也许是迷路了。它甚至根本没瞧一眼我的车，便仓皇跑进了灌木丛。

　　远处若隐若现的山上，枝条繁茂的树林仍是一片棕色，上面残存着零星的雪。因为海拔高，这里白天阳光充足炙热，而清晨当我裹着羊毛毯站在阳台上时却发现山里笼罩着霜冻带来的潮气。唯一让人感到些暖意的是从家家户户烟囱里冒出来，带着木头香味的炊烟，还有狗叫时从嘴里冒出来的哈气。

　　山顶的村庄隐约传来召唤祷告的声音，狗纷纷叫起来，又随着阿訇的声音渐渐消失。如果赶上周日，还有教堂的钟声，它们在城堡般的房子和不可思议的山间升腾回荡，我感觉自己好像从前来过似的。

　　然而我确实没来过。小时候，我曾经跟着祖父母到罗多佩山里度暑假，摘野莓，攀爬沾着树脂的杉树，但并不是在这儿。由于偏僻的地形和"铁幕"的存在，这个村庄要边缘得多。村里有两样出名的东西：它的山泉水是一条大河的源头；村里人都很长寿。日本人每年夏天来这里学习制作酸奶和屠宰动物的方法，但这让村里人暗自困惑。

　　从 1960 年代起，国家开始充分利用这块偏僻之地生产装甲车零

／ *223*

件。零件被出口到伊拉克和阿尔及利亚等友邦，用在苏联对阿富汗的战争中。这座绝密工厂在农业合作社的幌子下运转了若干年，后来转产成为制衣厂。实行私有化后，工厂把产品卖给意大利品牌，可工厂主付给缝纫女工的报酬却少得可怜，于是我的女房东一怒之下辞职做起了自己的生意。

眼下，女店主和她的教师丈夫经营着一家四层楼的家庭旅馆，既招待客人也卖东西。夫妇俩50多岁，性情温和，受过良好的教育，从他们脸上丝毫猜不出两人曾经历过什么事情。他们和这里的大多数人一样是波马克人：他们的祖先很久以前就皈依了伊斯兰教。他们这辈子已经更改过三次姓名。

作为奥斯曼帝国时期遗留下的人文符号，波马克人对残余的东方主义（orientalism）怀有一种集体性焦虑，似乎是他们阻碍了欧洲的道路。虽然波马克人口占比不到保加利亚总人口的2%，却在整个20世纪被当作第五纵队（间谍），受尽各种形式的侮辱。在保加利亚，波马克人甚至还不如土耳其人，在别人眼里他们是有双重身份的人——不但是斯拉夫人或者保加利亚人，而且还是穆斯林。自怨自怜的历史学家坚持认为，"波马克（Pomak）"一词源于旧斯拉夫语"pomachen"，意为"受尽（奥斯曼帝国）折磨"。而对这个名词的另一派解构则认为，它源于"pomagach"，意为"帮助（奥斯曼帝国）的人"。

无论真相如何，从大局来看：奥斯曼帝国治下的欧洲有大片地区选择皈依伊斯兰教，其中的原因各种各样，有的是为了少缴赋税，有的是身为波格米勒派（Bogomils）等异端教派想要逃避东正教会的迫害。波格米勒派起源于保加利亚，后来向西扩张至波斯尼亚、法国和意大利，并在那里演变成卡特里派（Cathar Church）和诺斯底派（Gnostic）。波格米勒派坚持二元论，反对封建主义和东正教国教化。他们认为社会整体浮夸傲慢，皈依宗教信仰无需披着腐败且等级化的教会制度的外衣。虽然波格米勒派和保罗派（Paulicians）一样饱受迫害，但他们的影响力持续了几个世纪，直至归入伊斯兰教。有些人在摩尼教教义中发现了波格米勒派的蛛丝马迹，而摩尼教之源是古代波斯帝国的琐罗亚斯德教（Zoroastrianism，中国称袄教或拜火教），这样一来就更进一步模糊了东西方之间的界限。

另一群早期皈依伊斯兰教的是巴尔干地区拥有土地的贵族。他们迅速发现，在新的秩序下，伊斯兰教是提升社会地位的唯一途径。这些人中包括保加利亚人、塞尔维亚人、拜占庭的希腊人，以及威尼斯人。

另外，即便以当时的标准衡量，9世纪保加利亚王国强迫人们接受基督教的过程也是相当残酷和血腥的。沙皇鲍里斯一世（Boris I）为了镇压坚持信仰萨满教的长毛重骑兵（游牧的保加利亚人来自亚洲大草原），不惜对这支部队及其家族大开杀戒。52个家族惨遭杀戮，想必沙皇对结果很满意，但同时这也破坏了王国的整个上层社会。这是一起标志性的国家自杀行为，一些评论家认为，这绝不是该国历史上第一次类似的举动。五个世纪后，奥斯曼土耳其人悄然抵达并留了下来，他们接手统治了五个世纪。这其中又何尝不存在着某种相似性。

20世纪初，保加利亚独立后，本土穆斯林的后代在枪口的逼迫下成为基督徒，官方称其目的是让他们找回自己的基督教渊源。这是一个奇特的观点：用武力逼迫人们认祖归宗。当时有许多人逃到了土耳其，还有些人表面上接受基督教，后来又重新皈依伊斯兰教。罗多佩山里有个穆斯林村庄，100年前村民们被迫改信基督教，至今仍是基督教徒。我猜想，他们已经被折腾得筋疲力尽，只是不想再受打扰了。

朋友介绍我认识了一名退休矿工，他叫艾里（Hairi），住在当地矿业镇附近的一个波马克村里。1970年代，他改名哈里（Hari），少了几分阿拉伯色彩，到了 1980 年代他又改了个完全斯拉夫化的名字，扎哈里（Zakhari）。

"你的身份变了，但至少你还可以选择自己的名字。"艾里留着小胡子，一脸微笑。他毫不排斥谈论几代人遭遇的历史性痛苦。

我们在矿业镇喝咖啡。小镇叫"鲁多泽姆（Rudozem）"，坐落在蓝色的山峰脚下，旁边是一家建于 1950 年代的红砖结构矿石加工厂。虽然窗户残破不堪，但工厂却奇迹般地仍在运转。从厂房屋顶望出去有一条抹不掉的白色标语："工厂是保加利亚—苏联的友谊结晶"。

艾里说，最后一次改名运动时，当地的公务员相当为难，她无法直视排着长队登记改名的老百姓。艾里—哈里—扎哈里安慰她：别担心，我已经习惯了。

"当然，我从没用过其他名字，对那些认识我的人来说，我永远是艾里。就算护照上写的是别的名字，那也无所谓。"

1949 年，艾里的母亲还是个孩子，一天晚上，全家人被赶上一辆军用卡车。他们被迫舍弃家畜、收成和田地，一路向北来到巴尔干山里的一个村庄。他们抵达时，政府强行指定的新房东被吓得直哭，艾里的祖母也惊吓得直哭。你为什么哭？她问房东，你是在自己家里啊！房东回答，因为他们说，你们是从边境那边来的，只有罪犯才会住在边境上。最后，两家人终于解开误会破涕为笑，在同一个屋檐下和和气气地共同生活了好几年——他们别无选择——直至艾里一家获准回到自己的村子。他们重新播种，买了新的牲畜，假装什么也没有发生过。因为从头到尾，没有人向他们道歉，更不用提赔偿了。

"问题不在这儿，"艾里说，"我们并不特殊，许多边境家庭都经历过这样的遭遇。问题在于，是不是承认发生过这样的事情。"

为什么会这样？因为在苏联管制的最初几年，成千上万的人趁着尚有机会越过了边境。一些波马克团体针对政府成立了一支类似"格亚尼（Goryani）"的武装抵抗组织。政府为防止边境居民充当第五纵队给"土匪"提供帮助，于是将他们驱离家乡。然而，波马克人始终在抵抗。在国外工作的人不断寄钱回家并最终回到家乡——回到城堡一般的房子里，回到他们永住的村庄。

除非你在激烈的战斗中死去。

"1982年，来了个德国人。"我的房东回忆起来。

我正在旅店享受晚餐，西红柿肉丸汤配脆脆的自制腌菜。店主夫妇心情不错，一个劲儿地问我要不要加点面包和酒，要不要把炉火调得更暖和些。

"其实，那时候来了许多德国人，但我始终忘不了那个人。他成功越过铁丝网，却没有继续往前走。有人正在找他，而他却以为自己身在希腊，于是爬到村庄上方一块阳光充足的草地上坐下来吃苹果。他正在用随身携带的猎刀切苹果时，被一个牧羊人看见了。事情就是这样，当时大多数人是被牧羊人或者老太太抓住的。"

店主人说到这里摇了摇头。

"军队的人赶来抓走那个德语老师时，我们知道这个可怜的家伙完了。当时我们都被洗了脑，只要见到陌生人就必然报警。"

波马克人只有证明自己无辜才能摆脱罪名，在双重压力的逼迫之下，他们要证明自己对政权的忠诚。

吃苹果的德国人被带进兵营。

"他们没有立刻杀死他，"店主说，"他后来死在了医院里。兵营指挥官把他的刀当作战利品在全村四处炫耀。"

边境村庄的学龄孩子常常被带着去"死亡之沟"附近的兵营。他们的任务是用耙子平整铁丝网附近的土地，如此一来，即便是一只刺猬经过也会留下痕迹。

我猜想，这种活儿只能让孩子们干。这样，等他们长大成人时，就会完全服从于铁丝网的管制；这样的话，把逃犯交给军队更像是保家卫国，而不是谋杀。

我后来得知，兵营指挥官的儿子 20 岁出头时死于一场意外。而那起事件很可能是出于报复他父亲犯下的罪行。

*

店主夫妇是一对实用主义者，他们用手头的各种东西打造了一个自己的世界——两栋客房，产奶和奶酪的母牛、羊、山羊，隔壁的亲家则帮他们打理一切。正是这种家家户户相互依赖的家庭经济维持着村子的运转。

"我们有一匹母马，"女店主略带自嘲地笑着说，"谁骑上她，就会怀孕，真的。"

"我觉得你需要的可不止一匹母马，"店主人打趣道，"我们这里还住着几个不孕的客人，都在等着骑马呢。"

"这里有个懂行的人，"女店主接过话茬，"她说这和人的脉轮有关，母马能打开人的脉轮。"

"想去骑一圈吗？"店主的亲家母突然冒出来。她个子小小的，黄皮肤，漆黑的头发。我作为一个没孩子的女人，让这个家庭泛起一阵焦虑的涟漪。

"你知道他们怎么说吗？"亲家公冲我挤挤眼睛，他表面上是个尊贵的族长，但其实还是个擅长调情的高手，"如果你到 40 岁还没有房子或子嗣，那就是个废物。"

"那我还是上吊算了。"我话一出口却没有人笑。也许他们真的是这么认为的。

"有一次，来了个客人，"店主说，"一个像你一样的女客人，长得很漂亮。她说自己抛开一切，来看看这个地方。"

那是 1990 年代，边境管得很严，因为希腊属于欧盟，而保加利亚不是。

"她骑着母马往泉水那边去。"女店主说。

"但是她没怀孕。"亲家母紧接着道。

"后来警察赶来，把她抓走了，"店主说，"那么漂亮的一个女人！"

那个漂亮女人其实是个人贩子，是来勘察地形的。

"我想起来了，"店主人突然道（我一开始以为他在开玩笑），"我还没看你的身份证呢。"

*

我骑着母马上山，然而是去拜访一对老夫妇，一窥长寿村的奥秘。两位老人都 90 多岁，却不能称其为老。叔叔雷多伊（Radoy）和婶婶兹塔拉（Ztala）住在基督教居民区一条陡峭的鹅卵石铺成的小巷里。

我进门时，雷多伊叔叔正在给树木剪枝，婶婶在种西红柿。我们坐在小小的花园里，品尝着盘子里金黄色的葡萄干。

"我能说什么呢？"雷多伊抬抬肩膀，撸撸头发，准备高谈阔论。

"和从前不一样了。1970 年代的时候，这里有许多百岁老人。现在呢，我的姐姐们才 90 岁出头就快要死了！"

"男人们活得好好的，然后就死了。"兹塔拉表示赞同。她的双眼像大山里的湖泊一样蓝得清澈无比。

"现在，寿命和性别没多大关系，"雷多伊说，"更多的还是和伴侣有关。"

我仔仔细细地端详着他那张光滑而精巧的脸，上面丝毫没有皱纹，一点儿都没有。

我们的"好伙伴"旅行作家爱维亚·瑟勒比曾经在一个保加利亚山村亲眼看到一个干瘪的老太婆将自己和七个孩子变成了小鸡。他写道:"这一切着实让我惊恐。"

同样,这些 90 岁出头的老人也让我感到不安。

"有这个花园在,我们就得天天来回走动。"兹塔拉说。

他们俩已经共同生活了六十年。两人 1953 年在一场军营晚会上相识,也就是三十年后吃苹果的德国人被关押的地方。他们一见钟情。

"那些城里人,"雷多伊说,"他们开着车来,企图沿着小巷往上开到我家门口,因为他们走不上来。他们说,这是到了世界的尽头,可惜啊,这里并不是。"

"世界的尽头可不是一个地方。"兹塔拉说。

"铁丝网还没架起来的时候,有一天我走到了希腊那边,"雷多伊说,"世界的尽头不会自己送上门来,你得自己去找。"

"他们来这儿找东西吃,可怜的家伙,"兹塔拉说,"我们至少还有食物。"

雷多伊转换了话题:"我给你讲讲基督徒和穆斯林是怎么做邻居的吧。"

从前有弟兄三人,一个信伊斯兰教,另一个不信教。第三个兄弟放羊回来,看见来了新邻居,他的一个兄弟戴上了穆斯林头巾。他问,兄弟,发生什么事了?戴头巾的告诉他,兄弟,快跑,不然他们也会拉你入教的。

"不,不,"兹塔拉说,"故事不是这样的。"

有一对朋友,一个是穆斯林,一个是基督徒,两个人同时爱上了法特梅(Fatme)。出于信仰的原因,法特梅无法和她心爱的人结婚,于是选择了两人中的另一个。两个好朋友为此闹翻了。法特梅去世后,两个朋友同住在一个村子里。就是那里,现在已经没人了。一天晚上,穆斯林病了,或者也有可能是基督徒病了。无论如何,那时候正是冬天。他的朋友顶着暴风雪出门找医生，差点死在半路上，但最后朋友得救了。两个人最终打破沉默，一醉方休，一起哭着怀念法特梅以及从前村子里生机勃勃的样子。随后，两人重归沉默，一直到死。他们死后并排埋葬在一起，两个村子一直用他们的名字命名。"所以在这里，穆斯林和基督徒能够和平共处。"兹塔拉最后说。

"女人，她们总是追求浪漫的故事，"雷多伊转过脸对着我，好像我不是女人似的，"吃点土耳其葡萄干，它们对皮肤有好处。"

我们一起往小街的最高处走去，坡度几乎达到垂直，我努力跟上他俩的步伐。雷多伊叔叔穿着崭新的裤子，配一件沙耶克（shayak）织成的马甲。沙耶克是一种品质高的羊毛，五十年前即已停产。村子绵延几公里长，拜访邻居要走很长的路。从村子的最高处可以远眺白色的山峰和山间的草地。我们脚下是一座小教堂。

"那里有一口圣泉，你得去洗一洗，"雷多伊说，"它能治眼病和皮肤病，还有胃病和阳痿。"

难道他真的以为我是个男人？

"看见那座山峰了吗？"兹塔拉用手指着卡尔玛峰（Kom Peak），它海拔 1600 米高，是每天早晨太阳初升的地方。通往克桑西（Xanthi）的罗马古道沿着山脊一路蜿蜒，是第四次十字军东征时骑士们洗劫君士坦丁堡的必经之路。关于卡尔玛峰到底意味着什么，每个人都有自己的想法。

"山里有座大门紧锁的小教堂，里面全是金银餐具，"兹塔拉说，"过去，罗多佩山里的朝圣者都去那里祷告。"

"等等，"雷多伊打断她，"还记得老阿桑吗？"

老阿桑（old Assan）年轻的时候在港口城市卡瓦拉（Kavala）给一名上校当副官。当时正值第一次世界大战，保加利亚人想从希腊人手里夺回马其顿。卡瓦拉是战略要地，港口的船只上装载着马其顿生产的"香味黄金"——烟草。上校对阿桑说："既然你是从那个村子来的，万一我死了，你一定得知道，卡尔玛峰藏着不为人知的宝藏，我亲眼见过开启宝藏的钥匙。他们说，如果你找到那把钥匙，就上山等待太阳升起，到那时雾气中会显现一座小村庄。那个昙花一现的小村庄名叫'泰基尔（Tekir）'，生活在那里的人都属于另一个时代。你只有亲眼看见泰基尔，才能打开地下小教堂的那扇铁门。"

上校在战争中丢了性命，边境的状况依旧很糟糕，阿桑活下来给大家讲了这个故事。那么，他找到钥匙了吗？

兹塔拉耸耸肩："他们说，那里有一台纯金制成的织布机。"

"其实，日出的时候你只能看见一群寻宝猎人，一直挖呀挖，直到找着宝藏为止。"雷多伊说。

我们转身沿着小街往下走，他俩还要接着种西红柿。

*

两天后，我又听到了更多关于卡尔玛峰的故事。见过雷多伊夫妇的第二天，房东给小孙女办了场宝宝派对，前来道喜的邻居进进出出有好几百人：戴着印花头巾的老太太们面无表情地扫视着我，好似在揣摩我到底是个怎样的放荡女人；她们身材魁梧的丈夫们一声不响地靠在旁边，一副手足无措的样子，脸上透出一股古老的、巴尔干式的坚忍。他们都遭遇过数次改名运动，这些经历不会载入官方史册，然而却是生活在边缘的真相——去年下雪时，村子里停电十天，得不到政府的任何救助。男人们只得徒手把压在电缆上的大树移开，才解救了整个村子。年轻人一个个打扮得像城里人，穿着时髦的牛仔裤和考究的衣服，一副踌躇满志的样子。主人宰了一头牛，大锅里煮着16公斤黄油样的当地特产斯米良豆（smilyan beans），对他们来说，显示富足是一件无比自豪的事情。席上没有真正的酒，只有用草药制成的甘露酒。喝到夜深，几个醉醺醺的男人才想起来，其实论喝酒，谁也比不过房东那位头发乌黑的亲家母。宝宝派对持续了一整天，其间我出门闲逛时走进了村里唯——座并非民宅的房子。

这家精品旅店诗情画意般坐落在流水潺潺的堤坝边。店主个子很高，是个热情的希腊人，名叫科斯塔斯（Kostas），一头波浪式的头发好像永远起伏不停。我每次进餐厅坐下，他就会端来一盘烤羊肉放在我面前，"免费"。奇怪的是，他似乎一视同仁地用这种方式招待每一个人。

"只是一点点羊肉而已，它不至于把我吃穷，也不可能让您发财。"

科斯塔斯来自克桑西，那是突兀地矗立在罗多佩山脉边缘爱琴海平原上的一座城市。沿着卡尔玛峰的罗马古道往南就是克桑西关口。几个世纪以来，牧羊人在这条路上跟随季节迁移，一边是冬季温暖的爱琴海平原，一边是夏季凉爽的罗多佩山脉。

科斯塔斯是个特殊的流亡者。1980 年代末，在即将入伍服强制性兵役时，他逃跑了。

"我去了瑞典，但是那里的人和天气一个样。我想念巴尔干。"

于是他在保加利亚安顿下来。这里距离希腊很近，可以尽情地抽烟。然而科斯塔斯并不抽烟。不过，他说，我喜欢别人抽烟。逃避兵役意味着二十年中，他要每逢大赦才能回家，而通常只有大选年才会实行大赦。

"幸运得很，"他说，"希腊局势很不稳定，所以我经常可以回家。"

科斯塔斯笑起来的时候，头发也跟着一起晃动。侍者又端来一盘羊肉。

餐厅墙上挂着一幅充满民族主义意味的"大保加利亚"地图，

展示的是保加利亚巅峰时期与拜占庭帝国分庭抗礼时的疆域,势力范围直抵三海——黑海、爱琴海、亚得里亚海。他挂这幅图显然是为了取悦顾客,然而在这段边境上,地图就像它的过去一样:是回敬民族主义的一个糟糕的玩笑。

"你知道长寿的秘密吗?"一个声音突然问道。

此时,我才看见说话的人。他有如下凡的神灵坐在桌边,已经喝完一瓶免费果酒。他身材小巧,面庞消瘦,长着一头乱草一样的头发。也许是在高海拔地区的阳光下暴晒过久,他的眼睛是那种很浅的颜色。

"秘密是,得有三颗心。一颗爱人,另一颗爱自己,还有一颗用来爱这座大山。科斯塔斯就有三颗心。"一头乱发的汉子说。

他让我想起《绿野仙踪》里的稻草人,说话语速很快,七颠八倒,即便保加利亚语和希腊语一起上阵也无济于事。

"这才是奥秘所在,根本不是什么酸奶酪的功劳,那是胡说。嗨!我叫日科(Ziko)。日科是我的名字。"

他站起身,摇摇晃晃地弯腰行礼。

"如果他们开放希腊和保加利亚之间的古道,我们就能过上正常日子,"科斯塔斯说,"这么多年来,他们一直在许诺,但都是些没用的话。到那时候,我要赞助他们立一座雕像,就在边境界碑旁边。"

他说,那会是一座日科的雕像,和真人一样大小。

"哇!"日科开心地笑起来,"真的?"

和村子里的大多数人一样,日科身上没有一丝衰老的痕迹,但他是个有故事的人。快 30 岁的时候,他在村庄上方一条人迹罕至的公路上遇到一辆巡逻的警车,被打了个半死。这件事情从此改变了他——整个人日渐消瘦,说话变得稀奇古怪。日科从医院出来后,又蹲了一阵子监狱,因为他是个臭名昭著的人贩子。

"今天酒水免费,"科斯塔斯人未起身,头发先动,"看得出来,一段美妙的友谊就此开始了。"

这是边境峡谷之上一座悬崖的名字。峡谷深不见底，雾气弥漫。自古以来，人们造访这座悬崖只有一个目的：把行动不便的人推入深渊。色雷斯人喜爱献祭，自认为与死亡之间存在一种乐观的联系，这里是送"天选者"上路的一个绝佳地点，他们要带着活人的信去见地母神。

一切都只是推测，但一名当地人在边境第 47 号界碑旁边告诉我的故事却是真实的。事情发生在 1981 年。那对年轻夫妇有可能是捷克人。他说，关于那件事，后来再没人提起过，也没人敢打听。那是暮夏时节，正值收获，年轻夫妇朝着"审判崖"的方向走去。他们神不知鬼不觉地绕过铁丝网，进入了无人区的一小块菜地。只是，菜地里有个人，背对着他们正在干活儿，旁边的篮子里装着午饭。我们不妨想象一下这个故事的诸多可能。

第一种可能是，捷克夫妇拿走了午饭。种菜人发现午饭没了，便一下子猜到了怎么回事。他可以把这件事藏在心里不告诉任何人，因为谁也没有亲眼看见。

第二种可能是，捷克夫妇拿走了午饭，留下了一些德国马克。种菜人一转身，便猜到发生了什么事情，然而他很为难。边境地区有许多热情高涨的干部，他们会采用各种手段考验老百姓的忠诚。如果你没有通过考验，情况会瞬时变得很糟糕。如果午餐和马克是一场测试，而种菜人一言不发，那么全家人就会遭到流放，或者被关进劳改营。他的生活将在几个小时内被毁坏殆尽。如果午餐真的被人拿走了，而且他告发了逃亡者，他将受到隆重表扬，然而他就要为此愧疚一生。

第三种可能是，那对夫妇没有拿走午饭，而是饿着肚子到了希腊。

讲故事的人说，在地里干活的种菜人是我们的邻居。当然，他被狠狠地表扬了一番。但他再也没有去过那片菜地，自我审判像癌症一样吞噬了他。

"没错，"日科每次兴奋起来或喝多的时候，说话都会结巴，"我就是这么想的，所以才带人过去。那是我的职责，帮人蹚出一条路。"

日科从小在村庄的最高处长大，生活在大门紧闭的铁丝网和兵营后面。孩提时代，他眼中看见的风景一边是铁丝网，另一边是希腊。无人区的森林是他的游乐场，他从小学会了替人办事，托他帮忙的有军人，有当地村民，也有希腊人。

一次，他在砍柴的时候来了两个希腊人，交给他一把手枪和一张相片。这两个人属于非法越境。他们说，孩子，你要是办成这件事，我们就在自己村里给你们全家盖一座漂亮的房子。他们让日科去边境兵营杀死一名下士。1940 年代，保加利亚人占领希腊北部时，那名军人杀死了一家希腊人，并霸占了他们的房子。揣着手枪的男人是这家人侥幸活下来的亲戚。

那一年，日科 10 岁。他认识那名下士。

"我没接过那把枪，我不适合干那种事情。总之，什么复仇之类的都是胡说八道，"他说，"还有的时候，希腊人会到树林子里找我打听亲戚朋友的消息。比如，过得怎么样之类的。"

边境上的铁丝网像把斧子，一刀砍断了人与人之间的联系。

日科对每一块沼泽，每一条古道，动物出没的轨迹和原始小路，心中一清二楚。

"这是我的命，"他说，"就好像，你别无选择。第一，我的祖父是做贸易的，在克桑西和卡瓦拉之间跑生意。"

他做什么生意呢？

"你不是开玩笑吧？当然是一切能让骡子扛的东西啊。从浆果一直到各种枪。"

从 19 世纪直至冷战开始，罗多佩山区一直是保加利亚各独立王国与希腊之间一条活跃的走私通道。走私武器是最赚钱的行当，烟草是最挣钱的农产品。日科小时候经常和小伙伴们去树林里寻找从前被人藏匿起来的武器，然后拿出去卖。他的父亲开商店，同时还经营一个合唱班，在全国各地巡回演唱那些超脱尘俗的罗多佩民歌。

"他这一辈子就喜欢三样东西，"日科告诉我们，"最后也死在其中之一手里。音乐、女人和酒。"

日科父亲的商店开在村子最高处，如今还在营业，依然能看出这家昔日的黑市当初是何等光鲜。日科说，当初这家世界尽头的小商店里应有尽有。从麦芽酒到汽车配件，无论任何东西，只要可以买卖、交换、走私，甚至只要能想到的——他父亲就拿得出来。计划经济下空荡荡的商店里，当地的自由市场经济却欣欣向荣。

"他曾经无数次见人逃跑，"日科说，"也曾经无数次为迷路的人指路。没人给他下指令，他就是想让人获得自由。后来，这事儿就轮到我了。天知道，将来我的孩子会干什么！"

日科承认自己是个花花公子、酒鬼，而且——还一度做过走私犯。如今保加利亚和希腊作为欧盟成员国，双方之间只有一条软边界，走私人口的日子已经一去不复返。他现在随时关注着其他营生，这个也行，那个也干。大多数时候，他做猎狗生意。这里出生养大的一条尚好的猎狗过去在希腊能卖个好价钱，但如今希腊人已经没钱买狗了。

"上帝一直很关照我，"日科叹口气，"可惜最近他老人家有点儿健忘。"

我打听那些由他带着越过边境的人，然而他说，只有跟他沿着"自由之路（Road to Freedom）"亲身走一趟，才能明白其中之意。

"要不然，一切都是嘴上说说而已，"他说，"你要是不去走一趟，就永远也不会明白。我会带上两个同伴，这样你就不至于紧张害怕了。"他咧嘴一笑，继续说："你要是有钱就掏点，要是没钱就拉倒。"

我俩一言为定成交了。我相信日科，感受到了他内心的善良。

*

清晨，我裹着山羊毛毯站在阳台上，浓雾遮挡了山峦，空气沉重得能拧出水来。卡尔玛峰即将迎来一场暴风雪。

随着一阵刺耳的声音，日科的老旧宝马车停在门前。他满脸放光地来到我面前。

"日科，这天气怎么了？"我问。

"没怎么，卡卡，"他回答，"和平常一样。"

这样的天气对走私者来说再好不过了。

我按天向日科支付费用，把当天的钱给了他。几分钟后，他用其中一半的钱在房东的商店里购置了一堆食物等必需品，包括一瓶两升装的果酒（酒精含量50％），还有一摞熏猪排。

"日科，"我向他求证，"我一直以为你是穆斯林。"

他耸耸肩算作回答。

"你知道我去过几回清真寺？一次，在我父亲去世的时候。还有那些配着柠檬水的古尔邦节、斋月聚会什么的，你以为我愿意去？拉倒吧！"

我的房东做事谨慎，他和家人都喜欢"柠檬水聚会"，他们对日科以及我们的旅行感到非常不解。日科是个传奇人物，但同时也是恶棍无赖。

/ 240

汽车尖厉地响了一声，我们出发了。我在车里换上日科带来的装备——一双旧靴子和一件男式防水迷彩服，衣服虽然大了好几号，但是很管用。

"你现在看起来和我们一样了。"他赞许地咧开嘴笑着。在公墓前通往村子高处的陡坡小街拐弯处，我们和一群羊擦身而过。我瞥见大雾中有个牧羊人。他看上去很年轻，穿一件破旧的花呢夹克，像个诗人一般正在笔记本上飞快地写着什么。可是当我再想看他一眼的时候，他已经和羊群一起被吞进了浓雾中。

"那是谁？"我问日科。

"哦，就是那个'铁血战士'。"他回答。

"为什么叫'铁血战士'？"

"有一次，很久以前，他发现有一只狼正在吃他的羊。他当时没带任何武器，于是他悄悄走到狼身后，赤手空拳勒死了那条狼。卡卡，我私下里认为，如果换作我，就不会去招惹那条狼。"他说道。

先不管那条狼，要知道，其中真正让我吃惊的是那句"很久以前"。

"可是他看上去那么年轻！"我大声道。

日科少见多怪地瞧着我。

*

日科的朋友正在村子最高处的房子前等我们。他把车留在那里。从现在开始，我们就得徒步去希腊了。

个子稍矮的那个绰号为"印第安纳·琼斯"，简称"琼斯"，他说着便脸红了。日科介绍说，年纪稍大的是"村子里最棒的男人盖伦（Galen）"。盖伦的大脸上洋溢着笑容，俯身吻了下我的手。

"曾经是，"他认真地说，"很久以前。"

盖伦80岁，但看上去像一棵精力旺盛的大橡树。盖伦的名字是"宠儿"的意思。他的双手像两把铲子，我想象它们正在挖掘一条通往希腊的巷道。他的头发像雄狮的鬃毛，一双眼睛永远快乐地眯缝着。

相比之下，身背猎枪的"琼斯"是个满脸雀斑的小个子，灰色的眼睛充满忧郁，动不动就喜欢躲在后面咯咯地窃笑。他依靠在边境两侧伐木勉强维持生活，因为没车，去哪儿都靠一双腿走路。他的母亲正在花园里忙活，我冲老人家打了个招呼。"琼斯"的父亲一直靠放羊为生。

"现在只有我们两个人，"老太太擦擦脸，"我种点东西，日子也算过得去。"

"他正在找对象准备结婚，呵呵。"日科说着，"琼斯"又绯红了脸。

他想找个什么样的妻子呢？

"多多少少得是个女人吧，""琼斯"一本正经地开口道，"不要太年轻，也不要年纪太大。"

"现在到狩猎季节了？"我端详着他的猎枪问。

"这里多多少少一直可以打到猎物，""琼斯"说，"但动物怀孕的时候不行，我们得依照惯例做事。"

"呵呵。"日科哼唧了一声。

我真心希望自己别和他们三个一块儿杀猪。

浓雾渐渐消散，我们朝着希腊出发了。我穿着肥大的迷彩外套，"琼斯"一看就是个伐木工，日科顶着一头乱草样的头发，盖伦长着个狮子般的脑袋，还有一条活蹦乱跳，名叫玛拉（Mara）的狗。

树林里有许多被人踩踏出来的小道，只是这样的小路数目太多，即便没有雾气，我也会在几分钟内迷失方向。

"事情并不见得是你能做到就能成功。"

日科在前面带路，转眼间消失了身影。然后，他突然神出鬼没地从我后面探出脑袋，"看这儿！"

他指着泥泞的土路告诉我，那是一个刚刚留下的狼爪印。

"啊哈！这下你该庆幸了吧，我们带了一杆枪。"

的确如此。狼爪印相当大。

日科不但对土地有感情，而且对空气也亲密得很。他会让自己飘忽不定地出现在你面前。

"我一走上这条路，就能回想起所有人的面孔，"他大踏步地走在前头，骨瘦的身材从背后看起来像个纸片人，"就好像他们一个个仍旧在这里。所有我带过去的那些人，在暴风雪天气，在雨天，在阳光底下，在晚上。有些人在哭，有些人崩溃了。我还曾替他们背过孩子。有些人带着大包小包；有些人光杆儿一个，什么也没带。许多吉卜赛人只穿着一件衬衫。他们在这个国家找不着工作。我现在又闻到了那种恐惧的味道。恐惧是可以用鼻子闻出来的，卡卡。"

日科只在对方身上有钱的时候才收钱。

"他们越境，并不是因为过得好，卡卡，他们是想脱离苦海。有些时候，真的非常糟糕。"

日科承认在遭到毒打被关进监狱之前，他赚了不少钱。要不是倾其所有雇了个律师，他还要在牢里蹲更久。他说，那些人抢走了他衣柜里最后一件衬衫。

"我最后的一件阿玛尼衬衫啊。你知道吗？我特别喜欢那些衬衫。我是个讲究时尚的人，运动型，但挺时髦。"

一年以后，他虽然成了穷光蛋，但能够出狱还是很开心的。"况且，那些阿玛尼衬衫全部都是土耳其制造的假货。"

"我想方设法保住了我的屁股。你别笑，这可不是个笑话。监牢里尽是些大块头鸡奸犯。是的，我脑子坏了，但我保住了屁股。你不可能拥有一切嘛。"

*

我们踩着齐膝深的积雪，蹚过一片似乎永远暗无天日的沼泽，盖伦在两棵刻着字母的树前停下脚步：

H

S

底下的年份数字因为树皮膨胀而变得扭曲不清。

"1963 年的一天夜里，"盖伦开口道，"我和朋友哈米德（Hamid）坐在酒馆里。我们正在议论我想要的摩托车配件。哈米德说，兄弟，我给你。他妈的，整辆摩托车都给你。反正我以后也不需要了。"

盖伦知道，他的朋友当天晚上准备出逃。像哈米德这样的当地人，一旦成功越境就会充分利用这个机会。

盖伦接手了朋友的摩托车，对这件事守口如瓶。

"现在，哈米德是美国最富有的保加利亚移民。""琼斯"的语气中满是渴望。

"不，那是舍夫基特。"盖伦纠正道。舍夫基特·恰巴耶夫（Shevket Chapadjiev）和哈米德·鲁塞夫（Hamid Rusev）两家人的命运和艾里一家一样：他们身背双重罪名，不但是波马克人，而且还住在边境地带。他们来不及带走任何物品，就坐着密闭的牛车被放逐到他乡。

哈米德的母亲和四个孩子被迫搬进了马厩，父亲被关进监狱。八年后，全家人获准重回长寿村时，发现家里早已被军队洗劫一空，甚至连门都被卸掉了。一家人必须白手起家，从零开始。他们从来没有得到任何赔偿，恰恰相反：哈米德作为一个前途无量的波马克年轻人，在新一轮改名运动中被招募成了专门对付波马克人的积极分子。哈米德不缺理想抱负，他甚至仔仔细细地考虑过这件事。但他很快看穿了事情的本质，从那以后，他在这里就没什么前途可言了。

哈米德是和朋友舍夫基特一起逃跑的，他们在雅典登上了一条名叫"奥林匹亚"的船驶往纽约。哈米德·鲁塞夫后来在国际货币基金组织工作；舍夫基特·恰巴耶夫从买下两台印刷机起家，最后经营起一个印刷帝国。目前他俩是慈善家，还是芝加哥大型保加利亚社团的负责人。他们虽然背井离乡，但实现了自己的美国梦。盖伦轻轻抚摸着刻着朋友名字的两棵树，赞赏地微笑着。

"这和钱无关，"日科说，"得看机会。有很多次，我几乎就要留在希腊了，但是有什么东西把我拽回了这个破国家。"

*

一个小时后，我们已经站在边境上小小的水泥界碑旁。这是从前当地孩子在"死亡之沟"扎营帐的地方。冬天迟迟不肯离开，森林里一片萧瑟。到处死寂沉沉，连鸟儿都不见踪影。

"琼斯"在界碑旁停下来，给我讲每时每刻遭诅咒的"魔鬼洞（Devil's Hole）"是怎么回事。然而日科却不安起来。

"快点儿！"日科压低嗓门朝我们喊道。一眨眼工夫，他就蹿到那儿去了，他怎么做到的？

边境的树林里仍然有警卫巡逻。我们一行人实际上属于非法越境。大家都没有证书文件，很可能遭到逮捕。"琼斯"卸下枪，装进帆布背包，但是刚一进入希腊，他就把枪掏出来背上了。

"罗马古道。"日科在我身后说道。我发现脚下是一条罗马人修建的坡道。白色的石块历经2000年的风雨踩踏，依然毫不动摇，坚守岗位。这是他们和希腊伙伴们每个季度猎鹿、寻宝聚会的地方。路上有个急转弯，他们通常会在这里喝上一口果酒或茴香酒，作为开场或收尾。

"琼斯"喜欢讲故事。木材业在希腊红红火火的时候，他曾经跨境当过伐木工。他每次天不亮就出发，沿这条路步行四个小时去工作，晚上再走四个小时回家和母亲住一起。

"还好，我喜欢走路，"他怅然笑道，"最后，那畜生一分钱也没给我。"

他有个希腊朋友在爱琴海边开了家旅店。接下来的两个夏天，他都在那里帮忙。可最终，他还是没拿到钱。这次是因为经济危机。"琼斯"倍感受伤，成了穷光蛋，但他还是很同情朋友。虽然有时候"琼斯"很想打他一顿，但危机就是危机，谁也没有办法。

一次在希腊，"琼斯"看见有个吉卜赛人在兜售一副耳环。

"纯金打造的，是老古董。他肯定是从什么地方挖来的，想脱手。于是我买了下来，花了 100 欧元。"

"多老的老古董？奥斯曼帝国？"我问。

"不，不，我刚才说了，很老，""琼斯"说，"是古董。"

"你捐给国家博物馆了？"我嘴上这么说，心里不存有任何幻想。

事实上，他把那对耳环送给了"女朋友"。他想娶她，但人家去了德国。也许眼下在德国的某个地方，正有个女人戴着一副色雷斯或古罗马金耳环。而"琼斯"却依旧是个没老婆的穷光蛋。

前面有座罗马人造的桥，石拱桥下流淌着山上积雪融化而成的河水，桥身保存得十分完好。

"上个星期之前，它一直好好的。"盖伦一边说，一边瞅着"琼斯"。后者正殷勤地搀扶我过桥，因为桥中间缺了块石头，露出一个大洞，从中一眼就能看见脚下湍急的河水。

"别看我，又不是我干的！""琼斯"说，"肯定是希腊人干的！"

"我不知道是谁干的，但我敢打赌，谁要是搞破坏，这座桥就会塌下来压死他。"盖伦说。

冷战之前，这一直是条繁忙的要道，沿路埋藏着巴尔干战争及后来三场战争（一战、二战和希腊内战）中众多难民留下的钱财。

各种各样的劫匪团伙——希腊人、保加利亚人，还有各国人员组成的路边抢劫队——争先恐后地向难民、商人、路人下手，他们甚至还相互打劫。如果你一门心思地在树林里仔细搜，就会发现色雷斯、罗马、拜占庭、奥斯曼帝国等各个时期的硬币，以及德国和英国制造的武器，还有各种遗骸。

"我年轻的时候，有一天，"盖伦说，"我来这里打猎。那时候正逢希腊内战。希腊游击队员跑到我们这边躲起来，找吃的。我发现了一个死去的希腊人，大概和我差不多年纪。我替那个人感到难过，可是他毕竟活不过来了，而且他的靴子和我的尺码一样大。那双靴子，我穿了二十年，常常会想起那个人。"

盖伦的母亲曾给希腊人送过食物。他说，大家都是一样的人，母亲不忍心看见他们挨饿，更何况，我们的军队简直是杂种，竟然在占领期间征用各种供给。

"我们村里就出过这么个杂种，强奸了一对母女。他在这儿的房子都是用从边境对面抢来的东西装饰起来的。战争结束后，我们在桥旁边发现了他。他被阉割了，并且被钉在一棵树上。希腊人来找他寻仇了。他完全是自作自受。"盖伦不偏不倚地总结道。

"琼斯"恢复到了他日常那种忧伤的样子。日科走在前面，他要去打探我们面前一座石灰岩悬崖上的什么"狗熊洞"。他很快就到了那里，呼唤我们上去。"狗熊洞"看似难以攀爬，但其实荆棘丛中有一条陡峭的小路。

山洞口很宽，一直通往山里，日科从暗处出来，四处闻着。

"怎么了，日科？"

"我闻到了熊的味道。"他说。

我笑了，但随即马上止住。这里之所以叫"狗熊洞"，就是因为冬天熊要在洞里冬眠。

"没事儿，现在天已经暖和了，"盖伦说，"它们都在山上。"

然而，天气并没有那么暖和，洞里还留着一些大型动物的骨头。"一头鹿。""琼斯"辨别后说，用枪戳了戳那堆骨头。

"咱们走吧？"我提议。

山洞口郁郁葱葱地长着一丛丛天竺葵，空气中充满了春天的芳香。

"说起熊……""琼斯"又挑选了一个不恰当的时机打开了话匣子。

夏天的时候，他曾经在希腊放牛，有200头。一天早上，他穿着拖鞋走出屋子，看见了什么？——一头棕熊正在撕扯一头牛。熊看见他后，竟然后腿着地竖直地站立。这是一头成年雄性棕熊。"琼斯"见状赶紧奔回屋子，拴上门，往枪膛里装子弹。但是他吓得不敢出门，那间屋子又没有窗户。他在屋子里坐了一整天，听着外面熊的动静。傍晚的时候，熊把牛挪到了一个安全的地方。

"希腊人禁止射杀熊，""琼斯"说，"所以第二周熊又来抓牛的时候，我只能把牛赶到别的地方去。"

"那么，"我问，"游客告示牌上写着，一旦碰见熊就要躺在地上装死，这是真的吗？"

他们哄堂大笑。

"等到熊过来用爪子扒你的时候，你就猛地跳起来逃命，然后呢？""琼斯"反问。

"应该这样：穿上尿布，赶紧逃命，"日科说，"我每次都这么逃命，管用。"

我们重新下到安全的地方，"琼斯"和日科追狍子去了，狗兴奋地叫个不停。盖伦在一个废弃的牛奶场找个地方坐了下来。

/ 248

物质丰富的自由贸易时期，罗多佩山里星星点点地散落着不少被称作"曼德拉斯（mandras）"的奶场。游客们可以在奶场歇脚，品尝奶酪、酸奶和"卡土克（katuk）"——牛奶表面第一层的高脂精华。19世纪末20世纪初，俄罗斯微生物学家伊利亚·梅奇尼科夫（Ilya Mechnikov）首次发现，罗多佩山区村民异于常人

的长寿秘诀是装在鞍囊中用骡子从曼德拉斯运出来的牛奶。梅奇尼
科夫认为，让肠道菌群保持健康，延长寿命的物质是酸奶酪。身在
日内瓦的保加利亚医学生格里戈罗夫（Grigorov）提炼出使牛奶
发酵成酸奶的益生菌，将其命名为保加利亚乳杆菌（Lactobacillus
bulgaricus），这种细菌就存在于我的酸奶杯里。但如今，制造酸奶
酪的曼德拉斯只剩一片废墟，就连一些和牛奶有关的语言表达方式
也消失了。例如，一个"曼德拉斯"女人，就是句恭维话。盖伦坐
在曼德拉斯的废墟上，给我讲了个故事。他温和的语调中不时夹杂
着远处传来的枪声和狗叫声。

　　曾经有个牛奶一样温柔的女人，她在山上的村庄里有个情人。
可是她已经嫁了个有钱人。这件事被她小姑子发现了。丈夫说，好
吧，我可以原谅她。但小姑子却不想善罢甘休——人们都在议论，
她说——直到有一天，丈夫再也忍不下去了。女人很久没有得到情
人的消息，便知道出事儿了，于是去找人算命。算命的人盯着咖啡
杯说，"去狗熊洞看看吧"。女人走着去了那里。后来，人们发现她
躺在情人腐烂的尸体旁边。

　　"再后来呢？"我急切地问。

　　盖伦温和地笑着。

　　"这个故事没有后来。你看上去挺失望，但有时候事情就是这
样。有时候你刚走到路的尽头，一切就结束了。"

　　他说着，拿出一棵天竺葵递给我。那是从狗熊洞口摘来的。

　　"把它种在苏格兰，它会让你想起这儿。"他说。

　　我们都沉默了。盖伦做过矿工、伐木工，在牛奶场当过工人，
还当过劳工、猎人，也曾经干过偷猎的营生，在一群所谓的穆斯林
中充当所谓的基督徒，他是个生活在带刺铁丝网附近的自由人。然
而他始终保持着自我。他的妻子是个骨骼纤细、爱笑的女人，贴心
周到地在他的背包里装了每个人的零食。

"有个好消息，"盖伦最后道，"又有新的曼德拉斯要开张了。"

"哇！"

我跳起来。猎人们回来了。感谢上帝，那头鹿逃跑了。

那天下午，我们生起一堆火吃烤熏猪排，几乎喝光了水果酒。（日科自称有事儿干的时候从不喝醉。）大家坐在草地上，再往下走就是村庄了。就连那条名叫玛拉的狗也看上去很疲倦。

草地南端是一排1940年代修筑的反坦克水泥路障，下面有马在吃草，北边远远的雪山顶上挂着一道彩虹，那里的滑雪景点前不久刚刚关门。

"苏格兰有活儿可干吗？""琼斯"语带伤感地窃笑着问道，"算了，我离不开我妈。"

"真丢人，咱们还得去国外找工作。"日科说。

"琼斯"已经有三十年没去过大城市了。

"去干什么呢？我爱的一切这里都有。除非打工挣钱。"

卡尔玛峰出现在山谷对面。

"卡尔玛峰很不一般。""琼斯"说。

"如果你不仔细，卡尔玛峰会提醒你。"

/ **250**

"1990年，有个德国人在卡尔玛峰上扎帐篷住了两个月，一直在挖。他后来疯了，住进了医院。""琼斯"说。

德国人在这里总是不走运。

"他们说，你在卡尔玛峰上见到的一切都是幻觉。""琼斯"说。

盖伦躺在刚刚冒芽的草地上，闭眼晒着太阳。

"哪种幻觉？"我问。

"世界上只有一种幻觉，"日科说，"你脑子里的那种。"

我突然意识到，这就是用猎刀削苹果的德国人被牧羊人发现的那块草地。

"我想，已经没人记得那些逃亡者了吧？"我试探着问。

"不，"盖伦睁开眼睛，"记得清清楚楚，每件事都记得。"

正说着，"琼斯"靠过来，眼睛四周一圈湿乎乎的，不知是酒还是眼泪。

"你真的不想嫁给我？我说不定能寻到一罐金子，多多少少都能找着。这几天就能找着。"

日科一把推开他，一脸认真的样子。

"喝了它，卡卡。"他说。我正举着瓶子喝水。"喝了它，这条'自由之路'很长，路很难走，我们还没走完呢。"

日科主动提出给我当向导去希腊。我们打算各自开车，结伴同行穿越大山里一条条迷宫般的道路。他要带我去边境另一侧一座废弃的修道院，那里有位活了100多岁的修道士。日科曾经在盛夏时节拜访过他，其间竟然飘起了雪花，但下雪范围仅限于修道院四周。他说，光凭你自己，永远找不着，我相信了。我俩就这么成交了。

道别时，盖伦从背包里取出一小瓶自家酿制的覆盆子酒递给我。

"下次来的时候，和我们住一起。我们有很大的空房子。"

日科虽然醉醺醺的，却沿着陡峭的单行道笔直地往山下的村庄驶去。我们又看见了穿着花呢夹克的"铁血战士"，黄昏中羊群的铃声叮当乱响。它们正走在回村的路上。我转身望着他。

他是个老人，身材高大，满头白发，像摩西一样。

日科一语不发，笑得像条土狼。

*

那天晚上，我坐在阳台上喝着盖伦家酿制的芳香无比的覆盆子酒。天空中笼罩着冰冷的阴霾，但我并不想披毯子，虽然累得筋疲力尽，但我丝毫没有睡意。这是一种全新的感觉：世界上有许多不可错过的美好之地。

倒霉的牧羊人遇见了吃苹果的德国人，那是"琼斯"的父亲。父亲的选择——假如当时可以选择——在儿子脸上留下了烙印。我为那个德国人感到哀伤，为他没有走完的一生，为他那孤寂的死亡。他是谁？还有谁会悼念他？长寿村的每个人都记得他，但没人知道他的名字。

灯火一家一家地熄灭，黑夜吞噬了整个村庄。要不是空气中的柴火味儿，你可能不会相信这里竟然是个有人烟的地方。这里只有寒夜的星空和远处的狗叫。

/ 双城记

从前有一南一北两个王国。两国共同拥有一片肥沃的土地，几块可以航行的水域，还有一腔膨胀的自我意识。简单来说，他们共同拥有一条边界。

南部王国占据着绝佳的地中海地区，当欧罗巴尚是个被宙斯扮作公牛劫持而去的小姑娘时，南方的诸多城邦已创造了欧洲的经典思想、哲学和宗教。后来斯特拉博（Strabo，古希腊地理学家）在作品中将欧洲定位成一个实实在在的位置：它的起点便是赫姆斯山（Hemus，巴尔干山脉的古称）。赫姆斯山在北方。然而，北方一开始并不是一个王国。它一度没有宗教信仰，是一片分裂和荒蛮的状态，处于骑马穿过大草原而来的可汗和萨满教祭司的统治之下。北方为了与大国抗衡，接受了南方的宗教，成为欧洲的一部分。北方王国虽保留了山区的粗犷和荒蛮，然而一旦被宗教驯服，便崛起为一种形象鲜明，且拥有自身经典、艺术和文化的文明。随后，边界矛盾应运而生。

每隔一段时间，两个王国就要相互厮杀，并宣布自己取得了决定性胜利。北方的国王科鲁姆（Krum）有一只用对手尼斯福鲁斯（Nicephorus）的头骨做成的杯子，他会下的短短一生都用它盛酒喝。除此之外，他还是北方王国唯一一任下令铲除葡萄树的国王。（没有证据可以表明，这条法令是否最终付诸实施。）南方的君主巴希尔（Basil）对北方人恨之入骨，一场血战之后，他竟然下令挖出15000名俘虏的眼睛，只给极少数人留下一只眼睛，让他们把其余的人带回北方面见国王萨穆伊尔（Samuil）。"盲军"回到祖国后，国王受到惊吓而死，南方的国王则人心尽失，最后在孤寂中死去。

他是南方统治者中唯一弃绝建立往来关系的君主。就这样，双方在短暂的理智中窥见了和平睦邻之乐，认识到战争就是浪费。但接着，下一场战争又开始了。双方似乎根本停不下来，除非一方毁灭了另一方。相比之下，由于南方比北方地域更广，更加富裕，因此南方最终消灭了北方。然而，这种状态也只维持了一段时间而已。

东方人结束了这种状态，他们移居到南北两个王国，肥沃的土地和航行水域必须由新的君主重新进行分配。在东方帝国治下，北方人通常是牧人和手艺人，南方人大多成为商人，二者相处融洽，甚至实现了杂居交往，只有宗教是个例外：在这两个被东方人征服的王国里，宗教是重要的权力机关，南方的宗教势力一直想吞并较为弱势的北方宗教力量。最终，在西方和不断崛起的东北帝国的协助下，东方帝国垮塌了，边境上的幽灵被重新唤醒，南方和北方又成了死对头。

/ 254

回望历史，它像跷跷板一样：南方人占上风时，北方陷入没落，反之亦然。20世纪末，西方和东北帝国之间的冲突令北方陷入漫长冰冷的寒冬，而此时，南方却在西方的支持下享受着阳光。然而不变的事实是，南方和北方因边界连接在一起，在此消彼长的更大利益的博弈中，二者永远是首当其冲的承受者。希腊历史学家希罗多德是南方人，同时也是已知世界的一分子，他曾经写道："人类的幸福从不长存于一个地方。"对这句话稍作延伸，不幸也是一样，我们必须从中寻找希望。那么，眼下呢？

眼下，我正跟着日科嘎吱作响的旧宝马车，沿着由北向南的道路蜿蜒而下，希望彼此都能平安抵达山脚。

/ 兹拉马

虽然你完全可以像会飞的乌鸦一样，在兹拉马（Drama）和日科的村子之间连一条直线，但两地之间老旧的公路断断续续，需要驾车七弯八绕地走好几个小时才能到达最近的检查站。保加利亚废弃的军队岗哨前，桦树上依然钉着一块挂衣服的旧木板。

春天已经来到罗多佩山的这一片。野鹿跳跃着奔出茂密的树林，春日的阳光下，百无聊赖的边境警察正站着晒太阳，山鹬擦着他们的头顶低低地飞过。这个小小的检查站新近才开放，因为路况险恶，几乎没人光顾。边境警察挥挥手让我们通过——当然，是经过了百般刁难之后。

"他们为什么只搜查我的车，却不查你的？"我问日科。他大笑起来。

"因为他们已经拿走了我所有的东西。如果有什么能让他们感兴趣的东西，那肯定是在你的车上。"

过了检查站，道路顺着山坡倾泻而下，在这样的坡度上，只有神奇的万有引力才能让车依旧能够附着在地面上。我们驶过几个神秘的希腊波马克村庄，日科说那是"一片只有柠檬水的不毛之地"。妇女和孩子们裹着头巾，附近几英里之内没有一个卖酒的地方，一尘不染的街道上飘荡着一股清教徒气息。日科对希腊波马克人毫无亲密感，在他看来，他们过于虔诚，让他无法接受。于是我们丝毫不做停留，径直驶过了这些村庄。停车取水时，路上的当地村民纷纷怀着谨慎的好奇，上前打量我们的车。

"日科，"我问，"当代希腊有一种理论认为，波马克人最初是色雷斯人，名字起源于希腊语中的'pomax'，意思是'酒徒'，指的是色雷斯人。你对此有什么想法？"

日科疑惑不解地望着我："我能有什么想法？胡说八道，得了吧，在这儿，咱们一滴酒也喝不着。"

紧挨着山边竖立着巨大的房屋和清真寺。虽然这里的人依然操一口保加利亚或马其顿方言，但他们只在私下里说，因为任何一点点带有非希腊色彩的成分都会被神经高度紧张的国家出手压制。

事实上，正是因为这种紧张，才导致连接边境两侧波马克村庄的道路，经过二十年的拉锯式讨论后依然没有开通。这条路开通后，站在审判崖上便可一览无余。它将把两端的波马克人从超过半个世纪的边境愁苦中解救出来，重新连成一体。

保加利亚的共产主义政权曾固执地认为，波马克人是土耳其和东方主义派来的第五纵队；无独有偶，希腊人也一直把波马克人当作保加利亚和共产主义的第五纵队。也许是为了凸显这种执拗的偏见，20世纪下半叶，保加利亚将境内波马克人的名字进行了斯拉夫化（去伊斯兰化）改革，而希腊波马克人的名字则遭遇了一场土耳其化（去斯拉夫化）改革？你能理解吗？

确切地说，波马克人经历了希腊化、斯拉夫化、异域化、妖魔化、同质化，分别被南方国家和北方国家改造了一番，受够了各种不能兑现的关于修路的许诺，他们已经转而心向东方国家。东方国家让他们得知自己是突厥人，也许是地球上最古老的一支突厥人，是"突厥性（Turkishness）"的先锋。这似乎让人重新回到了旧日民族和宗教混淆不清的状态，就在不远的过去，它还曾给许多人带来巨大的痛苦。然而，当时的民族主义就是如此，它不会让人顺其自然地活着。

/ 257

希腊人把波马克人原始的斯拉夫－保加利亚方言称作"波马克语"。这个杜撰的名字在语言学上得不到承认，但在政治上却颇为坦率。东方国家至少给予波马克人一样东西：对伊斯兰教的确定性。希腊境内的色雷斯地区面积不大，却有300座清真寺。行至克桑西—兹拉马的岔路口，清真寺便不再出现，教堂开始陆续映入眼帘。

*

兹拉马城外矗立着两家巨型工厂，但我分辨不出它们是否仍在运转。城市的另一端是兹拉马的老火车站，它像所有失宠的历史终点站一样被冷落在一旁。大捆的烟草曾经从这里装车运往港口塞萨洛尼基（Thessaloniki）和卡瓦拉，再被装船运往德国、英国、美国和埃及。

19 世纪末，马其顿山区烟草产量巨大。国际买家纷纷摒弃美国生产的弗吉尼亚烟草，转而追捧此地出产的温柔芳香的"东方烟草"。和大马士革玫瑰一样，这些独一无二的作物与土壤和气候有很大关系，是温和的爱琴海与凉爽的巴尔干山脉相遇交织的结果。烟草业利润巨大，以至于 1884 年英国竟在兹拉马设立了副领事馆。奥斯曼帝国最富有的商人曾经纷纷在兹拉马老城安家，住在河边靠近烟草仓库的华美豪宅中，旁边流着汩汩的泉水，那是兹拉马城的保护神圣瓦尔瓦拉泉，拜占庭时期这里曾经是染坊兼纺纱作坊。据说，教堂变成清真寺后，圣瓦尔瓦拉（Saint Varvara）大发脾气，泉水轰鸣着喷涌而出，淹没了整片区域。

"人类的好朋友"希腊旅行家爱维亚·瑟勒比曾在 1667 年写道，"基督徒把这个地方叫作'迪拉马（Dirama）'"，"当地的帆布非常有名，由色雷斯平原上种植的各种棉花织就而成。总而言之，这座城市相当繁华。愿上帝保佑它！"

那时候，城里有 12 座清真寺、7 座礼拜寺（后者专指没有宣礼塔的清真寺），当然其中多数是由拜占庭教堂改造而来。奥斯曼土耳其人离开后，人们推倒了宣礼塔。如今圣瓦尔瓦拉教堂里镶嵌着一块标有"1912"字样的纪念牌，兹拉马在那一年再次正式成为一座基督教城市。然而，这块承载着希望的石头却从此开始见证了 20

世纪兹拉马的动荡历程。

其中最黑暗的一段历史莫过于大量犹太人在北上被押往特雷布林卡（Treblinka）的途中，曾被关押在马其顿和色雷斯的烟叶仓库中。由于保加利亚政府的麻木不仁和软弱无能，来自兹拉马、卡瓦拉、克桑西、塞尔（Serres）以及马其顿山区其他地方的 11343 名犹太人无一生还。英国外交部曾经试图解救该地区的 4500 名犹太儿童，但最后仍以失败告终。密闭的恐怖列车从兹拉马出发，横穿保加利亚，愤怒的老百姓在沿途的火车站上试图解救囚犯，却遭到保加利亚占领军的残酷镇压。保加利亚出于两方面的考虑，成了轴心国的盟友——一是希望借此收复马其顿和色雷斯的其他土地；二是其已在经济上对德国形成了全面依赖。而这两点又和当地第一大出口产品烟草存在千丝万缕的联系。大烟草商中有不少犹太人，其中最著名的是索非亚的埃索夫（Asseoff），他在千钧一发之际带着家人和部分财产登上一艘烟草船投奔了美国。

在保加利亚，由于公众强烈反对，再加上教会和国会议员们（其中有部分共产主义者）敢作敢为，与纳粹结盟的保加利亚君主政权终于不再驱逐本国的犹太人，却仍然不愿意搭救保加利亚占领下马其顿和希腊北部地区的犹太人。48000 名保加利亚犹太人从肉体上得到了解救，但反犹太法律却永久性地剥夺了他们的公民权。无论是埃索夫之类的烟草巨头，还是劳作在烟叶地里、仓库里的犹太劳工，无人幸免。结果呢？

玛丽·诺伊布格（Mary Neuburger）在《巴尔干烟火》（*Balkan Smoke*）中写道："随着犹太人事件出现并不断发酵，第二次世界大战进一步瓦解了巴尔干半岛东部多民族共存的局面。"1940 年代，与纳粹结盟的保加利亚政权将犹太人驱逐出烟草行业和社会生活；1980 年代，与苏联结盟的保加利亚政权将矛头对准了土耳其人。这是个令人惆怅的奇迹，南方和北方至今仍然零星地留存着曾经富饶的人类多民族记忆。而且他们各自仍在种植着东方烟叶。

*

此刻的兹拉马正逢春暖花开时节，同时也陷入了经济衰退的深渊。在经济破产的境遇下，远处西罗多佩山白雪皑皑的群峰高耸入云，威严中夹杂着一丝辛酸。暴怒的圣瓦尔瓦拉泉再次淹没了老城，风化腐烂的烟叶仓库旁，商人们的豪宅摇摇欲坠。空巷子里依然残留着烟草的芳香，每一家商店都用木板围栏封了起来。没有屋顶的古老清真寺敞着裂口，里面杂草丛生。100 年的雨水也没能冲刷掉墙上的壁画，上面展示的是 14 世纪繁华的大都市情景——兹拉马、君士坦丁堡，以及其他存在于艺术家头脑中的地方。中心广场上有一块写着"SYRIZA"（希腊左翼激进联盟党）字样的红色标志，上面被人喷了漆，继而又划掉了字迹。希腊共产党（KKE）总部的红旗仿佛在监视街上成天泡咖啡馆的闲人，后者很有本事，只需点一杯咖啡便能消磨一下午时间。

尼科斯（Nikos）和父母住在圣康斯坦丁街的尽头。尼科斯是日科的朋友，两人相识已有二十年。

"他就像我的父亲，"日科说，"我还不会说希腊语的时候，他就认识我了。"

尼科斯没想到我们会来，一时间不知道该怎么招待我。

"我喜欢给他个惊喜，"日科使了个眼色道，"就像他出人意料地站在我家门口一样，哈哈。"

我不明白为什么要来兹拉马，日科先前许诺带我参观的废弃修道院其实就在刚才来的路上。

尼科斯和日科完全不一样。他 60 岁年纪，充满了男子气概，从前没酗酒之前肯定是个美男子，如今因为缺乏锻炼身材已经走样。日科告诉我，尼科斯和兄弟亚历山德罗斯（Alexandros）二十年来一直经营着城里一家名声不怎么样的酒吧——只出售麦芽酒和伏特加，不卖茴香酒等其他便宜的东西。

我透过烟雾打量着四周。看来今天晚上我要在这里过夜了，一个念头突然闪现在我的脑海中：此刻我正和一群三流贩子混迹在一起。我们坐在尼科斯破破烂烂的酒吧间里，屋里充斥着直男加庸俗的品味：皮质酒吧椅、镀金的镜子，角落里的茶杯垫上立着一尊圣尼古拉斯（Saint Nicholas）塑像。亚历山德罗斯也来了，他轻轻捻着手里的安神念珠，看着电视里希腊议会的咆哮场面。亚历山德罗斯镶着一口金牙，时不常露出迷人暧昧的微笑。他的初级英语让我稍感安心。他要是能说一口流利的英语，一定很受欢迎。

日科的希腊语说得和保加利亚语一样，语速很快，而且错误百出，从他的希腊朋友忍俊不禁的表情上就能觉察出来。他自己承认："我的希腊语有点毛病，但要是把话说快了，我猜他们也未必能听出什么破绽。"

"从前的日子多好啊，"尼科斯黯然笑道，"谁会想到，希腊竟然会落到这步田地？"

"我只要整晚坐在那儿，"亚历山德罗斯追忆道，"玩着我的念珠，喝一瓶苏格兰威士忌，钱就会源源不断地进账。"

"天快亮时，他们就用一辆独轮推车把钱运走。"日科接着道。如今亚历山德罗斯经营着一家小小的意大利面馆，尼科斯整日无所事事。

他们的父母住在楼上。左邻右舍很安静，我坐在花园里看着老爷子种西红柿。一开始，他以为我是日科的女朋友，后来又觉得我是那种"周末女郎"（日科后来开心地给我解释了这个词的真正意思），于是他不再猜下去。我趁机赶紧换了个话题：您有过什么样的经历？

他在战争期间当过兵，经常过境去保加利亚那边，但我猜不出他到底是哪方面：属于红军（希腊共产党的武装），还是白军（亲政府的保皇派）。二者不可同日而语。两派之间的仇杀是希腊内战的根源。日科向我保证，老爷子揣着一肚子故事，然而老人家性格乖戾，不好相处。

"保加利亚村子里的老百姓都是好人，"他说，"可是你们的占领军比土耳其人还要坏。"

如果一个希腊人说，有什么东西"比土耳其人还要坏"，那么对方肯定是坏到家了。

他说完转回身，满脸受伤的样子继续摆弄手里的西红柿。后来，他告诉日科，我看上去"像个纯粹的基督徒"。日科见我一脸惶恐，便连忙解释说，这是句恭维话。

我急切地想找家旅馆住下来，但尼科斯竭力反对，并且一副真心实意很受伤害的样子。他邀请我住他家的客房。客房紧挨酒吧间，隔壁的酒局直到半夜才散。烟味儿透过墙壁渗到我的屋里。这间屋子从前是个儿童房，我躺在其中一张单人床上，凝视着飘浮在黑暗中的烟圈，不禁担心起来。我脑海里一直回想着"周末女郎"这几个字，这次旅行也许整个儿就是个坏主意。

第二天，计划有变。那天是尼科斯的生日，我们不可能离开。

好吧，我嘴上应着，心里有些气恼，看来我不得不和这两个家伙再混上一天。既然这样，不如去城里转转。

"你以为我会眼睁睁地让你走丢？"日科说，"不，我是个负责任的男人。"

于是他俩像两个没用的保镖一样尾随着我：一个是身形方方正正的尼科斯，一个是纤细羸弱的日科，两个人宿醉之后相互搀扶着。

阳光下到处是人。货摊上的叫卖声此起彼伏。和围栏里的商店不同，这里生意兴隆，因为所有物件的价钱都不超过几欧元。日科给自己买了件假冒的红色运动服。

"运动而时尚，说的就是我。"他说。

你准备去跑步？我问。

"跑步？你以为我疯了？"

他们俩只能勉强踱步。我们三个在公园散步的时候，尼科斯指了指圣瓦尔瓦拉喷泉，那里还残存着拜占庭时期的纺织作坊。

"这儿过去有天鹅，但是被吉卜赛人吃了。眼下遭遇了危机，我们很快也要过上吃天鹅肉的日子了。"

"别担心，兄弟，"日科说，"咱们会有办法的。"

漂亮的公共雕塑上布满了穷人的涂鸦。其中有一句话写道："我想喝醉，喝醉了，我就不想了。"

那天下午，我的两个"保镖"就是这么做的。尼科斯在酒吧招待客人，前来为他庆生的都是各个年龄、身材短粗、穿着深色衣服的男人，一个个忧心忡忡的。满屋子看不见一个女人。他们喝酒，轮流抽烟，像快要得上肺癌似的咳个不停，嚼着腌沙拉，玩弄着手上的念珠，嘴里说着有钱、没钱、计划、份额等字眼。男人们个个长着黎凡特式厚重的身形，周围没有一个女人，此情此景超越了时空，让人有一种身在东方的感觉。一名同时操着土耳其语、希腊语和俄语（他是个老共产党员，曾经参加过希腊内战）的老人告诉我，事实上，包括他自己在内，这里的许多人都是小亚细亚难民的子孙。父母亲去世后，他曾经拜访过他们生前一直不停念叨的出生地士麦那。"然后呢？"我追问道。

"一无所获，"他说着，眼睛里突然噙满泪水，"它现在叫伊兹密尔。"

余下的时间，我自在地被遗忘在一个角落里。你锁车了吗？偶尔有人过来问道。你不能相信这里的阿尔巴尼亚人！然而，我最不担心的就是阿尔巴尼亚人。

席间的酒是尼科斯提供的，我出钱买吃的，希望能借此机会打听到一些特别的东西，关于边境上的生活。

日科迷迷糊糊地伸出手安慰我：

"别担心，卡卡，只要和我在一起，你就是安全的。"

我觉得自己也许正在获得什么不为人知的故事。尼科斯和日科曾经在一起伐木，后来那一行干不下去了，他们就合伙做起猎狗生意。日科把狗从村子里带出来，送到尼科斯这里，后者就地或者到土耳其把狗卖掉。然而猎狗生意后来也不行了。现在两人正合计着开一家酿酒厂，但是需要启动资金。"手推车里的那些钱呢？"我问，"它们还在吗？"尼科斯和日科大笑起来。

我离开乌烟瘴气的酒吧，去城里寻找旅店，可是两家旅店都关张了。往回走的路上，我在老火车站附近浓荫密布的街道上迷路了。这次行程蒙上了一层阴影。自从在边境另一边和村民们一起上山打猎的那天起，我就有一种异样的感觉，况且我在这边一个人也不认识。

回到酒吧，日科和尼科斯已经进行到酒局的最后一幕——眼泪汪汪地叙说兄弟情谊。他们相互交换了礼物，日科赠给尼科斯一把珍贵的猎刀，尼科斯送给他一件非常扎眼的天鹅绒条纹意大利男装，适合舞男穿的那种。两人兴高采烈，醉得没法儿从沙发上站起身。尼科斯满脸通红，像被煮熟了一样。日科穿着那件红色运动服，像个十足的草包。他一字一顿地说道："现在，卡卡，听着。有个计划。明天……"

/ 264

客房里充斥着烟味儿，房门背后贴着的海报上，半裸女郎一直盯着我。我躺在床上，一夜没睡好。

*

第二天一早，我便语气坚决地把计划告诉了日科。尼科斯殷勤地在昨晚留下的一片狼藉中给我冲泡希腊咖啡。日科不喝咖啡。从前在监狱里的时候，他因为能搞到走私的咖啡豆而成了牢里的首席咖啡师，现在他受不了咖啡味儿。

让我最不能容忍的是，日科总在莫名其妙的地方忽而消失，忽而现身，用各种乱七八糟的语言胡说八道。时间像流沙一样，一天天从我脚下流走，我现在对每件事都充满怀疑。而他反而抱怨说，因为要翻译我提出的那些问题，他已经瘦了一圈。尼科斯在一旁看着我俩，一副烦透了的样子。然而有个地方是我想去的。尼科斯和日科极不情愿地表示可以陪我一同前往，那口气听起来好像是帮了我一个大忙。我们仨就在这样的情绪状态下，坐着日科的宝马车驶上了我们的第一段，也是最后一段旅程：向西穿越群山，去边境上一处建在山坡上的迷宫。

*

我们行驶在花岗岩谷（Granite Valley）弯弯曲曲的道路上，路过两个寂静的村落，一个叫"石头"，另一个叫"花岗岩"。路上除了满载巨大花岗岩石块，驶向卡瓦拉的卡车之外，看不见其他行人和车辆。兹拉马就在这座石头山的阴影下。山里至今保存着古代的矿井，还有很多新建的采石场，它们像麻风病一样蚕食着罗多佩山各处的风景。开采石头是这里唯一发达的行业，人们从中获取私人财富，就像他们过去靠烟叶发家致富一样。有些山头已经遭到了严重破坏，在这个世上已存活不了多久。

我们驶过路边废弃的军队岗哨和标杆，二战之前那里曾埋有炸药，它们后来还在冷战期间发挥过作用。敌人一旦从北部入侵，就可以引爆路边的炸药，阻断从山这边进入希腊的唯一通道。尼科斯说，炸药至今仍在，山里还有上百座防御工事。它们在山里绵延了好几英里，其中有一座自二战以后就一直对游人开放。

那就是我们的目的地。然而到达修建着防御工事的山脚下时，尼科斯却说：

1980 年代，我就在这儿工作。

梅塔克萨斯防线全长 155 公里，从希腊—保加利亚边境西端的马其顿平原开始，沿着罗多佩山一路向南直至爱琴海沿岸。这条防线从兹拉马北部经过，共有 21 座防御工事。希腊早年曾痛失马其顿和色雷斯，痛定思痛之后，决定修建一条防线用来抵挡保加利亚可能发起的领土入侵。

防御工事由英国工程师设计，在希腊独裁者扬尼斯·梅塔克萨斯将军（General Ioannis Metaxas）统治时期建成。梅塔克萨斯不喜欢自由派，不喜欢读书，也不喜欢少数族裔，但那是 1930 年代。为了实现将马其顿"希腊化"，他将希腊北部的保加利亚人和马其顿人驱逐到海岛和劳改营；剩下的人则移民到新大陆。在他所信奉的企业家长式法西斯主义中，最引人瞩目的是，他有一个宏伟的计划，要建立一个同质化的希腊，而他就是阿塔土克式的国父级人物。1941 年 3 月，希腊军队（其中包括上千名保加利亚人和马其顿人）在阿尔巴尼亚前线同意大利人开战时，德国人从北部向希腊发动侵略。要不是英国人群起抵抗德国人登陆，希腊或许能逃一劫。然而，欧洲大陆沦陷后，英国军队逃到了克里特岛（Crete）——英国人在十年之内让希腊人失望了两回，第二次是几年之后的希腊内战。

/ **267**

1941 年 4 月，保加利亚沙皇鲍里斯三世（Boris III）经过一番犹豫之后决定，与其被德国人的坦克轧平，不如与敌人共枕同眠。保加利亚经济全靠烟草业维持。自从鲍里斯三世的父亲——贪婪而天真的斐迪南大公将国家拖入与邻国的战争后，保加利亚的经济就一直被掌控在德国烟草行业联盟手中。保加利亚的萨克森－科堡公国是德国的皇室后裔，但这并不算什么。两年后，鲍里斯三世同希特勒会面后突然暴毙,但这也让他逃脱了战后对其内阁在国外犯下战争罪的审判。

德国到希腊的公路已经开通。当年纳粹给鲍里斯三世的最终许诺是:收复马其顿和色雷斯的其余领土。于是就在那一天,100万德国兵横穿轴心国控制的罗马尼亚进入保加利亚,两天之后,他们到达了我们所在的地方——梅塔克萨斯防线的起点。面对人多势众的德国军队,上千名希腊士兵沿着梅塔克萨斯防线在山上的防御工事里坚持了三天。即使最后希腊中央司令部在雅典宣布投降之后,仍有一部分防御工事里的军人拒绝投降。德军统帅部在电话里命令前线部队整军备战死守碉堡的希腊官兵。一名守卫防线的希腊中士单枪匹马击毙了232名德国兵。当他最后从枪林弹雨中跑出来时,德军指挥官竟然上前一把握住了他的手,随即一枪打死了他。

许多历史照片展现了利斯堡垒(Fort Lisse)投降时辛酸的一幕。德国陆军元帅上前祝贺从掩体中走出来的希腊官兵,并命令手下的士兵向他们致敬。但没过多久,他就展开了疯狂野蛮的报复,成为公众眼中的疯子。然而1941年4月的这一天,幸存下来的希腊人在自己的旗帜下获得了释放。

"是的，我在这里干过几年，"尼科斯闪烁其词地说，"从那以后就再也没来过。"

利斯堡垒像个巨大的蜂巢，里面的巷道蜿蜒了好几英里，需要花一整天时间才能走完。游客只能参观掩体中的一小部分。我独自一人进去参观，因为日科说自己不想当鼹鼠，而尼科斯则一言不发。

巷道用石灰水刷得雪白，里面有指挥官和副官的房间、士兵宿舍、作战室、通讯室，还配有电话机、地图、毛毯、制服等。奇怪的是，这些物件的标签上都写着"1989"的字样。

梅塔克萨斯防线曾经遭到德国人攻击，后来保加利亚人又炸毁了沿线的地上建筑。目前的防线遗址是希腊军人和像尼科斯这样的劳工从废墟里挖掘出来的。保加利亚紧随德国人的脚步无耻地掠夺了一切，他们曾经打算重新利用钢筋混凝土堡垒中的钢材，但后来意识到其实炸药比钢材要贵得多。相比之下，德国人更有头脑，他们攻下防线后便把这些防御工事详详细细地琢磨了个透。

梅塔克萨斯防线的重建工作始于 1970 年代希腊军政府上校政权（Regime of the Colonels）时期，当局指责社会主义者和共产党人非但不肯为希腊内战献身，甚至还选择了逃避。重建项目获得了北约的支持和资金援助（北约支持希腊军政府），其想法是在掩体中部署现代化武器并设立平民生活区，用来防御化学战或核战争。因为来自北方的威胁依然存在，这次不是佩戴着"⚡"字标志的纳粹，而是锤子与镰刀所象征的力量。

而当今政府的计划则是将防御工事中可供参观的部分改造成一个互动游戏迷宫，在掩体中通过电脑游戏重现战争场面。这个项目名叫"追踪狐狸"，因为"利斯"这个名字就是从斯拉夫语"狐狸"中衍生出来的——和这里的许多地名一样，其中或多或少回荡着一丝旧日的保加利亚亡魂。

地下掩体不管多大，都不是什么让人身心愉悦的地方。只不过短短几分钟，我就已经被灯光烤得汗流浃背。置身其中，你仿佛能听见电话铃声响起，有一个来自雅典的声音在咆哮，"我命令你们投降！"你好像闻到了烟叶味儿，正是它支撑着堡垒里的人坚持战斗。你似乎能从时间隧道中感受到一切正在活生生地发生着。

我大口喘着粗气从山洞里钻出来，阳光晒得人一阵晕眩。日科和尼科斯正在一辆坦克前相互拍照。

"那里有一座完整的医院，"尼科斯突然道，"是我盖的，所以我知道。那是座地下城，不过他们从来没有对外公布过，因为他们不想让你知道这里到底有什么。"

"为什么不让人知道？"他耸耸肩膀，望向了别处。

我们站在地下城的大门口，眼前的平原像大道一样铺陈展开。可以想象，当年德国坦克是如何轻而易举开进的——当然，苏联坦克也是一样。而英勇的希腊守军当时该有多么绝望。

利斯堡垒最后失守了，原因是德国飞机从背后发起偷袭，从我们看不到的山的另一边。

日科在阳光下眨着眼睛，准备出发。

"战争就是整个儿的胡说八道，兄弟。"他总结道。

"有一天，"尼科斯突然开口道，"我在巷道尽头打扫卫生。正好是午饭时间，其他人都上去吃饭了，就在那个时候，我看见了一样东西。"

"什么东西？"我问。

"好像是个人，"尼科斯语气沉重，"可它又不是。"

日科看上去已经完全清醒了。

"所以我再也不愿意下去了，"尼科斯说，"那里面有疯魔。被困在那里面的疯魔。"

"咱们上路吧，"日科加快脚步道，"这个地方简直就是狗屁。"

我们在兹拉马和尼科斯告别，显然他和我一样如释重负。两辆车重新上路，这次是朝着东北方向，去日科所说的距离边境最近的村庄。这个村子刚好在日科的村子对面，在边境另一侧，二者就像镜子里的镜像一般，只不过村里早已没人居住。他说，修道院就在附近。

"那里真是穷乡僻壤。你要是走丢了，可真的没人找得着你。"

出于某种原因，我真心不爱听这句话。

告别了尼科斯，日科换了种心情，看上去比以往任何时候都要狡猾。我注意到路上有几辆挂着希腊牌照的崭新宝马车，车窗上贴着深色防晒膜。途中，宝马车队在紧急停车带歇下来。经过他们旁边时，我发现坐在暗处的司机在向前面开车的日科挥手打招呼。他们为什么要挥手呢？也许是宝马车俱乐部的吧？我试图安慰自己。

在一个寂静的小村子，我把车停在村子尽头一座大理石盖成的旅馆前，那是我计划过夜的地方。我坐上日科的宝马车朝着修道院驶去。这时我感到事情有点不对劲。不，是很不对劲。可我又担心，如果不去修道院，会不会受到诅咒。

/ 272

这条路是死胡同，还有 20 公里，我们前面有两辆宝马车。

"咱们去哪儿？"

"拜访个人。"日科耸耸肩膀，可是前面并没有什么值得拜访的人。

我现在意识到，他和尼科斯一直都在躲躲闪闪。他们急需钱用，他们都是生意人，而我却对此一窍不通。他猛地踩下油门往上开去，我想聊点轻松的话题，可是心里却有挥之不去的疑团。

"日科，"我故作轻松地道，"等这边的事情办完，咱们就该说拜拜了，因为我们就要到此为止了。"

他阴郁地望了我一眼。和同走"自由之路"时相比，就好像换了一个人。也许他是因为刚刚宿醉了一场。

"胡说，"他道，"派对才刚刚开始。"

路走到一半，我就感觉该下车了。车辆驶过一个废弃的测井站，除此之外路边就再也没什么东西了，一无所有。

这是一条巨大的河谷，河流在下方我根本看不见的地方。前方一路上全是高耸的变质岩，仿佛一个花岗岩峡谷。公路像一条细细的丝带紧紧贴着山体。我从方方面面都感到极不舒服。我不是怕日科这个人，而是担心他不懂得和坏人划清界限。

路边有个指示牌上写着：**警告：前方拐弯危险！**

我说："日科，我不想去那个村子了。"

"什么？"他说，"我们都快到了。尼科斯在那里有个房子，他托我替他去看一眼。"

他们曾经提到过那座房子，可是眼下它对我而言简直是个噩耗。除了尼科斯，没人知道我和日科在这里。我看了看手机——当然没有信号。自从离开大理石旅馆，手机就再也没有联络信号了，而我已经把车和仅存的一点头脑全部留在了那里。

我们默默地继续朝前驶去。饥肠辘辘的牛群差点撞到车上。我从来没有如此强烈的厄运当头的感觉。

"到了。"日科说着，在一阵尖厉的声音中停下车。

前面没有路，我们已经到了村子尽头。我走下车，只见一个废弃的喷泉，一座长满杂草的教堂，还有一间间从窗户望进去空空如也的房子。这是个幽灵村庄，下面是如蓝色深渊一般的峡谷。

没有什么寂静能比得过被人类遗弃的居所，这里万籁俱寂。"别喝喷泉的水，"日科直截了当地告诉我，"水里面全是铀。"

也许村子里的人都是被这水毒死的，我远远地站着想。

"那是尼科斯的房子。"他掏出一串钥匙打开生锈的门。他开门的时候，我查看了一下汽车的点火开关，然而车钥匙在他身上。

房子距离大门有一段距离，看上去和村里其他建筑没什么区别。花园里开满了齐膝高的野花。日科穿着红色运动服在花丛中走着，然而就在大门和房子之间的某一个地方，就在我的眼皮子底下，他突然消失了。他真的不见了。

"日科？"我嘶哑着嗓子喊道，心里绝望极了。"日科？"

那一刻仿佛有诅咒降临了一般，时间停止了，我的心脏也停止了跳动。我猛地醒过神来，沿着陡峭的山路拔腿就跑。我这辈子从来没有这么飞奔过：像一头野兽一样，以惊人的速度朝前奔跑，我的大脑整个儿不转了，只剩下一个念头：快，飞起来。

从山上往下看，蛇形的山路曲曲折折，全程一览无余。人走在这条路上根本没处躲藏。虽然我不知道对方是谁，但我知道他们很快就会下来找我。也许是村子里的幽灵，也许是刚才冲日科挥手的宝马车司机。我爬进道路上方陡峭的树林，祈祷能找到手机信号。最后，我终于放弃了这个念头，沿着公路的方向在树林里踉跄前行。

日科此刻在干什么呢？我脑海中闪过许多画面。所有的场景都很疯狂，所有的情形都有可能。我突然想起掷豆子的算命者曾经对我说过的话："你会完成已经开启的旅程，但你必须留心一路上的指示标志，千万别忽略它们。"我被带入了一个阴谋，直到现在也没留心过路上的标志，因为这不是我的世界。这里不是任何人的世界。这是个根本不该来的地方。这块土地充满恶意，一草一木都想陷害你。如果我不想走到大路上被人发现，就不可避免地要在树林里过夜。如果有狼和野猪怎么办？这里地势这么高，不知会不会有熊出没？我身上的衣服已经被汗水湿透了。

我意识到这么跑下去毫无意义。来时的路是有尽头的，人生也有尽头。这条边境让我亲身体验了这个简单的道理。

许多人都有过类似的经历，但为什么我就没有经历过呢？每个人都有可能莫名其妙地死在这儿，没有谁可以例外。我正在奔向安全之地，但不知怎的却离那个吃苹果的德国人越来越近。如果他当年没在草地上吃苹果，如果牧羊人作出了别的选择，如果世界变得更加美好一些，他当年也许就会走在这条路上，兜里装着那把折叠起来的猎刀。盖伦的话像预言一样回响在我耳边："有时候你刚走到路的尽头，一切就结束了。"

路上仍然没有车。张牙舞爪的森林里，热气像放射物一样蒸腾起来。四周没有鸟，没有一丝动静，也没有水，只有马路对面河谷的深处有水在流动。我能听见河水的声音，那意味着我正在往下走。一个可怕的念头闪现在我的脑海中：我真的能跑完 20 公里吗？

/ 275

我心里一直想着日科。如果这一切都是我的妄想症捏造出来的，他岂不是得惊慌失措？可是，他并没有开车下山找我。不，肯定是因为我逃脱了，他此刻正在被宝马车里的人痛打。做交易、走私、贩卖、被更大的团伙毒打，这就是他的命运。当然，如果他真的想找到我，那就应该猜到我会去旅馆。

哦，旅馆，来一杯冰凉的可乐，那里的人既不会是幽灵，也不会是人贩子。所有的一切都好像在不可逾越的另一头。如果我能活下来，一定要立刻离开这片边境之地，回到苏格兰的家里，躺在幽暗的房间里，放弃这一切。路边的一块牌子上写着：**警告：前方拐弯危险！** 我脚上的水泡像气泡包装膜一样鼓起来。河流似乎已经在公路下方触手可及的地方。我穿过公路，发现下面停着一辆破旧的路虎车。狗在一旁叫个不停。一个女人和两个男人正在往一艘小船上装东西。我停下脚步注视着他们，简直不敢相信自己的眼睛。

他们正在往船上装面包。许许多多的面包。难道我误打误撞跌进了《圣经》中的画面？这里有鱼吗？这些人会在水面上行走吗？

其中一个人看起来简直就像落入凡间的耶稣。两个男人都留着长发，身上的衣服旧得褪了颜色，好像两个嬉皮士。女人看见我便走了过来。她有一张温暖的脸庞，留着一头乌黑的长发。在我眼里，她的出现简直是个天大的好消息。直到这时我才意识到，我已经有好些日子没和女人说过话了。她脚边的杰克罗素（Jack Russell）小狗跑过来嗅嗅我的靴子，一脸疑惑地望着我。

"你怎么了？"女人说一口希腊语，但随即换成了英语。我想张嘴解释，却失声痛哭起来。

女人递给我一瓶水，邀我一同去河对岸他们的住所。她拥抱了我一下然后说，他们是来这里度假的。

"没事，"她说，"一切都会好起来的。"

四个人上了船，船上还有小狗、面包，以及笼子里的几只鹅。

他们的度假屋隐藏在树林里，只有一间屋子，到那里唯一的方式是坐船。站在公路上，怎么也想不到那里竟然还有人居住的房子。

树林后面有一座巨大的瀑布，还有一个可以游泳的水潭。小鸡在地上啄米，四处都是柠檬香蜂草和无花果树，简直宛如天堂。

女人名叫玛尔塔（Marta），令人难以置信的是，两个男人竟然一个叫俄耳甫斯（Orfeus），一个叫阿喀琉斯（Achilles）。他们都是手艺人，屋子是他们亲手盖起来的。俄耳甫斯40多岁年纪，不过看上去非常显老，一双蓝眼睛里透出一股令人不知所措的和善，让人不敢直视。他的眼神仿佛在说："嗨，别为这一点点小事哭鼻子，你难道不知道么，人这一辈子就是眼泪交织而成的？"

玛尔塔端来一杯加了蜂蜜的香草茶。俄耳甫斯拿来面包卷，他露出一口染了颜色的牙齿朝着我，朝着周围的一切微笑着。我终于能够开口说话了。他们告诉我，确实有个兹拉马人在山上有座房子，时不常和几个男人一起出来打猎，不过他们和那些人从来没有打过交道。他们百思不得其解，我怎么会和那些人在一起。

但不管怎么说，他们不是坏人。难道不是吗？

*

　　这段插曲的结局可谓悲喜交加。悲的是，我发现日科正在旅馆门口等我，他的宝马车就停在我的车旁。他穿着那套红色运动服，看起来一副奄奄一息的样子。

　　"卡，卡卡。"他的下巴颤抖着。

　　玛尔塔开车把我送到旅馆，她向日科交待了几句便离开了。几天后，我又在瀑布边遇到玛尔塔时，她问："那个家伙的希腊语根本狗屁不通，你确定他说的是希腊语？"

　　我什么也不敢肯定。

　　日科找了我好几个小时，以为我钻进了村子里哪座空房子，或者是跑到曾经和"琼斯"、盖伦一起走过的边境树林里去了。他一度以为我坠入了河谷，或者去找了边防警察告发他。他的嗓子喊哑了。他觉得自己这次真的要坐牢了，而且是终身监禁。他和我一样悲从中来。

　　自责和困惑折磨着我。

　　日科说，他能理解我为什么会突然崩溃。

　　"是因为大山，"他说，"它让你抓狂，除非你有三颗心。"

　　"我没有三颗心。"我回答他。我几乎连一颗都没有。

　　我们俩之间已经无话可说。在他开车回长寿村之前，我把事先约定的费用付给他。

　　"你想看看'自由之路'。"他钻进车里道。

　　"我现在已经看过了。"我说。

　　"没错。"他说。我看见他在落泪。

　　"你能原谅我吗？"我突然被他的样子吓了一跳：区区几个小时，他好像瘦了一半。我也被自己吓了一跳：美好的意图事与愿违，我把一切都搞砸了。不只是日科有阴暗面，我的阴暗面比他更危险，因为它们一直藏身在暗处无人知晓。他承认自己这辈子做过的一切，但我却想把自己的阴暗面强加于他，让他去背负沉重，帮我解除一切负担，这样我就能重新变得轻松干净。当然，这一切都是我事后才想明白的。

他宽宏大度地从车里向我挥手。

"我早就原谅你了，但真正让我痛心的是，到了最后，我想让你知道和我在一起是安全的。可你就是不相信我，是吧？"

在这座大山里，我甚至连自己都信不过。

/ 垂死挣扎

不单单是希腊，整个世界都在垂死挣扎，俄耳甫斯说。

俄耳甫斯原来在塞萨洛尼基的饭店工作，后来工作没了，婚姻垮了，同时垮掉的还有希腊的经济。妻子将他扫地出门，有一段时间，他只能夜宿街头长凳，清早和海鸟一起醒来，从垃圾箱里翻找可吃的东西。他望着海鸟在城市的白塔上空盘旋。塞萨洛尼基的白塔有一段惨烈的过往，曾经不止一次地被刷白以期能抹掉罪孽。三年前，他搬到朋友的度假屋，之后便一直住在这里。冬天，屋子被大雪覆盖。瀑布冻成了冰，死胡同公路变得无法通行。小屋里有个火炉，还有一把吉他。夏天，朋友带着孩子来度假，他就搬到另一座挨着矿物泉水的屋子里。"因为整个世界都在垂死挣扎，"他说，"所以住在这儿挺好。"被人遗忘是件好事。这里有花园，有动物，有水，还需要什么呢？俄耳甫斯笑了，他的蓝眼睛温和地试探着我。

"垂死挣扎（agonia）"一词源于希腊语"agon"，原本是竞争、斗争的意思。所谓竞争就是把自己和别人作比较，就像西西弗的任务一样，一切都是徒劳，没有穷尽。也许活在世上，按规矩办事，就是这么回事。

玛尔塔、俄耳甫斯和阿喀琉斯选择了退出。和少女泉边的乔治娜一样，他们认为有这些就足够了。他们在没人看得见的河对岸盖起小屋，玛尔塔说，因为我们不需要欧元，不需要依靠他人。玛尔塔有自己的事业。她的丈夫阿喀琉斯会盖房子，会做东西。慢慢的，其他人会陆续来到瀑布边加入他们，直到形成一个小社会。

也许所有的乌托邦都是这么开始的。但乌托邦最后会因为他们最鄙视的竞争而走向失败。于我而言，瀑布旁的小屋简直就是一场狂欢。

/ 高山旅馆

　　希腊神话中半人马怪物（马人）涅索斯（Nessos）是个河边的摆渡人。他一直很称职，但自从把得伊阿尼拉（Deianeira）渡过河之后，心里便充满了欲望，一心要把她弄到手。得伊阿尼拉的丈夫赫拉克勒斯（Heracles）为阻止涅索斯，从河对岸向他射出一支毒箭。赫拉克勒斯自己也是个好色之徒，还曾经因为大意而杀死了自己的孩子。涅索斯倒在河岸边告诉得伊阿尼拉，他的鲜血有一种魔力，可以确保赫拉克勒斯对妻子永远忠诚。她相信了这番话，将一件沾满涅索斯鲜血的长袍交给了丈夫。赫拉克勒斯的汗水与长袍上的毒血混合后，很快就被毒死了。这个故事告诉人们，拥有越多就会失去越多，这是一个关于日常挣扎的现实主义故事。其中所有的角色都或多或少失去了曾经拥有的一切。

　　旅馆的名字就叫"涅索斯"，高高地坐落在罗多佩山上，俯瞰着奈斯托斯－梅斯塔河（Nestos-Mesta River）。它是经济尚好的时候，用山里开采的大理石建成的。人们只要过了河就能看见它。酒店周边没有任何值得一去的地方。更确切地说，从这里只能去旁边的河谷，或者沿着公路上山去边境上的幽灵村。

　　我在旅馆里盘桓了好几日，从房间里就能鸟瞰惊心动魄的河谷与群山。和日科在一起有过一次反常的经历之后，我有了一种奇怪的感觉：自己已经超越了内心的一条界限。

　　我好像走进了明日世界，获得了新生，那里的每一件事物都那么美丽，每一样食物都那么美味。清晨的阳光透过窗帘洒进屋里，让人心中充满敬畏。

　　总而言之，目前最好待在原地不动，避开任何突如其来的举动。我长久地坐在阳台上凝视着深谷里蒸腾的水汽，似乎找到了所有疑问的答案。

但我发现，旅馆下方是个管理极为严格的难民营。新近拉上的铁丝网在阳光下熠熠闪光，和希腊—土耳其边境的情形一模一样。难民营里收容着来自亚洲和中东的年轻男子。他们跟着摆渡人跨过马里乍河，顺着土耳其人贩子所指的路，刚刚交了钱便被推入希腊境内。

他们无法申请避难，但法律也不允许希腊方面将他们遣送回国。他们日日夜夜地待在这片毫无出处的荒地上，或者踢踢球，或者洗洗涮涮，在带刺的铁丝网上晾晒衣服。旅馆外面种着一大片迷迭香，每到午后便散发出特有的芳香。这时候便能听到有个男声清清嗓子，用低沉而圆润的声音唱诵起来：真主至大（Allahu Akbar）。周日，教堂里的钟声鸣响起来，它仿佛是属于这片土地独有的声音，听起来格外空旷。

难民们的饭食由旅馆供应，一天两餐：早餐是羊角面包和牛奶，晚餐是大锅煮意大利面条、汤和炖豆子。饭菜的味道还不错——作为店里唯一的客人，我也顺便跟着吃大锅饭。

实际上，旅馆里还有两位住客：一对从不露面的夫妇。他们住在我隔壁，但似乎从来不吃不喝，只是抽烟。他们从不发出半点声音，那鬼鬼祟祟的样子就像一对绝望到无心做爱的私奔情人。有一天，我和隔壁的女人站在各自的阳台上搭讪了几句，但没见过那个男的。她指着河谷的另一边告诉我，她是从那边的村子里出来的，原先住在交通拥挤、让人心力交瘁的海滨城市，她梦想着哪天还能搬回到山谷里。

旅馆大堂里放满了书架，天花板上装饰着从不点亮的枝形吊灯，老板和厨子们坐在幽暗的屋里抽着烟，看着电视。新闻里正在播放希腊海岛上的落水难民。

斯特凡妮娅（Stefania）叹了口气，戈兰（Goran）摇摇头。

"咱们这里就是后门，"他说，"德国人出钱让咱们给他们做饭吃，把他们养在这儿。我们做吃的，他们等着。可是他们什么也等不来。唯一的出路就是回去。"

"可是他们回不去。"斯特凡妮娅说。

"我喜欢给人做饭，"埃莱妮（Eleni）实事求是地说，"但我希望旅馆里顾客盈门，而不是整天给难民做饭。"

埃莱妮是厨子，曾经在德国干过15年。她虽然挺喜欢这儿，但正盘算着回德国的事情。

"觉得这儿空气不错吧？"她在屋子外采摘迷迭香时对我说，"这里很不错，对吧？可你不能光靠空气活着。"

斯特凡妮娅和戈兰都是本地人。夜晚，我和他们一起坐在冒着水汽的河谷上方那装饰着枝形吊灯的大厅里招待朋友，讨论希腊的前途。站在旅馆的全景阳台上，只见铁路沿线村庄迭起，当年火车上装的就是附近山坡上种植的烟叶。夜晚，你能隐约辨认出满身涂鸦的小型货运列车。它行进得非常缓慢，人很容易就能跳上车。可是，能去哪儿呢？火车上装载的是什么呢？——希望？也许是急迫的渴望？

"曾经有人问一位卡通画家，希腊的前途在哪里？"戈兰说着掏出一支烟，"画家说：'我们拥有一段伟大的历史，你总不能什么都想要吧？'"

虽然这话并不好笑，但大家都附和着笑起来。

戈兰像个心不在焉的知识分子。他径直走到吧台去泡咖啡，却两手空空转回来了。他似乎一直被现实困扰着。这里似乎什么也干不成，但又好像没什么要紧的事情需要干。旅馆就这样在绝望与悠闲之间生存着。

斯特凡妮娅是个表情丰富的人，总是让人有种宾至如归的感觉。然而她把眼神从我身上移开说："战争中，这里的保加利亚占领军让我们深受其害。"

"我实在非常抱歉。"我连忙说。

"还有土耳其人。"她补充道。但我感觉自己无法代表土耳其人向她致歉。

斯特凡妮娅的祖父母是土耳其难民。希腊—土耳其战争刚刚打响的时候，他的祖父——那时候还是个孩子——跟随全家遭到流放，被迫离开卡帕多西亚（Cappadocia）土地肥沃的山区，加入到150万安纳托利亚希腊人的西进行列中。希腊的穆斯林也遭到了同样的命运，被迫向东迁移。与此同时，希腊还驱逐了50万说保加利亚语的平民。那时候正值收获季节。在巴尔干地区，悲剧总是发生在收获季节。

斯特凡妮娅全家丢弃了房子、田地、牲畜，乘船从士麦那前往比雷埃夫斯（Piraeus）。他们在比雷埃夫斯遭遇了混战，无法上岸，于是只得继续乘船到塞萨洛尼基，然后从那里继续向北，最后落脚在这片保加利亚人（包括逃往土耳其的波马克人）新近留下的边境村庄。同卡帕多西亚相比，这里又冷又穷，他们一辈子都在思念家乡。斯特凡妮娅说着，突然回过头。有人从卡帕多西亚为她带回来一抔故乡教堂地下的泥土，她把泥土撒在了祖父母的坟头上。

"这样，至少在另一个世界，他们能回到童年的土地上。"

/ 285

夜幕降临，蟋蟀在迷迭香花丛中大声鸣唱，我想象它们的个头大概有马那么大。难民营熄灯了，没有一丝动静。

早先的几十年里，难民营是个边防军基地，那里有斯特凡妮娅曾祖父的一块纪念碑。他是个教师，后来和家族里的其他人一起被保加利亚占领军杀害。斯特凡妮娅全家漂洋过海来到欧洲，却万万没想到被无辜卷入一场致命的边境冲突——他们来自小亚细亚，并非本地人。保加利亚占领军大多出生在这里，同样是在一个收获的季节，他们的上辈人遭到驱逐被迫离开这里。于是，他们从受害者摇身一变成了施暴者，向无辜的人展开报复。然而报复的本质就是如此：不知何故，它总是指向错误的对象。

"正因为这样，我们不喜欢保加利亚人，"斯特凡妮娅总结道，"还有土耳其人。你要不要再来一碗果酱？"

"不过话又说回来，附近有人过来看看也挺好的，"戈兰温和地说，"保加利亚人，甚至是土耳其人。不过我觉得，他们那里也有自己的山景。"

"有件事情让我困扰，"斯特凡妮娅把一小碗李子酱放在我面前，"1923 年，他们必须在信仰和语言之间选一样。他们选择了信仰。"

她的家人以前不说希腊语，他们用的是一种名叫"卡拉曼里塞克（Karamanlithike）"的语言：用希腊字母书写土耳其语，其名字取自卡拉曼侯国（Karamanids）的安纳托利亚王朝，这个王朝曾经遭到塞尔柱突厥人的压迫。

也许她的家人当年完全可以选择语言，放弃信仰，转而皈依伊斯兰教，在土耳其继续生活下去？

斯特凡妮娅摇摇头："问题的重点是，他们所谓的选择只是个摆设而已。"

"再来一杯咖啡？"戈兰说着从沙发上站起身，但等他走到吧台，就已经忘了要干什么。

*

我向斯特凡妮娅和戈兰打听起日科曾经打算带我去的修道院。戈兰听了有点吃惊，不过他看上去总是一副有点诡异的样子。

"我听说过，"斯特凡妮娅说，"一座很老的保加利亚修道院。我从来没去过，没人去过那里。山坡上杂草丛生，你得从河边过去，没可能的。"

"那么修道士呢？"我问。斯特凡妮娅突然扭过头。

"没有修道士。自从内战后就没人住在那里了。"

"不过话又说回来,"戈兰坐在烟雾中发话道,"既然没人去过,怎么知道那里有没有修道士呢?"

村子里的其他人也听说过这座修道院,不过当我四处打听有谁愿意带我去时,大家都只是看着我,仿佛在说:难道事情还不够糟糕吗?

有时候,我会在心里想象那座废墟中的修道院,长生不老的修道士,还有夏日飘雪的情景。只有日科认识那条路,而我却永远到不了那儿,或者即便去了也回不来。因为神话中的赫尔墨斯(Hermes)不但是穿越边境的旅行者的保护神、骗术的鼻祖、雄辩之神,而且也是大限到来之时,护送人去冥界的神灵。所以,赫尔墨斯的鞋是倒着穿的。

/ 棕 熊

约安娜（Ioanna）说，我在山里走了那么多年，只看见过一次熊。其实，我甚至连看都没看见，只是听见了声音。熊就在一片废墟上。那次，同事休病假，我一个人进山巡逻。我听见前面路上传来熊的声音，猜想那应该是头成年雄性熊。我连忙转身返回吉普车，速度快极了！吉普车停在下面，还有好远一段距离。我不断提醒自己，熊不愿意和人类打交道，干吗要打交道呢？

约安娜说，除了斯堪的纳维亚和巴尔干地区，在欧洲大多数地方，由于栖息地遭到破坏，棕熊已经灭绝。罗多佩山的这片地区是仅存的棕熊活动区。捕熊禁令已经实施了二十年，保加利亚的数量较多，而希腊只有几百头。15 世纪前，除了英国，棕熊在欧洲很常见。10 世纪，英国的棕熊被捕猎殆尽。罗马人曾经用棕熊进行角斗士游戏，那时候的棕熊以肉食为主。后来，随着栖息地逐渐消失，棕熊被迫改成素食，当然只是偶尔还能抓点牛羊充饥。

所以，约安娜说，我说这座山里有危险，指的不是熊，而是人。

我和约安娜坐在卡里瓦要塞（fortress of Kalyva）的废墟上，眼望一只雄鹰在空中盘旋。我曾经向戈兰和斯特凡妮娅提起，想找一个会说英语的当地向导，然后便结识了约安娜。

我们背靠着普里阿普斯门（Priapus gate，普里阿普斯是希腊神话中的生殖之神，以拥有一个巨大、永久勃起的生殖器而闻名）。这里原本有一块雕刻着巨大男性生殖器的石板，后来没等寻宝猎人发现就被挪走了。石板上的形象既可以用来表示欢迎，也可以代表排斥，古代人会根据来访客人的身份来决定它究竟代表哪一种意思。

奈斯托斯河谷在我们面前敞开怀抱，周围全是橡树林。冬天刚刚过去，森林里有熊和野兽出没，有废弃的公路，刻着名字的树木，还有标着姓名或无名的坟墓。老旧的公路在山下戛然而止，我们把车停在那里沿着铺满青苔的石阶攀爬而上。

这座要塞是在公元前 9 世纪的色雷斯遗址上建成的，曾经是周边山脊上七座关隘中的一个，用来管控部署在从西部的马其顿直到东部的色雷斯和君士坦丁堡的部队和装备。关隘之间用叫作"friktorie"的火堆传递消息。那时候，通往南方的埃格那蒂亚大道尚未建成，亚历山大大帝率领"野蛮的"马其顿人路经此地一路向东去吞并已知世界，直到印度河沿岸。走进大门，石头上依稀可见一双脚印——据说它是具有法力的保护神，可以用来抵御敌人的破坏。显然，当马其顿遭到罗马人蹂躏时，这块石头已经耗尽了魔力。后来，当地的色雷斯人和外来的赫鲁利人（Herulians）洗劫了这些要塞，他们从公元 3 世纪开始便一直守在这里。

卡里瓦的意思是"林中小屋"，是巴尔干地区迁徙放牧的牧羊人几个世纪以来居住的带有一两间屋子的简单木房子，有的小屋里还有火炉或者壁炉。

我们驶下山里弯弯曲曲的柏油路，开进密林深处。约安娜说，这里的路铺得非常好，完全是依照自然的轮廓建成的。几年来，她一直在这片罗多佩山区行走、研究，在地图上标注山中小道。

"林业部门干了件可怕的事情，"约安娜说，"他们把古道变成了林业土路，破坏了自然的痕迹，抹掉了这片土地上鲜活的历史。"

我的小型雷诺车不适合在这样的道路上行驶。

"没问题，我能让它变身吉普。"约安娜说着，坐到驾驶座上。她开着车在森林里一连跑出好远也没有遇到任何麻烦。

约安娜和我同岁，从小在雅典长大，后来在贝尔格莱德攻读英美文学。科索沃冲突爆发后，美国轰炸贝尔格莱德，她和许多留学生一样，没等拿到学位便回到了家乡。那时候，她在塞萨洛尼基当老师，但后来发现自己并不适合教师职业，也无法适应那种一到周末便要和公公婆婆共进午餐的家庭生活。约安娜嫁给了一名律师，她的丈夫喜欢过未来笃定有把握的日子。

"我当时 30 岁，突然发现自己不是在为自己而活。我正过着成千上万的女人都在过的普通生活。"

约安娜决定违背丈夫的意愿，参加健身训练课程。当她发现自己收到了百余条侮辱短信，而发信息的人竟然是她的丈夫时，便毅然和他断绝往来，永远地离开了那座城市。

"我不想提起那段往事，"她说，"因为它并不重要。我要走自己的路，当我回头看时，我一直在走自己的路。"

她的父母思想保守，她是家中唯一的孩子。

"他们的生命里没有大山，而我却是为大山而生的，"她说，"我一直生活在海边，但我的血液里有大山。"

约安娜相信自己是希腊独立战争中指挥击败奥斯曼土耳其的伯罗奔尼撒将军科罗克特罗尼斯（Kolokotronis）的后代。这一信念让她从内心获得了无法从外部得到的支持。

"所以我来到这世界的尽头，一头扎进了森林。所有人都告诉我，你不行的！"

她大笑起来，"哈哈哈！"这是我熟悉的笑声。

"我喜欢听别人说，'你不行'这句话。你不能开吉普车！你锯不了那棵树！你走不了那么远！"

女人通常要经过一番斗争才能获得个人能力，约安娜既有能力，又擅于斗争。她让人感觉，万事皆有可能。事实当然如此，为什么不呢？虽然村里人都认识约安娜，知道她住在教堂旁边，但之前当我们俩沿着铁路穿过村庄时，咖啡馆里的男人见我俩身穿登山服、脚蹬靴子的样子，那眼神仿佛看见了外星人。

/ 291

"我的生活，我的爱，全部都在罗多佩山里，"约安娜说，"你想象一下，一个单身女人生活在这么个小地方会是什么感觉？"

我能想象出来，从咖啡馆里那些男人的眼神中就能看出来，他们同样也容不下我：我既不是带孩子的妻子，也不是娼妓荡妇，那我到底算什么呢？

"没错，"约安娜道，"你概括了我在这儿的生活。"

她告诉我，奈斯托斯山谷地处偏僻，各个村庄离群索居，这些造就了当地人的性格。1990年代末之前，希腊边境部队一直在这儿驻扎——作为惩罚年轻士兵的岗位——三天两头查验身份。人们对外来者持封闭、怀疑的态度。老军事基地改成难民营时，当地人的反应很不光彩：他们举行了抗议。她在这儿住得越久，感觉和人们越疏远，倒是和森林、动物变得更加亲近。

"也许这就叫边境综合征。"我说。

"如果这算是的话，那就得付出代价。"

她和一条德国牧羊犬生活在一起，她的男友住在海滨城市，是希腊著名的登山家。去年冬天，他在登山过程中突发了严重的心脏病。

"只有在那时候，"约安娜说，"当他命悬一线的时候，我才意识到我们已经迷上了各种险境。你看，对我来说，登山还远远不够。奥林匹斯山不够，保加利亚的穆萨拉峰（Musala）也不够。如果3000米还不够，那接下来呢？"

于是她在男友的陪伴下开始攀岩。而他已经登上过喜马拉雅山。

"有很多次，"她说，"我贴在岩壁上往下望，心里想，只要掉下去，我就活不成了。攀岩成功是件让人振奋的事，但不成功的感觉，你只能经历一次。"

约安娜手扶方向盘瞥了我一眼，她知道我之前的反常经历，并且告诉我，走那条路简直是疯了。

"你可得小心点，别一心沉溺于搜集故事，"她说，"因为这和攀岩一样，一旦失手，一切就结束了。"

*

约安娜带着我一起在森林里巡逻。"这样巡逻是为了寻找什么呢？"我问。

"偷猎者、非法伐木者、毒贩子，还有移民。"她回答。

有一次，她发现了一个背着双肩包的男人。约安娜本可以把那人带去警察局，可对方看上去那么憔悴，她不忍心让其落入更惨的境地，于是便开车把他送到了最近的村庄，让他自寻活路去了。她甚至都没问那人叫什么名字。

约安娜知道不能陷得太深，这一点我得向她学习。

"我绝不会一个人独自进森林，"她说，"那里太危险。你可能摔折了腿，到死都没人发现；或者你可能被野猪撞伤，受到奸人偷袭；还有一种可能，你的车胎瘪了，你换胎的时候，天却突然黑了。"

约安娜能在 15 分钟内换完一条车胎。她会剥兔子皮，会寻找水源，还会急救。她总是背着一把电锯，因为冬天的时候路上会有树枝阻碍通行，清理路障是她的职责之一。

在我看来，约安娜的工作充满风险。她身上没有武器，却要对付入侵者，周围没有手机信号，任何做坏事的人都可能在几分钟内消失得无影无踪。

在希腊，护林员职业和 28 个国家公园都是新事物。由于国家实行财政紧缩，约安娜已经有一年半没拿到工资了。情况变得如此糟糕，她最后决定对寻宝猎人网开一面。毕竟，寻宝猎人每次都会带着地图来找她，她是这里唯一的人类。让我诧异的是，她之前竟然从没试图和寻宝猎人做过交易。地图上都有非常准确的指示，很有诱惑力，她拿到地图后，便出发了。

/ 293

"我和我的一个女性朋友一起，"她说，"因为千万不要独自进入森林，我刚才说过的，是吧？"

整个 1940 年代，英国为支持希腊左派游击队，经常在边境地区空投现金、枪支、地雷，甚至人员。然而希腊人民解放军的游击队员数量远不及美国支持的政府军，而且最后还被铁托和斯大林这两个损友出卖。最后英国人取消了援助，将希腊人置于悲惨的境地。随着希腊内战的结局日趋明朗，成千上万幸存下来的游击队员纷纷越过边境进入保加利亚和阿尔巴尼亚，再从那里去往世界各地。这场战争打响了冷战的第一枪。

约安娜告诉我，让寻宝猎人兴奋激动的是后来发生的事情。游击队员在边境两侧附近的村子——包括长寿村——寻找食物和生活用品时，会把钱埋在石头下面并标上记号。他们自己进村非常危险。如果送信人死在森林里，或者中间人当初找不着那笔钱的话，它们就至今仍在那些带有标记的石头下面。

约安娜说:"于是,我带着地图进了森林。"

地图上的指令写着:找到一块刻着皇冠图案的石头,从这块石头往东走 7 米,有一块被猫头鹰挠过的石头,然后就会看见一座穆斯林坟墓,宝贝就埋在那个地方。两块石头都找到了,但我们寻了一整天也没见着坟墓。

几个月后,约安娜在这片地区巡逻时发现,刻有皇冠图案的石头被人搬动过,底下露出一个大洞。显然她离开后,有人来过。"他们也许发现了什么,"她说,"因为这里的成年男人几乎人人都有过至少一次寻宝经历,有些人还收获颇丰,甚至可以说是发了笔财。"回村时,约安娜给我指了指咖啡馆里一个戴皮帽的时髦男人,他正被一圈人众星捧月似的围着。她小声告诉我,他就是个发了财的寻宝猎人,别人叫他"鳄鱼邓迪"。"邓迪"朝约安娜挥挥手邀请我们进去一起喝一杯,但她礼貌地挥下手拒绝了。她宁可与这些人保持距离。

其间,我们曾经到过一个森林洞穴。山洞看起来挺深。

"你上哪儿去?"约安娜冲我喊道,可我已经进了山洞,走上一条小道。她大笑起来。

"天哪,你简直和我一样疯狂,太好了。"

"邓迪"曾经对他的伙伴说,进了这个山洞有条通道,一直走就能到达卡瓦拉港。

"我和一个朋友来过一次,"山洞里嗡嗡地响起回声,约安娜追上我说,"我们带着手电筒进去了。我不想毁掉什么幻想,但我们确实没发现里面有什么通道。"

约安娜说,山洞的尽头就在山中,坦白地说,这样反而让人松口气。她可不想从地底下一路走到爱琴海。

"但'邓迪'肯定发现了什么。这取决于你愿意走多远,"她说,

"我觉得自己从本质上就当不了寻宝猎人。"

我们回到车上，沿着陡坡往上走了好长一段，来到一处由许多木屋组成的阿尔卑斯山风格的建筑旁。这里海拔高，空气稀薄，是马拉松长跑者、自行车手和户外运动爱好者集中的地方。

经理是个退休上校，名叫萨诺斯（Thanos）。他看上去不像军人，倒更像个山民。萨诺斯个子不高，胸膛宽厚，脸部的轮廓像石头雕刻出来一般。他不苟言笑，但本来这里的山民也不是整天乐呵呵的那种。

他的朋友给我做了个三明治，当得知我和约安娜此行的目的后，他们又递过来一个三明治，而且还拒绝收钱。

"边境都是荒凉之地。"他的朋友笑着道。他个子不高，梳着马尾辫，饱经风霜的面庞上一脸睿智。他们俩都是快 60 岁的人，但小腿壮得像铁块一样。

这片森林名叫"海都（Haidou）"，是"强盗"的意思。"好强盗还是坏强盗？"我问。

"兼而有之，"萨诺斯说，"就像最真实的边境故事一样，历史书上找不着的那种，是实实在在的人的故事。"

萨诺斯在部队服役时，就在这片山区当通讯官。

他说，1970 年代之前，森林并不是现在的样子——那时候只有桦树，而且树木比现在稀疏得多，松树是后来种上的。那就意味着，过去这里的视野要清楚得多。他用手指向一块和审判崖大不相同的岩石。

"它叫 Mavri Petra，"他说，"意为'黑色的石头'。那是真正的边界，边境两边的人习惯以它为目标。只要一直盯着这块黑色石头，你就不会迷路。"

他在森林里见过不少逃亡者，有些人的处境非常糟糕。

"我们这边日子挺难，"他继续道，"不过，没有你们那边那么艰难。至少我们用不着被迫杀人。"

萨诺斯和朋友一起在海都森林所做的一切，让大山恢复了人性的一面。山下美丽的村庄已经被毁灭了四遍：难民流出、第二次世界大战、希腊内战，接着是冷战。出于报复，保加利亚占领军的行刑队枪杀了其中一座村庄里所有的男人。全村只有两个男人侥幸捡回性命——一个站在后排的大个子和他的朋友，后者被一把推倒在地。两人一同滚落进树木茂密的山涧，行刑队最终也没有找到他们的踪影。萨诺斯说，保加利亚占领军的指挥官曾努力想要制止这场屠杀，最后却和村民们一起被部下枪杀。再后来，那个村子在内战中彻底消失了。

只有波马克人的村庄在经历了所有的一切之后，依然在繁衍生息。

"因为波马克人是这里真正的山民。"约安娜说。

"幸好一切都过去了，"萨诺斯说，"森林属于老百姓，它不是政府的。"

萨诺斯正和朋友一起策划在秋天组织一场特殊的长跑。他俩打开地图向我们展示：从我们所在的地方出发，沿着罗多佩山脊的自然边界往西，然后进入保加利亚，真正的攀登将从那里开始。参赛者要翻越里拉山脉，终点是海拔 2240 米的奈斯托斯－梅斯塔河的源头。

"我一直想，自己要在有生之年干成这件事，"萨诺斯抬头望着那块黑色石头，"过去，我办不到，只能看看而已。"

"你们想来参加吗？"他扭头看着我和约安娜，可是我的腿脚不够壮。

"也许我能走下来。"约安娜说，她是认真的。

"我很乐意。"我说着，心里有种莫名的感动。但最终我俩谁也没有参加。

告别的时候，萨诺斯把一只手按在心脏的位置。

*

"我要给你看样东西，"约安娜说，"你肯定喜欢，不过咱们得走一段。"

我们在海都森林里走了约莫一个小时，来到一片成熟的山毛榉林。每隔一棵树的树干上都刻着名字和日期。

我查看地图，发现这里正好和边境另一侧的审判崖遥遥相对。连接两个国家的公路在审判崖戛然而止。村民艾里曾经在 47 号界碑旁给我讲过一对捷克夫妇的故事。如果当时一切顺利，那对捷克夫妇最终会在这里刻下他们的名字，萨诺斯会在瞭望塔上看见他们，并为他们做一顿三明治。还有托尔多（Todor）、格里戈尔（Grigor）、伊尔乔（Ilcho）呢？他们的名字也不会出现在这里。他们早就被枪杀在 37 号界碑旁。

"你看。"约安娜轻轻抚摸着一棵标记着"1949"字样的树。随着时光流逝，树木渐渐长大，上面刻着的希腊字母签名已经变形到难以辨认。

你会舍不得离开这些树，它们就像一个个活生生的人一样。当你转身，仿佛能听见他们在窃窃私语。树上标记年代最多的是 1940 年代，那时候希腊正在经历战争与饥饿；其次是 1990 年代，那是保加利亚的贫穷饥饿年代；还有 50、60、70 和 80 年代，那是冷战时期。这些人成功逃离了苦难，或自以为脱离了苦难。有一棵树上标记的年份是"1997"，上面用西里尔字母刻着：

ЗОРА

她叫卓拉（Zora），她此刻在哪儿呢？

　　"我不知道。但我肯定，三四十年之后，你我都已不再世上。这些树会长大，"约安娜抚摸着卓拉的树说，"所有的一切会渐渐水落石出。"

卓拉告诉我，烟叶5月下种，8~9月采摘。采摘烟叶分四个步骤，每次从一株烟草上摘取3~4片叶子。采摘烟叶要从下往上，先摘最下面的，然后依照步骤逐渐向上，叶子会随之变黄卷曲。整个烟草行业都不好干。现在他们种的是类似弗吉尼亚烟的大叶种，而不是东方烟草。后者属于小叶种，香气芬芳，然而弗吉尼亚烟叶更容易让人上瘾。大多数牌子的香烟中都含有85％的弗吉尼亚烟叶，要的是它的颜色；剩下的则采用东方烟叶，取其味道。弗吉尼亚烟叶长得很大，采摘后需要送进烤房烘干，直到变成棕色。这些烟叶被运送到克桑西，再从那里去到不知何处。

这里只种植两种作物：烟叶和土豆——从山上望去，到处皆是绿色的方块地。卓拉点燃一根万宝路，微微一笑，仿佛害怕失去它似的。

　　卓拉短短的指甲上涂着白色指甲油，用来掩盖下面那层淡淡的黄色。她长着一张心形面孔，一双绿宝石般的眼睛，一头金发。和她的嗓音一样，她的美丽中带着一丝粗犷。她做事谨慎而自信，似乎除了相貌以外，她所拥有的一切全部都来之不易。

　　我能找到卓拉（即在树干上刻下名字"3OPA"的人）纯属旅行中一次意外的运气。萨诺斯曾在言语之间提到"有个女人在山里徒步走了一个星期"，当我行至卓拉所在的村子时，人们给我指了路。卓拉住在通往村外烟叶地和土豆田的一条陡坡上。

　　"我管这条路叫'窗户街'，"卓拉笑着说，"一户人家一扇窗，全都颤颤巍巍地挂着窗帘。"

　　我们拾级而上去卓拉的家，女邻居们突然手持扫把来到街上。街道尽头有一处干涸的石头喷泉。估计从前水里面也是含铀的。难道这里的男人都被铀毒死了？我正踌躇着，卓拉扬起了下巴。这是希腊人的一种表达方式，表示"不"、"我不知道"或者"只有上帝才知道"。

　　卓拉41岁，与我和约安娜同岁。

　　"我20岁懂事，30岁嫁人，不到40岁成了寡妇。"她一副很坦白的口气。

　　当我问起她的丈夫时，她转身关上门，脱掉鞋说："哦，他是个好人。"她声音不大，但我分明看见她眼里闪动着泪花。

　　卓拉不习惯长篇大论地回忆。因为无处安放，她只好把经历的一切都埋在心里。她的厨房不大，但很洁净。相框里嵌着一张夫妇俩相濡以沫的照片。她的丈夫生得虎背熊腰，神情轻松自在，伸出一条胳膊搂着她。

　　曾经有很多年，卓拉一直在希腊外交部的黑名单上，但你只有离境或者入境时才会发现自己是不是黑名单上的人。非法越境许多年后，卓拉第一次回保加利亚探望父母。当她回希腊时，却被拒绝入境。她从此陷入了困境："他过境去看我。每半年可以待上一个月。遇上暴风雪的时候，要在冰天雪地里开车 10 个小时。冬天的时候，我们只能彼此分离。"

现在卓拉拥有丈夫留下的房子，还有三杆猎枪。它们被包裹在黑色的毯子里，躺在一张晾着香草的多余的床上，窗帘永远闭着。

卓拉来自巴尔干山区的一个小村庄。她 20 岁出头便遭遇了国家最黑暗的那几年——1990 年代，即所谓的"转型期"。恶性通货膨胀和高失业率把国家折腾得筋疲力尽。卓拉所在的城市早已破产，根本找不到工作。保加利亚、罗马尼亚、阿尔巴尼亚等前社会主义国家制造了一大批非法移民。作为其"表亲"，当时尚且繁荣的希腊是人们最普遍的移民目的地。这些移民和迪拜的孟加拉人一样，是现代社会的奴工。希腊不愿意合法地接收这些穷亲戚，于是一切只能以非法的形式存在：卑微的体力劳动、照顾年老体弱的人、性工作者。卓拉准备从事前两项工作。

两年之内，卓拉尝试了四次，最终进入了希腊。

第一次，她被希腊边境巡逻队逮住遣返。

/ 301

第二次，她和另外两个女孩一起被困在马其顿的一个烟叶仓库里——"我们能得救，简直是奇迹。"她说。事实上，有人救了她们。一天晚上，那人打开锁，让她们赶快逃跑。卓拉和两个女孩已经被拉皮条的人盯上了。

第三次，她试图在冬天越境，却不幸患上感冒。她倒在了森林里，无法再朝前走。人贩子出于同情，几乎是背着她一路走了回来，而且没管她要钱。

她不太记得那个人贩子的长相，只知道他生得金发碧眼，来自一个波马克村庄。

"那是日科！"我说，但她只是勉强一笑。她是个遇事不惊的人。

第四次，她成功了。可是她徒步行走了整整一个星期。我极力想象在这座能让人发疯的山里漂泊一周是什么感觉，但我想不出来。

"我们迷路了。"

包括人贩子在内，他们一共六人。人贩子收取每人500美元，却不认识路。他们一直在绕圈子，白天躲在山洞里，只能晚上赶路。那时的边防军管得不严，但猎狗的鼻子很灵，随时可能发现他们。当时正值9月，狩猎季节刚刚开始。

"唉，"她用希腊语叹道，"我不记得吃过什么东西，只记得从地上的牛脚印里接雨水喝，"她说，"我们就是那样，穷得没有别的路可走。"

卓拉的记忆中只有支离破碎的片段，就好像你想要忘记的噩梦中的画面一样，她说。

"我有一件皮夹克，"她挤出一丝笑容，"那是我最珍贵的财产。为了保护它不被荆棘划坏，我把它里子朝外反着穿。可是里子连同皮子全被撕成了碎片。等我到希腊时，已经衣衫褴褛得不像样子。"

第七天，他们来到一座瀑布旁，就是俄耳甫斯和玛尔塔现在住着的地方。人贩子把他们留在那里，自己揣着钱溜了。

"他其实和我们一样，也是个不幸的人。他饱受惊吓，又迷了路，身上只有一件衬衫。"

这群狼狈不堪的人到达第一个村子后便各奔东西了。卓拉在一块烟叶地里睡了好几个晚上。

"你也许以为，我们一起经历过困难，彼此之间会继续保持联系，"她说，"但是我们并没有。我们都想尽快忘掉那段经历。"

开始的几年里，卓拉靠打零工挣钱，每天担惊受怕，生怕被人告发，被驱逐出境。后来，她遇到了她的丈夫，一个全家从士麦那迁来的希腊人。我猜想，他应该懂得放逐的滋味。

"你准备怎么处置这些枪？"我问，"你打猎么？"

"不，我不。你一旦当过猎物，就再也不想打猎。但我不能卖了它们，那是他的枪。"

在希腊，必须通过心理测试并且是正式公民才具备拥有枪支的权利。

"我通过了测试，至少了解自己精神正常。可我不想要希腊护照。"

实际上，她是害怕再次经历一遍繁文缛节的政府手续，害怕履历中突然冒出不堪回首的往事。

"其实也不关护照的事，"她说，"而是看你想要牢牢抓住什么东西。"

卓拉现在可以自由自在地旅行，但她很少去边境对面。她在故乡感觉自己格格不入，在这边的石头村里又始终是个外国女人。

"哦，也许我根本就不属于任何地方。"她的语气中没有一丝自怨自艾。

卓拉的电话一直在吱吱地响着接收短信，她始终一脸微笑。她喜欢男人，男人们也喜欢她——一切都写在她的脸上。我不禁感到欣慰：卓拉拥有美好的爱情生活，至少她比这一年龄的大多数女人都强，许多人似乎已经放弃了爱情，放弃了爱男人，只得无奈地一味忍受着。

在古希腊，有一类身份特殊的女性：交际花，即受过教育的妓女。当时的已婚妇女过着比奴隶强不了多少的禁闭生活，而交际花却享有和男人类似的公民权利，但有一个前提条件：她们永远不得结婚。荣格的学生托尼·沃尔夫（Toni Wolff）将女性形象分成四类：母亲（mother）、女战士（Amazon）、普通女性（medial woman）和交际花（hetaira）。母亲这一角色对于有需求的人很有吸引力；女战士满足人们对于变革的集体需求；普通女性连接物质与精神两个世界；而交际花是用来呵护男人的。卓拉穿着破破烂烂的皮夹克来到希腊之后，她在黑市上有三条路可以选择：妓女（交际花）、照顾老人（母亲）或者从事体力劳动。1990年代，许多保加利亚女人非法进入希腊后，干的是一种将前两者合二为一的活儿：她们搬到老年男性的屋里同住，打理他的一切需求。或者，她们的服务对象也可以是老年女性。有养老金的希腊人都享受着高标准的生活，完全花费得起这笔钱。这样的服务关系往往可以持续很多年，双方渐渐建立起深厚的感情，甚至还有继承主人（女主人）大笔遗产的事例。而交际花和照顾人的母亲的角色一样，身上都带有抹不去的奴役色彩。托尼·沃尔夫所说的几种角色一旦失去平衡就会堕入阴暗——控制欲极强的母亲、暴力的女战士、在劫难逃的卡桑德拉（Cassandra，希腊神话中不为人所信的预言者）、蛇蝎美人——我在想，卓拉内心是不是也有类似的阴暗面。如果有的话，她为了生存，定是在跨越边境的那一周蜕掉表皮，长出了新的一层。

*

卓拉该去地里干活了。她替别人打理烟叶田，在自己的地里种些她喜欢的东西——用来做沙拉的蔬菜、西红柿，还有保加利亚玫瑰，那是她去世的丈夫最喜欢的花。我们俩站在阳台上，四周的群山隐约可见，通往边境的道路就在眼前。她就住在这样的图景中，那是她自己逃亡的画面。显然，她无法忘记那段经历。

我提了个一直萦绕心间的问题。当年为了越境，她失败了那么多次，为什么没有放弃呢？

她第一次露出诧异的神情。

"因为我想生活在这里，而不是那里。自由是最基本的人权，不是么？"

她和丈夫没有孩子。"有个孩子当然很圆满，但人拗不过自然界。不留痕迹地过完一生也挺好，"她说，"难道不是么？"

"除了那棵刻了名字的桦树。"我接着道。她笑了，笑得很谨慎。

"哦，"她说，"那是我第一次越境时刻下的，我还以为那很容易呢。"

穿黑衣的邻居又出来了，扫着一尘不染的地面。她朝上瞥了我俩一眼。我不禁思忖，难道她的丈夫迷上了卓拉？或者整条"窗户街"上的丈夫们都喜欢卓拉？甚至连我都有点儿爱上她了。我想起《希腊人左巴》(*Zorba the Greek*)中那个克里特乡村寡妇。这个漂亮的女人被追求者杀死，被妒忌她的村妇们蛊惑怂恿；她的情人，一个知识分子，则因为过于怯懦而没有救她。

但卓拉懂得如何自救。她抽了一口弗吉尼亚烟，透过烟雾冲我眨眨眼，那绿宝石一般的颜色正在她眼里闪动。卓拉这个名字本是黎明破晓的意思。

"下次你来，住我这儿吧，"她说，"我们干点儿有意思的。因为一切还没有结束，是吧？事情还没结束，等着瞧吧！"

/ 305

她的笑声传到下方的石头街上，撞在墙上反弹回来，但大山接受了这份笑声并将它放大。笑声仍在回荡，黑衣的邻居扔下扫把进屋了。

海水翻卷，

白浪滔天，

这片海岸好像是世界的尽头，

再往前迈出一步，

就进入传说中的所在。

——《破碎的道路》，帕特里克·莱斯·弗莫尔

（Patrick Leigh Fermor, *The Broken Road*）

/ 西南风

西南风跨过爱琴海吹向土耳其和希腊。它有时带着撒哈拉的尘土来到色雷斯平原，一路直抵黑海。温暖持续的风给万物涂上一层银白色，那是记忆中南方的童年和文明的一抹色彩。所以保加利亚人叫它"白色的风（byal vyatar）"，爱琴海也就成了"白海"。

道路沿着希腊境内的罗多佩山东坡一路向下，进入开阔的色雷斯平原，与消失的埃格那蒂亚大道保持着平行。虽然道路两旁的树木一片银装素裹，但我的车却感受到海岸刮来的烈风。那里有亚历山德鲁波利（Alexandroupoli）和卡瓦拉两座浸淫在黎凡特记忆中的城市。这是一条多车道的一级公路，但奇怪的是路上几乎没有车辆。我不禁怀疑自己是不是走错了路。可是一路上并没有拐弯岔道，这是一条通往土耳其边境的笔直大道。一阵旋风像看不见的奔马一样疾速扑来，夹杂着灰尘、花粉和海盐的味道。

道路突然一拐，背朝爱琴海，沿着埃夫罗斯－马里乍河向上游而去。道路与空中舞动的长腿鹤一起来到宽阔的三角洲中部，从索弗里（Soufli）层层叠叠的屋檐下穿行而过。这座城市在16世纪由阿尔巴尼亚商人建立，或许得名于附近的一座德尔维希修道院（dervish monastery）。到19世纪，索弗里和丝绸城一样，成为蚕丝业中心，通过卡瓦拉港与世界各地进行贸易往来。奥斯曼帝国时期，索弗里因其大量的穆斯林人口而享受免税。但和奈斯托斯河谷，以及所有曾经存在边境争议的地区一样，索弗里现在成了"希腊文明的摇篮"。不过，自从1923年索弗里划归希腊之后，桑树种植面积连同丝绸市场一起一直在逐步萎缩。如今这里已经是欧洲唯一生产丝绸的地方。

在一家路边丝绸店里，一个黄头发高个子、心不在焉的女人为我端来一杯咖啡。它在这边叫希腊咖啡，过了河就成了土耳其咖啡。我们坐在过路卡车扬起的尘土中，她说："河对岸是土耳其，沿着河一直走是保加利亚。没问题。你在雅典睡不着觉，在这儿就能睡好。"

这条河名叫"赫布鲁斯（Hebrus）"，是由原来的名字"埃布罗斯（Ebros）"罗马化后得来的。① 赫布鲁斯也是古罗马诗人奥维德笔下"冰冷的罗多佩女王和傲慢的哈伊穆斯国王"膝下的儿子。从奥维德的时代回溯七个世纪，一位希腊诗人曾经写道："埃布罗斯，你一直流淌，你是最美的河流，穿过艾诺斯山（Ainos），流进浑浊的大海，越过色雷斯……少女们纷纷去探望你，濯洗她们可爱的双腿。"从那时候起，一切就开始走下坡路了。希腊和土耳其在赫布鲁斯河两岸陈兵数十年，双方的领土争端从希腊—土耳其战争一直延续到冷战。后来，赫布鲁斯河成了非法越境的通道。我从店里买了一包丝绸围巾，不仅卖丝绸的女人，连我自己都为此感到诧异。也许这是为了纪念旧日黎凡特文明毁坏之后幸存下来的一点点美丽吧。

/ 311

在卡斯坦尼小镇，咖啡馆里桌子旁边的男人们一副昏昏欲睡的样子，仿佛个个中了魔咒。过了卡斯坦尼便是希土边境的检查站。希腊军官打着哈欠挥手让我通过，可到了土耳其这边，迎接我的却是精神抖擞、全副武装的士兵。海关官员里里外外把我的车查看了个够。他们甚至拆掉了我在埃迪尔内买的一枚小小的铜制苦修士纪念品。"有大麻么？可卡因呢？"海关人员嘴上问着，仿佛心存希望

---

① 即前文所称的赫布罗斯（Hebros）和埃夫罗斯（Evros）。

似的。我想起了电影《午夜快车》（*Midnight Express*），竭力让自己保持从容。他查看了我的护照后道："上个月你从保加利亚进入土耳其。为什么？"我告诉他，自己正在写一本书。他砰的一声关上汽车后备厢，决定放我过去，但只此一回。"是个爱情故事？"他咧开嘴笑起来。"是的，是的。"我松了口气。这是个爱情故事。

希腊和土耳其之间有一条长长的通道，两边的高墙上扎着带刺的铁丝网。它像婴儿出生时的产道一样，那么窄，而且是单向的。一只落单的粉红色火烈鸟从头顶飞过，发出一声饱含希望的鸣叫向东飞去。我终于走出这条通道，来到了土耳其，愉快而轻松地踏在曾经属于希腊卡拉加奇，铺着鹅卵石的道路上。穿越这样的边境有一种难以言说的压力，那是一种渗入细胞的感觉。即便你手持货真价实的护照，即便是在白天，即便没有任何东西需要申报，也是如此。

我一路颠簸着驶过埃迪尔内的石桥，经过喜力酒店，还有那个带着三条腿牧羊犬的牧羊人。沿着空无一人的公路往东南方向行驶一个半小时后，洛多斯风（lodos，土耳其语，即西南风）把我吹到了克尔克拉雷利。

克尔克拉雷利位于色雷斯地区，是一座繁荣的城市，其所在的克尔克拉雷利省是土耳其 81 个省份中唯一由女性执掌的行政区。市中心竖立着一座穿短裙的女学生铜像。巴尔干其他地区的穆斯林拥入克尔克拉雷利取代基督徒之前，希腊人称它"Kirklisse"，意为"有 40 座教堂的城市"，保加利亚人叫它"Lozengrad"，意为"葡萄之城"。从前城里几乎一半人口为犹太人；如今只剩下一户犹太家庭，他们是城里加油站的老板。老基督教区亚伊拉（Yayla）漂亮的木质民居和教堂摇摇欲坠地站立在山上。其中有一座是希腊前高官的豪宅，或者可称其为官邸。它已经被改造成一家名叫"古斯托（Gusto）"的欧洲风格酒店。酒店老板是一对时髦的夫妇，他们是波斯尼亚和保加利亚穆斯林的后代。你可以在古斯托酒店的阳台上品味浓烈的色雷斯葡萄酒，眺望点燃灯火的夜景。有人说，克尔克拉雷利是欧洲第一个有人居住的城市，这里气候宜人，有利于种植一切可以食用和吸收的作物。

曾几何时，克尔克拉雷利是个国际化的都市。远眺塔尖林立的城市，让人不禁思索：如果说历代帝国实施了民族混合；后来的单一民族国家拆散了民族混合，那么接下来呢？古斯托酒店的阳台上凉风阵阵，东方和西方在眼前平原上的葵花地里交融。地平线上似乎有一列长长的难民队伍由东向西走来。也许在我们的时代，这场暗流涌动的混战能带来一个好处：它将实现一次全新的民族再融合。或许在葡萄酒的作用下，我的这个想法过于乐观了？

克尔克拉雷利郊外有两条路。其中一条向南通往伊斯坦布尔和亚洲。但既然身在此处，那意味着你已经踏上了另一条路，因为克尔克拉雷利是通往斯特兰贾的欧洲门户。

内夫扎特住在克尔克拉雷利。我在山那边的"迪斯科"咖啡馆邂逅了这名摄影师。再次重逢真的是太好了。他和妻子努尔塞尔（Nursel）像失散许久的亲人一样，张开双臂欢迎我。

*

"想去哪儿？"内夫扎特问我。

他请了两天假。我一大早在克尔克拉雷利城外的一个路口接上他，准备出发。

"去河边，"我回答，"那条界河。"

"好，"他笑了，"我老家的村子帕斯帕洛夫（Paspalovo）就在那里。"

他递给我一个刚刚出炉的土耳其面包圈（simit），一个香气四溢、中间有孔、撒满芝麻的面包。随后，我们朝着斯特兰贾出发了。

帕斯帕洛夫？我的地图上没有这个村庄。内夫扎特咧开嘴笑了。

"那是它从前的名字。"他解释道。

自从村里的居民由保加利亚基督徒换成"内夫扎特们"（指距离长寿村以西数小时路程，一个罗多佩山村里的波马克人）之后，这个村庄就不再叫帕斯帕洛夫，而是改名成了阿姆特维伦（Armutveren）。努尔塞尔一家是兹拉马地区的波马克人，他们不但是保加利亚人而且还是穆斯林，在希腊属于"多余的人"。然而第一次世界大战时，即便保加利亚人占领期间，这些波马克人仍然选择了出逃。那时候，努尔塞尔和内夫扎特的祖父母还很年轻，他们顺着我来时的方向，沿着埃格那蒂亚大道来到这里。他们赶着牛车一路徒步，在爱琴海刮来的白色西南风中瑟瑟发抖。

/ 314

巴尔干战争中的难民全靠牛车赶路。人们说，因为牛不同于骡子和马，它们不会在陡坡面前止步不前，而是靠膝盖继续前行。

内夫扎特的祖父母终于到达了土耳其一侧的斯特兰贾，这里有大量的空房子，但所有一切都变了：空气、土地、山的样子。整个家族只来了一半的人。他们太想家了，于是在三年后重新套上牛车，迎着西南风踏上了回乡的道路。然而罗多佩山里的房子已经被别人占据了。因此，他们只好第三次出发，踏上向东的漫漫长路，穿过罗马人曾经踏足的罗多佩山里幽暗的关口，越过色雷斯平原。这一次，他们在潮湿和陌生的斯特兰贾的环抱中永久定居下来。一天，内夫扎特的祖父放牧归来，发现年轻的妻子正在哭泣：你为什么哭？

出发时，她的弟弟在一片混乱中被落在罗多佩的大山里。全家人离开时，男孩正在山上放牧。父母已经去世，现在只有羊群与他为伴。内夫扎特的祖父听完后，跨上马，吻别妻子，准备第四次穿越边境。幸好两边的士兵都挺有同情心（收受贿赂的时候还算手下留情），他飞驰奔入罗多佩山，一路险渡河流，躲避强盗，终于找到那个孩子，把他偷偷带进土耳其，收留了他。

内夫扎特从小听着这些故事长大。史诗般的穿越在他心中占据着重要位置，谜一般的家族起源与旅行神话相互交织。它不是寻常普通的祖先开拓和传承故事，而是一段了不起的历史插曲。

那是一段罗多佩波马克人的故事：对离去的人而言，大山变了；对留下的人而言，他们的名字变了。所有这一切都写在内夫扎特的脸上。每个家庭都会以一种神秘的方式从众多家庭成员中挑选一人，让未来变得更有意义。内夫扎特就是那个中选之人。他白天在精品裁缝店里当领班，是个现实的居家男人。一到周末，他就背着帆布包走在斯特兰贾的山中小道上，用相机记录它的各种面孔和沉寂的模样。他拍摄的肖像能看透人的灵魂。

两年前，他获准办理签证，去罗多佩山中祖父母的老宅。我就是在那时候认识他的。

"第一眼看到罗多佩山的时候，我的心狂跳不止。"

内夫扎特是家族出走 100 年来，第一个回到故乡的人。他说，对摄影者而言，土耳其是个无穷无尽的宝库，然而他只想回到罗多佩。

"因为那里有东西，"他说，"是一些被落下的东西。"

内夫扎特和努尔塞尔年纪轻轻便在边境的村子里结了婚。两个孩子上完小学后，他们决定搬到城里居住。他们至今仍然住在克尔克拉雷利一套舒适的公寓里，两个孩子已经长大成人。夏天的时候，努尔塞尔回村打理花园的时间越来越长。虽然现在村里只剩下几十个居民，但内夫扎特说："退休以后，我们打算住回去。"

我和内夫扎特在斯特兰贾空旷的道路上行驶了数日，夜幕降临时回到克尔克拉雷利。虽然夫妇俩盛情邀请，我还是住在了酒店，但在他家用餐。努尔塞尔的脸庞长得像她的名字（意为光线），她总是张开双臂对我说："饿了吧？开车那么长时间！"

/ 316

是的，我们走过的路程比地图上标示的更长。在斯特兰贾，你永远无法提前作好准备。斯特兰贾的河流滋润了伊斯坦布尔，尽管人们说，它们流到工业城市吕莱布尔加兹以南时，河水已经被焦油染成了黑色。一年中有几个月，斯特兰贾在北风中瑟瑟发抖，波马克人称其 "studenyak"，即冷风。北风和爱琴海吹来的西南风在此合二为一，当你连续数日行驶在山中时，会亲眼发现，斯特兰贾没有经历过冰河时代。虽然这里流传着众多人类故事，但寂静的森林却如从没有人踏足一般寂静。驶过原始的橡树林，是一片巨大的山毛榉种植园，再往前是一片魅力十足的红杉和白蜡树。白蜡树的叶子鲜翠欲滴，仿佛能叫人尝出叶绿素的味道。

长长的森林公路尽头是一个出售有机农产品的生态农场，为了不让闲人靠近，那里一直处于未完工的碎石路状态。农场旁边是一片富人居住区：伊斯坦布尔百万富翁的度假豪宅。豪宅里没有人住，全由园丁打理看管，每座宅子的大门上都挂着一块铸铁的个性标牌。

其中一块上用英语写着：敢于梦想。

"手头有好几百万闲钱，太难了吧，让人不敢想啊。"我语带刻薄地说，但内夫扎特只是笑了笑。他不善于议论显而易见的事实。他只是观察、拍照，希望每个人都过得好。

让他沮丧的是，行驶在斯特兰贾公路上窜入眼帘的一幕幕：政府的一项项大工程像破坏者一样摧残着大山。这些暴君似的愚行破坏了山体。巨大的水泥厂如地狱一般显露在地平线上，炸药采石场把山体折腾得七零八落，山间公路被拓宽到足以容得下大卡车来来往往。山里正在开发一座金矿，未来还有一座海滨核电站要出现在斯特兰贾附近。

装运水泥的大卡车一路飘散着尘土，万物被蒙上了一层灰色，我不得不关上车窗。

一座核电站？

"这就是土耳其，"内夫扎特说，"生态农场紧挨着核电站。"

然而黑海盆地并不稳定，沿海地区正在以每年数毫米的速度发生沉降！20世纪前五十年，这片沿海已经发生了800多次地震。除此之外，土耳其斯特兰贾还有欧洲独一无二的潟湖森林湿地。我激昂地说着，内夫扎特在一旁伤感地点着头。

"因为斯特兰贾不为世人所知，所以他们自可以放心大胆地为所欲为。"

古城珀纳尔希萨尔（Pinarhisar）里，大型水泥厂释放的污染物侵入当地人的肺部，缩短了人的寿命。距此不远是"煤城"考姆克伊（Kömürköy）。路边的一户人家祖孙三代人正在用树枝搭一个巨大的锥体，准备将它慢慢地烧成木炭。他们是欧洲大陆上仅存的传统烧炭工。斯特兰贾人的这一谋生技能从古至今原封不动地沿袭下来。烧炭师傅在伊斯坦布尔干了十年后回到故乡，煤烟熏黑的脸上一笑起来映衬得牙齿格外的雪白，他说："每一块石头都有自己的位置，我的位置在这儿。"

他的生活是黑夜的颜色，但他看起来很乐意在"煤城"当一名烧炭工，通宵达旦地守在冒烟的炭堆旁，爱抚地拨弄着它，轻柔地点亮它。就像勃鲁盖尔（Bruegel，16世纪荷兰画家）作品中的场景一样。

"这也是土耳其，"内夫扎特说，"煤城紧挨着水泥厂。"

穿越斯特兰贾的公路眼下冷冷清清，而从前这条路一直处于完全废弃的状态。直到几年前一个名叫"杜普尼察（Dupnitsa）"的巨大三层洞穴成为旅游景点之后，夏天才开始有汽车从伊斯坦布尔开来。实际上那是三个相互叠在一起的洞穴，分别被称作"湿洞"、"干洞"和"少女洞"，每个洞穴都有独特的地貌。有历史学家认为，失踪的帕洛利亚（Paroria，中世纪的一个修道士集中地）修道士——西奈山的圣格里高利——最后就是到了这个山洞里。

中世纪时，土耳其人尚未踏足此地。这片山区人迹罕至，没有道路，森林茂密得无法穿越。你不禁会想，修道士们有必要藏得那么深，躲到这里吗？斯特兰贾的任何地方都已经凄凉到足够寻求与上帝沟通的程度。然而，即便在这三个洞穴里，他们也不安全。塞尔柱突厥人迅速突破了这座欧洲门户，杀死并驱散了这些隐修士。帕洛利亚被毁坏殆尽，一直以来不断有论文探讨其原本的位置究竟在何处。

山里保留下来的小路上布满急转弯，沿路点缀着几处饮水泉，那是家属纪念亡人用的。从1980年代开始，土耳其军队与库尔德叛乱者展开暴力冲突。波马克人翻山越岭来到这里，却不料他们的子孙会死在一场距离他们如此遥远的亚洲冲突中。难怪我遇到的波马克人对库尔德人没有太大的好感。土耳其的兵役制度和希腊一样：要把年轻士兵送到离家尽可能远的地方。从土耳其邻国的布局可以判断，服兵役一向不是什么开心愉快的事。

有钱的人可以花钱帮儿子逃脱兵役，现在的价钱是 18000 里拉（约合 6000 欧元）。没钱的人只能等着自求多福。几年前，内夫扎特一个兄弟的儿子退伍了。父亲看到儿子活蹦乱跳地回家后，竟然在欢迎宴上激动地心脏病发作。

"他死在我们的怀里，"内夫扎特说，"就在宴席上。"

*

如今在一些老的内部检查站，道路上仍有巡逻队。

"这儿，就是这儿。"我们路过一个检查站点时，内夫扎特语气平静地告诉我。两个戴墨镜的士兵端着全自动武器在检查车辆登记情况，但是没有拦下我们。

/ 319

安全通过检查站后，我俩大大地松了口气。那是从小在极权国家长大的人油然而生的一种解脱感。

内夫扎特十几岁的时候，放羊回家路上在这个检查点被当兵的拦下了：他和两匹马，还有他的祖父——六十年前，他曾经一路骑马向西在罗多佩山里找回了迷路的孩子。当时正值 1981 年军政府执政时期，这里成了高度军事化区域。在边境另一侧，人们要凭特殊通行证才能进入斯特兰贾；如果你是本地人则需要一种名为 "izin kağidi" 的特殊许可证才能进山放牧、种地、过日子。

"听起来耳熟？"内夫扎特笑着问。

这一切听起来那么熟悉，边境两侧敌对的双方简直就像商量好如何恐吓人民最有效一样，最后竟然采取了相同的手段。

还有严格的宵禁时间。

"但那天晚上已经到了宵禁时间，所以他们不让我们通过。"

内夫扎特的祖父与士兵争执起来，事情严重了。士兵从肩上取下步枪，那一刻，内夫扎特以为他们要当场击毙祖父。

祖孙俩只好回头，在森林里一连摸索了好几个钟头寻找回村的小道，生怕再次被当兵的发现打死。毕竟，当兵的晚上四处闲逛，要不然他们还能干什么呢？祖孙俩为了回家，只好丢弃了两匹马，留到以后再找。

祖母等了整整一夜——就像六十年前等待丈夫和兄弟一样。

"我们轻松逃脱了，"内夫扎特说，"但我一直记着那个检查站。"

/ 320

一个世纪以来，这里形成了一种风气：老百姓要对军队负责，军队却不需要对任何人负责。军队的霸权地位理所当然地成为土耳其的原则之一，你可以有不同意见——许多人确实对此存在异议，虽然他们既不是库尔德人，也不是库尔德战争中的阵亡军人家属——但这种做法确实收获了一样最重要的东西，它能让土耳其保持完整。

即便现在，我还经常在路上看见一队队载着新兵的卡车。他们像受了惊吓的动物一样，从苫布下凝视着外面的世界。我们行走在城市与城市之间，路过一座座挂着红色标语的军事基地。其中一些仍有部队驻扎，其余的则已经废弃，只剩下水泥路障、锈迹斑斑的操场和破旧的铸铁标语：**我骄傲，我是土耳其人**！

"即便在海滩上，当兵的也要占据最好的位置！"内夫扎特的语气里听不出有什么怨言——毕竟他也曾当过兵，在伊拉克边境。他曾经亲眼看到被萨达姆·侯赛因的化学武器烧伤的库尔德受害者，全部都是妇女儿童。军政府导致他失去了接受高等教育的机会。因为父母担心他遭到沿路各个检查站的刁难，不同意他进城求学。

1970年夏天，村里的一个牧羊人在界河边饮马时，望见对岸正好有个保加利亚牧羊人，于是他冲着对岸喊了声"你好！（Merhaba!）"对岸的人朝他挥了挥手。

然而这一声问候被巡逻的土耳其人听见了，一辆军用卡车进村带走了牧羊人。

"没人敢问他们要带他去哪里，"内夫扎特说，"但他的马知道。那年冬天，马不吃不喝饿死了。"

牧羊人被控犯下间谍罪，判处 14 年监禁。

*

一段长长的上坡碎石路上，只有一个年轻的牧羊人在用手机打电话。山上有一座名叫"猛禽"的边境村庄，居住着百余个村民。内夫扎特的朋友和妻子就住在这里，他们打算在此养老。他们姓"卡拉丹尼兹（Karadeniz）"，是"黑海"的意思。

站在他家的花园里，对面山那边是一个名叫"莫亚尼（Moryane）"的保加利亚村子。卡拉丹尼兹的祖父伊斯梅尔（Ismail）是那里的原住民，100 年前搬到了这里。

"他们每次远望莫亚尼，就有一种揭开旧伤疤的感觉。"

1945 年边境局势紧张之前，两个村子一直像邻居一样保持往来。

"冷战前，人们到河边去听保加利亚那边的女人在田间唱歌，"卡拉丹尼兹说，"她们总是唱个不停。"

几个世纪以来，边境两侧的摔跤手（pehlivani）会聚河上，妇女们烧火做库尔班大餐，人们喝着强劲有力的自酿酒，风笛声、鼓声响彻山间。雷佐沃河上唯一的"狼人桥"便是聚会地点之一。

"那时候只有一个问题——hajduks。"

"hajduks"是奥斯曼帝国时期横行欧洲各地的盗贼。19 世纪斯特兰贾一带最有势力的盗贼是"狼人（Valchan）"。他带领 70 名壮汉学着侠盗罗宾汉的样子专门打劫当地贵族和商队。一次，他在雷佐沃河边遭遇埋伏时发誓，如果能从苏丹的军队手下逃脱，就要在那里建一座桥。他们成功逃脱了（藏在水下靠芦苇管呼吸）。后来"狼人"伪装成苦力，盖起了桥，又一次从当政者眼皮底下逃脱。

后者终于接受了这个事实，毕竟也算是白白得了一座公共财产。这座桥后来成为玛丽娜所在的边境城镇通往土耳其境内斯特兰贾中心城镇代米尔柯伊（Demirköy）及伊斯坦布尔的一条主要通道。至于"狼人"，后来又开开心心地当了许多年强盗，享有很高的名望。

一代接一代的寻宝猎人纷纷来到"狼人桥"，他们搬走桥基下的石块，希望发现"狼人"当年可能埋下的宝藏。1940年代，这座桥的保加利亚一侧被军队炸毁。

如今只剩一半的桥身成了冷战的完美象征。

我站在卡拉丹尼兹家的花园外沿，朝远处的森林极目望去，却根本看不见莫亚尼村的方向有任何房子。

"你不可能看见，"女主人道，"最后的几间房子也没了。"

1948年，边界加强了警卫，军队开始进驻，莫亚尼村的居民被迫搬迁到黑海沿岸。只有一个老人拒绝同自己的羊群分开。士兵们把村里的小学校改造成军事基地，老人住在隔壁。他向基地提供羊奶，他们交给他一项任务：每天晚上点亮空房子的灯，向对面的土耳其敌人显摆，人口稠密的保加利亚有用不完的电。

"而我们这边的兵呢，"卡拉丹尼兹说，"虽然自己穷得连鞋都穿不上，却还要定期朝莫亚尼的方向发射机枪，向敌人展示武力。"

卡拉丹尼兹家至今仍然生活在挥之不去的军事阴影中，他家隔壁是一大片枯草丛生的废弃军事基地。

"我年轻时，每次去村里小广场喝咖啡，都会被士兵拦住。"

其实，他坐在家里就能看见小广场。

他的祖父母伊斯梅尔和艾莎刚越境搬过来不久，希腊军队便悄然抵达莫亚尼村。希腊—土耳其战争打响了。双方似乎都觉得自己能扛住又一次战争。希腊驱逐了所有说保加利亚语的人，占领了东色雷斯。1916~1922年，希腊军队对新的村庄定居点实施了铁腕统治。

他们隔壁原来住着一对年轻夫妇。一天晚上，女主人受不了希腊士兵的骚扰，翻过山逃到莫亚尼村。她在莫亚尼和从前的老邻居一起过了五年，直到战争结束希腊人离开。我在想，她的丈夫那五年是怎么熬过来的，妻子跑了，当兵的住在隔壁。

卡拉丹尼兹的父亲 5 岁时曾经用石头扔过一头猪，那是一头被希腊部队征用的猪。艾莎生怕遭到报复，包裹着孩子连夜逃到山那边她自小长大的莫亚尼村。艾莎和孩子在保加利亚邻居家躲了整整一年。（卡拉丹尼兹说，其间唯一让她不习惯的是，保加利亚女主人很爱吃猪肉。）老邻居们时常向她打听伊斯梅尔的情况。

她告诉他们，伊斯梅尔在加里波利（Gallipoli）再也没回来。

邻居们为伊斯梅尔感到难过。他们的许多家人也没能从前线回来。正如蹈火者当年盯着地上的灰烬所预言的一样。

1922 年两国停火在即，希腊军队在撤出村子的同时，掳走平民作为人质，准备将其一路带至爱琴海边。这支包含着士兵、农民、牛群的可怜巴巴的队伍碰巧在路上偶遇了一支保加利亚部队。后者提出，可以在保加利亚为村民们提供庇护。但一切只是杯水车薪，而且来得太迟了：村民们已经深受创伤，他们不相信任何穿制服的人，没有一个人愿意跨过边境，他们继续往埃内兹行进，跋涉了240公里。老人和孩子纷纷死在路上。其余的人最后还是调转方向回到这里，从头开始新的生活。

幸存者中就包括卡拉丹尼兹的父亲，那个 5 岁时朝一头猪扔石头的男孩。

"但他总说，孩子们，作好准备，我们可能还得上路。"

卡拉丹尼兹叹了口气，后来土耳其军队进驻了隔壁老旧的希腊要塞。

"除了希腊人之外，让我们最遭罪的是我们自己的军队。你知不知道土耳其语中有个说法叫'yunan giaour'？"

内夫扎特笑了。这个词原本的意思是"异教徒",现在被广泛用来称呼各种各样不可靠的混蛋。我们坐在夏日的厨房里品尝着陶盘中卡拉丹尼兹太太做的奶油"帕斯帕洛夫豆"、青蒜、酸奶,以及非常美味的自制面包。

卡拉丹尼兹感谢并赞美妻子的手艺,她笑了笑,却并不和我们同桌进餐,只是坐在一旁心满意足地看着我们。这是村里家家户户的习俗。

村长在小广场上招待大家喝茶。

"最后,军队终于走了,"卡拉丹尼兹说,"可是现在难民来了。他们走村串镇。看着他们一无所有地翻山越岭,我们明白了自己的祖辈曾经经历过什么。你不禁会想:这一切什么时候是个头啊?"

当地政府下令让村民们将难民带去克尔克拉雷利。可是当卡拉丹尼兹和村长照办的时候,却被警察逮住了。

"我们明明是带着他们往南走,不是往北!但他们却说我们是在帮助难民逃往保加利亚!"村长边说边摇头。

村长生得高大笨拙,一副好脾气的样子。我和他按照惯例交换了烟之后,他问内夫扎特:"你老婆怎么竟然允许你和别的女人出来旅行?"

"因为我妻子支持我做的事情。"内夫扎特回答得简单利落,村长看上去有点尴尬,也许还挺妒忌。"那当然!那当然!"他连连称道。

所有的人都说,土耳其的欧洲部分比亚洲部分(我从来没去过)更加自由开放,但土耳其的色雷斯人却让人感觉相当古板守规矩。的确,那是有传统的。家庭是唯一被认可的单位,如今人口急剧减少的村落里充斥着各年龄段的单身汉,单身女人不但显得异样,而且还容易和伤风败俗、疾病联系在一起。女人们看上去统一着装似的戴着花头巾,穿着故意掩盖身体曲线的宽大袍子,相貌平平的脸上散发着无聊和母性。而保加利亚乡下女人眼睛里的神情迥然不同：她们会因为期望得不到满足，梦想无法实现而感到悲哀。土耳其的色雷斯男人顺从、谨慎，眼里带着伤感；而保加利亚男人则令人起疑、咄咄逼人，还嗜酒如命。如果你在斯特兰贾的边境线附近一时间不知身在何处——毕竟两边山川一样，食物一样，就连人们的牙也有同样的毛病——那你只需要直视人的眼睛便可得到答案。民风粗野的国家即是边境对面。

然而这种古板、规矩也是有组织的，带着些许"老大哥"的意味。土耳其的城镇都有一个公共扩音器，每天播报各种事件、打折信息，以及其他民众感兴趣的事情，让人感觉像回到了学生时代。土耳其人极少对陌生人敞开自家大门；而在保加利亚，人们对此根本不在乎，私人和公共可以合二为一。土耳其是个尽职尽责的保姆国家，家长式作风的背后是不可越雷池半步的管束；保加利亚则将无度的盗贼式统治展示给所有人看——这是个悠久的传统。在土耳其，国家会扶持你，让你感到窒息；在保加利亚，你即便再不幸，国家也不会理你，但你可以买酒，可以裸泳，不用担心因此被捕。

可以说，曾经历过资本主义的土耳其与从前属于社会主义的保加利亚像真正的邻居一样，换了双靴子穿。或者说，这两个从前的警察国家虽然意识形态种类不同，但如今殊途同归，二者穿上了同样的鞋子。毕竟，冷战期间双方遭到了同样的诅咒。早前，我曾经拜访过边境两侧与世隔绝了半个世纪的小村庄——斯利瓦洛夫（Slivarovo，居民 7 人）和卡拉卡代（Karacadağ，居民 13 人）——两个热情好客的村长（保加利亚村长是女性）脸上显露出凄楚而渴望的神情：村里有芬芳的苹果树，闲置的空房，跨越河谷的美景，废弃的瞭望塔和长满杂草的旧日兵营，只要人们愿意回来，地里就能长出新的庄稼，村里的未来就有希望。

"这条边境对人们产生了很大的负面影响。"卡拉丹尼兹说。

"它并不适合每一个人。"内夫扎特表示赞同，但我看得出来他喜欢这里。他和卡拉丹尼兹对于这片土地的破败之美深有同感。因为他们是这里的孩子。

"我们爱这里，但我们帮不了自己，"村长笑着说，一副听天由命的样子，"这片土地种什么都能活。"

"曾经有个90岁的老人，"卡拉丹尼兹说，"一天突然出现在村里，搬进一间废弃的屋子。他跟随全家移民美国的时候，只有1岁。但他想在这里终老一生。"

"终有一天，我也要像他一样去帕斯帕洛夫养老。"内夫扎特笑道。

我得去保加利亚，我心想。如果无法去那里生活，至少可以死在那里。

回到卡拉丹尼兹家，夫妇俩送了我一串大蒜，嘱咐我将它种在苏格兰。

"这样你就不会忘记斯特兰贾的味道了。"他们说着，紧紧地拥抱了我。我的眼泪几乎夺眶而出。

*

"大山养人，平原养南瓜。"果真如此么？这句话听起来对平原上的居民有点刻薄，但生活在罗多佩和斯特兰贾的人确实有一种特殊的气质。

/ *327*

你可以叫它"大山的悖论"，或许具有一定的普遍性：历史越坎坷，地形越崎岖，那里的人就会越特别。他们似乎懂得一个他人不了解的道理：归根结底，善良是最重要的。在斯特兰贾各处，村民们从废墟中整合资源：残留的文字，祖先的遗迹，还有历经劫难的语言。

　　我开车载着内夫扎特驶过一个个昏暗、神秘而美丽的村庄。老人们坐在椅子上端详着不知什么东西。高山上有一座以土耳其执政者名字命名的村子，据说那人肃清了类似"狼人"的野蛮强盗，给这片地区带来了和平，但村民们仍然愿意沿用原来的希腊名字。迄今村子里有一半的房子已经在废墟里静静等待了100年。其中最大的一片废墟墙上还有从前的希腊店主用铅笔写下的算式，以及欠账人的名字和金额。当地人出于尊重，一直没有抹掉这一笔笔至今没有收回的历史旧账。同样是出于纪念，村子中央矗立着商人之家，它像一座露天博物馆，提示人们不要忘记那些根本不该发生的一切——1990年代的南斯拉夫战争。

　　村长生着一双蓝眼睛，看上去很像有二十年烟龄的保罗·纽曼（Paul Newman）。他穿着雨靴，一副高大而自豪的样子。村里的输水管坏了，男人们都被动员起来参与抢修。他将自己的村子称为"小巴黎"，没错——这个小巴黎太漂亮了。从山顶俯瞰，连绵不绝的青山摄人心魄，你不由得想坐下来喝一杯甜茶。

　　村民都是波斯尼亚难民和波斯尼亚穆斯林的后代。他们皮肤白皙，有一双浅色的眼睛。男人们像露天剧场的观众一样在小广场上啜着茶，欣赏每天都要上演的重峦叠嶂直到永恒的大戏。

　　村长经营着村里唯一的商店。一到晚上，就有男人喝醉酒之后悄悄躲进商店的半影里。

　　"我是波斯尼亚人，也是土耳其人。但最重要的，我是欧洲人。"当我问起村长怎么定义自己的时候，他回答道。他说一口老式的，被本地人称为"波斯尼亚语"的语言。

　　村长的兄弟姐妹都住在城里，他却从城里搬回村里。他说，是母亲的眼泪把他召唤回来的。"哈，黏人的妈妈，一个巴尔干困境。"我说。他由衷地笑了。他的皮肤被太阳晒成了深色，浅颜色的眼睛显得格外明亮。但我在其中却看到了同样存在于内夫扎特和这里许多波马克人眼里的一抹蓝色。那是从祖先身上传承下来的颜色。

村里的许多人至今在波斯尼亚仍有亲戚和家人，然而路途遥远，再加上护照的原因，几乎从来没人回去过。

"波斯尼亚发生战争的时候，你们在忙什么呢？"我问村长。

"我们能做什么？我们待在这里，一边奏着波斯尼亚曲调，一边哭。"他说。此时，正好从隔壁传来弹奏波斯尼亚曲子的琴声。

我们在小广场喝茶的时候，开来两辆希腊牌照的汽车。车上的人下来后环顾四周，一脸茫然。他们来自卡瓦拉，来探访祖父母的旧居。这是色雷斯的朝圣之旅：每年夏天，都有来自希腊和保加利亚的小汽车和大巴车。相比欧洲人到土耳其，后者去欧洲要难得多。因此村民们一直对来访者感同身受，把他们当成了自己。因为他们曾经也是欧洲人。

村长严肃地同参观者一一握手，把他们带到村子上方，那里矗立着一片被毁坏的希腊式建筑。没过多久，参观者神色严峻地走了下来。村长邀请他们留下来喝杯茶，但他们下山后就离开了，回到了爱琴海吹来的白色风中。

/ 329

"我们至今没有宾馆，"村长有点垂头丧气，"但我正在想办法，在这座宾馆能吃到波斯尼亚派，用我祖母的菜谱做的。这样一来，人们就可以停留得时间长一点，深情地将它记在心里。"

说完，他迈开一双大长腿，大步踏着尘土去修水管了。他和许多男人一样，结了婚，有家庭，可是村里的女人去哪儿了？女人们都在家。她们给牲畜挤奶，睡觉，喝着甜咖啡议论家长里短。"小巴黎"老老小小的女人们表情严肃，但很好客。她们用土耳其-波斯尼亚语和我进行了一番交流。

最年长的妇人："有男人吗？"

我："在家呢。"

稍年轻的女人："有孩子吗？"

我："没有。"

稍年轻的女人："父母呢？"

我："在新西兰。"

最年长的妇人环顾四周，焦虑地嚷嚷了一句："医生！"

其中年纪最小的女孩子一句话也没说。她的 T 恤上印着"我爱巴黎"，朝我莞尔一笑，脸上洋溢着无限的可能。一旦她长大成人，进城接受了教育，我就不可能在这里见到她了。

我的汽车雨刮器上夹着一张不知谁留下的纸条："别忘记小巴黎。"

*

那天我们最后的目的地是帕斯帕洛夫。我俩到河流的转弯处停下车，在一座废弃的磨坊上吃点心。冰冷的河水一片碧绿。

"我喜欢这条河。"内夫扎特在湍急的流水声中大声道。我明白他的意思，甚至还有点儿嫉妒。我虽然在索非亚接受了一流的高等教育，但我的童年里没有河流。然而在这片停滞的森林里，内夫扎特和兄弟们夏天放牧，在星空下围着彻夜燃烧的篝火入睡。城市里的孩子只能在书本里读到这种自由的生活。

"现在，你可以游过韦莱卡河，甚至雷佐沃河，没人会朝你开枪，"内夫扎特拿着三明治说，"当然，他们得检查你的证件。"

"那个朝河对岸打招呼，后来坐牢 14 年的牧羊人，他怎么样了？"

1974 年，牧羊人被关押四年后，在政府换届实行大赦时获得释放。但他回到家发现，妻儿早已不在。妻子以为此生再也见不到他，已经再嫁到别的村里。他失去了羊群，接下来的十年只好在帕斯帕洛夫上方的山里替人放羊。

我觉得手里的三明治有一股最后的晚餐的味道。边境的吸引力犹如万有引力，牵引着河边的蜻蜓。不管转身何处，你总觉得前方一片空白，背后恍若有物。也许这就是历史。

"小时候，我给山上的两个牧羊人送饭。一个冬天，"内夫扎特望着我，"抱歉，这是个悲伤的故事。一个冬天，我上山送饭，发现只有一个人。他的朋友，上吊自杀了。"

我们捧着河水喝了几口。无论在牢里，还是后来在山上，牧羊人肯定无数次地重温过在河边放羊的美好时刻，他想举起手挥舞，一念之间想大声喊一句"你好"。四年中，他一定日日夜夜地困惑不已，为那些"假如"和那些无法忍受的悔恨。

或者，事情也许并非如此。也许他像菲利克斯·S一样毫不后悔，因为他做了一件正确的事。为了在老去之前享受年轻的感觉，他必须这么做。

*

内夫扎特的父母坐在门前的台阶上。他们一直在锄草、浇水。他们的平房里光线幽暗，铺着基里姆地毯，屋里除了床和电视，几乎没有别的家具。这就是内夫扎特从小成长的地方。这里的夏天漫长而美好，冬天冷得要命。内夫扎特拿起父母亲的手吻了吻，触摸着自己的额头。

他的父亲轻声问起我们的旅途，他的母亲用我从兹拉马带来的烟叶卷成一支烟。她不抽烟，但如果是兹拉马的烟叶，那就……

两位老人结婚六十年，抚养了七个孩子。他们经历过流放、军事统治、边境恐怖、贫穷，通过辛苦劳作创造了一个世界。如今两人一起在樱桃般鲜红的黄昏中，坐在破落的村庄里，这情景竟让我无语凝噎。

"来吧，有什么问题就尽管问他们。"内夫扎特在一旁鼓动我。他举起相机给我们拍照。但我的大脑里一片空白。

两位老人穿着无袖开身毛衣，肥大的裤子，脚蹬橡胶雨靴。我感觉到巴尔干的精神就在此地，在这个绿植浓密的花园里。无论经受了怎样的重命名、再定居，以及想象和创造，真正的巴尔干精神仍然存在。我们饱经患难，可爱无垠的巴尔干。

内夫扎特的父亲轻拍着我的手笑了。他的母亲个子矮小，戴着厚厚的镜片，眼神很不好。她伸出满是裂纹的双手抚摸着我的脸，像是在为我洗脸。这双手在地里劳动了七十年。两个月后，她就要离开这个世界。她的丈夫守着花园，一天也不肯离开。他一天天地锄草、浇水，到了傍晚时分便坐在台阶上听着宣礼员召唤所有的灵魂一起祈祷，望着天空渐渐染成红色，默默地等待着。

/ 开纳吉

土耳其语中"开纳吉（kaynac）"是泉水的意思。克尔克拉雷利和黑海之前有个泉水村，名字就叫"开纳吉"。村子的茶馆里流传着一个故事。100 年来，茶馆的门上一直挂着一根牧羊人用的手杖（gega）。它是某一天突然从泉水中跳出来的。据说手杖的主人是一个罗马尼亚牧羊人。他一生气把手杖朝一头羊扔去，结果手杖掉进了多瑙河。从那以后，牧羊人就疯了。多瑙河流入黑海，罗马尼亚距离这儿远得很，怎么证明这就是那个牧羊人的手杖呢？简单得很：一天，有个陌生人走进茶馆取下手杖，把手杖头部拧了下来。"没错，"他说，"就是这根。"手杖的把手里藏着 40 枚金币，一大笔钱。正因如此，牧羊人才会疯掉。陌生人把手杖放回门上。谁也不知道，他是否取走了金币。

开纳吉村是围着泉水盖起来的，不久前泉眼被改造成了一座石制喷泉。去往海滨的路上，我在这里停车灌水。泉水叮咚永不停歇，但一想到富有的色雷斯人曾经在泉水旁边享受沐浴节，它却从未枯竭，我还是觉得不可思议。波斯君主大流士（Darius）去多瑙河北岸攻打斯基泰人（Scythian）途中喝了这里的泉水后宣布："世界属于我，最好的水属于开纳吉。"这句话中，至少有一半是对的。15世纪时，穆罕默德二世——另一个认为世界属于自己的人——再次给这口泉水添加了一抹神秘。让他惊奇的是，仆人把稻草和煤块扔进了多瑙河，但它们居然从开纳吉冒了出来。

斯特兰贾的泉水汩汩不停歇，它们在说：去而复来，去而复来，百年匆匆即过。对于一口泉水而言，100 年又意味着什么呢？

　　"百十来年对泉水来说并不算什么，""陶科"说，"但三十年可是我该死的半辈子。请原谅我这么说话。"

　　在体面的场合，他一直小心翼翼地尽量说话不露脏字，所以他的名字叫"陶科（Tako）"：小时候，他只要想骂人，就会在嘴里嘟囔"Tako，Tako，Tako"，一大串胡言乱语，于是得了这么个名字。

　　对于认识他的人来说，"著名的陶科"的确很有名气，他一直自告奋勇地坐在 16 世纪圣尼古拉斯岩石修道院入口的一张塑料椅上。

　　色雷斯人把山洞、泉水、岩石避难所传给了拜占庭人。这片区域有好几座岩石修道院和隐士的住所，圣尼古拉斯修道院就是其中之一。它修建于东罗马帝国皇帝查士丁尼（Justinian）统治时期，确切地说不是"修建"，而是在山体上雕凿。

　　"你为什么干这个？"我问"陶科"。

　　"因为我在这儿长大。""陶科"把墨镜往后推到一头黑发上。

　　"陶科"长得矮小壮实，红褐色的脸有棱有角，笑起来的时候刻意闭着嘴。他脚上的皮凉鞋虽然破旧，但身上的白衬衫却笔挺得很。他庄重地朝着参观者们点头致意。"陶科"这份看护修道院的工作并没有得到官方认可，因此他只能靠一点微薄的捐助过活。虽然他和妻子在城外有一间小房子，但他在这里的一棵无花果树下给自己搭了个棚子，晚上睡在柳条床上，和朋友们一起喝喝酒，随心而动地用他的铜号吹着或忧郁或开心的曲子。他成年累月地看守着洞穴。那么冬天呢？破碎的石头上冻得挂满了冰凌。

　　"是的，"他回答，"冬天我也在这儿，但我睡在里面，因为那里面是恒温的。有时，真的很冷，我就在那儿给自己生一堆火。"

　　所谓"那儿"是修道院其他几个修建于不同时代的入口之一，它们都看上去一副破碎得无法辨认的样子。圣尼古拉斯修道院是一个在历史和地形构造方面极具价值的地方，当年如若不是从河上或海上进攻的话，可谓固若金汤。这里至今矗立着拜占庭堡垒的一部分墙体，城镇仍处于封闭的围墙之内。当你像古时候的度假者一样拾级而下去往海港时就会发现，在岁月和海盐的作用下，城里所有的一切都褪成了淡粉色。"米迪耶（Midye）"这个名字已经被人们叫了几个世纪，如今听起来依然那么美，那么真实。1960年代，政府认为"米迪耶"听起来太缺乏土耳其色彩，于是将其重新命名为"基伊科伊（Kiyiköy）"，意思是"海滨村"。

我和"陶科"、内夫扎特站在距离河口仅有几百米的地方，河水注入大海形成了一片金色海滩。再往南是另一条汇入大海的河流，两条河之间小小的半岛就是"海滨村"。"陶科"不在修道院的时候就住在村里。

脚踩金色的沙滩，森林的芳香沁人心脾，河水与海水在此交汇融合，从前这里叫"撒尔米代索斯（Salmydessus）"，意为"盐水之地"，一直是人们休闲的好去处。色雷斯贵族盖起度假别墅，到尼禄（Nero）统治时期，这里已经成为炙手可热的夏季度假胜地。虽然庞蒂克希腊人控制着海滨城镇，但他们并不在此定居。也许这是因为它和斯特兰贾的其他地方一样，看上去民风内向，不便出海，是一片让人退避三舍的穷乡僻壤。山里到处是令人眩晕的喀斯特地貌悬崖峭壁，其中隐藏着众多与圣尼古拉斯修道院类似，让人难以踏足接近的岩石修道院。

/ 336

波斯君主大流士的军队曾经从这里登陆，取道巴尔干前去消灭斯基泰人。除了勇猛的盖塔人（Getae）之外，没有任何色雷斯部族同大流士开战，其中的原因连希罗多德都没能给出解释。但人们普遍认为：波斯军队是当时世界上最强大的，而色雷斯人只爱悠闲的生活和黄金。希罗多德提到，倒霉的盖塔人在多瑙河口"进行了殊死抵抗，结果立刻沦为奴隶，"被收编加入了北上的大军。也许大流士曾经踏足过圣尼古拉斯修道院，并在冰凉的泉水中洗漱，这是色雷斯人敬拜母亲女神诞生的地方，是当地异教徒被迫皈依基督教的地方（说来是个讽刺，罗马人曾经残酷杀害了当地的大量基督徒），是"陶科"用来冰镇瓶装廉价酒的地方，也是游客们现在频频落水的地方——因为当地政府不允许"陶科"修建栏杆。

"陶科"虽然没有学过任何相关知识，却在以自己的方式理解周围的一切：亲身守卫它。

"你为什么从不离开岗位？"我问他。

"因为我要是走了，这个地方就会落得和阿斯玛卡雅（Asmakaya）一样的下场。""陶科"说。

通往前拜占庭传教中心维泽（Vize）的路上有一片采石场，大山像面包一样被切割开。沿着喀斯特地貌的山脊往里走，有一处不为外人所知的地方：阿斯玛卡雅，它的意思是"悬岩"。内夫扎特说，只有一条羊肠小道通往那里，人走在路上随时可能坠落峡谷。那里有9世纪的壁龛修道院，却没有"陶科"这样的守护者，任凭寻宝猎人在地上、墙上挖洞，甚至还在天花板上打洞。一座细细的绳索桥连接着对面的峡谷，那是一片可怕而怪异的景象：山丘上有一座20世纪的假村庄，其中有一座清真寺，以及众多没有房顶的空屋子、瞭望塔，还有铁丝网。

"那是一个库尔德村庄目标，"内夫扎特说，"是用来进行反恐演练的。"

几年前，这片露天军事训练场地遭到废弃。在那之前，附近的道路禁止一般老百姓踏足，阿斯玛卡雅修道院是士兵和牧羊人待的地方。修道士住过的小屋里满地都是动物粪便，被烟熏黑的墙壁上是冷战期间一代代士兵留下的简短信息。其中有一些字体相当大，仿佛无声的求救：

"科里姆，出生于1969年3月，还剩下561天服役日。"内夫扎特替我翻译了墙上的"密码"。他也曾经在伊拉克边境附近废弃的建筑物墙壁上写下类似的涂鸦。"为了消磨时间，让自己心里好受些。"他说。

在这个峡谷苦熬了两年，在夜雾中眺望维泽林立的教堂尖塔，在摇摇晃晃的绳索桥上努力保持平衡，那是一种什么样的感觉？

"我不想让阿斯玛卡雅的遭遇在这儿重演。""陶科"说。

"陶科"已经在圣尼古拉斯度过了三十年。不知是凯末尔党人在大搞土耳其化时故意派军队用碎石将其掩埋了，还是在大自然的作用下被冲积土掩盖了，或者也可能是二者兼而有之，总之，1950年代河水泛滥引发了一次大洪水，之后便显露出这座修道院的奇景。建筑物内雕刻着或逼真或虚构的动物形象、神秘的拜占庭符号、十字架，还有精心雕刻的天花板，以及山里流出来的汩汩不断、冰凉刺骨的泉水。

/ 338

由于官方指示牌上的字迹已经被腐蚀得模糊不清，英文翻译又相当随意，"陶科"便准备了一些介绍性的报纸文章供游客随时查阅，他还在自己面前的塑料桌上摆了一溜旅游小手册。但大多数人对此并不领情。有些人非但毫无表示，而且还相当傲慢，譬如一名伊斯坦布尔律师竟然对"陶科"说："滚开，我这样的人是不会把钱给你们这种人的。"因为"陶科"是吉卜赛人。

然而，"陶科"仍在坚持做自己的事情。他最近想办法在树林里盖了一间厕所。他说，这样一来，这里就成了文明之地，游客再不必到树林里"解决问题"，那样不安全，尤其是女性游客。

他还曾经自制过一张海报：欢迎来到圣尼古拉斯！但警察来了，将它撕得粉碎。之前，还有一任市长命令"陶科"必须离开这里。

"那时候可真悬，""陶科"说，"我知道这地方要完蛋了。"

他说得没错。几个月后，寻宝猎人挖开陶土地面，在教堂里喝酒办派对，把修道院变成了一个垃圾堆，墓地和壁龛里丢满了空酒瓶和烟头。参观者再也不来了。

后来，市长满腹牢骚地把"陶科"叫回来，继续干这份没有任何报酬的工作。"陶科"扫净垃圾，修补好地面，重新坐回到他的塑料椅上。

"下一回，他们得动用起重机来把我弄走了。"他说。

"陶科"是穆斯林，对一切都怀有敬畏之心：雕刻、拱形石头、许愿室、墓地的壁龛，以及河口寂静的红树林。他喜欢在红树林里点一支烟，躺在薄荷丛中听海浪的声音。这时候他就成了世界上最幸福的人。

"教堂也好，清真寺也好，都是一回事，"他说，"都是神明的地方，安静的地方。你得对它怀着敬意。"

他的家原来在希腊的萨洛尼卡，1923 年在清洗运动中跟随希腊穆斯林来到这里。他们在米迪耶发现了一个遭废弃的基督徒村庄。"陶科"一家重新拾起往日的营生：捕鱼、盖房、下地劳作。他的兄弟带着游客们乘坐一种名叫"陶科"的小船逆流而上游览森林。

"我的侄子今天要出发去叙利亚边境，""陶科"说，"感谢神明，我生的是女儿。"

政府一直以来对待"陶科"的态度，或多或少与两种野蛮文化有关，二者最终合二为一。与巴尔干地区其他地方相比，吉卜赛人在这里境遇稍好，但仍是遭到鄙视的人。从 11 世纪开始，罗姆人（Roma，吉卜赛人的自称）就已经遍布巴尔干的村庄和城镇：他们充当伐木工、苦力、清洁工、铜匠、擦鞋工、驯熊人、马贩子、算命者，当然还有巴尔干各地都离不了的乐手（虽然人们嘴上不愿承认）。几乎每一场公众活动上都能见到吉卜赛手风琴师、号手、鼓手或提琴手。甚至在奥斯曼帝国的人口统计中，"乐手"是吉卜赛人最常见的职业。

"可是为什么呢？"我继续问"陶科"，"工作三十年没有拿到薪水，也没有得到承认，甚至连一句好听的话也没有。"

内夫扎特解释说，在海边的村落，捕鱼是季节性营生，除此之外没有什么活儿可干。而待在这里还能弄到几个钱，或者一些衣服、食物等。他和"陶科"十几岁时就认识了。

正在这时，一对新人在河边上岸。到岩石修道院拍照是这里的最新时尚。当然，"陶科"从来不会出现在照片里。

"这就是为什么，"他冲新郎和新娘点点头，"因为看见有人来这里，我很开心。我现在已经离不开它。我既然承担了一分责任就要坚持到底，来吧。"

他从塑料椅上站起身，带着我和内夫扎特走进修道院。

/ 340

里面温暖而潮湿。黏滑的墙上长满青苔，上面的记号主要来自两个时代——中世纪和20世纪初——其间，三个民族分别用拉丁文、希腊文和斯拉夫文留下了他们的名字。

"看这里！"他一边说着，一边挥舞着双手，似要把一切都包揽进去，"漂亮不漂亮？"

他带我们参观藏骨堂、单人房间，还有被寻宝猎人抠掉头部只剩下身子的蛇形雕刻。我们沿着石阶而下，来到后面的蓄水池。里面堆满了石头和杂物。"陶科"已经在着手清理蓄水池，但里面石块太多。石块是有人故意倾倒进去的，目的是要堵塞其中的巷道。

"这里是巷道的起点。""陶科"指着水下面朝大海方向的一面墙说。

他还是个孩子的时候，巷道入口是开放的。他曾经和朋友们进到里面，一直走到无法前行被堵塞的地方。据说巷道穿山而过直通大海，出口处有一块巨大的岩石，它看起来像个修女。人站在海滩上便能看见那块大石头，但看不见巷道进山的入口。

"有人说，如果修道院入口被河水淹了，就只能有两条路可以到达这里。要么坐船，要么走海边的巷道。"

时局不济的时候，修道士们就用这种方法偷偷进山。

"站在这儿。""陶科"让我按照他的指示站到一个雕刻的圆形屋顶下方。这里暖和得像桑拿房。

"现在往下走一个台阶。""陶科"说。

往下走一步，立刻感觉像掉入了冰窖。"陶科"咧开嘴笑了。

"你能解释吗？我也不知道这是什么道理。"

这里一年四季都是如此。

"我要是在这里过夜，你得付给我钱。"我说着，"陶科"笑了。他已经在这里毫无报酬地待了三十年。

他曾经在夜里遇到过许多至今无法解释的事情。

"第一次听见那个声音的时候，"他说，"我的血液都快要凝固了。他妈的！！抱歉我说了粗话。那是孩子的啼哭声。一个女人在说着什么。她把孩子扔了。我还听见了一首忧伤的歌，好像是摇篮曲。"

夜晚，山洞上方的山里总是传来孩子的哭声。可是只要他一走近，声音就消失了。它一会儿来自山里，一会儿从河上飘来。

"有什么东西总是在这儿不肯走，"他耸耸肩，"我猜想是有个女人生了一个谁也不想要的孩子。"

我听了这话觉得不寒而栗，但"陶科"怕的不是死人，而是活人。

吉卜赛人自从踏上巴尔干的土地，他们四处流浪的形象就招来了当地农民的不安和厌恶。16世纪时，苏丹颁布的法令开头写道："一群吉卜赛人骑着高头大马，他们不会在同一个地方停留，而是走村串镇。"

/ 342

法令的最后写道："他们必须宣布放弃游牧的生活方式，安下心来从事农业。吉卜赛人必须从现在开始卖掉马匹，任何人如有违抗必须被判入狱，以示惩罚。"

安下心来——这句话永远是不自由的人对自由的人，成年人对孩童，德高望重的人对堕落的人，人对狗的教导。然而，骑马禁令背后却有着更实实在在的世俗原因：税收。你很难向一群云游四方的人征税。然而无论哪种方式都不管用，安纳托利亚是帝国之内吉卜赛人唯一"安下心来"定居的地方。吉卜赛人离不开马，不愿意放弃放荡不羁的生活方式，因此他们为自由付出的代价是双倍的税收和污名。吉卜赛人即便皈依了伊斯兰教，仍要缴纳与基督徒等异教徒相同的税赋。他们并没有因此而减轻负担。虽然苏丹可以娶好几个妻子，但古怪的是，拥有多个爱人（属于"非法行为"）的吉卜赛女人却要向苏丹缴纳最重的赋税，即便她们的初衷与其说是为了钱，倒不如说是为了娱乐。

17世纪的英国旅行家亨利·勃朗特（Henry Blount）曾经这样描述巴尔干地区的吉卜赛人："他们和我们这边的吉卜赛人一样，用同样的欺骗手法给人算命，很容易知足。他们大多干一些脏活儿。他们开开心心地穿着破衣烂衫，住在城外简陋的小屋子里，受尽鄙视。"

所谓的"脏活儿"除了一般意义上的工种之外，还包括行刑者、殡葬业者，以及在奥斯曼帝国的军队里充当炮灰。吉卜赛士兵是18世纪奥斯曼帝国与奥地利帝国之间诸多重大会战中的主要防守力量，例如科索沃波尔耶之战（Battle of Kosovo Polje）。但是，没有一个吉卜赛人因此获得感谢。吉卜赛人可以是穆斯林，也可以是基督徒，或者都不是。他们既可以衣衫褴褛，也可以穿金戴银。他们无论做什么，都始终保持着自我：他们没有边界观念。"陶科"是我所见过的最安定的吉卜赛人，三十年来一直把自己拴在这座修道院，然而无论如何，他仍是一个自由的人。

我拿出一瓶高档保加利亚葡萄酒，"陶科"脸上第一次露出了开心的笑。他立即去后面的中殿，把酒瓶镇在水里，准备晚上慢慢享用。

"你问我为什么要守护这座修道院。"我即将离开的时候，他开口道。

/ 343

"陶科"小时候听人说，壁龛和巷道里藏着生命的秘密。5月份圣乔治日举行春祭庆典时，吉卜赛人会聚集在河边支起帐篷。他们在修道院门前尚存的木柱上扎起秋千，一直荡到头晕目眩（此举毫无疑问加剧了柱子的损坏程度）。"陶科"少年时，曾经带着初恋女友来过这里。他至今记得初吻的滋味，以及初次尝试烟卷的味道。

"也许我守护的是自己的回忆，"他说，"我自己的快乐。"

又来了一批旅游者，我告别了"陶科"。他慢悠悠地吹起铜号，既是迎宾曲，也是送别曲。这是一支一个人的乐队。回到车上，内夫扎特问我在想什么。

"哪一天，'陶科'要是走了，快乐会随他而去。"

然而内夫扎特是个乐观主义者。土耳其已经有了史上第一个吉卜赛国会议员：一个出身游牧贩马的大人物。谁知道呢，也许有那么一天，政府会幡然醒悟，把"陶科"列入国家薪资名单中。

*

村子中央正在举行一场完全不同的告别派对。乐手和舞者欢快地围着一名戴土耳其红围巾的吉卜赛小伙子。他像迎亲的新郎一样，在热闹的鼓声中被塞进了汽车。然而这并不是一场婚礼。

他是"陶科"的侄子，要出发去服兵役。家人们鼓掌为他加油，但我凑到近处却分明看见女人们的笑脸上留着泪痕。然而乐队仍在奏着欢乐的曲子。

/ 永恒轮回

哲学家米尔恰·伊利亚德（Mircea Eliade）曾说，"永恒轮回的神话"是指"史前人类"通过举行由神灵启示的仪式，感受到与线性时间之外的神秘维度之间的联系，因此也就和历史建立了联系。

我并非史前人类，然而黑海沿岸的某些事物却让我通过一种自我的、略带神秘的方式感受到了永恒轮回。此刻，我正站在针状的峭壁之巅，面向黑海，背朝斯特兰贾，在同一片阳光下俯瞰两种截然不同的荒凉景象。尖岬上蜷缩着一个寂静的小村庄，它叫"伊内阿达（Igneada）"，意思是"针尖"。

博斯普鲁斯海峡和边境之间的海岸上有好几个像伊内阿达、米迪耶这样沉睡的渔村。它们整年悄无声息，只有到夏天才会被度假者短暂地惊扰苏醒。最偏远的是贝艮狄克村（Beğendik），界河从那里流入黑海。那里的土耳其渔民在雷佐沃河上与保加利亚同行聊闲天，往来于海上那条虽然看不见，但在过去却意义重大的界线两侧。现在一切都好了，但双方在冷战的最后十年里却发生过一桩小小的渔业纠纷。他们各自在河流入海口附近填土造地，希望以此获取更大面积的领海水域，捕获更多的比目鱼。于是，比目鱼开始渐渐死亡。

站在伊内阿达村，几乎就能望见海上那条看不见的边界，然而你永远无法确定自己到底在海上缥缈的雾气中看见了什么，一切都像是在创造回忆。对我来说，与其说这里是个实实在在的地方，不如说它更像一个永恒的时刻，一个完美的庞蒂克符号。站在港口，你既能感受到北上的西南风，又能领略南下的西伯利亚气流。你忽而身在凡间，忽而超越凡间。它忽而是你，忽而又成了从你面前经过的每一个人。

　　如果我一直站在这里，很可能会跌出线性的时间，看见幽灵般的光芒在深处显现。因为海滩之下是一片沉船的世界。保加利亚察雷沃镇以北有一个名叫"橄榄油角"的地方，用于纪念从失事船只上倾入大海的大量橄榄油。有人说，当情况变得非常糟糕时，海浪中会钻出一个举着火把的海妖，指引你迈进永恒的轮回或是去往其他地方。

土耳其的海岸线上共有 482 座灯塔，但其中只有 5 座现在仍在运转。听说其中有一座就在针尖状的岬角上：它是博斯普鲁斯海峡与边境之间唯一的灯塔。

黎曼柯伊灯塔（Limanköy Feneri）白色的身影孤零零地矗立在岬角上。它的指南针在微风中颤巍巍地抖动着。一代代的灯塔守护人从小小的平台爬上灯塔的圆屋顶给指南针上油。二十年前，灯塔一直靠汽油点亮。

这座灯塔由一名法国商船船长建造，因此人们一直叫它"法国灯塔"。马里于斯·米歇尔船长（Captain Marius Michel）是法兰西火轮船公司（Messageries Maritimes）专跑马赛至近东航线的老手。他曾经在亚历山大港附近险些遇难，之后便开始思考如何改进海岸上的信号装置。他向拿破仑提出设想，后者让他去找自己的同盟苏丹阿卜杜勒·迈吉德一世。当时，克里米亚战火正酣，武力的较量大多在海上进行。英国和法国同为奥斯曼帝国同盟，共同迎战俄国。出于海岸防卫的战略需要，苏丹痛快地买下了法国船长的想法。1855~1866 年，马里于斯·米歇尔指挥新成立的奥斯曼帝国灯塔管理公司一共建造了 111 座灯塔。

这批灯塔使用当时最先进的灯笼镜片技术，在法国手工制作，矗立至今，其中一部分如今在保加利亚境内。灯塔偶尔发生故障时，博斯普鲁斯海峡边的一个小型工作队负责修理老旧的灯塔部件。米歇尔完成使命后被奥斯曼帝国授予"米歇尔帕夏"的荣誉头衔，名垂史册。海上往来的船只需要向土耳其支付高额的灯塔使用费，这使得原本十分富有的米歇尔摇身成了巨富。奥斯曼帝国在 1912~1913 年的巴尔干战争后瓦解，在此之前，米歇尔一直与之共享这笔收入。米歇尔是个狂热的东方学家（这也难怪，他从东方得到了巨大的好处），他回到法国在家乡里维埃拉再建了一座维多利亚式的君士坦丁堡。他最后在这片自己熟悉的，东西方交汇的精神氛围里寿终正寝。

*

灯塔看守人带我走上岬角时，指了指地平线上两艘一动不动的货船。

大海上一片灰暗，大概其中90%是氢硫酸。锈迹斑斑的货船像庞蒂克时代的亡魂。

看守人告诉我，船在20英里之外的海上就能观察到灯塔发出的信号。许多船就在那里休整，补充燃料。这是全球最忙碌、最危险的海上航线之一。

"这里和博斯普鲁斯那边不一样，下锚不用交钱。"他不是个爱笑的人，但说到这里时脸上却泛起了笑容。

每一座灯塔都有自己专属的信号频率。船只看见黄色灯光每三秒钟亮一次，就知道这是黎曼柯伊灯塔。

"出远门在外的时候，如果看见岸上有类似的信号一定非常亲切。"我说。他开心地点点头。

"这里的信号从没出过差错。"他的语气中饱含自豪。

他高个子秃顶，50多岁年纪，长着一双水汪汪的蓝眼睛，身体好像挨了一拳似的软软地瘪进去一块。我不知道他是本来就长成这样，还是最近遭遇了什么事情导致成了这副样子。

他从前是灯塔看守人。虽然六个兄弟姐妹中只有大哥真正拥有这个头衔，但家里的每一个人都自认为是灯塔看守人。这是一种荣誉。然而几年前，政府不但终止了合同，而且一并取消了这个岗位。这家人不得不将灯塔的钥匙交给它的新主人：海军部队。从此以后，通往玻璃圆顶屋的旋转楼梯下再也不会有他们的身影了。

看守人可以领取养老金，旁边的房子可以拍卖。兄妹六人想尽办法要买下房子，他们恳请政府，提出比实际价格高出许多的价格，但最终房子落到了一个伊斯坦布尔旅馆老板的手里。他正在将其改造成一家咖啡厅。

"这是我出生的地方。"他打开一扇房间的门。和其他两个房间一样，里面的家具已经被搬空了。"我们都在这里出生，我的父母也出生在这儿。我们在这里结婚，然后再搬出去，大家都这样。"

他试着打开楼梯间的门，但它锁上了，钥匙在海军地方办事处。他们兄妹六个都已经结婚，但大家住在距离灯塔不远的地方。

"我们必须留心着，"他说，"万一它熄灭了，谁爬上去修？"

不，他们不能离开。

"我们过去一早就用一块罩布把灯塔套上，以免水晶灯被日光晒坏。但我看，现在已经没有罩布了。"

他从记事开始，就会走上旋转楼梯看母亲掀开罩布点亮灯塔。那时候，灯塔靠汽油点亮，需要每两个小时加一次油。家里有一份夜间值班表，在没有闹钟的年代，他们把汽油罐和旋转的灯连在一起。一到两个小时，空罐子就会砰的一声掉落下来，提醒添油。整个家里从来没人出过错。

/ 349

"这儿是厨房。"

火炉和接雨水的井都还在，只是没有生命的房子让他感觉受到了打击。我们走出屋子，踏进小小的院子呼吸新鲜空气。

"我们小时候，父亲常常锁着这扇门。但我们还是会翻墙去村子里。"

"黎曼柯伊"的意思是"港口村"，它是灯塔建成后才盖起来的。这里地处荒凉的海滩，海盗和劫匪经常出没，并不是个安全的居住之地。

一天，一户来自保加利亚中部的波马克人在放逐途中经过这里。他们越过边境，落脚在土耳其一侧的贝艮狄克村。1923年《洛桑条约》刚签订不久，我们故事中的女主角正好5岁，她名叫塞尔维特（Selvet）。

没过几年，塞尔维特嫁给灯塔看守人的儿子，年轻的新娘在荒凉的海边安了家。一开始，她和公公婆婆住在一起，后来老人去世，再后来第二次世界大战打响，丈夫也离开家去了博斯普鲁斯。

那时候，塞尔维特的三个女儿年纪尚小，没有邻居，没有电，甚至没有路。点亮灯塔所需的汽油得用船运到岬角边，再拉上岸。每天夜里，塞尔维特每两个小时就要从床上起来爬上楼梯点灯。一到晚上，她就锁上薄薄的门，生怕骑马横行的各路盗贼闯进来。她和三个孩子忍受了极度的寂寞，她们距离争议不断的边境是那么近。

六年后，塞尔维特得知丈夫再也回不来了。14年里，她独自掌管着这座灯塔，在房子背后的地里劳作，把三个女儿抚养长大。这份工作可以享受额外津贴：灯塔是现代化的象征，让塞尔维特感到骄傲的是，她拥有当地第一台收音机、第一台电视机，以及第一件欧洲风格的家具。村里的女孩子纷纷来找她的女儿们，姑娘们一起在砌着围墙的院子里聊八卦、听音乐、看新闻，等待附近边境兵营里的年轻士兵到灯塔外的围墙边调情。

塞尔维特是我眼前这位灯塔看守人的祖母。

1960年代，看守灯塔的任务传到塞尔维特的大女儿手上，也就是看守人的母亲。我问得越多，他反而话越少，不再和我有眼神的交流，仿佛在刻意隐藏内心的痛苦；并不是因为经历坎坷，而是因为一切都结束了。已经结束的不只是一部家族的历史，而是黑海灯塔人类史中的一个篇章。苦涩的诗篇已经画上句号，取而代之的是机械的平庸，它永远无法编织出故事。

他一屁股坐下，仿佛只有点亮灯塔才能让他站直身子。

我们在灯塔和村庄之间沿着没有铺好的土路散步。这里有一片墓地，两块大理石石板上刻着他父母的名字。名字上方只有一个词：

FENERCI

灯塔看守人。这是一份职业，一项使命，一种生活方式，一个身份。

看守人的父亲酷爱读书看报，坚持让孩子们接受教育。他每天步行三公里，领着六个孩子上学。

如今，宫殿似的度假别墅映衬得灯塔旁的房子格外的小。水泥厂纷纷涌入斯特兰贾，将粉碎的山石装船运走。黎曼柯伊小渔港眼看要扩大成一个工业港口。

我问，灯塔中让他最怀念的是什么。

他望着我，眼神交会的那一刻，我后悔提出了刚才的问题，因为我们其实都知道答案。

"这个地方有我的生活，"他说，"我一样也离不开。但也没什么，因为我们还在这儿，我们不会离开的。"

夜风乍起，脚下的海浪变大了，颜色越发变白。现在刚刚 8 月，冬天呢？看守人的脸上写满回忆。

"它之所以叫黑海，就是因为这个。"他说。

到了冬天，大海掀起惊涛骇浪，有时吹打得房子咯吱作响，带着咸味儿的海水从窗户往屋子里灌。涛声震耳欲聋，大海随时可能神不知鬼不觉地将他们掳走。

"生活很寂寞。眼前只有大海，背后一无所有。没有邻居，村子在几里地之外。"

祖母塞尔维特给他讲过老一辈人传下来的海盗故事。他们亲眼见过海盗，还有出没在大海与森林之间的庞蒂克无名英雄。后者被称作"盖米吉（gemidji）"，专指顶着暴风雪，听着海妖可疑的歌声一路前行的船夫，他们将斯特兰贾山里的木料、煤炭运送到君士坦丁堡等起落无常的大市场。

*

离开这片荒凉之地前，看守人指着灯塔附近仅有的两处房子说，那是他妹妹的家。

"你看，"他直起身子，"我们没有放弃它，我们仍然守护着它。"

海上的两艘货船仍然纹丝不动。

我抬头望了望灯塔的玻璃圆顶屋，落日的最后一抹余晖照在卤素大灯上，晃得我睁不开眼。在那一瞬间，我仿佛看见了塞尔维特和房间里三个熟睡的小女孩。夜里，她每两个小时爬上旋转楼梯给灯塔加油。她不知道丈夫身在何处。狂风肆虐，海浪滔天，战争已经进行得太久。她裹着毯子往上爬，又困又担心，但她要给船夫（盖米吉）和战舰指路，就像什么事情也没发生一样。

如果你坐船从那里经过，你会看见夜幕中有一道黄色的灯光每三秒钟闪一下。它从不出错。

古代土耳其语中，"muhhabet"有两层意思：①交谈；②爱。它无需花费金钱，却是件奢侈品，因为独自一人无法拥有。这个词虽然在现代土耳其语中已遭废弃，但仍存在于巴尔干地区老年人的话语和乡村民谣中：它是欧洲人话语中一个久远的阿拉伯语词。

我最后一次和内夫扎特一起上路。收音机里民俗电台中正在播放歌曲，是一首打动人心的哀歌，名叫《我们遭遇了暴风雨》(*Bir Firtina Tuttu Bizi*)，由卡帕多西亚山里一个牧羊人点播。主持人说，他要把这首歌送给家人，他们一家过去是从塞萨洛尼基逃难过来的。内夫扎特说，歌曲中的爱人指的是故乡，故乡是鲁米利亚(Rumelia)。

鲁米利亚是奥斯曼帝国给罗马人的土地所起的名字，那里也是拜占庭人的土地，基督徒的土地，欧洲人的土地。鲁米利亚原是奥斯曼帝国治下的巴尔干，或者说是"欧洲的土耳其"，它是个已经消失的世界。我想起了经营山顶旅馆的斯特凡妮娅，她的家人也是迎着风浪、唱着歌一路坐船来到这里。不过那是一首关于安纳托利亚的歌。

> 我们遭遇了风暴，
> 被四散抛入大海，
> 我们只能在死后重逢。
> 我等着等着就老了，
> 我的双眼黯然失色，
> 我的血肉日渐消涩，
> 我们只能在死后重逢。

卡帕多西亚的山里没有"muhhabet"，但至少，牧羊人有个收音机。

/   最后的牧羊人

我们到达斯特兰贾最后一个村子时正在下雨，穆斯塔法（Mustafa）裹着油布雨衣，在一间废弃房子的屋檐下抽烟躲雨。他的羊四散在山上一动不动。他旁边破旧的窗户旁放着一个小小的半导体收音机。

看见有人来，他惊讶极了，叼着的烟卷从嘴里掉下来。他走到雨里迎接我们，一副喜出望外的样子。

"来，来，"他说，"费里德（Feride）看见你们肯定很开心。"

他拿起放羊手杖迈开大步在前面带路。他身材巨大而壮实，有如《圣经》中的国王，现在的男人几乎已经长不成这种模样。现在已经到了产小羊羔的季节，他说，他有 100 头刚出生不久的小羊羔，100 只漂亮的小羊。

"你们想看看吗？"

"想啊，不过咱们先去看费里德。"内夫扎特说。

他们的房子在山上，拥有一览无余的视野。费里德正在做面包，满手面粉从屋里出来。她身材娇小，松松地系着头巾，坦率的面孔上没有一丝皱纹。她站在穆斯塔法旁边，像个孩子一样。我们坐在屋外的苹果树下，交换了烟卷。

"我们这里什么都有，你看。"穆斯塔法指了指下面的村庄。

"除了人，什么都有。"费里德笑着说。

所有的房子都是废弃的。他们住在最后仅剩的房子里，它们以前属于穆斯塔法的父母。这个村子有个奇怪的名字——"黑暗"，可是山上变幻不定的云彩却像童话一样五彩斑斓。雨后云开日出，茂盛的草丛又亮堂起来。

"我们这里有三种水。"穆斯塔法指着房子外面的一处泉水道。

"那口泉水泡茶最好，"他说，"山上的一处洗澡最好。还有这个，"他指着桌子旁边的一口泉眼，"这个最适合饮用。"

"这里什么都有，就是没有 muhhabet。"费里德说。

像努尔塞尔和内夫扎特一样，他们俩在克尔克拉雷利也有一套公寓，但他们不喜欢城市，他们热爱自己从小长大的地方。

屋子旁边是儿子的汽车，前盖上喷涂着一只眼睛，还有一句整个土耳其随处可见的话："服役中，不要找我。"

他在叙利亚边境服役，再过几个月就要回家了，父母一边祈祷一边等待。他们拿出儿子和未婚妻的照片。他一回来就结婚，穆斯塔法准备卖掉羊筹钱办婚礼。

"我想证明，这么做是可行的，"穆斯塔法说，"靠放羊过日子，过一种自由的生活，像人们过去一样。"

我突然想起我祖父唱过的一首简单的歌。他一辈子大多在城里当会计，每当快乐并且无忧无虑的时候，就喜欢唱唱走调的歌。

> 我是个小小的牧羊人，
> 在山上和羊群做伴，
> 我一无所有，
> 我很穷，
> 但我很快乐。

如果追根溯源，巴尔干地区的每一个人都来自某个村子，实行集体化之前，我祖父是最后一代得以和动物亲密相伴的人。斯特兰贾一直是世外桃源，是人类和羊群的终极之地。古书中提出世外桃源之说 2700 年后，奥斯曼帝国这片"盲区（kyor kaz）"已经成为除澳大利亚之外，世界上人均拥有羊的比例最高的地方。迄今为止，什么也不能阻挡人们饲养动物，就连瘟疫也不例外。21 世纪之初，除了锈迹斑斑的军事基地和敞开宝藏的山林，斯特兰贾还剩下什么？

穆斯塔法和他的羊群正在逆时代潮流而动。

穆斯塔法带着半导体上山放羊的漫长日子里，费里德照看家、挤奶，和自己说话。他们舍不得冬天抛下动物不管，于是整年都住在这里，有时候大雪埋了一半的房子，三口泉水全都冻成了冰。道路变得无法通行。

曾经有一度，这里停电了。

"我对市长说，行了伙计，把电给我通上吧。他说，给我杀一头小羊，我就给你电。我杀了两头小羊送给他。"

现在他们有电了，但街上没有路灯。一到夜里，方圆几英里范围内只有他家的窗户亮着灯。

曾经人丁兴旺的"黑暗村"之所以变成了幽灵村，原因和边境上其他地方一样：军政府把当地人吓跑了。

"我们只想要个家。"费里德说。

"看见梨树旁边的房子了吗？"穆斯塔法指着对面的山说。那间废弃已久的屋子原来属于一户保加利亚人，他们跟着别人越过边境逃走了。后来，邻居从梨树下挖出了宝贝，用这笔钱在城里给儿子买了好几套房子。

"但树底下的东西不属于他。"穆斯塔法摇摇头。

逃走的那家人把钱埋在梨树下，希望有朝一日还能回来。我在边境那边遇到的男男女女中就有他们的后人：商店老板、护林员、边防守卫、养蜂人、工厂工人、蹈火者、醉鬼，还有流浪者。

梨树仍然年年结果。

"也许他们哪一天会回来？"费里德虽这么说，但她并不相信他们会回来。毕竟已经过去 100 年了。

穆斯塔法说，前年夏天，山上来了四匹黑马。

"好像上天的旨意一样，"他咧嘴笑着，"只有黑马，没有人骑在上面。"

马逃跑后越过边境。穆斯塔法和马的主人通了电话。两人各自在雷佐沃河边想尽办法，但马就是不听话。"这些马品种名贵，"穆斯塔法说，"每匹值 5000 美元，但最后马的主人只能认命，这些马疯了。"现在马主人每年来拜访他们一次，这意味着苹果树下有了"muhhabet"。

"我在那边看见它们了！"我说。"它们正在往南走，就是前年夏天！"

"在斯特兰贾，什么也跑不了。"内夫扎特笑着，毫不吃惊的样子。

"但是，我进山的时候，这些马帮不上费里德什么忙，"穆斯塔法说，"要是有人来，那该多好啊。"

他们有两种不受欢迎的访客：难民和军队。军队是来打听难民消息的。他们在家时，经常望见有人从卡车上被赶下来。一次，一群叙利亚妇女和儿童找上门来。那时候正值隆冬，其中有些人还穿着拖鞋。

"穿着拖鞋在雪地里走路。"穆斯塔法摇晃着下巴。

"我们毫无准备。"费里德说。

/ 359

人贩子把难民从伊斯坦布尔和埃迪尔内带出来，然后就扔在这里，差不多就在"黑暗村"。

"他们朝我跑过来，"穆斯塔法说，"保加利亚？保加利亚？我告诉他们，不，土耳其，土耳其，说这些话的时候我心里难过极了。我可以给他们指一条路翻过山，跨过河，可是你知道那些山里是什么情形？"

"就连熊都无法走出森林。"费里德说。

"然而，"穆斯塔法接着道，"只要再有一家人来，村子就能重现生机。我们有摩托车，但我一个人忙不过来。我需要帮手。为什么那么难呢？"

后来我得知，市长故意要让这个村子空着，所以他切断了电源。

但穆斯塔法和费里德从不抱怨。他们得到的太少，失去的太多。真正利害攸关的是他们的生活和梦想，很少有人能如此幸运地将两者融合在一起。

"你们想看看小羊羔吗？"穆斯塔法一脸兴奋。

我们告别费里德去山上看羊。昏暗的围栏里大概有100只白色的小羊羔，小得都站不稳。穆斯塔法用奶瓶给它们喂奶。他招呼我们穿过一片泥泞的院子，我们的脚陷进了粪堆里。

"漂亮的小可爱。"他说着，用大手挨个儿抚摸着它们。内夫扎特想给他拍一张照，但穆斯塔法始终把小羊羔举在自己面前。一只接着一只。

*

回程路上，我跟着内夫扎特的指引踩住了刹车。我们看见暮夏的草地上，它们正在吃草：四匹黑马。

这是我在土耳其的最后一天。我们在斯特兰贾最高峰——玛雅峰（Mahya）的阴影里向南驶去。自从土耳其加入北约，这片地区就充满了秘密。我在想，军队是否知道帕洛利亚的隐修士究竟是怎么失踪的——有一种说法是，他们在玛雅峰。自从1952年开始，平民就被禁止前往那里。

内夫扎特在克尔克拉雷利城外葵花地边的十字路口下车，那是我们平时见面和分别的地方。亲爱的内夫扎特从背包里拿出一件礼物：努尔塞尔亲手织的羊毛袜子，让它陪伴我过冬。

"好了，替我向其他地方的斯特兰贾问好。"他说。他去保加利亚时用的那本旧护照已经到期，新的护照办不下来。

我们拥抱告别，我登上汽车。边境让我们相识，为我打开了一个崭新的世界，现在我又要再次跨越边境。我感到一种可怕的痛苦，一种巨大的失落感，它与现实无关，肯定来自过去。

对我而言，土耳其像是久违的家，也许对内夫扎特来说，保加利亚也是如此。

内夫扎特站在十字路口冲我挥手，他的身影让我想起了童年时遥远的一幕。那不是一段普通意义上的童年往事，而是稍稍有点特别之处。

1984 年夏天，我在界河对岸看见一个黑头发的男孩牵着马正在招手。我的沙滩背包里放着一本《野性的呼唤》。河边没有士兵，也没有铁丝网，只有绿莹莹的流水和飞舞的蜻蜓。马上就是 9 月，白鹤就要飞来遮蔽天空了。我们很快就会长大，一切将成为回忆。

于是，我也冲他挥了挥手。

/　恶魔之眼

在保加利亚语中，"uroki"的意思是"恶魔之眼"。当你做了奇怪的梦或者出现幻痛，当你无法入睡或被邪恶的苦楚缠身时，那就是被恶魔之眼盯上了。边境上住着一些会驱邪的术士，他们能赶走魔咒和不安。19 世纪的一份记载中写道：

> 与上帝同眠，与上帝同起，
>
> 他会留意，他会应对，
>
> 七十七个凶兆，
>
> 如若在睡梦中与我作对，
>
> 在路上，在十字路口，
>
> 在炉火上，在篝火中，
>
> 如若与我作对，
>
> 如若冒犯我，
>
> 七十七个凶兆。

从山谷村回来两年后，我又到了一个"十字路口"。我知道该走那条通向远方的路，而不是那条一圈圈无休无止循环往复的道路。我与人们在十字路口告别——包括在虚幻的想象中，而十字路口是仪式性的转换之地。斯特兰贾保留着在十字路口治愈疾病、送别亡魂、祈祷生育的传统。只有两种行进队伍不可以从中穿行而过：婚礼和葬礼。蹈火者也绝不会在余烬上相互阻断对方的舞步。可是我呢？

我的心里装满礼物，我的头脑中充满各种声音。我必须回家将它们放下，从某一个时间维度说，家就是苏格兰。然而这世上还有另一种维度，一种未竟的缘分留住了我。

离开山谷村两年来，我已经好几次在梦里旧地重游。我在潜意识中一次次进入潮湿的峡谷，那里既温暖，又熟悉。老房子上的门嘎吱一声打开，里面有许多我无法舍弃的重要东西。豺狼的眼睛像灯笼一样在森林边缘排成一队，这时候我醒了。来到斯特兰贾，好像打开了我灵魂中潘多拉的盒子。斯特兰贾拥我入怀，那些山脊好似有一股巨大的力量。是不是两年前我在山谷村中了什么巫毒？让人进退两难的大山，冰冷刺骨的泉水，那时候我还不相信有什么恶魔之眼。而现在，我对自己不信的事物却没那么有把握了。

这是我最后一次穿越边境。克尔克拉雷利有一条空旷的新建公路直通检查站。这一次，土耳其人冷漠地挥手放行，但保加利亚人却精神十足地把我的车搜了个遍，那个不幸的旋转苦修士小塑像又被拧了下来。

/ **解除魔咒**

　　治疗师从她的眼镜上方打量着我。她是个退休护士，相貌像一只鸟，十指嶙峋，性格活泼。她住在一条陡峭斜街的最上方，从这里望去，边境村庄的一个个房顶像群山环抱之下暗色酒杯中的一枚枚鹅卵石。

　　她的花园里飘散着天竺葵的芳香，屋子里有一股浓浓的老式家具的味道。玛丽娜之所以带我来，是因为她在这儿治愈了失眠症。然而她看不出我有什么问题。

　　"大山既然让你进来了，"她的笑容在闪动，"现在就不会让你出去。"

　　我急于得知治疗师的诊断结果。但她不慌不忙，在桌上放了一盒巧克力，叨叨喳喳地说着自己孙子的事儿，连正眼都没瞧我一眼。她没完没了的唠叨和玛丽娜的沉默形成了鲜明的对比。

　　我在她的意识流的作用下，渐渐静下心来。她说："是的，我以前从事传统医疗行业，一辈子都在和医生、药剂师、病人打交道。人类疾病的许多根源至今仍是个谜，许多疾病都有精神上的原因。医学不愿意承认自身的无能，就是这样。"

　　我听了精神一振。她目光锐利地瞥了我一眼，好像在说："如果你以为我只是个疯疯癫癫的老婆子，那就大错特错了。"

　　这个客厅里曾经坐过包括将官在内的两代边防部队，包括首席外科医生在内的地区医院医务人员（她喜欢提起位高权重的人），以及成百上千的地方百姓。人们选择自己认为合适的方式，带着礼物或现金前来求医，但她不收钱财，免费治病——因为这是家族里女人们一代代传下来的天命。她的母亲是治疗师，晚年因为糖尿病双目失明，只好借助女儿的眼睛举行仪式，直到临死前才透露其中的要诀。

最常用的一种仪式叫"熔化子弹（Melt the Bullet）"。治疗师从屋外取来一把刀刃发黑的旧猎刀和一个锡盘。它们就是"熔化子弹"需要的道具。

另外几个仪式中，一个叫"解除魔咒（Lift the Spell）"，还有一个叫"足迹反向（Reverse the Footprint）"。

"熔化子弹"时，求医者要事先准备一颗曾经杀死过野兽的子弹。患者是被折磨的灵魂，先把子弹在头上、胸前、腿上擦一遍，睡觉时把它压在枕头下。然后，患者带着子弹来见治疗师；如果自己无法前来，也可以用一件穿过并且触碰过子弹的 T 恤作为替代。治疗师将子弹熔化后倒入盛有清水的锡盘中，等待铅块再次凝固。她会根据铅块的形状判断患者的经历和现状。

她倒入铅液时，嘴里要喃喃地念叨三遍特殊的口诀。

"有一个陆军上校患了失眠症，他来找我。他说不清病症，但我能从他的铅块上看出来。那是一杆枪，边境上曾经发生过一起事故。"

她能读懂各种言外之意，治愈杀人凶手心里的罪恶感。

最终，铅块重新凝聚成一整块，人们"破碎"的心得以重新"拼接"在一起。

"说句良心话，有些人的心碎得太厉害，得花费好大的功夫，"治疗师说，"比如那个上校——他的铅块最后简直成了一锅粥，做不成子弹。我尝试了好几遍。"

接着，治疗师把铅块还给患者，将用过的清水倒一点点在病人的头上、胸前、腿上，或者让他干脆喝掉。如果本人没到场，可以把衣服扔进一条洁净的小溪中，等到 40 天后任由溪水洗净一切苦难。

为什么是 40 天？

40 天是精神世界的一个数字符号。在保加利亚和土耳其，人去世后要悼念整整 40 天。之后用献祭食物和祷告的方式举行仪式，纪念他们的灵魂逝去。在藏传佛教中，哀悼期是 49 天。人们认为，死者的灵魂最后要停留在一个名叫"转生中有（bardo of becoming）"的过渡区，之后它会寻找一条途径——通常是人的子宫——获得重生，重新开始"轮回（samsara）"，即痛苦的循环，除非灵魂的转换在过渡阶段和疗愈中就已经完成。佛教认为，任何时候都不算晚；而在基督教看来，一切总是为时已晚。苦难是生活的常态。感谢老天，幸好还有异教徒的治疗师。

如果将"恶魔之眼"或任何其他精神上的痛苦视作生与死之间的一种状态，那么治疗师就是二者之间的调停者。因此玛丽娜说，治疗师是个有风险的职业。

"她把我身上的负能量转移到她自己的身体里。"

治疗师不以为然："你解除别人的阴暗物质时，把它承担在自己身上。它得有个去处。然后，我还要举行仪式来净化自己。不过，那不关别人的事。"

自从"熔化子弹"之后，玛丽娜一直睡得很好。这种方式适合受过惊吓、创伤，经历丧友丧亲或其他因感情困扰影响身心健康的人。

"恶魔之眼"就不一样了。患者的生活会发生断裂，恶意的能量可以长时间地控制着你，甚至能杀死你。

"有时候，孩子会中招，"治疗师说，"如果你没法对付'恶魔之眼'，孩子就会日渐衰弱而死。"

她也许看出来我有点将信将疑，于是继续道："想象一下，如果你带着'恶魔之眼'来了，看见我的孙子，说了句'多可爱的孩子！'接着，他就会中招。"

也许就是因为这个原因，她那可怜的孙子虽然 10 岁了，个子也不小，却被禁止单独出门，只能整天独自待在家里吃零食、看电视。

然而，问题依然存在：如果"恶魔之眼"真的存在，该怎么办呢？毕竟，从前的某个自我已经弱化，我的内心发生了变化。

在土耳其，"恶魔之眼"也很盛行，它是人人熟悉的蓝眼睛护身符。《可兰经》中提到，先知穆罕默德曾说："恶魔之眼的影响是事实。""恶魔之眼"也是《旧约全书》中的"一个事实"，"十诫"中有一条提到：不可贪邻居的一切所有。内夫扎特的朋友卡拉丹尼兹曾经告诉我，他的叔叔就有一个不受控制的"恶魔之眼"。

"他只要坐下来喝杯茶，看见一头牛经过，随口说一声：嘿，多棒的牛。那牛就会应声倒地。旁人只能请来 hodja，为牛祈祷。"

"hodja"既是宗教导师，又是受人欢迎的治疗师。穆斯林传说中的治疗吟唱颂词是《可兰经》中的句子，有时还会夹杂着某种形式的命理计算；而基督教传统中关注的是动物、灵魂和身体的一部分，只是偶尔会提到上帝。这些吟唱跨越了时间的鸿沟，经历了一神论、现代化、审查制度，侥幸存活至今。也许它们之所以能够保留下来，是因为巴尔干地区缺乏有组织的政治迫害。西欧和北美的宗教法庭、宗教改革、清教主义以及后来的工业化毁坏了历史悠久的风俗习惯；而在欧洲东部，伊斯兰教和犹太教、基督教却共存了好几个世纪。自然与超自然疗法，草药与药水，吟唱与咒语都是构成生命整体所必需的部分。举例来说，治疗欲望的最好办法是什么？用龙胆根和苦艾草调制的药水，当然还要辅以一个包括火和女治疗师（我猜还得裸体）在内的夜间净化仪式。事实上，保加利亚的教堂壁画中就有人们让美丽的女巫治病，后来在地狱里遭到离奇惩罚的场景，例如魔王在其身上排便等。但值得称许的是，东正教会只是在原则上谴责异教徒的做法，并没有付诸实际行动。

对此，玛丽娜的解释很简单："口头的知识能比书面文字保持得更持久，口口相传的东西不容易遭到破坏。""恶魔之眼"和民歌、拜火、奠酒祭神仪式、拜颂泉水等一样，也是自古以来一直存在的。

虽然治疗师坚持认为，用心理逻辑来解释这些毫无意义，但阿拉伯语将"恶魔之眼"翻译成"嫉妒之眼"。这让我突然想到，它果然是与心理相关的。试想，如果由于你特别喜欢一个胖孩子或者一头奶牛，以至于对方突然倒地不起，难道这其中不是你有点问题吗？然而在心理学问世之前，这些问题要靠神甫、宗教老师、拉比或祭司去解决。如果你愿意敞开心扉，草根的心理治疗法显然会起作用。我问治疗师，她是否信教。

"哦……"她吞吞吐吐，"哪来的时间呢？"

她告诉我，她只有一次拒绝为人治病，对方是个东正教神甫。

"他沉迷于'恶魔之眼'，觉得它无处不在，我怕自己被他缠住脱不了身。"

玛丽娜信仰罗马天主教，然而她真正感兴趣的却是具有无限可能的、由季节和能量组成的自然世界。

"斯特兰贾人都相信自然世界，"她说，"他们不是基督徒。"

那么我呢？如果我二者都不信，那我在寻找什么呢？

"你是一个追随玻瑞阿斯（Boreas，北风之神）的朝圣者。"玛丽娜以她特有的神神秘秘的方式讲道。

"无论如何，你身上没有'恶魔之眼'，"治疗师最后说，"你也用不着'熔化子弹'。"

身体健康当然是桩好事，但我却有点失望。

"接受事实，"玛丽娜过来开导我，"这就是斯特兰贾的方式。"

"嗯。"治疗师笑着，满腹狐疑的样子。我想，她毕竟是个务实的护士，虽有其他才能，但缺少玛丽娜那种擅长隐喻的天赋。

"我见过许多人，来到这里之后，大山不让他们离开。"玛丽娜继续道。

有个从以色列来的俄罗斯女人，年年夏天都来，每次到离开的那天，她的车都会出毛病。有个索非亚的学者，如果不来斯特兰贾就会生病。还有个波兰学者，每年到这里做一次朝圣式的徒步旅行，他会在帐篷里感觉到负能量，而且总是在同一个地方，在某个村庄的边缘。

"第二天早晨起来他会说，昨天晚上角魔（Horned One）发怒了。"玛丽娜笑着道。

我想，谁都无法理解斯特兰贾。也许这个地方本不属于人类。

"斯特兰贾看上去没什么人，但换种方式看，其实热闹得很，"治疗师仿佛看出了我的心思似的开口道，"你知不知道，只要愿意，你也可以传递能量？只不过，有时候你并不想这么做。"

我目瞪口呆地看着她。

"我给你做个'足迹反向'吧。你一路上听到也看到了很多。它们一直在跟着你，就在这个屋子里，来。"她说着站起身。

她领我走进花园，玛丽娜坐在葡萄架下等我们。治疗师手里拿着刀，来到隔壁一间院里长满杂草的废弃屋子里。这里已经许久没人来过，充满活力而又宁静。她吩咐我把两只脚放在地上，脚趾朝东。为什么朝东呢？

"蹈火仪式前，演奏者和蹈火者都要面向东方。"她回答说。死者的脚要朝向东，太阳从东方升起。她的刀顺着逆时针方向把我双脚的轮廓勾勒了三遍，嘴里喃喃地念了三遍咒语。我把脚移开后，她用刀把脚印内的泥土翻了个个儿。

她站起身。

"所有的负能量都留在这儿了。这都是你不需要的东西。你现在轻松自由了。"

阿门。我很愿意相信这一切，要不然我会害怕的。说着，她抓住我的胳膊。

"还有一件事情，去圣玛丽娜泉洗一洗。"

*

　　我和玛丽娜在风景优美的破败老街上走着。午后的燥热中，浓荫下的小广场一片寂静。宽大的老房子拉着百叶窗。山那边传来公鸡的鸣叫声。

　　玛丽娜回到故乡照顾年迈的双亲。他们不是外来的土耳其难民，而是很早在此定居的原住民，属于当地最古老的宗族，眼下正从幽灵镇上渐渐消矢。我结识玛丽娜已有两年，但她始终是个谜。她从不谈论自己。她目前经营着一家儿童中心，村里的孩子可以去画画、读书、烘香草。这样他们就不必被困在家里，或者背着斧子去森林里砍树——其中有些孩子来自以伐木为生的吉卜赛家庭。孩子们很喜欢她，我也喜欢她。她在这个饱受掠夺的地方呵护着一切，从孩子到大树。

　　玛丽娜叹口气又点了一支烟。

　　"住在这儿，"她说，"让我明白了，计划未来是徒劳，能维持现状就已经很让人开心了。"

　　玛丽娜时常出入于山中的隐秘之地。其中有一处叫"大石头"，是古代人举行礼拜的地方。据说，人能从石头中感受到能量，就像站在苏格兰奥克尼（Orkney）的石头上一样。

　　"你回过山谷村吗？"玛丽娜问。

　　"不，还没有。玻瑞阿斯是谁？"

　　她笑了，以那种不置可否的方式。

　　"他是北风之神，逆时针地刮。但即便玻瑞阿斯也必须有停下来的时候。"

　　我该和玛丽娜告别了。她望着我，却不看我的眼睛。

　　"我们不说再见。"她说着，突然转身从茂密的菩提树浓荫下离开了空旷的广场。

/ *371*

*

　　我回到山谷村。崎岖不平的路面已经修葺一新。一开始对我来说，这倒是个积极的变化。然而，路是为大卡车修的，是为了能让它们持续不断地从河床上挖走沙子。如今河床已经变得越来越少，总有一天会变成一条没有河床的河流。

　　没有河床的河是什么呢？它就像没有人烟的村庄。

　　人们私底下都在悄悄议论新近面临的威胁，它关系到的不只是河流，而是整个斯特兰贾国家公园：它很可能成为一个超级垃圾桶。黑海周边的旅游景点已经处于过剩状态，这里是新近规划的旅游项目的后门垃圾站。巨大的商业利益和国家利益捆绑在一起，加剧了对斯特兰贾的控制，二者似乎在边境两侧已经融为一体。

　　如果圣山变成一座超级垃圾堆，那还有什么是神圣的呢？我强烈地感觉到，在我的有生之年，也许我们都会成为流亡者。吃人的恶魔披着政策和工业化的外衣大肆掠夺，我们行走在路上，手里提着塑料袋，里面装的是对森林、大山、洁净的河流和村庄小路的种种回忆。

　　事实上，现在大量难民正从土耳其方向朝山下走来，令当地人十分困惑。有些人买来食物分发给难民；有些人坐在板凳上好奇地打量着陌生人；还有些人生怕惹事，回家关上了门。一天晚上，村里的一对伐木工夫妇没有回来，家人外出寻找时发现两人被绑在一棵树上。事情是一个叙利亚人干的，但村里人没把他送交边境巡逻队。

　　布拉戈和明卡还在"迪斯科"咖啡馆，他们不慌不忙地热情地招呼我，好像上周才见过我似的。

　　草药师伊沃站在角落里，白色的络腮胡子依然那么有型，他在和波兰人 S 讨论最新的配方。后者认出我，激动地过来握手。他开心地发现回到山谷村的人越来越多，哪怕只是来小住几天。

吉卜赛工人光着膀子把村里的议政厅刷成了灰粉色，孩子们在新建的操场上尖叫。养蜂人和几个男人在河曲处种植玉米，通往"凉水泉"的路旁因为有了洒水器而显得生机勃勃。村里又有孩子出生，我的心中燃起了希望。

"不要太乐观，"村长刚刚修完车，他在小广场上用油腻的手点燃一根烟，"现在是黄金时间。其实什么也没变。我晚上躺着睡不着就想，怎么才能起死回生。"学校是关键，漂亮的黄色校舍上窗户仍然敞着大口子，小鸡在地上啄一块被人丢弃的垫子。游泳池里长满荒草。要想重开学校，就得有足够的孩子在这里出生、长大。他们的父母得在远离城市的地方有个营生，并不是每个人都适合当边境警察或者护林员。

因为找不着其他工作，"大个儿"斯塔门和他的兄弟现在给河边的挖沙公司干活儿。这场冲突已经悄悄挑起了村民之间的不和，好像有个神经错乱、不知停歇的神，往村子的伤口上又撒了把盐。河水被搅得浑浊不堪，已经不能再游泳了。

要不然，现在正是酿制水果酒的季节，村里的酿造厂全天忙个不停，每家每户带着香甜发酵的水果，把它倒进冒着泡的大罐子里，尝了又尝。不管各家酿制出来的果酒到底是什么味道，那都是件值得骄傲的事。每个人脸上都红扑扑的，村子里飘着浓浓香甜的酒味儿，仿佛呼吸几口空气就能醉了似的。

内克的母亲已经去世，他独自一人住在街尾的房子里。一天晚上，他在屋外的炉子上熬了一锅浓浓的猪肉豆子汤，我和漂亮的俄罗斯女人坐在葡萄架下小声议论着各种奇怪的梦境和迹象。内克在花园摘桃子，我们一口酒一口桃地吃着。三个人话音刚落，大山的寂静瞬间袭来，仿佛有第四个人悄悄来到身边。古老沉寂的斯特兰贾，它就在桌边，在我身旁，我几乎能亲手触摸到它。附近的山峦在月色中若隐若现，它们还是如往常那么陌生。我抑制不住地想，我们根本不应该在这里，没有谁可以真正地属于星光璀璨的斯特兰贾，所有人都只是过客。

*

我晚上睡在一对外出的英国夫妇家里，平时就坐在门口的台阶上吃羊奶酪。走进"迪斯科"咖啡馆，明卡把一份煎鹅肝放在我面前。

"请慢用。"

我俩坐在一起凝望着高高低低的山峦，它们像一场跌宕起伏，让人无法从中醒来的旧梦。然而后来，我在受到惊扰的河水中，看见了自己的另一种生活可能。

我虚构的思维中出现了两次"十字路口"：旅行时和死亡时。无论哪种情形，你都必须作出选择，它决定了你的下一个目标。在斯特兰贾的民间传说中，左手的路通往黑暗（混乱），右手的路通往光明（和谐）。

我看见自己走进一座希腊人的老房子，房顶上有一块奇怪的，可以移动的瓦片。我的工作是在森林里给树木作记号，挣够钱用来购买冬天取暖的木材。冬天来了，我在刺骨的严寒中，数着日子等待春天。春天里，蹈火者和着风笛和鼓声踩踏灰烬。夏日里，边境警卫对空鸣枪，"一点点"打开了手风琴，曾经的杀人凶手给我端来自种的果蔬，老妈妈们咧开没牙的嘴呵呵地笑着。秋天到了，猎鹰在雨中翱翔，好像在预示着什么。老房子的门吱呀一声开了，里面有希腊人遗弃的一张铁架床、几个熏黑的瓦罐、孩子的相片，他们褪色的面庞下是我们内心无法追悼的过往。边境似乎是包裹在内心之外的表皮。似乎只要我永远待在山谷村，就能与什么东西重逢。当我身在山谷村时，我成年后走过的所有道路，经过的所有十字路口，所有的出发地和目的地，到过的所有城市，见过的所有面孔都消失了，它们就像笼罩在山间的雾气一样蒸腾消失了。我只能喝着忘川（River Lethe）①的水，还有什么能比走到路的尽头更让人愉悦呢？

我是一只动物，想让自己回到最初饮水的地方。回到红色里维埃拉的海滩上，回到天真和犯罪临界的边缘状态。如果逗留太久，边境森林就会成为显现命运的地方。难怪它像一块命运的磁铁一样吸引、排斥着人们。我们在边境森林里一遍又一遍地谴责自己，赦免自己。这里面有死亡的预兆，也有巨大的冲动。

一天，我的耳边响起玛丽娜的声音：我们不说再见。我醒来，目光掠过河流，开始收拾行李。我装进盖伦从"狗熊洞"挖来的天竺葵根、卡拉丹尼兹夫妇送给我的一串大蒜、努尔塞尔织的袜子、万茨的鸽子。秋天给万物镀上了一层金色，大黄蜂叮过的葡萄变成了黑色。没有和任何人道别，我驱车来到边境河，把车停在一个小树林里，踏上一条无法行驶、只能步行的崎岖小路。跌倒了再爬起，如果有必要，就要像牛一样下跪前行。

我要去森林里，那里的尸骨尚未命名，鬼魂不计其数，感谢他们为我们这些活人让出了空间。

我要去史前人类、泛灵论者和一神论者、穷人和迷失者、智者和疯子崇拜的洞穴。

数百米之外就是边界，沿着河上方的陡坡向上是圣玛丽娜洞。森林里鸟鸣啾啾，秋天的脚步近了。河面上闪烁着粼粼的金光。蛇在石头底下等待着。

---

① 忘川是希腊神话中冥界的一条河流，人死后喝了河里的水，就会忘记过去的一切。

圣玛丽娜洞口摆着融化的蜡烛、潮湿的照片、敬献的雕像，它们在祈求奇迹发生。那是一种无声者的呼唤，希望长大，希望治愈，希望不再一无所有。我脱下 T 恤，把它扯成一条一条，找个地方挂了起来。然后，我爬进了山洞。我们赤条条来到世上，生不带来死不带去。实践有益，它可以避免忘却。

/ 375

我躺在滴水的岩石下方，抬头看时发现，这真的是一座有生命的大山。永恒不变的泉水洗濯着我不断变换的面庞。万物始于泉水，我热爱这块土地。

我非常感谢"创意苏格兰（Creative Scotland）"为本书出版提供的一切支持，同样还要感谢英国作家协会提供的作者基金。

我由衷感谢萨拉·查尔方特（Sarah Chalfant）在本书内容的早期成形阶段所给予的帮助和鼓励。

格兰塔出版社（Granta）的劳拉·巴伯（Laura Barber）从很早的时候便看好边境题材，并且帮助我坚持下来。感谢她敏锐的判断，以及一如既往的细致编辑。

感谢奈德雷特·本策（Nedret Benzet）和萨莎·卡特切芙（Sasha Kartchev）在旅途中无私地为我充当翻译。还要特别感谢保加利亚野生百里香有机农场（Wild Thyme Organic Farm）的玛利亚·迪米耶娃（Maria Dimieva）、戴安娜·斯托亚诺娃（Diana Stoyanova）、艾里·米列兹莫夫（Hairi Milezimov）、奥尔林·瑟贝夫（Orlin Sabev）、迪玛娜·特兰科娃（Dimana Trankova）和克里斯·芬顿－托马斯（Chris Fenton-Thomas）。

保加利亚有一部名为《边境》的电影［*Granitza*，1994，由 I. 西梅奥诺夫（I. Simeonov）和 C. 诺切夫（C. Nochev）编剧并导演］。我早年也曾经写过一篇关于斯特兰贾的特写，名为《边境》，发表在《1843》杂志上［原名《智慧生活》（*Intelligent Life*）］——感谢萨曼莎·温伯格（Samantha Weinberg）。

德国柏林的达格玛·加斯特（Dagmar Gaster）首次在文章中提及艺术家菲利克斯·S（Felix S. 系化名）。斯蒂芬·阿佩柳斯（Stephan Appelius）是研究冷战时期德国人从保加利亚边境逃亡问题的专家，并且掌握着众多案例，我通过阿登纳基金会（Konrad Adenauer Foundation）获得了其中的一些资料。德国电视纪录片《忘却的记忆：死于度假之地》［*Die Vergessenen：Tod wo andere*

/ **378**

Urlaub machen，2011，由弗雷亚·克利尔（Freya Klier）、安德里亚斯·库诺·里克特（Andreas Kuno Richter）导演］和《致命航班》［*Fatal Flight*，2014，由保罗·图切克（Paul Tutsek）、迪特尔·罗泽（Dieter Roser）导演］为本书提供了部分案例，其中包括托马斯·冯·格伦布科（Thomas von Grumbkow）、格里戈·瓦西列夫（Grigor Vassilev）、托尔多·格奥尔基耶夫（Todor Georgiev）、伊尔乔·哈拉兰皮耶夫（Ilcho Haralampiev）、布里吉特·冯·基斯托夫斯基（Brigitte von Kistowski）和克劳斯·普劳茨（Klaus Prautzsch）。我在科尔斯顿·戈德西（Kirsten Ghodsee）的著作中第一次邂逅了"红色里维埃拉（red Riviera）"这个词（同为该书书名）。玛丽·诺伊布格（Mary Neuburger）的《巴尔干烟火》（*Balkan Smoke*）是本书中有关东方烟草内容的来源。T. 贡多夫（T. Gondov）在《追随蹈火者的脚印：从马杜拉到联合国教科文组织》（*In the Footsteps of the Nestinari from Madzhura to UNESCO*）中提出了隐修士可能为蹈火者原型的论点。在我的研究探索中，下列书籍也提供了帮助：安娜·丰德（Anna Funder）所著《秘密警察的国度》（*Stasiland*）、尼尔·阿舍森（Neal Ascherson）所著《黑海》（*Black Sea*）、艾琳娜·玛露莎科娃（Elena Marushiakova）和韦塞林·波波夫（Veselin Popov）所著《奥斯曼帝国的吉卜赛人》（*Gypsies in the Ottoman Empire*）、菲利普·芒塞尔（Philip Mansel）所著《黎凡特》（*Levant*），以及约翰·朱利斯·诺维奇（John Julius Norwich）所著《拜占庭简史》（*A Short History of Byzantium*）。在保加利亚穆斯林和奥斯曼帝国遗产的问题上，安东尼·乔吉夫等人（Anthony Georgieff at al.）所著《保加利亚的土耳其人》（*The Turks of Bulgaria*）和玛丽·诺伊布格的《东方探秘》（*The Orient Within*）都是我的宝贵资源；电影《被偷走的眼睛》［*Stolen Eyes*，2005，由拉多斯

拉夫・斯帕索夫（Radoslav Spasov）导演〕生动再现了1989年夏天的一系列事件。迪玛娜・特兰科娃等人所著《保加利亚色雷斯人指南》（*A Guide to Thracian Bulgaria*）和安娜・巴克斯顿（Anna Buxton）的《塔玛拉・希什曼与穆拉德一世》（*Tamara Shishman and Murad Ⅰ*）为本书提供了有益的帮助。本书中"话语之间的女孩"一章中提到的两张照片源自贝赫・居纳兰（Behiç Günalan）的摄影集《移民的哀伤》（*Göçün orta yeri hüzün*）。莱亚・科恩（Lea Cohen）所著《难以置信：有关巴尔干大屠杀的八种观点》（*You Believe: Eight Views on the Holocaust in the Balkans*）披露了犹太人历史上鲜为人知的一面。

　　本书中埃斯玛・雷哲波娃（Esma Redžepova）的话引自加特・卡特赖特（Garth Cartwright）所著《公国首领》（*Princes Among Men*）。第一部分中引用的乔治・马尔科夫（Georgi Markov）的《华沙女人》（*The Women of Warsaw*）是一篇以斯特兰贾为背景的中篇小说。"鸡块餐厅"一章中引用的雷沙德・卡普钦斯基（Ryszard Kapuściński）的观点源自他的著作《与希罗多德同行》（*Travels with Herodotus*）。本书中《荷马颂歌・致赫尔墨斯》（"Hymnto Hermes", *The Homeric Hymns*）中引用的内容源自朱尔斯・凯西福德（Jules Cashford）翻译的企鹅经典书籍《荷马颂歌》。本书中所引爱维亚・瑟勒比（Evliya Çelebi）的塔里克（tarikh）诗句是我根据其土耳其语原著的保加利亚语译本翻译过来的，参见卡利纳・佩耶娃（Kalina Peeva）和艾琳娜・米特娃（Elena Miteva）编写的《斯维伦格勒话古今》（*Svilengrad: From Antiquity to Modernity*）。其他有关爱维亚・瑟勒比的内容源自罗伯特・丹柯夫（Robert Dankoff）和金洙容（Sooyong Kim）编写的《一个奥斯曼旅行者》（*An Ottoman Traveller*）。书中有关"恶魔之眼"的咒语是我从斯托扬・莱切夫斯基（Stoyan Raichevski）

的作品《斯特兰贾》(*Странджа*)中翻译而来，在他从事的民族志研究中，阈值地标的象征意义是通过民俗想象来实现的。我从两位作者处借用了将保加利亚式极权主义和封建主义进行对比的模式，他们分别是乔治·马尔科夫所著《保加利亚失踪报道》[*Bulgarian Reportages in Absentia*，在他遇刺后以《被扼杀的真相》(*The Truth That Killed*)之名用英语出版]，以及米莎·葛列尼(Misha Glenny)所著《历史的重生》(*The Rebirth of History*)。纪录片《格亚尼》[*Goryani*，2011，由阿塔纳斯·科嘉科夫(Atanas Kirjakov)编剧和导演]提供了有关保加利亚早期反苏抵抗运动的珍贵资料。

本书内容涉及诸多复杂的专业领域。尽管我已经尽最大能力在所叙述的事件中力求真实与准确，而非通过其他来源或第二和第三手资料，但我对其中的内容没有学术方面的主张。

我要由衷地感谢我的摄影师，TD 不仅忍受了我三年的边界困扰，还帮助我找到了解决问题的方法。

但最重要的是，我要全心全意地感谢容纳我的边境居民，无论生者还是死者。你们并非边境故事的载体——你们就是故事。

图书在版编目（CIP）数据

边境：行至欧洲边缘 /（新西兰）卡帕卡·卡萨波
娃（Kapka Kassabova）著；马娟娟译. -- 北京：社会
科学文献出版社，2020.2
  书名原文：Border: A Journey to the Edge of
Europe
  ISBN 978-7-5201-5727-8

  Ⅰ.①边… Ⅱ.①卡… ②马… Ⅲ.①纪实文学-新
西兰-现代 Ⅳ.①I612.55

  中国版本图书馆CIP数据核字（2019）第229579号

边境：行至欧洲边缘

著　　者 / ［新西兰］卡帕卡·卡萨波娃（Kapka Kassabova）
译　　者 / 马娟娟

出 版 人 / 谢寿光
责任编辑 / 陈旭泽　周方茹
文稿编辑 / 韩宜儒

出　　版 / 社会科学文献出版社·联合出版中心（010）59367151
　　　　　　地址：北京市北三环中路甲29号院华龙大厦　邮编：100029
　　　　　　网址：www.ssap.com.cn
发　　行 / 市场营销中心（010）59367081　59367083
印　　装 / 北京盛通印刷股份有限公司

规　　格 / 开　本：787mm×1092mm 1/16
　　　　　　印　张：23.25　字　数：298千字
版　　次 / 2020年2月第1版　2020年2月第1次印刷
书　　号 / ISBN 978-7-5201-5727-8
著作权合同
登 记 号 / 图字01-2018-2787号
定　　价 / 69.00元